本专著获西南民族大学中国文学博士一级学科培育经费资助

本书为西南民族大学"民族文学与文化研究文库"成果之一

清代文学探赜集

QINGDAIWENXUETANZEJI

孙纪文◎著

中国社会科学出版社

图书在版编目(CIP)数据

清代文学探赜集/孙纪文著. —北京：中国社会科学出版社，
2014.9

ISBN 978-7-5161-4795-5

Ⅰ.①清… Ⅱ.①孙… Ⅲ.①中国文学—古典文学研究—清代—
文集 Ⅳ.①I206.2-53

中国版本图书馆 CIP 数据核字(2014)第 211292 号

出 版 人	赵剑英	
选题策划	郭晓鸿	
责任编辑	熊 瑞	
责任校对	王佳玉	
责任印制	戴 宽	

出 版	中国社会科学出版社	
社 址	北京鼓楼西大街甲 158 号（邮编 100720）	
网 址	http://www.csspw.cn	
	中文域名：中国社科网 010-64070619	
发 行 部	010-84083685	
门 市 部	010-84029450	
经 销	新华书店及其他书店	

印 刷	北京君升印刷有限公司	
装 订	廊坊市广阳区广增装订厂	
版 次	2014 年 9 月第 1 版	
印 次	2014 年 9 月第 1 次印刷	

开 本	710×1000 1/16	
印 张	18	
插 页	2	
字 数	277 千字	
定 价	56.00 元	

凡购买中国社会科学出版社图书,如有质量问题请与本社联系调换
电话:010-64009791

目　录

序

郭 丹

　　孙纪文君 2001 年入福建师范大学攻读博士学位，专业方向为先秦两汉文学。他的博士学位论文是《淮南子研究》。虽是一部专书研究，但大家知道，《淮南子》是一部内容丰富且庞杂、包罗万象的巨著，要对《淮南子》进行全面的研究，对先秦以至汉代的思想文化和典籍都要有深入的把握，庶几才能毕其功。但孙纪文迎难而上，取得了极大的成功，其博士学位论文受到袁世硕、蒋凡等著名学者——其答辩评委的高度评价（该书2005 年由学苑出版社出版）。后来，他进入西北师大博士后流动站师从赵逵夫先生做进一步研究，出站报告是《王士禛诗学文献研究》，后扩充为《王士禛诗学研究》（2008 年宁夏人民出版社出版）。此书出版后也颇得好评。就他的研究状况来看，从先秦到清代，这是一个跨度很大的超迈。不过，正因为他有了先秦两汉扎实的基础，其涉猎清代文学，即创获颇为丰厚。

　　孙纪文此书中有五篇论文论王士禛诗学。王士禛是清初重要的诗人和诗论家，其"神韵说"影响很大。然而对"神韵说"内涵的理解，却存在某种不足，一是理解不够全面，二是以为仅取唐韵而排斥宋诗，或是对其宗唐宗宋的变化轨迹不清楚。孙纪文厘述清初宗唐宗宋对立的背景，认为王渔洋"曾经历宗唐—宗宋—宗唐的回环往复过程"。作者从对具体材料的比对分析中，揭橥其标举的盛唐不是李、杜，而是王、孟的原因，所论显得扎实有据。作者还认为"王渔洋虽以尊唐为主，但上则溯源于汉魏六朝，下亦不排斥宋元明"，"他的唐诗学也不是一个视阈狭窄的唐诗学"，而"是以唐代诗学精神为价值取向的唐诗学,是建构理论系统的唐诗学"。这个结论是建立在客观材料的具体分析上的,因而也是可信的。

"神韵说"以盛唐为宗,这和它在诗论上承继严羽是一致的。此论点虽已有学者提出,但孙纪文从审美风格论、审美韵味论、审美境界论三方面加以申述,这是对前人研究成果的有力补充。神韵说并不局限于"神韵"的单一标准,而是既重风调,又重雄浑。王渔洋的诗歌风格本具有多样性,即"渔洋的诗歌,不仅有空灵之作,也有雄浑之作。渔洋的神韵诗说,不仅倡导一种从容幽静、舒缓空灵的韵外之致,也包含意境开阔、手法雄奇、风格苍劲的美学追求"。这样的结论,正可以和作者揭示的王渔洋诗论的阔大丰富相印证。还有,纪文君注意到《秋柳》四首暗含故国之思,在当时文网渐密的康熙时代,沈德潜《清诗别裁集》不选王士禛的《秋柳》诗,其用意是可以理解的。另外,孙纪文认为,此举乃是沈德潜别有深意而为,目的在于力图呈现出王士禛诗歌的另一种骨力雄健又不失敦厚的气度,从而与王士禛诗歌惯常所具的另一种清新俊逸的审美情趣相互补充而融为一体,以此构建渔洋诗歌的整体风貌,并巧妙地反击了诋讥渔洋的诗坛之声。这样的说法,也比以往的分析更深一层。

对于沈德潜的诗歌理论,作者试图廓清一个误区,即"将沈德潜的诗学思想归于'格调说'并不是很恰当"。作者分析"格调"和"神韵"二说之关系,从明代格调论的目标和审美理想追踪到王士禛"神韵说"的产生,论定王士禛崇尚神韵的出发点之一是为了纠正明代格调派过于推重诗歌形式的做法,而且他也不满于格调论尤为推崇以李、杜为代表的唐诗格高调逸一派,于是,另辟蹊径,推重王、孟诗歌之自然悠远的韵致。作者认为,沈德潜对格调和神韵进行了"视界融合"式的复调组合,既避免了明代以来格调说流于形式主义的弊端,又调和了神韵说过于玄空的弊病,体现了对神韵论的进一步包容和融合。并从具体作品的分析中(包括《沈德潜论杜诗之美》一文),指出王士禛是在钟情于清逸淡远的前提下提倡雄浑高格,而沈德潜则是在钟情于雄浑高格的前提下肯定清逸淡远,这就使得作者的结论不是架空之谈。对于格调说与性情说,作者认为有本质区别,但又是可以互通的。区别在于袁枚性灵派提倡的主要是个性色彩浓厚的性情；而沈德潜格调论提倡的主要是皈依儒家情怀的万古之性情。互通在于沈德潜"常常折中其中的共性因素而融会贯通"和"推崇诗歌作品中的性情与政治道德意义之间的关联"。应该说，格调说的内涵，在于关乎教化，要求温柔敦厚，说白了就是如何更好地为统治者服务。沈德潜对"神韵说"的"复调组合"也好，对性情论的互通也好，都是为这个宗旨服务的。这倒是作者应注意到的。

纪文君此书有两篇论述浦起龙《读杜心解》的文章。明代杜诗学著作繁复，清初杜诗研究继续蜂拥而起，其中浦起龙的《读杜心解》是重要的一部注释著作。一部好的注释本，也是一部好的批评著作。浦起龙的《读杜心解》是杜诗注释著作中重要的一部，也是其杜诗批评的体现。对于浦起龙的解杜，作者把它与《钱注杜诗》、金圣叹《杜诗解》、王嗣奭《杜臆》等进行细致的比较，认为浦起龙的杜诗批评既有实证主义的传统方法，也暗合了文本批评的某些法则，《读杜心解》文本批评的内容是理论分析与审美品鉴相结合的产物。由此作者进一步总结《读杜心解》在清初杜诗学研究中的学理秉承与创新，指出《读杜心解》既有学术的严谨内容，又有文学批评的灵性成分，可谓重学术而不废性情。作者从具体的杜诗"心解"例子入手，得出浦起龙《读杜心解》的阐释方法既有"以意逆志"的性质，又有"知人论世"的手段；既有"八股析诗"的影子，又有"诗文互比"的借鉴，"是一种复合式阐释方法的应用"的结论。这是作者抉微入里的见解。

纪文君在博士毕业前就开始参与我所负责的国家社科课题《四库全书总目中的文学批评》的研究，他文思敏捷，很快就写出了好几篇相关论文。收在本书中的关于《四库全书总目提要》文学批评的七篇文章，就是项目的成果。《总目》虽是目录学著作，但也是一部重要的批评著作。它的每一篇提要，就是一篇简要而精当的批评文字。这七篇文章，涉及《总目》中的诗歌、词学、小说以及批评话语等问题。从《总目》对本朝诗歌的批评状况，可以看出有清前80年代的诗歌创作状况，从《总目》对历代诗歌的批评中，可以综观《总目》作者的诗学观。对于《总目》在诗歌批评史上的价值，纪文君在肯定《总目》批评观价值的同时，也剀切地揭示其不足。对于《总目》的批评原则，纪文君抓住了它以儒家诗学思想为核心这一基本原则，但又看出了其中的变化，如但求公允而力求持平之论，在理性指导下的对情的重视，追求一种遒劲与高雅相融的诗歌美学境界，等等。这些论述，都是持之有故，颇中肯綮的。对于《总目》三种批评话语的总结，又是他从《总目》众多的提要中潜玩体味深思所得。

就本书的研究来说，有三个特色。其实，这三个特色也体现在纪文君以往的著作与文章中。

一是重视文献的把握，以文献为依据，不发空论。他对王士禛诗学理论的研究，就建立在其对王士禛诗学文献的考论上。他的专著《王士禛诗学研究》，有两章专门谈王士禛的诗学文献。不把研究对象的相关文献搞清楚，就容易作架空之谈。对于沈德潜、浦起龙等对象，作者都注意到文献依据，包括他们的著作文献、立论的文献或作品依据。赵翼和张问陶都是性灵派诗人，一般人看似无太大差别，但是孙纪文从具体文献和作品出发立论，揭示出二人在性灵论方面的差异。

二是理论功底扎实，视野开阔。纪文君强于理论思考。此书虽名"清代文学探赜"，其主要涉及的是批评理论问题。纪文君对每一个研究对象的探索，都能从理论的基本要义出发，确立一个批评的理论逻辑基础。其后的论述，都能以此为核心，剥茧抽丝，条分缕析，最后得出结论。他还善于学习新鲜理论，包括国外的新理论，作为批判的武器，如用文化人类学和文化诗学的理论对袁枚"性灵说"进行解析，其中论及其消解传统的三点表现和"性灵说"的人本主义价值及其局限性，即透露出作者清新的见解与思考。而将《歌德谈话录》和《随园诗话》进行比较，由此揭示歌德与袁枚文论思想的异同，体现了作者视野的开阔。

三是颇有会心，时见新论。如以"徐汪争辩事件"为例，从王士禛的"笑而颔之"的态度说明王士禛对唐诗派的态度，证明"自康熙二十二年之后，渔洋的诗学思想便发生了本质的变化，他已经走入唐诗派的阵营之中"。结论并不惊人，但所用的材料似为别人所未用，尝一脔肉而知一镬之味，可见其把握材料的会心。如前所说，经过他对王士禛宗唐宗宋的变化过程的细致分析，论定王士禛的唐诗学也不是一个视阈狭窄的唐诗学。

再如，他从《秋柳》诗蕴藉含蓄的思绪出发，结合时代的约束和沈德潜的苦心，论析《清诗别裁集》不选王士禛《秋柳》诗的原因，其心得也颇为与众不同。

我对清代文学并不熟悉，然而难却纪文君之盛情，只好就我读完此书谈一些粗浅的看法，妄发论议，未必能中肯綮。孙纪文好学深思，读他的文章，你会觉得他"慧而能虚，虚而能入"（俞正燮《癸巳存稿》卷首张穆《序》），深人无浅语，这是我历来的感觉。

谨为序。

2014 年 3 月于福州适斋

王士禛诗学文献叙录

王士禛（1634—1711），字贻上，号阮亭，别号渔洋山人。山东新城人。顺治朝进士，康熙朝官至刑部尚书，为清初诗学大家。王士禛一生诗学著述极富，有诗话著作、笔记著作、选本著作、序跋著作等类型。本文广稽文献，对这些诗学文献的卷数、内容、诗学价值及著述时间予以考订，以期为清代诗学研究、王士禛诗学思想研究提供新的材料和新的文献依据。

一　诗话著作

诗话著作是王士禛诗学文献的主要组成部分。留存至今的诗话文献颇多，兹录重要书目如下：

1.《渔洋诗话》三卷。渔洋平生撰论诗学的文字很多，散见于各种笔记、序跋、杂著之中，初并无诗话专书。据《渔洋山人自传年谱》：康熙四十九年（1710），渔洋七十七岁时汇集康熙四十一年所撰的诗话六十则、康熙四十七年所增的一百六十则，编为三卷，授门人黄侍读（叔琳）序而梓之。康熙六十年（1721），渔洋门人俞兆晟得该书板藏于蒋氏（按：疑为渔洋门人蒋景祁）处，于雍正三年（1725）重印并序之。其中曾言及渔洋"中岁越三唐而事两宋"的话，又征引渔洋的话说《唐贤三昧集》虽看似平淡，"然而境亦从兹老矣"。[①] 这些叙述对于后人解读渔洋诗学思想的演变颇有价值。《渔洋诗话》的内容颇为冗杂，有诗论，有逸事，有典故，

---

① 王夫之等：《清诗话·渔洋诗话》，上海古籍出版社 1978 年版，第 163 页。

有闲谈。《四库全书总目》评《渔洋诗话》曾说："士禛论诗主于神韵，故所标举，多流连山水，点染风景之词，盖其宗旨如是也。其中多自誉之辞，未免露才扬己。又名为诗话，实兼说部之体。"① 这些评论虽口气过于严格，但并非没有道理。然而诗论之语却多有见地，如中卷称赞明代律诗中也有神韵天然不可凑泊者，再如下卷辩驳钟嵘《诗品》缺失之处，等等，都与今人的观念暗合。据蒋寅先生的考证，此书有康熙四十四年稿本一册；又有国家图书馆藏稿本一卷。② 刊本甚多。清代主要有康熙四十九年黄叔琳刊本、乾隆二十三年（1758）竹西书屋重刊本、《四库全书》本、光绪十四年（1888）聚英堂刻本、《清诗话》本等。民国以来主要有民国初上海昌明书局石印本、民国十年（1921）扫叶山房石印本、民国十六年（1927）扫叶山房《大字断句注释渔洋诗话》石印本，等等。

2.《渔洋诗话》一卷。此书乃汇集渔洋《五七言古诗选》之凡例而成，共二十八则。书名并非渔洋亲订。王士禛在《渔洋诗话自序》说："今南中所刻《昭代丛书》，有《渔洋诗话》一卷，乃摘取五言诗、七言诗凡例，非诗话也。"③ 据郭绍虞先生说，此书最早刊于康熙三十五年（1696）张潮的《檀几丛书》中，④ 又据张寅彭先生的说法："此处《昭代丛书》当为《檀几丛书》之误。"⑤ 今有上海古籍出版社影印檀几丛书本。此书对后人解读渔洋的古诗选评观颇有裨益。

3.《师友诗传录》一卷。又名《梅溪诗问》。此书乃王士禛、张笃庆、张实居述，郎廷槐编。郎廷槐（1667—1725后），字梅溪，奉天府广宁（今辽宁北镇市）人。曾官新城知县、四川达州知府、遵义府通判等，雍正三年坐年羹尧案革职。有《江湖夜雨集》。张笃庆（1642—1720），字历友，号厚斋，山东淄川人。有诗名，隐居不仕。张实居（1633—1715），字萧亭，一字宾公，山东邹平人。王士禛原配夫人之兄，处士。工诗，王

---

① 永瑢等：《四库全书总目》，中华书局1965年版，第1793页。
② 蒋寅：《清诗话考》，中华书局2005年版，第278页。
③ 王夫之等：《清诗话·渔洋诗话》，上海古籍出版社1978年版，第164页。
④ 同上书，第14页。
⑤ 张寅彭：《新订清人诗学书目》，上海古籍出版社2003年版，第21页。

士禛选其诗为《萧亭诗选》。康熙四十五年（1706），张笃庆客新城，与王士禛唱和。时郎廷槐问诗于三人，后编为《师友诗传录》一书。综合重要传本可知，郎廷槐所问凡三十一条，三人分别作答。其中涉及诗史、诗体、诗法等内容，尤以探询写作技法为主。观渔洋所答，常常流露精湛之语。如论五言古诗宗法何人时，渔洋答曰《古诗十九首》天衣无缝不可学，陶渊明诗自写胸臆不易学，唯六朝二谢、鲍照、何逊，唐人张九龄、韦应物庶几可宗法。① 所言颇为通达。由于《师友诗传录》中还附有张笃庆、张实居的作答，故三人之语时有相淆乱处。此书版本甚多。有康熙四十五年刊《渔洋山人诗问本》、乾隆二十三年李因培重刊本、乾隆二十五年《诗论正宗》本、《四库全书》本、《花熏阁诗述》本、《诗法萃编》本、《清诗话》本、民国元年扫叶山房《渔洋诗问》石印本、齐鲁书社周维德笺注《诗问四种》本，等等。后世传本有两个系统：一为王士禛作答单行本；另一为三人合答本。且书名与内容也不一。《花熏阁诗述》本、《清诗话》本、齐鲁书社周维德笺注《诗问四种》本等为三十一则，而民国元年（1912）扫叶山房《渔洋诗问》石印本等为十九则。

4.《师友诗传续录》一卷。又名《古夫于亭诗问》。王士禛述，刘大勤编。刘大勤，字仔臣，山东长山（今淄博）人。康熙四十七年（1708）举人，王士禛门人，有《吹剑草》。此书是王士禛答刘大勤诗问之对话录，共六十则。有的版本作六十二则，多两则论元人诗学者。该书的内容主要是论诗歌体式、作诗法则之类。王士禛的回答虽然简约，但也十分精深。如论唐、宋诗歌区别时，王士禛云：唐诗主情，故多蕴藉；宋诗主气，故多径露，这是宋诗不及唐诗的原因，与气的厚薄无关。② 所言颇中肯綮。《四库全书总目》之《师友诗传录·师友诗传续录》提要评价王士禛的诗学观时说：渔洋论诗有时疏于考证，不免与诗史相出入，"然其谈诗宗旨，具见于斯。较诸家诗话所见，终为亲切"。③ 这种评价是公允的。《师友诗传续录》与《师友诗传录》俱是王士禛晚年论诗之作，可合而观之，以见

---

① 王夫之等：《清诗话·师友诗传录》，上海古籍出版社 1978 年版，第 133 页。
② 同上书，第 152 页。
③ 永瑢等：《四库全书总目》，中华书局 1965 年版，第 1794 页。

渔洋论诗法则之大要。《师友诗传续录》的版本甚多。主要有康熙四十五年《渔洋山人诗问》本、李因培重订本（题作《渔洋诗法》）、《诗论正宗》本、《四库全书》本、《花熏阁诗述》本、《诗法萃编》本、《清诗话》本，民国元年扫叶山房《渔洋诗问》石印本、齐鲁书社《诗问四种》本，等等。稍微不同的是：《清诗话》本等录诗问六十则，而《渔洋诗问》本、《诗问四种》本等录诗问六十二则。

5.《律诗定体》一卷。此书属于声调谱一类的著作。书中列五七言近体格律八式，平仄位置各标以符号，作成谱式，并举诗例加以说明。相传该书出自王士禛后人传钞本。"近体诗格律历来口耳相传，父兄指授，无谱式之作。自王士禛此书出，乃有《声调谱》一定之规。"① 《律诗定体》对于律诗初学者而言具有导航的作用。该书的刊本主要有：乾隆二十三年昼锦堂李因培刊本、乾隆三十五年王祖肃刊《诗问》附录本、《花熏阁诗述》本、《国朝名人著述丛编》本、《清诗话》本、民国元年扫叶山房《渔洋诗问》石印本等。

6.《然灯记闻》一卷。王士禛述，何世璂记。何世璂（1666—1729），字澹庵，一字坦园，号铁山，山东新城人。康熙四十八年（1709）中进士，官至吏部侍郎，署直隶总督。谥端简。有《何端简公集》。此书为何氏所记王士禛与门人论诗语录，仅二十二则，为王士禛论诗的一部分，与郎廷槐、刘大勤二人诗问相近。据蒋寅先生的考证，该书当作于康熙三十一年（1692）六月，"此为渔洋论诗之初次记录，语虽寥寥，渔洋诗学之核心观念已具其中"②。郭绍虞先生说："王氏论诗偏重神韵，此卷多论风致，可看出风致与神韵之关系，也可看出他选《三昧集》的旨趣。"③ 这二十二则诗论涉及诗法、诗律、诗体等方面，也间或论及作诗宗旨等，渔洋论诗的主题概见于此。流传刊本主要有：乾隆三十五年（1770）王祖肃刊《诗问》附录本、《花熏阁诗述》本、《天壤阁丛书·声调谱丛刊》本、《谈艺珠丛》本、《诗法萃编》本、《古今说部丛书》本、《清诗话》

---

① 蒋寅：《清诗话考》，中华书局 2005 年版，第 275 页。
② 同上书，第 274 页。
③ 王夫之等：《清诗话·前言》，上海古籍出版社 1978 年版，第 12 页。

本、民国元年扫叶山房《渔洋诗问》石印本、《丛书集成初编》本等。各本内容偶有异同，如《花熏阁诗述》本将通行本的第一条诗论析为两条，但大旨无别。

7.《古诗平仄论》一卷。王士禛撰，翁方纲校订。此书不知作于何年，乾隆五十七年（1792）由王士禛裔孙王允肃出其家藏原稿刊行，请翁方纲作序。翁方纲少学于渔洋弟子黄叔琳，经翁氏鉴别，定为王士禛所作。此书内容主要述及王士禛的声律之学。然渔洋之于古诗声调，生前未见有专书，其议论之语散见于门人所记的《然灯记闻》、《师友诗传录》等卷帙中。自赵执信《声调谱》行世以来，赵之声调学与渔洋声调学的关系问题便成为一时的诗学公案。渔洋后人及弟子为捍卫师说，亦发渔洋旧稿，遂有《律诗定体》及本书问世。此书以二十三首古诗作品为例，详说古诗的声调隐秘问题。所论与赵执信之说互有异同。由于该书出于旧稿，弟子后人误笔亦属可能，故翁方纲按语间或指出非王士禛之言，或指出非王士禛定论加以回护。此书有中国科学院图书馆藏稿本。主要刊本有：乾隆五十三年王允熙刊本、乾隆五十七年王允肃刊本、《小石帆亭著录》本、《天壤阁丛书》本、《学诗法程》本、《清诗话》本，等等。

8.《带经堂诗话》三十卷。王士禛撰，清乾隆二十五年（1760）张宗柟编。张氏采王士禛《渔洋文》、《古诗选凡例》、《池北偶谈》、《蚕尾文》、《香祖笔记》、《渔洋诗话》、《分甘余话》等十八种著作中的有关诗论、诗艺内容而成此诗话。前有张宗柟自序、纂例十六则、汇纂书目十八种，后有弟宗橚后序。张宗柟（1704—1765），字汝栋，别号含广，浙江海盐人。累应试不举，五十岁后放弃功业，致力于著述。有《吟庐小稿》一卷、《度香词》一卷。此诗话乃汇集之作，前以"御笔"、"应制"冠首，以下分为综论、悬解、总集、众妙、考证、记载、丛谭、外记八门，子目如源流、体制、品藻等共六十四类。每类中将渔洋有关诗话性质的著述按写作年月排列，有时也征引他家之说相参证，间附按语，以示己见。可以看出，《带经堂诗话》搜罗是很广的。其辑录不仅有诗学方面的内容，也包括奇闻遗迹、考证校勘、典章制度等无关诗学的内容。王士禛一生手定诗话仅有《渔洋诗话》三卷，其他诗话之语或散见于他的笔记、文集和序跋之中，或散见于他人的记录之中，更有重复之笔。张氏出于对王士禛的崇敬，凡属于诗话的内容必然录入《带经堂诗话》中，自称该著并非去繁就简之作，而是宁滥毋缺之作，故该书有臃肿杂芜之感。清人李慈铭在《越缦堂读书记》中就曾批评它"门类太多，或嫌琐杂；重文并录，又近赘疣"。① 不过，其资料之全，又是一个长处。"因为它包罗了现在可以看到的绝大部分王士禛论诗的言论（除几种论格律的专著之外）。"②

《带经堂诗话》首刻于乾隆年间，有乾隆二十七年（1762）南曲旧业刊本。但流传最广的是同治十二年（1873）广州藏修堂重刊本及民国年间上海扫叶山房石印本。1963 年，人民文学出版社出版了戴鸿森的校点本（上下册），收入《中国古典文学理论批评专著选辑》中。此书删订重复条目，校正部分讹误，比较精善客观，为当今通行本。

9. 《五代诗话》十二卷。王士禛撰，黄叔琳校订，宋弼编次。黄叔琳（1672—1755），字宏献，号昆圃，宛平（今北京）人。康熙三十年一甲三名进士，授编修，官至吏部侍郎。有《养素堂诗文集》。宋弼，字仲良，号蒙泉，山东德州人。乾隆十年进士，曾历官甘肃按察使。有《山左明诗钞》。是书起稿于何时不详，"盖读书随手辑录而已，非用力撰作之书也"。③ 康熙四十年王士禛病中撰《五代诗话》序云："予撰《五代诗话》十余年矣。……寥寥未能成书。每一循览，辄为怅然，不知何年得遂此志也。"④ 直到渔洋去世，此著也未能刊行。书的内容以记叙五代诗歌流变过程、诗人概况、诗作大旨、诗坛逸事为主。该书采摭繁复，五代逸闻琐事，搜括大概。但有时也疏于考证，舛误处在所难免。后郑方坤在王士禛撰写的基础上，增删《五代诗话》为十卷。郑方坤，福建闽县人，字则厚，一字荔乡，雍正元年进士。历官邯郸县令、景州知府、登州知府等，后因足疾自免。有《全闽诗话》、《国朝诗钞小传》等。四库馆臣曾评述其中变化的原委。《四库全书总目》之王士禛撰《五代诗话》提要说："是书

① 李慈铭撰，由龙云辑：《越缦堂读书记》，中华书局 1963 年版，第 1040 页。
② 金开诚、葛兆光：《古诗文要辑叙录》，中华书局 2005 年版，第 564 页。
③ 蒋寅：《清诗话考》，中华书局 2005 年版，第 281 页。
④ 王士禛撰，戴鸿森点校：《五代诗话》，人民文学出版社 1989 年版，第 402 页。

士禛原稿，本草创未竟之本。弼所续入，务求其博，体例遂伤冗杂。殊失士禛之初意，而挂漏者仍复不免。后郑方坤重为补正，乃斐然可观。是编精华，已尽为方坤所采。"① 《四库全书总目》之郑方坤撰《五代诗话》提要说："方坤得士禛残稿于历城朱氏，乃采摭诸书，重为补正。原本六百四十二条之中，删其二百一十六条，增入七百八十九条，共成一千二百一十五条。凡所增入……各以一'补'字冠之，使不相混。"② 可见，郑氏《五代诗话》与渔洋《五代诗话》关系非常复杂，须仔细甄别其中的异同。据蒋寅先生说，此书原稿十二卷，抄本今藏国家图书馆，每半页十行，行二十四字。又有黄叔琳批校抄本一册，存六卷，为卷七至卷十二，亦藏于国家图书馆。③ 此书的刊本主要有：乾隆十三年（1748）黄叔琳养素堂刊巾箱本、乾隆十九年（1754）杞菊轩刊本、嘉庆五年（1800）王如金序刊本八卷、民国间上海朝记书庄石印本八卷。当今有书目文献出版社1989年版李珍华点校本、人民文学出版社1989年版《中国古典文学理论批评专著选辑》戴鸿森点校本。

可以说，王士禛的诗话类著述以上述九种为代表。此外，他的诗话类诗学文献尚有：《慎墨堂名家诗品》二卷，王士禛撰、邓汉仪论次，有康熙间刊本。《谐声别部》（又题《分类诗话》）六卷，王士禛撰，喻端士编，有乾隆五十四年信江枕山亭自刊本。《渔洋诗话汇编》十六卷，王士禛撰，王煜编，有清稿本八册。《渔洋山人诗问》四卷，王士禛撰，有康熙四十五年刊本。《诗问》二卷，王士禛撰，洪楠云辑，有乾隆四十二年春晖草堂刊本。这些诗话的内容要旨与上述九种诗话的内容多有重复，故仅以著录形式留存，待他日详叙。

二 笔记著作

王士禛一生写下大量的笔记著作，如《居易录》、《池北偶谈》、《香祖

---

① 永瑢等：《四库全书总目》，中华书局1965年版，第1805页。
② 同上书，第1795页。
③ 蒋寅：《清诗话考》，中华书局2005年版，第282页。

笔记》、《古夫于亭杂录》、《分甘余话》等。《四库全书总目》将它们一律归入"子部杂家类"。这些笔记记叙内容极其广泛，举凡古人著述、文辞佳句、诗歌品评、诗学观念、典章制度、地名考辨、文人逸事、字词辨析、古书藏逸、社会风俗、地方物产以及治病验方等均有涉及。因此，诗学内容只是这些笔记所记内容的极小部分，故这些笔记不能称作纯粹意义上的诗学著作。然而，这极小部分的诗学内容却也值得后人解析。今录入有关诗学方面的内容如下：

1. 《池北偶谈》二十六卷。此书是王士禛为官时所撰，由多年的积累而成。但据《渔洋山人自撰年谱》所示，该书成书时间为康熙二十八年（1689），此时作者五十六岁。又据该书康熙辛巳年（1701）文萃堂刊本可知，作者的自序写于康熙辛未年（1691）。该著分为四目，共二十六卷，即"谈故"目四卷；"谈献"目六卷；"谈艺"目九卷；"谈异"目七卷，由一千二百九十余条笔记构成。该书刊刻的版本有康熙己巳年（1689）闽中刊本、康熙庚辰年（1700）临汀郡署本、康熙辛巳年（1701）文萃堂刊本、《四库全书》本、民国年间的《清代笔记丛刊》本和《笔记小说大观》本等。当今流行的本子是中华书局 1982 年《清代史料笔记丛刊》本（以下简称丛刊本）。此书由靳斯仁点校，以康熙辛巳年（1701）文萃堂刊本为底本，并据他本校勘而成。

今以丛刊本为据，略叙其中的诗学内容。《池北偶谈》的四目中，"谈故"目主要记叙的是典章制度、衣冠胜事；"谈献"目主要记叙的是明清的明臣、奇人、列女的事迹；"谈异"目主要记叙的是神怪传闻故事。这三目所叙的内容基本与诗学无关。而"谈艺"目却颇有诗学价值。它的主要内容是评论诗文、品评诗画及采撷佳句，因此，《四库全书总目》称："谈艺九卷，皆论诗文，领异标新，实所独擅。"[①]"谈艺"目共录四百三十六条笔记，大约占全书篇幅的三分之一，其中的诗学内容更为人所重。如卷十一第 475 "施宋"条论析了施润章、宋琬的五言诗歌之特征；卷十二第 522 "用事"条认为作诗用事以不露痕迹为高；卷十三第 613 "魏晋宋

---

① 永瑢等：《四库全书总目》，中华书局 1965 年版，第 1056 页。

诗"条明示其选诗标准与严羽的标准一致；卷十四第 661 "诗使本朝事"条认为，作诗用古以不失古雅为上，不必拘泥于六朝故事；卷十五第 686 "竹枝"条评说何谓竹枝歌词的本色之语；卷十六第 743 "学杜"条历数宋、明以来著名诗人学习杜诗的特点；卷十七第 798 "借禅喻诗"条明确表明赞同严羽《沧浪诗话》以禅喻诗的诗学主张；卷十八第 819 "神韵"条考论神韵的出处及诗学含义；卷十九第 853 "宋人绝句"条认为宋人的某些绝句可追踪唐人之作，以此见出渔洋不废宋诗又皈依唐诗的倾向。总之，诸如此类的诗学内容可视为研究王士禛诗学思想难得的文献。

2.《居易录》三十四卷。此书是王士禛康熙己巳（1689）官左副都御史至康熙辛巳（1701）官刑部尚书之间，十三年之中所见所闻的记录结晶。王士禛自序云："在公之暇，结习未忘，有所见闻，时复笔记。岁月既积，得数百条，厘为三十四卷。忆顾况语'长安米贵，居大不易'，因取以名其书。"据《渔洋山人自撰年谱》记载，该书成书时间为康熙四十年（1701），此时作者六十八岁。该书刊刻的版本主要有：康熙五十年（1711）刊本、《四库全书》本、学海类编本、丛书集成初编本（内容有删节）等。现今通行本是齐鲁书社 2007 年版的《王士禛全集》本。《居易录》的内容虽以聚谈实录为主，但不乏诗学见解，正如《四库全书总目》所言："中多论诗之语，标举名俊，自其所长。"如卷二之中王士禛对江湖诗人进行了评点，认为只有姜夔、周弼、邓林三家可观；卷五之中认为杜甫的诗句偷取了何逊的诗句；卷十之中评论了钱谦益的诗学思想；卷二十一之中评论了盛唐五言诗与六朝诗风的关系，评论了杜甫七言古诗"集大成"的历史地位。此等论诗之语颇有见识。

3.《香祖笔记》十二卷。据王士禛好友宋荦所写的序言可知，此书主要为康熙四十二年、四十三年所作，而于康熙四十四年刻行。时王士禛或在京官刑部尚书，或刚刚罢官。全书篇幅虽不多，但内容很广泛，宋荦序中的概括大体为是："或辩驳议论得失，或阐发名物源流，或直书时事，或旁及怪异，率皆精简而不浮。"① 其中渔洋的诗论、诗评之语也有所体

---

① 王士禛撰，湛之点校：《香祖笔记·序》，上海古籍出版社 1982 年版，第 1 页。

现，并占了全书相当的比重，正如湛之在《香祖笔记·点校说明》所说："标举佳句名篇，品诗得失，是这部笔记的特色之一。"① 如卷二中评明代陈子龙的七言律诗沉雄瑰丽，近代作者，未见其比；卷三中论姜夔《白石诗说》中的某些见识高妙，虽未及严沧浪之地步，但也足以发现诗境的奥秘；卷五中评《诗经》里的四言名句颇有兴寄；卷六中认为诗画境界一体，观名画之妙而悟诗家三昧，所谓意在笔墨之外；卷六中认为唐人七言古诗以王维、高适、李颀为正宗，而李白、杜甫为大家，此不失为是独出心裁之识；卷七中曾以越女与勾践论剑、司马相如论赋为喻，论诗家妙谛正在于"只可会意难以言传"之中；卷八中曾举司空图《二十四品》中的"含蓄"品、"纤秾"品为例，形容诗境之妙。并直接运用"诗境"一概念说明问题之关键；卷十中曾论诗歌的雅俗之别。诸如此类的诗论、诗评话语言约而意丰。正因为如此，该书也成为王士禛诗学文献的一个有机组成部分。

该书有康熙四十四年序刊本、《四库全书》本、《渔洋山人著述丛书》本、《清代笔记丛刊》本、《笔记小说大观》本等多种本子。当今流行的本子是上海古籍出版社1982年《明清笔记丛书》本。此书由湛之点校，以康熙四十四年序刊本为底本，并用《清代笔记丛刊》本等补正而成。

4.《古夫于亭杂录》六卷。此书是王士禛晚年罢官里居后所撰，由三百四十余条笔记构成，作于康熙四十四年至四十七年（1705—1708）之间。该书有五卷本和六卷本两种版本，但内容差别不大。五卷本是王士禛定稿之前的本子，全书写成后随即流传于友朋之间，并有刻板梓行，有海盐俞兆晟所写的序言但无王士禛的自序。六卷本是王士禛删定的本子，前有他的自序。后来又有康熙年间范邃的广陵刊本，亦为六卷。但文渊阁《四库全书》抄录的本子却是五卷本。当今流行的本子是中华书局1988年《清代史料笔记丛刊》本（简称丛刊本）。此书由赵伯陶点校，以六卷本为底本，以五卷本为校本，并参校广陵本而成。

今以丛刊本为据，言说其中所涉及的诗学内容。显然，《古夫于亭杂

---

① 王士禛撰，湛之点校：《香祖笔记》，上海古籍出版社1982年版，第2页。

录》是一部杂记类的笔记，不能视其为诗学著作，但是，三百四十余则笔记中有二十余条的诗学内容却独具慧眼之识，可称作这部笔记精华之所在。如卷一第 36 条"画钟馗"一则寓诗理于画理之中，指明神似的重要性；卷一第 67 条"左传赋诗"一则言明《诗经·野有蔓草》不必尽以淫诗来理解；卷二第 74 条"雅人深致"一则指摘谢安所谓的"雅人深致"不能喻其指；卷二第 75 条"晋人佳句"一则论嵇康、谢朓、何逊的佳句妙在象外，读者当以神会而悟入；卷三第 155 条"炼字炼句"一则认为诗歌炼字炼句之法与篇法并重，学者不可不知；卷三第 157 条"点金成铁"一则反对将古人兴来、神来、天然入妙、不可凑泊的诗句妄加点窜，点金成铁而荒诞；卷四第 250 条"山水之作"一则认为古来山水之作名篇很多，但莫若曹操"水何澹澹，山岛竦峙"两句为佳；卷五第 255 条"诗品舛谬"一则指出钟嵘《诗品》的偏颇之处，如将陶潜列入中品、曹操列入下品是位置颠倒之举；卷五第 259 条"温庭筠诗"一则认为，温诗《商山早行》中的"鸡声茅店月，人迹板桥霜"并非佳句，不如其"古戍落黄叶"诗有气格；卷六第 314 条"勿袭形模"一则指明学古人诗歌不要追求形似，必须寻找文外之独绝处；卷六第 325 条"七言歌行"一则认为杜甫的七言歌行似《史记》，李白、苏轼的歌行似《庄子》，而黄庭坚的歌行似《维摩诘经》。这些诗论、诗艺之语揭示了"神韵说"的内涵，从一个侧面反映了王士禛的诗学观，见识甚高。《四库全书总目》有"品题诸诗，亦当惬当"的评价，是颇为公允的。

5.《分甘余话》四卷。根据作者的自序，此书是渔洋晚年罢官家居时所撰，写于康熙己丑年（1709），因而较其他笔记为晚出之作。该著四卷，据中华书局 1989 年版《分甘余话·前言》考证，康熙四十八年（1709）自序刊本是本书的最早刻本，七略书堂刊本和民国间的石印本均由此出。[①]当今流行的本子是中华书局 1989 年版的《清代史料笔记丛刊》本（以下简称丛刊）。此书由张世林点校，以初刻本为底本校正讹误而成。

今以丛刊本为依据，略叙其中的诗学内容。《分甘余话》是一部记见

---

① 王士禛撰，张世林点校：《分甘余话》，中华书局 1989 年版，第 3 页。

闻杂感、谈学问艺术、述往事旧情的笔记,由二百七十余条笔记构成,《四库全书总目》评之为"不同撷拾,披沙拣金,尚往往见宝也"。①其中品评诗歌创作和阐释诗歌理论是这部笔记的一个重要内容,概有四十余条之多。如卷一第 27 条"施润章诗高妙不减潘阆"一则认为,施润章的咏物诗之妙就在于澄淡之处;卷二第 102 条"冯班诋諆严羽"一则力挺严羽"妙悟"、"兴趣"之说,而指摘冯班不识诗味;卷三第 179 条"唐诗格韵"一则认为,气、格含义不同,盛唐诗歌之所以超群就在于格韵高妙;卷四第 229 条"诗评"一则论道:那些色相俱空,如羚羊挂角,无迹可求的诗歌才能称得上是逸品,唯李白、孟浩然的诗歌为代表。由这些诗论的内容可见,他的诗学主张依然没有背离"神韵"说的理论背景,故该书中渔洋对那些作诗追求自然之味而有兴趣的诗人,无论其有无名声,都大力推举。

三 选本著作

研究王士禛的诗学思想,必须将诗话、相关文集、笔记、序跋及选本并观。在此基础上找出重要的论点和线索,才可以看出他整体的诗学观念。诗歌选本中常常隐含着选家的诗学思想,故王士禛的诗歌选本著作是不可忽略的诗学文献。

1.《二家诗选》二卷。此集乃删录明代徐祯卿、高叔嗣二人诗而成。徐祯卿为明代前七子之一,有《迪功集》;高叔嗣为明代独具个性的诗人之一,有《苏门集》。《四库全书总目·二家诗选》提要评二人诗歌云:"上规陶、谢,下摹韦、柳,清微婉约,寄托遥深。……士禛之诗实沿其派,故合二人所作简其菁华编为此集。"②意思是徐、高的诗歌风貌甚为渔洋所欣赏,且渔洋诗风有沿袭二人之处,故成此集。《二家诗选》选徐祯卿《迪功集》中古体、近体诗歌一百一十一首;选高叔嗣《苏门集》中五言

① 永瑢等:《四库全书总目》,中华书局 1965 年版,第 1057 页。
② 同上书,第 1730 页。

诗歌六十六首。确如《四库全书总目》所言："取所长而弃所短，二人佳什亦约略备于是矣"。据《渔洋山人自传年谱》云：顺治十八年秋七月，泊舟海陵，"取徐迪功、高苏门二集评次，录为一通，康熙己卯刻于京师"。① 意指《二家诗选》最初酝酿于顺治十八年（1661），但直到康熙三十八年（1699）时才刊刻。也就是说从酝酿到刊刻费时三十八年之久。《二家诗选》的刊刻一方面表明渔洋对明代诗歌并没有完全舍弃，另一方面也表明渔洋对充满神韵色彩的徐、高之作格外关注。该集版本主要有《四库全书》本。

2.《古诗选》三十二卷。据《渔洋山人自传年谱》可知，《古诗选》成书于康熙二十二年（1683），此时渔洋刚好五十岁。《古诗选》选五言诗十七卷，选七言诗十五卷。该著最早的版本有两篇序言，其一由姜宸英所写。姜氏是康熙三十六年（1697）进士，为渔洋之友。其二由渔洋门人蒋景祁所写。又有渔洋亲写的五言诗凡例和七言诗凡例，由门人蒋景祁、惠润所录。检阅内容可知，康熙天藜阁刻本即为较早的版本。其后主要的版本有乾隆三十一年由闻人倓所序的芷兰堂《古诗笺》刊本和四库全书本。芷兰堂《古诗笺》刊本保留了姜宸英的序言，一函十二册。四库本言是"山东巡抚采进本"，未详。另有《四库全书存目丛书补编》之《阮亭选五言诗十七卷七言诗十五卷》本，此本乃影印湖北省图书馆藏清康熙天藜阁刻本而成，齐鲁书社 2001 年 9 月版（42 册）。

3.《唐贤三昧集》三卷。此集主要取盛唐诗，自王维始，至万齐融止。凡 42 人，400 余首诗。其中，选王维诗最多，达 100 余首。该集是一部鲜明体现渔洋"神韵"诗学思想的诗歌选集。其自序云："严沧浪论诗云：'盛唐诸公，唯在兴趣，羚羊挂角，无迹可求，透彻玲珑，不可凑泊，如空中之音，相中之色，水中之月，镜中之象，言有尽而意无穷。'司空表圣论诗亦云：'妙在酸咸之外。'康熙戊辰（1688）春杪，归自京师，居宸翰堂。日取开元、天宝诸公篇什读之，于二家之言，别有会心。"于是，"录其尤隽永超诣者"，于本年七夕后完成。② 由自序可知，《唐贤三昧集》

---

① 王士禛撰，李毓芙等整理：《渔洋精华录集释》，上海古籍出版社 1999 年版，第 2018 页。
② 王士禛：《王士禛全集》，齐鲁书社 2007 年版，第 1534 页。

在短短的几个月之内就刊刻完毕了。但是根据张寅彭先生的考证,刊刻时间远非如此简单而短促。实际上,《唐贤三昧集》从缘起直至刊刻,曾花费相当长的时间,同时该集的问世也彰显出渔洋别具特色的唐诗学思想,尤其是选编中间曾寄寓着选家关于禅诗关系的深刻思考。① 该集最早为康熙二十七年(1688)刻本。其后主要有《四库全书》本、乾隆五十二年(1787)听雨斋刻本、潘德舆评点本、姚鼐评点本、光绪九年(1883)翰墨园所刊黄培芳批评本。又据张明非《唐贤三昧集译注·前言》说:"并有日本、朝鲜刻本多种。"② 当今有1993年上海古籍出版社《四库文学总集选刊》本、《唐贤三昧集译注》本等。

4.《十种唐诗选》十七卷。是书取唐人总集九家及摘取宋代姚铉《唐文粹》所载诸诗,各为删汰而成。凡《河岳英灵集》一卷,《中兴间气集》一卷,《国秀集》一卷,《箧中集》一卷,《搜玉集》一卷,《御览诗集》一卷,《极玄集》一卷,《又玄集》一卷,《才调集》三卷,《唐文粹》六卷。据《渔洋山人自传年谱》云,该书成于康熙二十六年,此时渔洋五十四岁。关于渔洋编选此书的目的,徐乾学在该书序言中的话可备一说:"其于《三百篇》之意庶几有合矣乎?先生金口木舌以警学者,既引有唐诸公为之证据,又别裁伪体为善本。用心苦矣。"③ 意思是此书中渗透着渔洋温柔敦厚的儒家诗教观念,又包含渔洋以有唐诸公为宗法的诗歌取法观念。最早刊本为康熙三十一年刊本,今北京大学图书馆藏有该刻本。前有徐乾学、韩菼、尤侗、盛符升的序;后有康熙三十一年徐乾学的《十种唐诗选书后》。另有《四库全书存目丛书》影印本,齐鲁书社1997年7月版(394册)。

5.《唐人万首绝句选》七卷。宋代洪迈《唐人万首绝句》有百卷之多,虽广稽搜罗,以备大观,但也不免存在舛错之处。如陈振孙《书录解题》中就指摘此书中曾采宋人诗歌入闱。王士禛此编,删存唐人绝句仅八百九十五首,作者二百六十四人,数量不足洪迈原书的十分之一。根据序

---

① 张寅彭:《〈唐贤三昧集〉与诗、禅的分合关系》,《文学遗产》2001年第2期。
② 张明非:《唐贤三昧集译注》,上海古籍出版社2000年版,第5页。
③ 《四库全书存目丛书》,齐鲁书社1997年版,第276页。

言可知，此书乃晚年归田之作，成于康熙四十七年（1708）。《四库全书总目》之《唐人万首绝句选》提要云："其书成于康熙戊子，距士禛之没仅三年，最为晚出。又当田居闲暇之时，得以从容校理，故较他选为精审。"① 所言甚是。关于此书编选的目的，渔洋在自序里已经吐露了一个方面，即把唐人绝句视为唐代乐府，从而明确渔洋一贯坚持的诗体观。另一方面的目的笔者认为，依然体现了渔洋兼容并蓄但终以唐诗为宗的诗学观念。这样，从《唐诗三昧集》到《十种唐诗选》到《唐人万首绝句选》，就构成一个以唐代古诗、唐代近体诗为宗的比较完备的诗选体系。该书有康熙软体字写刻本、《四库全书》本、雍正十年（1732）洪正治重印本等。当今有上海古籍出版社 1993 年影印本、齐鲁书社 1995 年李永祥《唐人万首绝句校注》本等。

6.《载书图诗》一卷。康熙四十年（1701），王士禛官刑部尚书时，乞假归里，载书数车以归。其门人扬州禹之鼎以此绘制《载书图》。一时门人多为题咏，题图诗共八十六首之多，渔洋汇以成编。此集多是赞誉王士禛行止之辞，如门人黄元治诗中云："惟载奇书数十乘，道心追想龙河图。"此书有清康熙间刻本。今有《四库全书存目丛书》影印私藏康熙刻本，前有门人张起麟的序，齐鲁书社 1997 年 7 月版（394 册）。

四 序跋著作

序跋著作中也常常镶嵌着王士禛的诗学观念和诗学思想。王氏一生为己为人写过很多的序跋，其中涉及其诗学内容的重要文献有：

1.《带经堂集》卷四十之《黄湄诗选序》是为诗人王又旦（字幼华）所作的序。② 序中评价幼华的诗歌泛滥于唐、宋诸名家，上溯于《离骚》、《文选》，以成一家之言。并称赞幼华的诗歌"每变而益上"。以此表明王士禛的诗学思想并不局限于某家某时，而显示出灵活而富有包容

---

① 永瑢等：《四库全书总目》，中华书局 1965 年版，第 1730 页。
② 王士禛：《带经堂集》，康熙五十年刊本。

性的特征。

2.《带经堂集》卷四十一之《突星阁诗集序》是为诗人王戬所作的序。序中认为："夫诗之道，有根柢焉，有兴会焉，二者率不可得兼。""镜中之象，水中之月，相中之色，羚羊挂角，无迹可求，此兴会也。""博之九经、三史、诸子以穷其变，此根柢也。"又说："根柢原于学问，兴会发于性情。"即论及诗歌创作与学问、性情的关系。

3.《带经堂集》卷六十五之《芝廛集序》中认为诗画之理相通。

4.《带经堂集》卷六十五之《禹津草堂诗集序》是为诗人田霢（字子益）所作的序。序中认为论诗不必专尊汉魏，也不必专宗唐宋，而要以融通历代诗歌之气韵为上。同时又以冲澹、自然、清奇三品来评价田子益的诗歌。

5.《带经堂集》卷七十四之《邵子湘青门集序》是为诗人邵子湘所作的序。序中以格高气述为据评价友人邵子湘的诗歌云："邵子之诗，格甚高，气甚述，尝观海市于之罘，穷炎涨于扶胥，而其诗益奇恣尽变。"

6.《带经堂集》卷七十五之《赵怡斋诗序》是为诗人赵怡斋所作的序。序中说："论诗当先观本色。"渔洋论诗，不专以神韵为标尺，有时也举古代诸多的审美范畴来论诗品诗。序中即以本色来评价渔洋门人赵怡斋的诗歌特色。

7. 陈乃乾辑《重辑渔洋书跋》一书。① 其中有《陈说岩太宰丁丑诗卷》之跋文。此文早见于《蚕尾续文》里，被收入《带经堂诗话》中。其中有"雄浑神韵"兼备说，并以此评价陈廷敬的诗歌。云："自昔称诗者，尚雄浑则鲜风调，擅神韵则乏豪健，二者交讧。唯今太宰说岩先生之诗，能去其二短，而兼其两长。"

8. 陈乃乾辑《重辑渔洋书跋》中有《程有声近诗卷》之跋文。此跋是王士禛为门人程鸣所写的。其中有："予尝闻荆浩论山水而悟诗家三昧矣。""天外数峰，略有笔墨，意在笔墨之外。诗文之道，大抵皆然。"即认为诗画之妙多在咸酸之外。此观点与严羽诗学一脉相承。

---

① 王士禛撰，陈乃乾辑：《重辑渔洋书跋》，中华书局1958年版。

　　此外王士禛的文学创作中也时有表现其诗学思想的作品，如三十岁时在扬州所作的《论诗绝句》四十首。《渔洋诗话》云："余往如皋，马上成《论诗绝句》四十首。"《带经堂集》中称谓《戏效元遗山论诗绝句三十六首》。四十与三十六之别的原因是渔洋自己有删节。由于文学作品偏重于抒写性情与遭际，与诗学著作的研究畛域有些区别，本文就不多巡弋了。

（原刊于《厦门教育学院学报》2007 年第 4 期）

王士禛与清初唐诗学

自从唐、宋两大诗学传统形成以来，"宗唐"、"宗宋"之争，或者说唐、宋诗学之争就成为后代诗人、诗论家面临的重大问题。对此，齐治平先生在《唐宋诗之争概述》中指出："唐、宋之争以起，自南宋以迄近代，历时八百年之久，实文学批评史上一大公案，学诗谈艺者不容不注意及此也！"① 那么，时至清初王士禛（即王渔洋）的时代，唐诗学的状貌如何？尤其是渔洋与清初唐诗学的关联如何？由此展现出的深层学理问题是什么？就成为本文着重探讨的话题。

一

时至清初，唐诗学受到宋诗学的强烈冲击，从而形成两派争辩的形势。这种形势的萌发主要来自两个方面的诗学风气。第一是反思的风气。即明代唐诗学的空疏流弊引起时人的反思，促动诗论家从学理上、心理上兴起反击明代唐诗学而崇尚宋诗学的思潮。《四库全书总目》之《精华录》提要云："当我朝开国之初，人皆厌明代王、李之肤廓，钟、谭之纤仄，于是谈诗者竞尚宋、元。"② 由此可见时人对于七子派、竟陵派诗学的反戈程度。而清初诗论家的论述更能传达出这种思潮的声音。黄宗羲就曾站在折中唐、宋诗学的广阔立场上，对唯唐诗学为能事的诗学主张表示不满，并对"诗必盛唐"之论力持异议的态度，他在《诗历·题辞》中说："今

---

① 齐治平：《唐宋诗之争概述》，岳麓书社 1984 年版，第 3 页。
② 永瑢等：《四库全书总目》，中华书局 1965 年版，第 1522 页。

于上下数千年之中，而必欲一之以唐；于唐数百年之中，而必欲一之以盛唐。盛唐之诗岂非不佳？然盛唐之平奇浓淡亦未尝归一，将又何所适从邪？是故论诗者但当辨其真伪，不当拘于家数。"① 他还曾明确指出宋诗的价值，《张心友诗序》说道："宋、元各有优长。"② 以此看出黄氏抬高宋诗地位的企图。而作为明末清初诗坛"宗主"的钱谦益，也不满于明代唐诗学的粗浅与守旧，对前、后七子派和竟陵派的诗学主张进行了颠覆性质的批评，他在《王贻上诗集序》中斥责七子派的诗学主张是"学古而赝"、"师心而妄"、"同归于狂易而已"③；在《列朝诗集小传》中斥责竟陵派的诗学主张是"以凄声寒魄为致，此鬼趣也"。④ 叶燮对宗唐派的诗论观念颇不以为然，正如郭绍虞先生所论："他于明代七子诗风，病其陈熟；而于公安、竟陵诗风，又病其生新。"⑤ 他在《原诗》中说："非在前者之必居于盛，后者之必居于衰。"故对七子派之厚古薄今、扬唐抑宋的诗学倾向持否定的态度。从黄、钱、叶的言论中可以看出他们普遍持有的诗学观是：不满于明代唐诗学的粗疏与守旧；不满于明代唐诗学的因循与鄙陋；不满于弃置宋诗学而不知通变；不满于明代诗歌流派诗学主张的琐屑与狭隘。因此，他们从更大的诗学背景出发，从唐、宋诗学可以互相融通的语境出发，提高宋诗学的地位，进而表现出对宋、元诗歌接纳的心理。第二是重构的风气。即宗宋派通过扎实的文学活动力图恢复宋诗真面目以补明代唐诗学缺失，从而重新建构宋诗学的大厦。清初宗宋派的诗论家认为，宋诗学之所以被悬置起来，是由于人们对宋诗的真面目不了解，更不能把握其中的韵致。于是，宗宋派或以宋诗选本的方式张扬宋诗的真面目，如吴之振、吕留良的《宋诗钞》便应运而生，并带动了此后宋诗选本的不断出现；或以深入研究的方式言说宋诗的诗学特征，如叶燮就曾在比较中总结宋诗的艺术特征是："盛唐之诗，浓淡远近层次，方一一分明，能事大

① 沈善洪主编：《黄宗羲全集》，浙江古籍出版社 2005 年版，第 204—205 页。
② 同上书，第 50 页。
③ 钱谦益著，钱曾笺注，钱仲联标校：《牧斋有学集》，上海古籍出版社 1996 年版，第 765 页。
④ 钱谦益：《列朝诗集小传》，上海古籍出版社 1983 年版，第 571 页。
⑤ 郭绍虞：《中国文学批评史》，上海古籍出版社 1979 年版，第 508 页。

备。宋诗则能事益精，诸法变化，非浓淡远近层次所得而该，刻画博换，无所不极。”① 选本的方式和深入研究的方式是宋诗派的自觉行为，它不但具有补偏救弊的作用，而且对于扩大宋诗学的影响而言也是颇为有效的。可以说，第二个缘由对于宋诗学的勃兴而言更具有开辟路径的功效。因为宋诗学不仅需要理论反思，更需要理论建构。如果说第一个风气是在“破”字上下气力的话，那么，第二个风气则重在“立”字上进行落实，即重在以宋诗学的“后出转精”来弥补明代唐诗学的空疏。显然，这种冲击唐诗学的风气是很有批判意义的。

然而，唐诗学的影响是巨大的，清初倡导唐诗学的诗论家依然掌握强有力的批评话语权。那些尊崇唐诗学的诗论家也发出强有力的反击声音。朱彝尊的诗论可见一斑。朱氏年长王渔洋五岁，与王为友，海内有“南朱北王”之称。朱氏被认为是宗唐派的代表人物之一，尽管他中年之后亦有习染宋调的趋向，但总体而言，朱彝尊却是扬唐抑宋者。在《曝书亭集》中他说：“今之诗家，不事博宽，专以宋杨、陆为师，庸熟之语，令人作恶。”② 又说：“诗家比喻，六义之一，偶然为之可尔。陆务观《剑南集》句法稠叠，读之终卷，令人生憎。……迩者诗人多舍唐学宋。予尝嫌务观太熟，鲁直太生。”③ 以此见出朱氏对兴起的宋诗风是相当不满的。此外，清初的冯班、吴乔、贺裳、施闰章、毛奇龄等人也颇不以宋元诗为意。他们或对单纯学宋表示不满，或认为时人批评明代唐诗学过当。连喜好宋诗的宋荦也指责当时的学宋者随波逐流，不得要领，《漫堂说诗》中说道：“迩来学宋者，遗其骨理而挦扯其皮毛；弃其精深而描摹其陋劣。”④ 于是唐、宋诗学之争便成为清初不得不面临的时代问题。并且有文献说明由于尊崇唐、宋不同的诗学传统竟形成两大诗学阵营。清康熙年间的诗人邓汉仪在一则笔记中曾说道：“今诗专为宋派，自钱虞山倡之，王贻上和之，从而泛滥其教者孙豹人枝蔚、汪季甪懋麟、曹颂嘉禾、汪苕文琬、吴孟举

① 王夫之等：《清诗话·原诗》，上海古籍出版社1978年版，第601页。

② 纪昀：《四库全书》（第1318册），（台北）商务印书馆1983年影印本，第99页。

③ 同上书，第236—237页。

④ 王夫之等：《清诗话·漫堂说诗》，上海古籍出版社1978年版，第417页。

之振。而与余商略不苟同其说者，则有施尚白闰章、李屺瞻念慈、申凫孟涵光、朱锡鬯彝尊、徐原一乾学、曾青藜灿、李子德因笃、屈翁山大均等人。"① 可以看出，钱谦益、王渔洋与孙枝蔚、汪懋麟、曹禾、汪琬、吴之振一起被排在宗宋派的队伍中，与施闰章、朱彝尊等人的宗唐派形成对立的阵营。当然，邓汉仪的视野是有限的，因为清初同属宗宋派的黄宗羲、吕留良、叶燮、田雯、宋荦等人他就没有提名；而同属宗唐派的顾炎武、冯舒、冯班、毛奇龄、朱鹤龄等人他也没有提及。但是，这已经很有批评史价值了，因为通过他的阵营勾勒，我们至少弄清楚一个事实。这个事实便是至少在他写作这则笔记时这两个阵营是存在的，并且王渔洋属于宋诗学阵营中的一员。

二

王渔洋历来被视为清初唐诗学的代表人物，他如何又成为清初宋诗学阵营中的一员呢？我们先从俞兆晟《渔洋诗话·序》引述渔洋晚年对平生诗学思想演变的一段回顾谈起："少年初筮仕时，唯务博综该洽，以求兼长。文章江左，烟月扬州，人海花场，比肩接迹。入吾室者，俱操唐音；韵胜于才，推为祭酒。然而空存昔梦，何堪涉想？中岁越三唐而事两宋，良由物情厌故，笔意喜生，耳目为之顿新，心思于焉避熟。……既而清利流为空疏，新灵浸以佶屈，顾瞻世道，慭焉心忧。于是以太音希声，药淫哇锢习，《唐贤三昧》之选，所谓乃造平淡时也，然而境亦从兹老矣。"② 这段话包含着渔洋一段曲折的诗学史。即他曾经历宗唐—宗宋—宗唐的回环往复过程。"中岁越三唐而事两宋"，意味着渔洋心中有唐宋诗之争的情结，并且他也承认曾尊崇过宋诗。

那么，王渔洋何时提倡宋诗呢？这个问题渔洋自己没有明说。而且关于渔洋宗宋的始末问题，也确实有些难度。不过已有学者进行了探讨。如日本学者青木正儿在《清代文学评论史》中认为，渔洋兼取宋、元诗

---

① 邓汉仪：《宝墨堂诗拾》附，北京图书馆藏钞本。此段文献为蒋寅先生所提供，见其著《王渔洋与康熙诗坛》，中国社会科学出版社 2001 年版，第 43 页。
② 王夫之等：《清诗话·渔洋诗话》，上海古籍出版社 1978 年版，第 163 页。

歌，应该考虑到钱谦益的影响，并且在接触钱氏之前，渔洋已经对宋、元诗歌颇感兴趣。并暗示至少在康熙十七年（1678）前后，宋、元诗歌大盛。这种形势自然与渔洋的努力分不开。张健先生在《清代诗学研究》中认为，渔洋宗宋的标志性行为是从扬州回到北京任上，是年为康熙六年，"至迟到康熙十八年时，京师崇宋诗的风气已经相当之盛"。① 蒋寅先生在《王渔洋与康熙诗坛》中认为："王渔洋大力提倡宋诗，是在乡居服阕入朝之后，宋诗风在他的倡导下方始强劲起来。"② 时为康熙十五年、十六年。笔者以为，渔洋倡导宋诗的时间是一个动态的过程，局限于具体的年月是徒劳的，因为他从扬州任上开始到返回京师为部曹官员为终结，他一直尊崇宋诗。但是，随后发生的一件诗学事件却改变了渔洋的诗学观，他开始重新考虑步入尊唐诗学的体系中。所以，与其关注渔洋宗宋的开始时间，不如关注他宗宋的终结时间，即返回唐音的时间。这是本文着重思考的问题。

这件诗学事件本文称之为"徐汪争辩事件"。据徐乾学《十种唐诗选书后》记载，康熙二十二年（1683）孟秋、王又旦、汪懋麟、陈廷敬、徐乾学及王士禛集于城南祝氏园亭，为文酒之会。其间徐乾学与诸公盛称渔洋诗歌为国朝正宗，度越有唐。渔洋门人汪懋麟举觞言曰："诗不必学唐，吾师之论诗未尝不采取宋元。辟之饮食，唐人诗犹梁肉也，若欲尝山海之珍错，非讨论眉山、山谷、剑南之遗篇，不足以适志快意。吾师之弟子多矣，凡经指授，斐然成章，不名一格。吾师之学，无所不该，奈何以唐人比拟？"徐乾学与之讨论道："季角（按：汪懋麟的字），君新城弟子，升堂矣，未入于室。新城先生之才，足以挥斥八极，丹青万物，其学问广博而闳肆。年少通籍，四十余年为风雅宗主，海内学者趋之如龙鱼归渊泽。先生海人不倦，因才而笃，各依其天资，以为造就。季角但知有明前后七子剽窃盛唐，为后来士大夫讪笑，尝欲尽桃去开元、大历以前，尊少陵为祖，而昌黎、眉山、剑南以次昭穆。先生亦曾首肯其

---

① 张健：《清代诗学研究》，北京大学出版社 1999 年版，第 371—372 页。
② 蒋寅：《王渔洋与康熙诗坛》，中国社会科学出版社 2001 年版，第 31 页。

言。季甬信谓固然，不寻诗之源流正变，以合乎国风雅颂之遗意，仅取一时之快意，欲以雄词震荡一时，且谓吾师之教其门人者如是。先生《渔洋前后集》具在，惟七言古颇类韩、苏，自余各体持择不可谓不慎，选练不可谓不精。其造诣固超越千载，而体制风格未尝废唐人之绳尺。君熟读自得之，何可诬也。……先生何不仿钟嵘《诗品》、杼山《诗式》之意，论定唐人之诗，以启示学者，即近日不须辞费。"① 这段争辩说明，在汪懋麟看来，渔洋是宗宋派的秉持者，奈何以宗唐派比拟呢？而在徐乾学看来，渔洋指授弟子，各依其天资；汪懋麟性近宋诗，故以宋诗学教之。而渔洋的各体诗歌亦大多未尝废唐人绳尺。结果汪被徐讥笑为渔洋弟子中的登堂而未入室者。徐乾学还规劝渔洋仿照钟嵘《诗品》、皎然《诗式》之意，以定论唐诗而启示学者。渔洋在聆听两人的争辩之后，对徐乾学的观点颇为满意，按《十种唐诗选书后》的说法是："笑而颔之。"即他默许了徐的观点。

"汪徐争辩事件"及渔洋"笑而颔之"的深层含义很有耐人寻味之处。其一，这表明，渔洋在宗唐宗宋问题上该有选择了，他的态度该昭示于诗坛了，因为连门人都不能把握自己的诗学思想。何况争论者之一徐乾学、在座的文友陈廷敬在当时已经是朝廷的重臣，渔洋自己此时也位居祭酒之职，他们的诗学倾向与当朝文坛风会有密切的关联。而且，渔洋也很清楚，当时的康熙皇帝是喜好唐诗的；他更清楚，在康熙十七年他之所以破例由部曹授翰林院侍读学士，与皇帝称赞他"诗文兼优"更有密切的关联。其二，这表明，渔洋该为唐诗学的耸动做些事情了，何况他本人早年也中意于唐诗学。其三，这表明，此时该是他重新举起尊唐大纛的时候了。或者可以这样说，自此之后，即自康熙二十二年之后，渔洋的诗学思想便发生了本质的变化，他已经走入唐诗派的阵营之中。当然，这个走入历程也是一个循序渐进的过程，其中的委曲还须仔细考索。

他重返唐诗学阵营之后所做的事情主要有两方面：一是关于唐诗学的理论阐发，如有关神韵理论的阐发；二是关于诗歌选本的编纂，如着手

---

① 《四库全书存目丛书》（第 394 册），齐鲁书社 1997 年版，第 446 页。

《唐贤三昧集》等选本的编纂。前者从学理上进行唐诗学的建构，后者从行动上进行唐诗学的宣扬，两方面互相配合。而编纂《古诗选》可谓渔洋返回唐诗派阵营中所做的第一件事情，也是他首肯徐乾学规劝之意的变通方式。《古诗选》着手编纂的时间正是康熙二十二年，共选五言古诗十七卷，七言古诗十五卷。根据渔洋《古诗选凡例》中的说明可知，五言古诗以唐代陈子昂、张九龄、李白、韦应物、柳宗元这五家为旨归，七言古诗以杜甫为宗主，宋、元、明以后古诗隶附其下，源流分明。《古诗选》重新确立了渔洋的论诗倾向，即树立尊唐诗学的大旗。也可以说，《古诗选》的编纂发出了渔洋尊宋诗学终结的信号。

渔洋在唐宋诗学之争中所做出的最终重返唐音的选择，是很有批评史意义的行为。他之所以做出这样的选择，当从多方面的因素去考究。就"外在原因"而言，历史的传承、明代诗学的影响等都可以视作其中的因素。就"内在原因"而言，渔洋早年形成的且一直爱好唐诗的审美情趣、重感兴重体悟的思维方式等都是其中的因素。而以下三个缘由是最鲜明的。其一，宗宋诗风一开始就受到当时诗论家的批评。施润章在《学余堂文集》卷七中曾转述宰相冯溥的话说："宋诗自有其工，采之可以综正变焉。近乃欲祖宋祧前，古风渐以不竟，非盛事清明广大之音也。"① 又如朱彝尊曾说："今之言诗者，每厌弃唐音，转入宋人之流派，高者师法苏、黄，下乃效及杨廷秀之体，叫嚣以为奇，俚鄙以为正，譬之于乐，其变而不成方者欤！"② 以此可见当时人对宗宋诗学的嗤点。由于施、朱两人的诗坛地位颇高，又有一批追随者，他们的言论深中宗宋和学宋的流弊，颇具代表性。王渔洋与两人都有交往，两人的批评不可能不引起他的注意，也不能不引发他重新对"祧唐祢宋"关系的深入思考。其二，康熙皇帝的诗歌趣味很大程度上影响了尊唐诗学的走向。据《四库全书总目》的有关提要记载，康熙皇帝尽管对宋、金、元、明四朝诗歌加以御定刊行，有《御定全金诗》七十四卷和《御定四朝诗》三百一十二卷付

① 纪昀：《四库全书》（第1313册），（台北）商务印书馆1983年影印本，第81页。
② 同上书，第83页。

梓，但是，就总体诗歌旨趣而言，康熙皇帝尤其爱好和尊崇唐诗。于此最有力的证据不仅仅体现在康熙四十四年编成了《御定全唐诗》九百卷、康熙五十二年着手编纂《御选唐诗》三十二卷（附录三卷），更表现在当时朝臣的记录中，如参与编纂《全唐诗》的张玉书在其《御定全唐诗录后序》中就曾说："皇上天纵圣明，研精经史，凡有评论皆阐千古所未发。万机余暇，著为歌诗，无不包蕴二仪，弥论治道，确然示中外臣民以中和之极，而犹以诗必宗唐。"① 这样看来，身处朝廷的王渔洋对于皇帝的诗文爱好倾向是有所领悟的，此后他不可能大张旗鼓地再倡导宋诗，他的诗学主张也不可能不受到皇帝诗歌趣味的影响。因此，随之而来的诗学倾向的转变又多了一重政治层面的缘由。其三，尊唐桃宋的救弊目的。渔洋崇尚宋元诗歌本有纠偏补弊的目的。然而诸多的宗宋者在反思明代唐诗学之肤廓纤仄的同时，却走向浅近流溢的另一端。《四库全书总目》之《精华录》提要曾经披露崇尚宋、元诗歌之后的形势是："既而宋诗质直，流为有韵之语录；元诗缛艳，流为对句之小词。于是士禛等以清新俊逸之才，范水模山，批风抹月，倡天下以'不著一字尽得风流'之说，天下遂翕然应之。"由此看出渔洋改弦易辙而宗唐同样具有纠偏补弊的目的。以上论及的转变因素和着重论述的三方面的缘由，尽管不能完全解释渔洋宗唐诗学转变的深层肌理，但是，至少从中我们可以看出，渔洋从宗宋派阵营中分化出来而走向宗唐派的诗学领域，确实与时代风会、个人的诗学倾向息息相关。

三

进一步说，渔洋的唐诗学思想与清初其他诗论家的唐诗学思想相比，其"宗唐"诗学思想的内涵和诗学主张有许多与众不同之处。

其一，他尊崇的唐诗学是兼容的唐诗学。兼容意味着对初盛中晚四个时期唐诗的兼容，意味着对历代诗歌的兼容。他的好友施润章在《渔洋山人续集·序》中云："客或有谓其桃唐而祖宋者，予曰：不然，阮亭盖疾

---

① 纪昀：《四库全书》（第1322册），（台北）商务印书馆1983年影印本，第439页。

夫肤附唐人者了无生气，故间有取于子瞻。而其所为蜀道诸诗，非宋调也。诗有仙气者，太白而下，唯子瞻有之，其体制正不相袭。……学三唐而能自竖立者，始可读宋、元，未易为拘墟鲜见者道也。"① 他的僚友徐乾学评论渔洋诗学时说："虽持论广大，兼取南北宋、元、明诸家之诗，而选练矜慎，仍墨守唐人之声格。或乃因先生持论，遂疑先生续集降心下师宋人，此未知先生之诗者也。"② 由这两人的话中我们不难看出渔洋唐诗学的融通性质。当然，渔洋的兼容并非没有中心，其诗学思想毕竟有几个要点：首先，他以唐诗为中心，其他各代诗歌都围绕着这个中心而有所择取。其次，在尊崇唐诗之中，他又标举盛唐诗歌，而且他所指的盛唐诗歌的代表人物并非是李白、杜甫，而是王维、孟浩然。最后，他倡导根柢与兴会相融合。根柢与宋诗学的要义有关，而兴会则与唐诗学的要义有关。渔洋在《渔洋文》中认为诗歌之道有根柢、有兴会，二者大率不可得兼。如果能够兼容的话，"又干以风骨，润以丹青，谐以金石，故能衔华佩实，大放厥词，自名一家"。③ 这样的兼容才是渔洋唐诗学的理论精髓。

其二，他尊崇的唐诗学是以唐代诗学精神为价值取向的唐诗学，与同时代的其他"宗唐"者迥然有异。渔洋论唐诗，既能区分唐诗初盛中晚的不同韵致，又能从诗歌精神层面把握其中的共性，从而在审美神韵上领悟唐诗的艺术魅力。何世璂《然灯记闻》载康熙三十二年（1693）渔洋论诗法的一番作答很值得回味：

> 七月初八日，登州李鉴湖来谒。问曰："某颇有志于诗，而未知所学。学盛唐乎？学中唐乎？"师曰："此无论初盛中晚也。初盛有初盛之真精神真面目，中晚有中晚之真精神真面目。学者从其性之所近，伐毛洗髓，务得其神，而不袭其貌，则无论初盛中晚，皆可名家。"

---

① 《四库全书存目丛书》（第 226 册），齐鲁书社 1997 年版，第 708 页。
② 同上书，第 709 页。
③ 王士禛著，张宗柟纂，戴鸿森校点：《带经堂诗话》，人民文学出版社 1963 年版，第 78 页。

　　于此，渔洋的用意很明显，他看重的是唐诗的审美境界，是对于具体师法的超越。亦可以见出渔洋崇尚的是唐诗的真精神和真面目，而不是外在的形式和格律。这样的诗学倾向自然与朱彝尊的宗唐诗学观不同，因为竹垞尽管宗唐，但他还不曾从诗歌精神的层面把握唐音，此两家论诗同中有异也，这样的诗学倾向自然与吴乔、冯班、贺裳俱主晚唐的诗学观也不同。因为吴、冯、贺只看到唐诗风采的局部，而不曾窥见唐诗韵致的全部。渔洋的见识也相应地与他们的尊唐观念有了差异。

　　其三，建立在兼容和审美的眼界基础上，渔洋倡导"神韵"说，并提出自己系统的诗学主张。这样的理论建构自然与当时其他宗唐者的诗学思考行为有了区分。尽管施闰章、朱彝尊、徐乾学、毛奇龄等人也有诗学文献传世，并且也有《蠖斋诗话》、《静志居诗话》、《西河诗话》等诗话作品存世，可是只要我们仔细研读这些宗唐派的理论成果便可以发现，无论是在理论高度上还是在审美趣味上，无论是在诗法的探讨上还是在思维方式上，这些成果无法与渔洋的诗学主张相比肩。这是渔洋诗学的独特之处，也是他后来遭受嗤点之处。正如郭绍虞先生所说："大抵渔洋之失，即在标举神韵。标举神韵即立一门庭，门庭一立，趋附者固然来了，而攻击者也有一目标。这还是小问题。最重要的，乃在立了门庭之后，趋附者与攻击者都生了误会，误会一生，流弊斯起。所以我以前说过，由这一点言，王船山就比王渔洋为聪明。"① 郭先生的论述确为卓见。但是，郭绍虞先生也许忽略了一点，即渔洋的理论建构是时代的需要，也是他理论素质的体现。尽管王夫之不乏特立独行的理论素养，也有宗唐的诗学观念，更有《姜斋诗话》和一系列的诗歌批评著作存世，但是，正如杨松年先生在《王夫之诗论研究》中所说的那样："王夫之在他的诗论与诗评中所提出的问题，前人大都曾经涉及。"② 也就是说，在肯定船山诗学价值的同时，我们不要过于褒扬他在诗学理论方面的"结构"贡献。当然也不要简单地将船山的理论阐发与渔洋的理论建构相比较。这是因为，毕竟渔洋的诗学理

---

① 郭绍虞：《中国文学批评史》，上海古籍出版社 1979 年版，第 522 页。
② 杨松年：《王夫之诗论研究》，（台北）文史哲出版社 1986 年版，第 182 页。

论不仅有所发明，而且带有一定的意识形态性质。这样的情形与当时还处于民间的王夫之的诗学思想有着本质的区别。所以，神韵的内涵中不仅"有风格，有才调，有法律"问题，也有寄托问题，即寄托着一种渔洋所认同的儒雅精神，寄托着渔洋对时代雅音认同的政治情愫。这样的深意，其他宗唐者是难以企及的，也是难以理解的。

简言之，从诗学发展史的脉络看，清初诗学是总结和反思古典诗学成就与鄙陋的时代。而在古代诗歌发展史上，唐宋诗歌代表着两种不同的诗学倾向：唐诗以情韵取胜，而宋诗以理趣取胜。"如何博观约取，转益多师，而又别出新意，独铸伟辞，这是清代诗人的历史任务。因此，凡是优秀的诗人，决不会只株守一家之言。"① 同样，清代的诗论家，尤其是像王渔洋这样有卓识的诗论家也绝不会只尊崇一家诗学观念而不知变化。明确这一点，就可以推知王渔洋虽以宗唐为主，但上则溯源于汉魏六朝，下亦不排斥宋元明。也就是说，他有明显的兼容意识，一种兼容历代诗学真精神的意识。如他虽然着手编纂《古诗选》、《十种唐诗选》和《唐贤三昧集》等唐诗选本，却始终没有弃置宋诗。在《香祖笔记》中他依然评论宋人和宋诗，如说："宋人诗至欧、梅、苏、黄、王介甫，而波澜始大，前此杨、刘、钱思公、文潞公、胡文恭、赵清献辈皆沿西昆体，王元之独宗乐天。然予观宋景文近体，无一字无来历，而对仗精确，非读万卷者不能，迥非南渡以后所及。今人耳食，誉者毁者，皆矮人观场，未之或知也。"②《香祖笔记》乃渔洋晚年之作，他如此看待宋诗，与他上述的诗学眼界是不可分离的。所以，渔洋本人不是一个眼界狭窄之人，他的唐诗学也不是一个视阈狭窄的唐诗学。

从王渔洋与清初唐诗学的互动关系看，经过对于明代唐诗学的反思之后，渔洋为清初唐诗学的重新建设进行了开放式的理论探索，他倡导的神韵说可以说是古代诗学的集大成理论学说。尽管王士禛本人不过是一个理论总结者，他自己也没有提供多少新的理论创见，但是这并不妨碍他成为

---

① 刘世南：《清诗流派史》，人民文学出版社 2004 年版，第 157 页。
② 王士禛撰，湛之点校：《香祖笔记》，上海古籍出版社 1982 年版，第 192 页。

一个有见识的诗论家。而清初唐诗学的曲折挺进又为渔洋重新反思唐诗学的得失提供了时间,故没有清初唐诗学的文化底蕴和发展基础便没有王士禛的诗学思想。所以,王士禛可以称为清初唐诗学理论建构的首席设计师,而清初唐诗学发展的大背景又为王士禛提供了适合的理论平台和"神韵说"生存的空间。

(原刊于《宁夏社会科学》2008 年第 2 期)

王士禛与严羽诗学

一 引言

王士禛的诗学思想比较达观，秉持的诗学理论也比较开放，因而即使是与他的诗论主张不同的诗学观点，他也善于与之共融。如陈廷敬尊崇杜甫诗学，宋荦尊崇宋诗学，与他的诗学思想有明显的不同之处，但王渔洋依然与两人交好，并没有在诗学问题上争论不休乃至水火不容。同时，他也较少与时人争辩，常常采用通达的态度接纳那些持不同见解的诗论家，如他对待汪琬的态度即是如此。即便是面对赵执信（字秋谷）意气般的言论，如秋谷以"谈龙"为比喻曲解渔洋诗学不注重章法完整性的言论，以"诗中无人"之说批评渔洋诗学忽视诗歌创作的主体性的言论，他生前也没有加以反驳。对此，蒋寅在《王渔洋与赵秋谷》一文中有详细辨析，他认为："秋谷的指摘多不能成立，而渔洋诗学的博大精深更非秋谷所能望其项背也。"① 细节之事本文不再赘言。根据现有诗学文献的记载，王渔洋只对当时为数寥寥之人的诗学思想、诗论主张进行了诗学领域的辩证。

一是对冯班的诗学见解进行了反驳。他认为冯班所写的《严氏纠谬》根本不通诗理。即便如此，他也肯定冯班的某些诗学见识卓尔不群，并没有将其湮没。《池北偶谈》卷十七"冯班"条就评价他说："博雅善持论，……定远（按：指冯班）论文，多前人未发。"② 二是对吴乔的诗论观点进行了驳

---

① 蒋寅：《王渔洋与康熙诗坛》，中国社会科学出版社 2001 年版，第 204 页。
② 王士禛撰，靳斯仁点校：《池北偶谈》，中华书局 1982 年版，第 414 页。

议。吴氏在《围炉诗话》自序中认为自己的诗学见解与冯班、贺裳的诗学见解多有暗合，并说："严沧浪学识浅狭，而言论似乎玄妙，最易惑人。"① 又称赞冯班于古诗、唐律妙有神解，著书一卷（按：指《严氏纠谬》），以斥严氏之谬；称赞贺裳在《载酒园诗话》中深得三唐作者之意，破除了两宋膏肓。由这些言论可以看出，吴乔的诗学观点与冯班的观点一脉相承，其中即有对于严羽诗学思想的不满之词。而渔洋对于吴乔的某些诗学见解则进行了反驳，正如在《居易录》中所说："前辈大家，各有本末，非后生小子一知半解所得擅议，近代如陈晦伯、胡元瑞之《正杨》是也。吴人吴殳字修龄，予少时友，其人尝著《正钱录》以驳牧斋（按：指钱谦益），予极不喜之。"② 而吴乔在《答万季野诗问》中又曾暗暗批评渔洋，指责渔洋忽然崇尚宋诗，虽极负重名，"而实是清秀李于鳞（按：指李攀龙），无得于唐"。③ 据赵执信在《谈龙录》中的解释，此处的"清秀李于鳞"，就是暗指渔洋。④ 由此看出，两人的确存在不同的诗学倾向。那么，为什么渔洋对冯班、吴乔辈进行反驳呢？这不得不从清初出现的一股诗学思潮谈起。

二　渔洋对于否定严羽诗学思想的回应

如果说明代诗学对于严羽诗学持肯定态度的话，那么，时至清初则出现一股反思严羽诗学乃至否定严羽诗学的思潮。

钱谦益较早产生指摘严羽诗学的念头。钱谦益站在《沧浪诗话》给明代诗学带来的消极影响的角度，对严羽以盛唐诗歌为旨归的主张展开批评。他在《唐诗英华序》中说："世之论唐诗者，必曰初、盛、中、晚。老师竖儒，递相传述。揆厥所由，盖创于宋季之严仪卿，而成于国初之高棅。承讹踵谬，三百年于此矣。"⑤ 他又在《唐诗鼓吹序》中说："唐人一代之诗，各有神髓，各有气候。今以初、盛、中、晚厘为界分，又从而判

---

① 郭绍虞：《清诗话续编》，上海古籍出版社 1983 年版，第 470 页。
② 王士禛著，张宗柟纂，戴鸿森校点：《带经堂诗话》，人民文学出版社 1963 年版，第 65—66 页。
③ 王夫之等：《清诗话·答万季野诗问》，上海古籍出版社 1978 年版，第 26 页。
④ 王夫之等：《清诗话·谈龙录》，上海古籍出版社 1978 年版，第 312 页。
⑤ 钱谦益著，钱曾笺注，钱仲联标校：《牧斋有学集》，上海古籍出版社 1996 年版，第 707 页。

断之曰：此为妙悟，彼为二乘；此为正宗，彼为羽翼。支离割剥，俾唐人之面目，蒙幂于千载之上；而后人之心眼，沉锢于千载之下，甚矣诗道之穷也！"① 显然，他的反思也并非空穴来风，因为严羽潜藏的唐诗分期法容易给后人带来分歧，而他的"以禅喻诗"说也的确有难以悟入的地方，正如叶维廉所言："诚然，禅宗的单刀直入之法有近于严羽诗境的感悟。其分野是：禅纯然是内在心灵的经验，可与文字绝缘；但诗则需要有客观的（即语言）存在于文。我们必须有水有镜，方能看到其中之月与象，况且，诗的表现与传达并非单纯机械地如水与镜的反映。"② 叶燮在《原诗》中也曾指摘严羽的诗学主张。他站在宗宋诗学的立场，认为严氏所称道的"以汉、魏、晋、盛唐为师，不作开元、天宝以下人物"的诗学观念过于狭隘。他说："若无识，则一一步趋汉、魏、盛唐，而无处不是诗魔；苟有识，即不步趋汉、魏、盛唐，而诗魔悉是智慧，仍不害于汉、魏、盛唐也。羽之言，何其谬戾而意且矛盾也？"③ 叶氏的言论尽管有"挑刺"的味道，但并非无稽之谈，因为他的观点比较灵活，也比较辩证。贺裳在《载酒园诗话》中也对严羽的某些诗学思想提出异议。他指出严羽所说的"诗有别趣，非关理也"的观点绝对化了，他认为诗理原不足以妨害诗歌之妙，并举例说明元结的《舂陵行》、孟郊的《游子吟》、韩愈的《拘幽操》等便是有诗理但颇有韵味的好诗，然后总结说："理与辞相辅而行，乃为善耳，非理可尽废也。"④ 显然，他的这等观点也很有见识，没有背离诗歌创作的实际需要。

可以说，上述诸人的指摘是颇有见解的，且指摘也并非无理，可是，一旦反思的程度过于激烈了，那么，这种思潮就显得有攻击性了，相应的言论也有攻击性了。其中，以冯舒、冯班兄弟的声音最为激越。如冯班就特别针对严羽提出的"不涉理路，不落言筌"的诗歌本质论展开激烈的批评，《严氏纠谬》中云："诗者言也，言之不足故长言之，长言之不足故咏

---

① 钱谦益著，钱曾笺注，钱仲联标校：《牧斋有学集》，上海古籍出版社 1996 年版，第 709 页。
② 叶维廉：《中国诗学》，生活·读书·新知三联书店 1992 年版，第 113 页。
③ 王夫之等：《清诗话·原诗》，上海古籍出版社 1978 年版，第 600 页。
④ 郭绍虞：《清诗话续编》，上海古籍出版社 1983 年版，第 209 页。

歌之，但其言微不与常言同耳，安得有不落言筌者乎！诗者，讽刺之言也。凭理而发，怨诽者不乱，好色者不淫，故曰思无邪。但其理玄，或在文外，与寻常文笔言理者不同，安得不涉理路乎！"① 在此，冯氏首先抓住了严羽否认诗歌创作具有语言符号活动性质这一缺陷，指出离开了语言符号活动，便不存在诗歌创作了。因为诗歌的所指或许在语言符号之外，但离开了语言符号，这个所指便也不复能够得到表达。其次，冯氏抓住了严羽关于诗歌本质与"理"无关涉这一观点的缺陷进行反驳，认为诗歌的旨趣尽管不在"理"上，但却离不开"理"。显然，这个反驳也并非没有道理。因为，严羽的这个观点表述得不够严密。说诗歌的本质在"意"，且"理"与"意"相融而无法区分了，这一点都会认同；说诗歌的本质不是"理"，这也并无不妥。但是说诗歌不关涉"理"便另当别论了。实际上，"理"并非与审美和艺术创作无关涉，只是它参与审美与艺术创作的方式与情感、兴趣、美感等认知活动参与审美、艺术活动的方式不同，它是以融入感性意蕴之中的手段参与了审美与艺术活动，如钱钟书所说："理之在诗，如水中盐、蜜中花，体匿性存，无痕有味。"② 最后，冯班否定严羽诗学的另一个深层原因还在于严羽诗学游离于儒家诗学思想之外。《沧浪诗话》既不言"兴观群怨"，也不言"温柔敦厚"，这自然与清初钱谦益、冯班兄弟力图归返儒家传统的诗学主张有了相当大的距离。本于此，冯班的批评就不言自明了。

渔洋对冯班指摘严羽诗学思想的做法甚为不满，他在《分甘余话》卷二《冯班诋诹严羽》中说：

> 严沧浪论诗，特拈"妙悟"二字，及所云"不涉理路，不落言诠"，又"镜中之象，水中之月，羚羊挂角，无迹可寻"云云，皆发前人未发之秘。而常熟冯班诋诹之不遗余力……昔胡元瑞作《正杨》，识者非之。近吴殳修龄作《正钱》，余在京师亦尝面规之。若冯君雌

---

① 郭绍虞：《沧浪诗话校释》，人民文学出版社 1983 年版，第 284—285 页。
② 钱钟书：《谈艺录》，中华书局 1984 年版，第 231 页。

黄之口，又甚于胡、吴辈矣。此等谬论，为害于诗教非小，明眼人自当辨之。至敢詈沧浪为"一窍不通，一字不识"，则尤似醉人骂坐，闻之唯掩耳走避而已。①

这些言论足以见出渔洋的激越心情。平心而论，冯班的指摘尽管不无道理，但也有刻舟求剑的钝根。因为他并没有完全领悟古典诗歌中本有追求意在言外、妙在诗外的奥妙之处，更没有看到自钟嵘的"滋味说"盛行以来，历经皎然的"取境说"、司空图的"韵味说"、严羽的"妙悟说"，一直到王士禛的"神韵说"，诗歌审美派的理论旨趣通常就在于对韵外之致的追求上，而这个追求也是符合多数古代诗歌批评家的接受心理的。由于冯氏否认诗歌妙悟所具有的审美效应，更否认严羽的以禅喻诗说，所以，直接带来的诗学后果是否认了古典诗学所追求的意在言外、味外之旨的审美旨趣，这样，冯氏的理论见解便与王渔洋所推崇的神韵理论有了巨大的沟壑，于是渔洋的笔端流露出反驳冯班的倾向便自然而然了。如他在《池北偶谈》卷十七"借禅喻诗"条云："严沧浪《诗话》，借禅喻诗，归于妙悟。如谓盛唐诸家诗，如镜中之花，水中之月，镜中之象，如羚羊挂角，无迹可求，乃不易之论。而钱牧斋驳之，冯班《钝吟杂录》因极排诋，皆非也。"② 由此看出他对冯氏观点的否认程度。

渔洋的用意不仅仅在于反驳清初这股否认严羽诗学的思潮，还在于阐发并发挥严羽诗学的思想进行文学批评和理论建构。也就是说，他不仅仅在做"破"的工作，还在于开展"立"的努力。他在《分甘余话》卷四《诗评》中解释"不著一字，尽得风流"的含义时说，李白的《夜泊牛渚怀古》和孟浩然的《晚泊浔阳望香炉峰》颇有风流之韵，这两首诗歌可谓"色相俱空，政如羚羊挂角，无迹可求，画家所谓逸品是也"。③ 这评价正是秉承严羽诗学思想之后而做出的评判。同时，他又在很多言论中肯定严羽诗学的理论价值。如在《师友诗传续录》中他说："严仪卿所谓'如镜

① 王士禛撰，张世林点校：《分甘余话》，中华书局1989年版，第37页。
② 王士禛撰，靳斯仁点校：《池北偶谈》，中华书局1982年版，第416页。
③ 王士禛撰，张世林点校：《分甘余话》，中华书局1989年版，第86页。

中花，如水中月，如水中盐味，如羚羊挂角，无迹可求'，皆以禅理喻诗。内典所云不即不离，不黏不脱，曹洞宗所云参活句是也。熟看拙选《唐贤三昧集》，自知之矣。"①

表面看来，渔洋崇尚严羽诗学的原因在于严氏之"以禅喻诗"说深得他的心意。实际上，他之所以如此推崇严氏的诗学理论，关键在于他的诗学理论与严羽的诗学理论有相通之处。

三　严羽诗学与渔洋诗学在三个方面的相通性

渔洋诗学理论与严羽诗学理论相契合的地方甚多，尤其在诗歌审美论、诗歌创作论以及诗歌体悟论方面两者存在相当的一致性。因而，渔洋推崇严羽应属自然之事。

两人在诗歌审美论方面卓有成效的理论贡献是"兴趣说"和"神韵说"的推行。然"神韵说"明显受到"兴趣说"的影响，这一点早已成为学界共识。严羽的兴趣说，是关于探究诗歌审美境界的一种理论学说。从作品要素看，其用意是追求一种不涉理路、不落言筌，言有尽而意无穷的意境。在《沧浪诗话》中他称："盛唐诸人惟在兴趣。"意思是说唐诗有气象、有兴致、有意趣等审美特质，与宋诗以文字为诗、以议论为诗、以才学为诗所追求的理趣截然不同，这是区别唐宋诗歌优劣的根本之所在。严羽曾用很多禅语喻指他推崇的"兴趣"，诸如"不涉理路，不落言筌"，"羚羊挂角，无迹可求"，"透彻玲珑，不可凑泊"，"如空中之音，相中之色，水中之月，镜中之象"等。严羽借助这些禅语旨在表达对盛唐诗歌重兴趣的看法。首先，他认为诗境不能胶着板滞，应有虚中有实，实中有虚，追求恍惚飘动之美。水月镜象之喻，羚羊挂角之喻，旨在强调诗境的不黏不脱、不即不离之美。其次，诗境只有在情景交融、虚实相生中才能产生韵味无穷的美感。不涉理路之喻，不落言筌之喻，玲珑凑泊之喻，"旨在强调诗境不拘囿、不直露，言有尽而意无穷"。② 因而严羽所谓的

---

① 王夫之等：《清诗话·师友诗传续录》，上海古籍出版社 1978 年版，第 150 页。
② 李建中：《中国古代文论》，华中师范大学出版社 2002 年版，第 214 页。

"兴趣"，是指诗歌即景生情、情景交融、情趣无穷的审美特质。其特征是意境悠远、韵味无穷、气象浑然天成。严羽倡导"兴趣说"，从读者要素看，其用意就在于通过含蓄蕴藉、曲折委婉的审美意境的创造，给读者以妙合无垠的审美感受。综上所述，严羽"兴趣说"的核心内容便是要求诗歌具有自然含蓄之韵、具有味外之旨，达到"不著一字，尽得风流"的审美境界，从而给接受者带来体味不尽的审美情趣。

渔洋的神韵说与严羽的兴趣说是一脉相承的。有论者以为，渔洋神韵说的核心内容就是关于意境和意境美的问题，① 这是很有见识的看法。具体说来，神韵说是关于意境建构和意境美创设的一种理论学说，并且神韵说是一个理论体系。尽管王士禛本人并没有完整地建立一个神韵说的理论系统，且他的言论也并非都是围绕神韵而展开的，现在所说的"神韵说"的内涵与原生态的王士禛"神韵说"的内涵之间还存在一定的距离，但是，渔洋生前就倡导的"神韵说"的基本内涵是清晰的。关于其要旨，张健先生曾概括为：（1）神韵是一种缥缈悠远的情调或境界。（2）神韵尤青睐于清远古澹之美，但并不排斥沉着痛快之美。（3）神韵与兴象超逸之妙关系甚为密切，有兴象，才有神韵。（4）神韵的创设与兴会、根柢息息相关。（5）神韵的形成有赖于参悟。② 这五个方面的概括大体完备。而且，从某种意义上说，神韵说原本就具有集大成的性质，说它潜藏着一个诗学体系，并完善了意境派的审美理论、创作理论和体悟方法理论，是不为过的。因此，我们首先关注"神韵说"诗歌审美论方面的内涵及与严羽"兴趣说"之间的关联。"神韵说"与"兴趣说"在审美层面的相通性主要表现在三个方面：

1. 审美风格论相通。严羽在《沧浪诗话·诗辨》中曾言及他最欣赏的诗歌风格有九种，分别是高、古、深、远、长、雄浑、飘逸、悲壮、凄婉。在此基础上，又概括诗歌的两大类风格是：优游不迫和沉着痛快，并将诗歌的最高品格称作达到"入神"的地步，即"神品"。并认为只有李、杜的诗歌才可进入"神品"的境地。而渔洋"神韵说"的风格论一方面有

---

① 徐江：《清代诗学神韵说之意境论与风格论》，《中州学刊》1999年第4期。
② 参见张健《清代诗学研究》，北京大学出版社1999年版。

崇尚清远冲淡的倾向，另一方面也推崇李、杜、韩、苏的豪雄之风，应该是清远冲淡与豪放慷慨兼取，正如他在《蚕尾续文》中所说："自昔称诗者，尚雄浑则鲜风调，擅神韵则乏豪健，二者交讥。唯今太宰说岩先生之诗，能去其二短，而兼其两长。"① 这段话是渔洋晚年之论，他也许注意到世人对"神韵说"的理解有所偏差，故于此注明。而根据今人的研究，"神韵说"既欣赏优游不迫之美，也崇尚沉着痛快之美，即使是在偏重于推崇王、孟冲和清远诗风的《唐贤三昧集》中，也不缺乏豪健雄浑的诗作入选。由此可见，渔洋的审美风格论不能执一端而论。或许我们可以这样说，渔洋正是受到严羽所称赏的两大类风格论的影响，才免于偏执而兼容的。进一步说，严羽最推崇的"神品"风格，渔洋同样加以关注并极其推崇，他虽然没有像严羽那样直接断定唯李白、杜甫两人的风格才可进入"神品"的行列，但是在他心目中李、杜的诗风是高于王、孟诗派之诗风的，他之所以推崇王、孟，是就个人的趣味而言的，并不等于说他抹杀了李、杜的地位。综合起来看，两者的审美风格论大体是一致的。

2. 审美韵味论相通。严羽在《沧浪诗话》中欣赏的审美韵味是指诗歌涵咏不尽的韵致和一唱三叹的余味。他认为盛唐诗歌的佳处就在于有"一唱三叹"之味，而宋诗则于"一唱三叹之音有所歉焉"，旨在表明唐诗胜于宋诗的根源就在于宋诗缺乏那种悠悠无尽的韵味。因此，严羽尤其看重诗歌中余音不绝的美感效应。渔洋标举的"神韵"原本就是追求诗歌所具有的平和、淡远、超然自得的审美韵味。他认为诗歌中的古澹闲远之美、沉着痛快之美，在审美韵味上是一致的，即看似古澹闲远，实质上与沉着痛快相融。正如他所说的那样："沉著痛快，非惟李、杜、昌黎有之，乃陶、谢、王、孟而下莫不有之。"② 故渔洋在审美经验上与严羽遥相呼应，两人都重在把握诗歌的美质。

3. 审美境界论相通。严羽的"兴趣说"追求的是情景交融、虚实相生、富有韵致、情趣无穷的诗意境界。而渔洋的"神韵说"深得此旨，它

---

① 王士禛著，张宗柟纂，戴鸿森校点：《带经堂诗话》，人民文学出版社 1963 年版，第 161 页。
② 同上书，第 87 页。

追求的也是清新悠远、自然含蓄、有味外之旨、"不著一字，尽得风流"的诗意境界。显然，两者的审美境界论都以"取境"为中心，以审美意象为媒介，从而创构了相通的意境美学理论。

其次，王渔洋的诗歌创作论也多取法于严羽诗学。严羽论诗歌创作，提倡"别材别趣说"，主张诗歌创作要"吟咏性情"。并且在他的"以禅喻诗说"中也包含创作论思想，正如郭晋稀先生所说："'无迹可求'本是就创作方法与创作成功的程度而说的，即从作者怎样处理词、理、意兴的关系和三者融合的程度而说的。"① 故后人极容易看出严羽重视感兴兴发、重视性情抒写、重视兴会通畅的创作论主张。这个主张可视为"兴趣"的作用。实际上，在《沧浪诗话·诗辨》中，还隐含着严羽的另一个创作论主张：学问理性同样需要。他说"古人未尝不读书，不穷理"，暗含着对学问、理性的重视。当然，严羽又认为，在诗歌创作中读书、穷理的目的是追求意趣，并且表现得不露痕迹，所谓"不涉理路"、"不落言筌"者上也。同时，严羽主张学诗要"入门须正，立志须高，以汉魏晋盛唐为师"，本包含着对学问和见识的肯定。因此，严羽的诗歌创作论思想应该是兴趣与学问的统一，只不过他将学问的位置融化于兴趣之中而不明显罢了。王渔洋论诗歌创作，提出了"兴会与根柢"相结合的观点，此观点自然与严羽的上述主张彼此关联。以渔洋的两段话最为代表。《渔洋文》中云："夫诗之道，有根柢焉，有兴会焉，二者率不可得兼。镜中之象，水中之月，相中之色，羚羊挂角，无迹可求，此兴会也。本之风、雅以导其源，溯之楚骚、汉、魏乐府诗以达其流，博之九经、三史、诸子以穷其变，此根柢也。根柢原于学问，兴会发于性情。"② 《诗友诗传录》中在回答郎廷槐的提问时说："司空表圣云：'不著一字，尽得风流。'此性情之说也；扬子云云：'读千赋则能赋。'此学问之说也。二者相辅而行，不可偏废。若无性情而侈言学问，则昔人有讥点鬼簿、獭祭鱼者矣。学力深，始能见性情，此一语是造微破的之论。"③ 这两段话简直就是对于严羽"兴趣"、"学

---

① 郭晋稀：《诗辨新探》，巴蜀书社 2004 年版，第 71 页。

② 王士禛著，张宗柟纂，戴鸿森校点：《带经堂诗话》，人民文学出版社 1963 年版，第 78 页。

③ 王夫之等：《清诗话·师友诗传录》，上海古籍出版社 1978 年版，第 125 页。

问"观点的详细阐发和时代新解。只是王渔洋比严羽说得更明白,也更有辩证色彩。这样,渔洋的兴会、根柢的二重法便将严羽的兴趣、学问二分法统一起来,既重视诗歌创作中的性情因素,又重视诗歌创作中的功利因素,从而为解决兴会、学问之间的矛盾指明了一条路径。不难看出,渔洋二者兼备的理论实际上也发展了严羽的诗论。

最后,王渔洋的诗歌体悟论思想显然与严羽的妙悟说息息相关。在《沧浪诗话·诗辨》中,严羽认为学诗必须具备参悟的能力。并认为悟有浅深之分,有一知半解和玲珑透彻之分,有悟第一义和悟第二义之分,有参悟和妙悟之分。意思是学诗者对于诗歌的接受存在不同程度的领悟空间,从而在理解上产生了差别:妙悟可以进入极高的审美境界并领会到"拈花微笑"的真谛,而一知半解之悟则停留在语言层、语义层甚至于物象层,还没有进入审美境界的空间,故需要不断体悟、熟参,最终达到彻悟诗美特质的境地。因此,严氏倡导的妙悟,与他说的"识"是同一个意思,都是说学诗要广、参诗要熟、入门要正、立志要高等,最终把握诗歌的真谛。正如论者所说,"所谓'妙悟',指的是学诗写诗时产生的犹如学禅领悟真如佛性一样的认识上的飞跃,领悟诗的'兴趣'及其艺术特质"。① 而在王渔洋那里,则可以说他全面接受了严羽妙悟说的理论,认为诗歌意蕴之美的有无,关键在于体悟者有无妙悟的能力。他从理论和创作两个方面阐释他的诗歌体悟论思想。《香祖笔记》中云:"舍筏登岸,禅家以为悟境,诗家以为化境,诗禅一致,等无差别。"② 这显然与严羽的以禅喻诗说暗暗相合。这里的"悟境"和"化境"就是达到了"透彻之悟","而一旦达到妙悟之境,法则就由外在于主体而内化主体心灵自身的规律;所谓从心所欲而不逾矩,就是这种境界,这就是所谓的化境"。③《蚕尾续文》明确地说:"严沧浪以禅喻诗,余深契其说。"又举五言诗为例,阐发作品中的主旨说:"王裴辋川绝句,字字入禅。他如'雨中山果落,灯下草虫鸣','明月松间照,清泉石上流',以及太白'却下水精簾,玲珑望

---

① 王运熙、顾易生主编:《中国文学批评通史》,上海古籍出版社 1999 年版,第 409 页。
② 王士禛撰,湛之点校:《香祖笔记》,上海古籍出版社 1982 年版,第 146 页。
③ 张健:《清代诗学研究》,北京大学出版社 1999 年版,第 477 页。

秋月'，常建'松际露微月，清光犹为君'，浩然'樵子暗相失，草虫寒不闻'，刘眘虚'时有落花至，远随流水香'，妙谛微言，与世尊拈花，迦叶微笑，等无差别。通其解者，可语上乘。"① 渔洋之所以欣赏这些诗歌，就是因为在他心中这些五言诗句含有禅意，他体悟到了化境之美。因此，渔洋特别强调妙悟的重要性。而《渔洋诗话》中记载的"华严楼阁"之喻，将渔洋禅诗一致的观念又一次进行了确认：

> 洪昇昉思问诗法于施愚山，先述余凤昔言诗大指。愚山曰："子师（按：指渔洋）言诗，如华岩楼阁，弹指即现；又如仙人五城十二楼，缥缈俱在天际。余即不然，譬作室者，瓴甓木石，一一须就平地筑起。"洪曰："此禅宗顿、渐二义也。"②

在此，洪昇把王士禛和施闰章分别归于禅宗的南北二派，渔洋讲顿悟，愚山讲渐悟。而王渔洋也认可了这种说法。这说明，渔洋论诗本具有禅家觉识之慧根，他汲取严羽妙悟说的理论自然就成为明心见性的事情。

以上三个方面的相通性说明古典诗学理论有鲜明的"结构"意识。显然，就共时性而言，严羽诗学与渔洋诗学在构成模式上有一定的重合面，如都关注诗意的审美化、创作时的兴趣化、接受过程中的妙悟化等。就历时性而言，则映现出意境理论体系的传承轨迹，即自陆机"诗缘情说"、钟嵘"滋味说"始，历经王昌龄的"意境说"、皎然的"取境说"、司空图的"韵味说"、严羽的"兴趣说"，一直到王士禛的"神韵说"，俱一脉相承而互有通约。在这个历史动态的过程中，一些深度的文论话题在不断深化的同时，也保持着理解上的一致性。这样的"结构"意识是很有审美意义的。

四 渔洋诗学对于严羽诗学的超越

相通的理论主张和相同的诗学旨趣，使渔洋对严羽诗学极其推崇，

---

① 王士禛著，张宗柟纂，戴鸿森校点：《带经堂诗话》，人民文学出版社 1963 年版，第 83 页。
② 王夫之等：《清诗话·渔洋诗话》，上海古籍出版社 1978 年版，第 199 页。

但是，他在继承严羽诗学思想的同时，也悄悄地进行着诗学领域的超越工作。

从一般的视角看，渔洋在诗歌取法方面的超越工作最为有力。首先表现在关于唐诗的取法方面。严羽论诗，推崇汉、魏、盛唐诗歌，对盛唐以后的诗歌根本不重视，他明确地说："不作开元、天宝以下人物。"即对中晚唐诗歌的态度漠然。但是，渔洋的态度和策略则不同，他不仅推崇盛唐诗歌，而且不排斥初、中、晚三唐诗歌，认为各有各的风貌，各有各的精神。其次表现在宋诗的取法方面。众所周知，严羽的诗论是针对以苏、黄和江西诗派为代表的宋诗之流弊而发的。他严厉批评宋诗"以文字为诗，以才学为诗，以议论为诗"的创作倾向，因为这种倾向缺乏情性、缺乏兴趣，背离了唐诗传统，进而说："诗而至此，可谓一厄"，并基本否定了宋诗。渔洋论宋诗则与严羽不同，他采取了兼容的态度对待唐宋诗歌之争，即尊崇唐诗而不弃置宋诗，正如《鬲津草堂诗集序》所说："故尝著论，以为唐有诗，不必建安、黄初也；元和以后有诗，不必神龙、开元也；北宋有诗，不必李、杜、高、岑也。"① 其早年论诗绝句也云："耳食纷纷说开宝，几人眼见宋元诗？"② 本暗含着对宋诗的肯定。可见，渔洋论诗虽以盛唐为宗，但对宋诗也颇感兴趣。

从纵深的视角看，渔洋对严羽诗学的超越则表现在对文艺辩证关系的深度阐释方面。严羽诗学原本就有文艺辩证关系的因素。《沧浪诗话》中他标举的许多术语、范畴、观念可视为文艺辩证关系的两个对立因子。如优游不迫之美与沉着痛快之美；透彻之悟与一知半解之悟；唐诗类型与宋诗类型；别材别趣与关书穷理；参活句与参死句；正法眼藏与旁门小法，等等。但严羽只停留在对立因子的说明层面，并没有深入研究这两个对立因子的关系及互为条件的复杂性。而渔洋则深入一步探究了文艺审美关系的各个层面问题。他如同严羽一样已经看到文艺活动中存在两个对立的辩证因子，如优游不迫之美与沉着痛快之美、形与神、言与意、诗境与化

---

① 王士禛著，张宗柟纂，戴鸿森校点：《带经堂诗话》，人民文学出版社 1963 年版，第 75 页。
② 王士禛著，李毓芙等整理：《渔洋精华录集释》，上海古籍出版社 1999 年版，第 339 页。

境、死句与活句、兴趣与学问等，并进行了相应的解说。他还将两个对立因子的文艺辩证关系揭示出来。如关于唐诗类型和宋诗类型的认识问题上两人的看法就明显不同。严羽尊唐而弃宋，较简单地处理了唐宋诗歌的关系。但渔洋却认为，唐诗有唐诗的韵致，宋诗有宋诗的风调，尊唐而不弃宋。他还探究了辩证关系中矛盾对立面的统一性问题。如论析根柢和兴会这一对矛盾体的关系时渔洋认为，一般情况下，根柢和兴会二者不可得兼；但是在文艺创作中，只要性情和学问并举，二者是可以相融的，并说："斯二者兼之，又干以风骨，润以丹青，谐以金石，故能衔华佩实，大放厥词，自名一家。"① 显然，渔洋上述关于文艺辩证关系的认识较严羽的认识而言更加符合文艺理论的发展要求。

严羽诗学中不完整的属于文艺辩证关系的观点，渔洋则给予修正和补充，从而在广阔的背景中阐释了文论命题中的要义。如严羽论诗讲求法度，在《沧浪诗话》中辟有"诗法"一门论述其中的要旨，并说："须参活句，勿参死句。"但严氏的诗法问题仅停留在诗歌存在"有法"与"无法"的应然层面，并没有详细论析获取"无法"的必然层面，渔洋则进一步探悉了这个问题。在渔洋心中，诗法的最高境界应该是"无法之法"，或者说是进入"入神"的境界。何世璂《然灯记闻》载康熙三十二年（1693）渔洋论诗法的一番作答很值得回味：

　　七月初八日，登州李鉴湖来谒。问曰："某颇有志于诗，而未知所学。学盛唐乎？学中唐乎？"师曰："此无论初盛中晚也。初盛有初盛之真精神真面目，中晚有中晚之真精神真面目。学者从其性之所近，伐毛洗髓，务得其神，而不袭其貌，则无论初盛中晚，皆可名家。"②

于此，渔洋的用意很明显，他所看重的诗歌法则是游刃有余的境地，是对具体师法的超越。亦可以见出渔洋崇尚的诗法是诗歌的真精神和真面

① 王士禛著，张宗柟纂，戴鸿森校点：《带经堂诗话》，人民文学出版社 1963 年版，第 78 页。
② 王夫之等：《清诗话·然灯记闻》，上海古籍出版社 1978 年版，第 121—122 页。

目，而不是外在的形式和格律。也就是说，对诗歌"有法"与"无法"的认识，渔洋的言说比严羽的言说更为充实。

渔洋对于严羽诗学的超越，不仅是诗学认识问题，而且暗含着一种回应。渔洋尊崇严羽诗学，把自己看作严羽诗学的继承者，确实有一定的理论勇气。他论诗既讲求诗歌的审美价值，又不违背儒家的诗学传统；既指明严羽诗学的情趣所在，又说明严羽诗学不废学问的事实，从一定意义上说，他的确较全面地解释和充实了严羽诗学的内容。而这种工作又为此后的诗论家公允地接受严羽诗学的理论精髓奠定了学理基础。翁方纲在《石洲诗话》中曾说："是有唐之作者，总归盛唐。而盛唐诸公，全在境象超诣，所以司空表圣《二十四品》及严仪卿以禅喻诗之说，诚为后人读唐诗之准的。"① 朱庭珍在《筱园诗话》中也曾说："沧浪主妙悟，谓'诗有别材，非关学也，诗有别趣，非关理也。然非多读书，多穷理，则不能极其至'。是言诗中天籁，仍本人力，未尝教人废学也。"② 连比较偏激的陈仅在《竹林答问》中也说："沧浪言：'诗有别材，非关书也；诗有别趣，非关理也。然非多读书，多穷理，则不能穷其至。'其语本自无病，后人截其前四句语，为藏身之固耳。"③ 这些评价严羽诗学的话语都比较辩证，与渔洋此前的观点十分相近。应该说，渔洋此前的诗学认识已经得到后来诗论家的认可。

渔洋的这些修正工作和超越工作，是很有批评史意义的。其一，不仅使"神韵说"的理论内涵有了广阔的理论背景，而且使"神韵说"的包容性、辩证性愈加鲜明。其二，经过渔洋的理论整合，使渔洋时代否定严羽诗学的思潮渐渐退却，从而为严羽诗学的再发展创造了良好的学术空间。甚至可以说，清诗讲求学人之诗与诗人之诗的统一，也与严羽诗学在清代的再接受有着千丝万缕的关系。

五 结语

综上可以看出，渔洋对于严羽诗学的继承也好，超越也好，客观上就

---

① 郭绍虞：《清诗话续编》，上海古籍出版社 1983 年版，第 1428 页。
② 同上书，第 2327—2328 页。
③ 同上书，第 2225 页。

对清初否定严羽诗学的思潮进行了一种回应。渔洋诗学与严羽诗学在审美论方面、创作论方面和体悟方法论方面的相通性表明,严羽诗学的要旨在清代诗歌评论、诗学探讨中依然有生存的空间。同时,渔洋是在纠偏补弊的语境中来解读严羽诗学的,正如《四库全书总目》中的《精华录提要》所说:"士禛谈诗,大抵源出严羽,以神韵为宗。……平心而论,当我朝开国之初,人皆厌明代王、李之肤廓,钟、谭之纤仄,于是谈诗者竞尚宋、元。既而宋诗质直,流为有韵之语录;元诗缛艳,流为对句之小词。于是士禛等以清新俊逸之才,范水模山,批风抹月,倡天下以'不著一字尽得风流'之说,天下遂翕然应之。"① 这样,渔洋的努力就为严羽诗学在清初的再生长注入了新的力量。渔洋诗学对于严羽诗学的整合表明,他暗暗地解决了与宗唐派之间的同宗而不同流的矛盾;他也暗暗地解决了与宗宋派的矛盾,或者说针对钱谦益等人提出的宗宋主张,他已经悄悄地进行了折中工作,使宗宋派不必紧抓严羽否定宋诗的辫子而不放。正是这种新的理论建设,促使严羽诗学在清代诗学思想发展中再次找到合适的位置。可以说,严羽诗学为渔洋诗学的建构增添了传统的力量,而渔洋诗学为严羽诗学的发展和理论传承注入了新的生机。

(原刊于《西北师大学报》2009 年第 1 期)

---

① 永瑢等:《四库全书总目》,中华书局 1965 年版,第 1521—1522 页。

王士禛的杜诗学研究及其文化蕴涵

一

杜甫的诗歌到了宋代日益受人重视，注释杜诗的注家蜂起，当时就有号称千家注杜之说。同时研究杜甫诗歌的人也渐渐增多，并出现了刘辰翁这般的评点杜诗的大家。自此杜诗学便渐渐成为诗学研究的重要课题。明代的诗论家多对宋人所重视的杜诗颇有微词，并对"诗史"之说持怀疑态度，故明代的杜诗学成果平平。尽管如此，却也陆续为杜诗作了一些评注，并刊行了不少相关的研究成果，如杨慎的《闲书杜律》、唐元竑的《杜诗捃》等便是有名的著作。但是，杜诗学真正成为卓有成效的诗学收获时代却发生在清代，尤其是发生在清代初期，具体在顺治、康熙年间。此时出现了金圣叹的《杜诗解》、钱谦益的《钱注杜诗》、朱鹤龄的《杜工部诗集辑注》、黄生的《杜诗说》、仇兆鳌的《杜诗详注》这些颇有影响的杜诗学大作，为后人所格外关注。作为康熙朝主领诗坛的王士禛（即王渔洋）对杜诗学的发展同样给予关注。那么，王渔洋与清初杜诗学研究之间的关联何在呢？由此反映出的文化蕴涵又是怎样？这是本文着重思考的问题。

二

渔洋虽然没有杜诗评注类的专著问世，也没有自成系统的杜诗学研究成果。但是，他关于杜甫、杜诗的评说和言论则多达二百四十余则，今人张忠纲先生曾辑录这些评说和言论汇成《新编渔洋杜诗话》。通过解读渔洋有关杜诗学方面的文献我们可知，他的论述涉及杜诗学领域的多个论题，并且他的神韵说与杜诗学的关系更成为后人探究的焦点。因此，我们说渔洋是清初杜诗学研究中的一个重要人物是不为过的。

综论杜诗的诗歌史地位是渔洋杜诗学研究的第一个层面。渔洋认为杜诗具有集大成的气象，他还认为杜甫诗歌是"圣语"，称赞杜诗有"诗史"的地位和真诚的品格，如同《香祖笔记》所说："盖文章以气为主，气以诚为主，故老杜谓之诗史者，其大过人在诚实耳。"① 他不仅称赏杜诗的排律写得好，而且称赞杜诗的古诗实为大宗。他不仅肯定杜诗的形式因素，而且肯定杜诗的"比兴"要旨。在《古诗选·七言诗凡例》中他称杜甫为古诗之集大成者，在《古夫于亭杂录》中他将杜甫、苏轼并举，在《居易录》中他说杜甫的古诗横绝古今，时人无敢抗行。从这些论调中足以看出渔洋对杜甫的心仪之情。并且通过诸如"诗史"、"集大成"、"大宗"、"大家"这些评杜之语，我们自然看出渔洋对杜甫的诗歌史地位是非常认同的，也是非常看重的。当然，这些综论之语和评价之语大多不是渔洋的发明，因为宋、明诗论家曾做出类似的评价，而当时的杜诗学研究者诸如钱谦益、朱鹤龄、吴乔、施闰章、黄生等也做出过类似的评价。然而，渔洋也有独立的眼光所在。试举两点略作说明。第一，关于杜诗的"比兴"要旨，渔洋的认识更透彻一些。他认为杜诗主于"赋"而兼"比兴"。正如《师友诗传录》所说："至杜少陵乃大惩厥弊，以雄辞直写时事，以创格而纾鸿文，而新体立焉。较之白太傅讽谕诗、秦中吟之属，及王建、张籍新乐府，倍觉高浑典厚，苍凉悲壮。此正一主于赋，而兼比兴之旨者也。以贯六义，无遗憾矣。"② 渔洋此论乃立足诗歌的辨体而言，乃立足赋比兴的相融而言，较单纯地讲杜诗中有"比兴"之义更有深度和力度。第二，关于杜诗的集大成性质，渔洋的认识更具体一些。《七言诗发凡》明确地说："诗至工部，集古今之大成，百代而下无异词者。七言大篇，尤为前所未有，后所莫及。盖天地元气之奥，至杜而始发之。"③ 渔洋此论，除推重杜

---

① 王士禛撰，湛之点校：《香祖笔记》，上海古籍出版社 1982 年版，第 246 页。

② 王夫之等：《清诗话·师友诗传录》，上海古籍出版社 1978 年版，第 143 页。

③ 王士禛选，闻人倓笺：《古诗选》，上海古籍出版社 1980 年版，第 4 页。

诗的集大成品格之外,并特重其七言大篇的熔铸性质,比当时人的认识又高一筹。正如简恩定先生所说:"渔洋谓老杜七言大篇为前人所未有,此则为杜甫兼及前人之长而融为己有之后,并挟其伟大的创作力和读书破万卷的功力创制而成,真正做到'兼前代之制作,而为斯道之范围'。所以渔洋此论,甚具意义。"① 由上可知,渔洋的综论之中尽管有共识的因素,却也不乏真知灼见。

探究杜诗的艺术性是渔洋杜诗学研究的第二个层面。清初关于杜诗艺术技巧的研究是一个热点。金圣叹的《杜诗解》、王夫之的《唐诗评选》、黄生的《杜工部诗说》、叶燮的《原诗》、朱鹤龄的《杜工部诗集辑注》等都曾围绕杜诗的艺术性问题进行了阐发。他们主要探究的是:杜诗以意为主、意藏篇中的技巧问题;杜诗情景交融手法的运用问题;杜诗高妙境界的问题;杜诗技法转折而含蓄的问题;杜诗意象化的技巧表现问题。渔洋对杜诗艺术性问题的阐发虽然与他们的探究有一定的重合面,如关于杜诗技法、杜诗妙境的问题他也曾涉猎,但是,渔洋常常从诗人的感悟能力出发,对杜诗的艺术性问题进行了独到的研究,故关于此方面的见识又有出彩之处。或者这样说,关于杜诗艺术性问题的探究渔洋有很多洞见。如《芝廛集序》中他认为杜诗有沉着痛快的艺术特性;在《然灯记闻》中他称赞杜甫的七律有"百川到海"的浑成之美。又如在《师友诗传录》中他认为杜诗颇有气骨,常以风雅自任而独具风貌,他说:"独是工部之诗,纯以忠君爱国为气骨。故形之篇章,感时纪事,则人尊诗史之称;冠古轶今,则人有大成之号;不有拟古浮辞,而风谣俱归乐府;不有淫佚艳靡,而赠答悉本风人。"② 此等见解颇有灵性。今以最有启发意义的两处阐发为例略加评述。第一处见于《分甘余话》卷三"唐诗格韵"条中,渔洋写道:"许彦周谓张籍、王建乐府、宫词皆杰出,所不能追踪李杜者,气不胜耳。余以为非也,正坐格不高耳。不但李杜,盛唐诸诗人所以超出初唐、中、晚者,只是格韵高妙。"③ 在此他借批评《彦周诗话》中的浅见为

---

① 简恩定:《清初杜诗学研究》,(台北)文史哲出版社1986年版,第48—49页。
② 王夫之等:《清诗话·师友诗传录》,上海古籍出版社1978年版,第145页。
③ 王士禛撰,张世林点校:《分甘余话》,中华书局1989年版,第66页。

例，指明杜甫诗歌的高明之处正在于"格韵高妙"，而非"文气"所致。格，指诗歌的品格；韵，指诗歌的韵致。渔洋所说的"格韵高妙"即是"盛唐气象"的显现。他的这一番阐发尽管带有感悟的成分，但确乎发人深思。第二处见于《然灯记闻》第七条中，渔洋说道："为诗须有章法、句法、字法。章法有数首之章法，有一首之章法。总是起结血脉要通；否则痿痹不仁，且近攒凑也。句法老杜最妙。字法要练，然不可如王觉斯之练字，反觉俗气可厌。如'气蒸云梦泽，波撼岳阳城'。'蒸'字、'撼'字，何等响，何等确，何等警拔也！"① 渔洋的这些章法、句法、字法之论，虽然属于当时的共同话题，但他的评说更具有诗人的气质，且评说手法与金圣叹《杜诗解》中"分解式"批评的手法颇为相似，与当代形式批评的手段也有暗合之处，由此可以咀嚼出渔洋论杜的话语是很有韵味的。简言之，渔洋从艺术技巧方面、艺术表现方面、艺术境界方面等多个角度对杜诗的艺术特性进行了阐发，许多洞见为后人解读杜诗的艺术魅力提供了学理支撑，值得称道。

论断杜诗的渊源是渔洋杜诗学研究的第三个层面。探究杜诗的渊源需要相当的才学和较厚实的诗学知识，为此，历代杜诗注家和清初杜诗学诸家一般都秉持谨慎的态度论断杜诗的渊源问题。即使像钱谦益这样的博闻强记、博学多识的大家在笺注杜诗时也常常援引旧注之语而定夺。渔洋对于此中的利害关系当然是熟知的，而且他也读过钱谦益的杜诗笺注。但是，即便如此，他也凭借自己的感知能力，对多首杜诗的渊源进行了评说。如在《然灯记闻》中他说杜甫的《杜鹃行》（按：应为《杜鹃》）的前四句乃化用乐府古辞《江南》"鱼戏莲叶东，鱼戏莲叶西，鱼戏莲叶南，鱼戏莲叶北"而得来，因为《杜鹃》的前四句是："西川有杜鹃，东川无杜鹃。涪万无杜鹃，云安有杜鹃。"再如在《池北偶谈》中他认为杜诗《大麦行》全袭汉桓帝童谣之语而来，而《兵车行》的句调也本于此童谣。这首童谣云："小麦青青大麦枯，谁当获者妇与姑，丈夫何在西击胡。吏买马，君具车，请为诸君鼓咙胡。"② 而《大麦行》云："大麦干枯小麦黄，

---

① 王夫之等：《清诗话·然灯记闻》，上海古籍出版社1978年版，第119页。
② 王士禛撰，靳斯仁点校：《池北偶谈》，中华书局1982年版，第278页。

妇女行泣夫走藏。东至集壁西梁洋,问谁腰镰胡与羌。岂无蜀兵三千人,部领辛苦江山长。安得如鸟有羽翅,托身白云还故乡。"①且《兵车行》也有"车辚辚,马萧萧,行人弓箭各在腰"的句调,两厢比对可以发觉,《大麦行》、《兵车行》不仅在行文句调上与汉代童谣相匹配,而且在格调意蕴上也与此童谣相浸染,由此看出渔洋的论断也并非无稽之谈。再如在《师友诗传续录》第二十九条中,渔洋不仅明确指出杜诗《丹青引》有化用《论语》文意的地方,而且认为《丹青引》"丹青不知老将至,富贵于我如浮云"二句"笔势排宕,自不觉耳"。②即赞赏杜甫的化用功夫已经到了妙境的地步。由于渔洋对杜甫的古诗很是欣赏,曾说杜诗"七言歌行,至子美、子瞻二公无以加矣",③所以,他对杜诗渊源的相关论断多为真切之辞,也多为确论之辞。当然,他的一些论断与前代杜诗注家和清初杜诗注家的认识是相同的,如《杜鹃》化用《江南》韵致的看法,早在南宋吴曾的《能改斋漫录》中就有流露。而《大麦行》吸取汉童谣要旨的看法,在杜诗吴若本的旧注中也有流露。又如他所说的杜诗《渼陂行》的末句本汉武帝《秋风辞》而来的看法,在《钱注杜诗》中也早已言说。因此,我们不能断言渔洋的这些研究是他的发明。尽管如此,我们依然可以发现他的论断中也有某些独特之处。一是他的论断乃结合自身的体悟而来,故言说中包含着鉴赏之眼光。二是他不仅指出杜诗的渊源,而且指出杜诗的某些化用之句也并非绝对高妙,有时反倒成了俗句。这一点的确是渔洋的卓见。比如在《居易录》中他说:"何逊诗:'薄云岩际出,初月波中上。'佳句也。杜甫偷其语,止改四字,云:'薄云岩际宿,孤月浪中翻。'便有伧气。论者乃谓青出于蓝,瞽人道黑白,聋者辨宫徵,可笑也。"④渔洋的这一番论断颇为新奇,因为连《钱注杜诗》中也不曾道明。

论说杜诗主变的特性是渔洋杜诗学研究的第四个层面。清初的杜诗学研究者常常从诗歌演变的角度探寻杜诗的创造之功。叶燮《原诗》中就曾

---

① 杜甫著,钱谦益笺注:《钱注杜诗》,上海古籍出版社 1979 年版,第 132 页。
② 王夫之等:《清诗话·师友诗传续录》,上海古籍出版社 1978 年版,第 155 页。
③ 王夫之等:《清诗话·渔洋诗话》,上海古籍出版社 1978 年版,第 212 页。
④ 王士禛著,张宗柟纂,戴鸿森校点:《带经堂诗话》,人民文学出版社 1963 年版,第 50 页。

说："杜甫之诗,包源流,综正变,自甫以前,如汉、魏之浑朴古雅,六朝之藻丽秾纤,澹远韶秀,甫诗无一不备。然出于甫,皆甫之诗,无一字句为前人之诗也。"① 意指杜诗有"宗正而求其变"的特性。而有些研究者的论说更加具体,或认为杜诗主变的内容表现在古诗变体方面,如冯班在《钝吟杂录》中云："杜子美作新题乐府,此是乐府之变。"② 如施闰章《蠖斋诗话》中所说："杜不拟古乐府,用新题纪时事,自是创识。"③ 或认为杜诗主变的内容表现在律诗变调方面,如吴乔在《围炉诗话》所云："子美七律之一气之下者,乃是以古风之体为律诗,于唐体为别调,宋人不察,谓为诗道当然。"④ 从这些论家的言说中可以看出清初人对于杜诗主变的特性是了然于心的。渔洋关于杜诗主变特性的论述当然离不开上述的诗学背景;他的论说虽与当时诸家的论述有相同之处,但也不乏眼光。如在《师友诗传续录》之中,渔洋曾说道："汉、魏乐府,高古浑奥,不可拟议。唐人乐府不一。初唐人拟《梅花落》、《关山月》等古题,大概五律耳。盛唐如杜子美之《新婚》、《无家》诸别,《潼关》、《石壕》诸吏,李太白之《远别离》、《蜀道难》,则乐府之变也。"⑤ 在此,他直接指出杜甫的《新婚》、《潼关》等作品最有变调的意味,因为这些作品不用古调,而以铺陈叙事为主。又如在《诗友诗传录》云："至杜少陵乃大惩厥弊,以雄辞直写时事,以创格而纾鸿文,而新体立焉。较之白太傅《讽喻诗》、《秦中吟》之属,及王建、张籍新乐府,倍觉高浑典厚,苍凉悲壮。"⑥ 渔洋于此所说的"新体"当然是就杜甫铺陈写事之变体古诗而言的,其格调既与汉、魏乐府不同,也与张、王新乐府不同。利用论说的语境我们发现,渔洋之所以认定杜甫的古诗变调与汉、魏乐府不同,主要是由于内容形式的变化造成的;而与张、王新乐府的不同,主要是由于作品的美学风格相异造成的。这些看法,比同时人更具有实际批评的性质。进

---

① 王夫之等:《清诗话·原诗》,上海古籍出版社 1978 年版,第 569—570 页。

② 王夫之等:《清诗话·钝吟杂录》,上海古籍出版社 1978 年版,第 38 页。

③ 王夫之等:《清诗话·蠖斋诗话》,上海古籍出版社 1978 年版,第 406 页。

④ 郭绍虞:《清诗话续编》,上海古籍出版社 1983 年版,第 605 页。

⑤ 王夫之等:《清诗话·师友诗传续录》,上海古籍出版社 1978 年版,第 151 页。

⑥ 王夫之等:《清诗话·师友诗传录》,上海古籍出版社 1978 年版,第 143 页。

一步说,渔洋关于杜诗主变特性的认识还通过古诗选本的形式表露出来,这是他明显别于清初诸家之处。在《古诗选》中,他不仅将杜甫的七言古诗当作大宗来看待,如《七言古诗凡例》中所说:"七言大篇,尤为前所未有,后所未及。盖天地元气之奥,至杜而始发之。"而且,他还将唐、宋以来善学杜甫七言古诗的大家分列于杜诗之后而自成脉络,其用意就在于既肯定了杜甫自创新体的价值,同时又说明了杜诗开后人风气的渊薮作用。从更大的诗学背景看,渔洋的上述认识是他接受了明人谓老杜古诗为变体之说之后的再认识。《师友诗传录》云:"沧溟先生论五言,谓:'唐无五言古诗,而有其古诗。'此定论也。常熟钱氏但截取上一句,以为沧溟罪案,沧溟不受也。要之,唐五言古固多妙绪,较之《十九首》、陈思、陶、谢,自然有别。"① 由此段话中我们分明看出渔洋对李攀龙之语是颇为赞同的,意味着他秉承明人的看法,认为杜甫古诗为变体。即杜甫、李白的古诗与汉魏古诗不同,是为变调。秉持这一观点,王渔洋对李攀龙所言的"唐无五言古诗而有其古诗"的说法,予以相当的谅解。所以,渔洋对杜诗主变特性的研究既受前人的启发,又有自己独立的观点,同时与当时人的见解也有吻合之处。因此,他的论说也带有几分反思的味道。

考证杜诗的相关性诗学问题是渔洋杜诗学研究的第五个层面。渔洋虽然没有注解过杜甫诗集,但不等于说他没有此方面的素养。实际上,凭借他的经历和广博的阅历,以及对杜诗的研究程度,加之相关的文献功底,如他曾阅读过刘辰翁的《集千家注批点杜工部诗集》、黄庭坚的《杜诗笺》、顾宸的《辟疆园杜诗注解》、钱谦益的《钱注杜诗》等注释杜诗的文献,故而对于杜诗的考证也很有见地。与渔洋同时的仇兆鳌在《杜诗详注·杜诗凡例》中曾说:"近人注杜如钱谦益、朱鹤龄两家,互有同异。钱于《唐书》年月、释典道藏、参考精详。朱于经史典故及地里职官,考据分明。"② 参照两家的成就可以推知,渔洋考证杜诗时的手段也很是当行。康熙十一年(1672)渔洋

---

① 王夫之等:《清诗话·师友诗传录》,上海古籍出版社 1978 年版,第 129—130 页。
② 杜甫著,仇兆鳌注:《杜诗详注》,中华书局 1979 年版,第 24 页。

三十九岁时曾出使蜀地并拜谒杜甫旧居，在其所著的《蜀道驿程记》中有多方面内容涉及杜诗的考究问题。如根据地理状况，考证杜诗《上牛头山》中"青山意不尽，衮衮上牛头"，牛头山在蜀地潼川州西门外，"山高不丈许，无岩壑之观"。又考证杜诗《鹿头山》中的"连山西南断，始见千里豁"乃登天柱山而下的"实录"之语。再如根据名物记载，考证杜诗《行次盐亭县聊题四韵》中的"云溪花淡淡，春郭水泠泠。全蜀多名士，严家聚德星"之"德星"为桥的名字。此类考究颇为信实，有益于解释杜诗的出处问题。另外，在《居易录》、《香祖笔记》、《池北偶谈》、《古夫于亭杂录》等笔记著作中，渔洋对杜诗中的人事典故、文辞句意也进行了深入的探究，皆明白晓畅。如根据文献记录，考证杜诗《杨监又出画鹰十二扇》中"近时冯绍正，能画鸷鸟样"的冯绍正是画家，开元中曾官少府监、户部侍郎，但人品低下。再如根据语句出处，认为杜诗《见王监兵马使说近山有白黑二鹰》中"干人何事网罗求"之"干人何事"的含义，与南唐元宗评冯延巳之"吹皱一池春水，干卿何事"中的"干卿何事"乃同一意义。且"干人"不可当作"千人"，前人注释多有讹误。这些考证论据确凿，使人信服。需要补充的是，渔洋的这些考证研究，多出于本心念头，是他独立思考的结果。尽管他阅读了《钱注杜诗》等注释文献，但是他依然多从个人的学识出发来加以考证，而不以承袭前人的成果或剽窃他人的成果为能事。在《居易录》中他明确地说道："予尝厌古今注杜诗者，而深服陆务观不敢注苏诗之说。如刘会孟本，须溪与其子将孙二序，深契言外之意，自谓如郭象注《庄》。偶看至'已公茅屋下'一首，引欧阳公云：已公，齐已也。按齐已，唐末人，客荆南高氏，岂得与子美同时？此注不知果出永叔否？以此例之，古今注家讹谬可胜道耶！"① 可见他在考证方面的认真程度。本于此，他又常常指摘钱谦益笺注杜诗时的缺失之处。如他在《分甘余话》卷四"钱谦益訾杜诗评注"条中说："千家注杜，如五臣注《选》；须溪评杜，如郭象注《庄》，此高识定论。虞山皆訾之，余所未解。"② 又如在《池北偶谈》卷十四"漫

---

① 王士禛著，张宗柟纂，戴鸿森校点：《带经堂诗话》，人民文学出版社 1963 年版，第 467 页。
② 王士禛撰，张世林点校：《分甘余话》，中华书局 1989 年版，第 103 页。

兴"条中，他指摘钱谦益的注本把杜诗"老去诗篇浑漫与"讹作"老去诗篇浑漫兴"，说钱氏"略无辨证"。① 显然，渔洋的这种严谨论证态度，对于后人读杜之法而言，可谓启发良多。

　　指摘杜诗之失是渔洋杜诗学研究的第六个层面。渔洋对杜诗并不是全然的肯定，有时也有批评。他曾对杜诗的字句、意味进行指摘。如《师友诗传录》十六条渔洋认为：作诗时凡粗字、纤字、俗字皆不可用，"即如杜子美诗：'红绽雨肥梅'一句中，便有二字纤俗，不可以其大家而概法之"。② "红绽雨肥梅"一句出自《陪郑广文游何将军山林》十首之五中，前四句是："剩水沧江破，残山碣石开。绿垂风折笋，红绽雨肥梅。"③ 这四句诗重在写景，表达了一种山林之趣。"绿垂风折笋，红绽雨肥梅"是倒装句，顺序应是风折笋而绿垂，雨肥梅而红绽。渔洋指摘的字概是"肥"字和"绽"字，因为"肥"和"绽"过于纤俗。今而观之，他的指摘也并非没有道理，"肥"字的确带有粗俗的味道。再如《蚕尾续文》中渔洋指摘杜甫的《江头五咏》："语多可笑，亦不成章。"④ 按：《江头五咏》是一组诗歌，按浦起龙的说法，虽然编排在唐代宗宝应元年，实写于唐肃宗晚期，"是春尚系肃宗"，⑤ 此时杜甫居成都草堂。这五首诗歌由《丁香》、《丽春》、《栀子》、《鸂鶒》、《花鸭》构成，前两首为五古，后三首为五律。前三首借写植物之态来抒情，后两首借写动物之态来抒情，诗意是：借写江头五物的状貌而自比处境，抒发老杜复杂的心理感受。正如《读杜心解》所云："时而自防，时而自惜，时而自悔，时而自宽，时而自警，非观我、观世，备尝交惕者，不能为此言。"⑥ 以今观之，这五首诗歌实非上乘，有晦涩抽象之弊端而无悠悠深沉之意蕴。如《花鸭》诗云："花鸭无泥滓，阶前每缓行。羽毛知独立，黑白太分明。不觉群心妒，休牵众眼惊。稻粱沾汝在，作意莫先鸣。"⑦ 这首诗歌中的

---

① 王士禛撰，靳斯仁点校：《池北偶谈》，中华书局1982年版，第328页。

② 王夫之等：《清诗话·师友诗传录》，上海古籍出版社1978年版，第136页。

③ 杜甫著，仇兆鳌注：《杜诗详注》，中华书局1979年版，第151页。

④ 王士禛著，张宗柟纂，戴鸿森校点：《带经堂诗话》，人民文学出版社1963年版，第161页。

⑤ 浦起龙：《读杜心解》，中华书局1961年版，第94页。

⑥ 同上书，第430—431页。

⑦ 同上书，第430页。

"花鸭"可谓作者自比的写照，虽富有深意寄托，但无神韵诗意，因此，渔洋的讥笑也并非苛刻。又如《渔洋诗话》中渔洋批评杜甫的《八哀诗》"最冗杂，不成章，亦多啍吃语"。① 在渔洋所著《居易录》中、翁方纲《石洲诗话》卷六《渔洋评杜摘记》中也有类似的记录。杜甫的《八哀诗》作于大历初年，乃伤时感喟之作，借哀伤李光弼、张九龄等八公的先后存殁而抒发怀贤叹旧之情。这组诗的意义不可谓不深刻感人，渔洋之所以屡次批评《八哀诗》，不在于诗意的深浅，而在于诗句的冗长。《带经堂诗话》卷二云："杜甫《八哀诗》钝滞冗长，绝少剪裁。而前辈多推之，崔鶠至谓'可表里雅颂'，过矣。"② 并摘录其累句多处。今日看来，渔洋的看法是中肯的，因为这八首诗歌中确有文意重复、拖沓冗长的瑕疵。此外，在翁方纲《石洲诗话》卷六《渔洋评杜摘记》中也保存了诸多渔洋批评杜诗之弊的例子。如渔洋认为，杜诗《示从孙济》"所来为宗族"二句为笑柄，《沙苑行》的结束之句意思不鲜明等。③ 当然，渔洋毕竟是站在个人的立场上加以评说，有时也因推崇诗歌的神韵而贬低了杜诗的诗史价值，故他的这些批评和指摘也并非完全有理，正如张忠纲先生所说："王渔洋对杜甫的批评有些是对的，有些是偏颇的，甚至是意气用事的。"④ 如他指摘"红绽雨肥梅"中的"绽"字是纤俗之字，也许过于苛刻了。要之，我们不能凭借渔洋的这个批驳而颠覆了渔洋尊杜的整体诗学观念，同时也可以凭借渔洋的其他指摘而发现他常常采取严谨的态度评价论说杜诗和辩证看待杜诗。他的褒扬也罢，指摘也罢，多是从自己的研究中获得的，多是从自己的文学经验中提升出来的，所以，渔洋的批评指摘也不乏真诚。

以上六个层面的研究内容是渔洋杜诗学研究的大端。实际上，渔洋的杜诗学研究还包括其他枝节内容，如考证杜诗版本、考究杜诗中的地理名物、辨析杜诗中的字句句读、记载杜甫行迹等多个方面。立足清初杜诗学

---

① 王夫之等：《清诗话·渔洋诗话》，上海古籍出版社1978年版，第174页。
② 王士禛著，张宗柟纂，戴鸿森校点：《带经堂诗话》，人民文学出版社1963年版，第54页。
③ 郭绍虞：《清诗话续编》，上海古籍出版社1983年版，第1478页。
④ 张忠纲：《杜甫诗话六种校注》，齐鲁书社2002年版，第562页。

的实际成就而言，渔洋杜诗学的很多诗学见解属于当时的共识，如关于杜诗的集大成性质，再如杜诗的诗史性质等。包括渔洋指摘杜诗的弊端之处也不是他的创举，清初杜诗学的诸家王夫之、黄生、施闰章等就有批评杜诗的言论，如批评杜甫诞于言志、杜甫为风雅罪人、杜甫开以诗当文之风、杜诗伤于说尽等。他们的批评或合理，或极端，但是，"凡此种种，皆可见出清初诸家评杜之时，已能摒弃情绪化的语言而出以较为客观之臆断。因此虽有轻杜之说，却仍无损于杜诗于中国文学史中之地位"。① 渔洋杜诗学研究的要义也应当如是观。

当然，他的杜诗学研究中也存在不可避免的不足。有时他对杜诗的评判主观色彩强烈，反而失实。如在《香祖笔记》卷六中他认为七言古诗以王维、高适、李颀为正宗，而以李白、杜甫为大家，岑参而下为名家，并说此排列"确然不可易矣"。② 显然，这一排列是有失公允的，李、杜何尝不是正宗？因此，渔洋的这一研究不足恰恰是"谙于己见"所导致的。有时他受到宋人、明人关于杜诗学观念的影响，秉承了前人的诗学理念而评说杜诗。如他非常认同杜诗"无一字无来处"的观点，认为杜诗无一字无来历。实际上，降至清初，对于杜诗无一字无来处的质疑之风更是大为流行。钱谦益《钱注杜诗·略例》中就明确痛斥宋、明人所坚持的杜诗无一字无来处的妄言。仇兆鳌在《杜诗详注·凡例》中也反对注释杜诗时苦心穿凿。渔洋依然坚持"无一字无来处"的旧说，又反映出他在杜诗学研究中不知变通的一个弊端。当然，与他的整体杜诗学研究成就相比，渔洋的这些研究不足且分量较轻，后人不能以小眚掩盖大德，毕竟他的研究属于真诚的学理研究。

三

可以说，王士禛杜诗学研究的内容是很丰富的，与清初杜诗学的关系也是很复杂的。那么，由此反映出的文化蕴涵又是怎样呢？约而论之，至

---

① 简恩定：《清初杜诗学研究》，（台北）文史哲出版社 1986 年版，第 71 页。
② 王士禛撰，湛之点校：《香祖笔记》，上海古籍出版社 1982 年版，第 121 页。

少表现在三个方面：

其一，凸显经典的力量。杜诗在中唐时已经为人所重，韩愈就曾说："李杜文章在，光焰万丈长。"自宋代开始，杜诗更成为古代诗歌的典范之作。历经元、明至清初，杜诗更成为后继者竞相学习和模仿的对象，并为历代诗人提供了一个努力的方向和目标，从而确立了杜诗的经典地位。成为文学经典，便具有了一些经典所含有的属性，如：内涵的丰富性；实质的创造性；时空的跨越性和可读的无限性等。这些属性为杜诗带来了权威的力量，也带给后继者一定的压力，或者按照西方文论的说法是"影响的焦虑"。无论如何，从事诗歌创作和诗歌研究的后来人都能感受到杜诗成为文学经典的伟力。同样，清初的王士禛也无法摆脱杜诗的影响，他的研究虽然游离于清初尊杜派和轻杜派之间，但是如果立足当时杜诗学研究的大背景而言，渔洋对杜甫的诗歌史地位是予以肯定的，并且对杜甫的诗歌也是颇为欣赏的。同时，他也因自己的诗意与杜甫的诗意暗合而高兴，如《分甘余话》卷一就说："老杜诗'白鸟去边明'；坡公诗'贪看白鸟横秋浦，不觉青林没晚潮'。余少登京口北固山多景楼，亦有句云'高飞白鸟过江明'，一时即目，不觉暗合。"① 以至于他在《池北偶谈》卷十八中说："每思高、岑、杜辈同登慈恩塔，高、李、杜辈同登吹台，一时大敌，旗鼓相当，恨不厕身其间，为执鞭弭之役。"② 对杜甫可谓仰慕之至。再如《池北偶谈》卷十六曾说："宋、明以来，诗人学杜子美者多矣。予谓退之得杜神，子瞻得杜气，鲁直得杜意，献吉得杜体，郑继之得杜骨。它如李义山、陈无己、陆务观、袁海叟辈，又其次也。陈简斋最下，《后村诗话》谓简斋以简严扫繁缛，以雄浑代尖巧，其品格在诸家之上，何也？"③ 历数唐、宋、明以来著名诗人学杜的特点。这表明，渔洋并没有颠覆宋代以来杜甫为诗坛宗主的诗歌价值系统。在他的诸多杜诗学观念中，最为鲜明的思想依然是奉杜诗为正宗，并折服于经典才具有的不可抗拒的魅力之下。

其二，弘扬求真求实的学术精神。中国学术传统的精髓是讲求实事求

① 王士禛撰，张世林点校：《分甘余话》，中华书局 1989 年版，第 19 页。
② 同上书，第 440 页。
③ 同上书，第 391 页。

是。清初的学术思想是在反思明代学术空疏之弊的基础上渐渐形成的，故学术旨趣依然回归求真务实的传统，正如梁启超《清代学术概论》所言，清初伊始，启蒙期的学术思想即"承明学极空疏之后，人心厌倦，相率返于沈实"①。当然，王士禛不以学者名世，他也没有纠缠于清初宋学、汉学的争论之中，但不等于说他没有学问。只要我们看看渔洋的藏书之巨和与当时的学界代表人物阎若璩的交往便可知道，王士禛同样受到当时求真求实的学术思想的影响。据蒋寅先生的研究，渔洋藏书规模巨大，并有藏书目录。仅《池北书目》一书就收书 469 种，其中经部 36 种，史部 113 种，子部 64 种，集部 256 种，②并且渔洋对历朝总集、别集都留意搜集，尤其对宋元别集颇下功夫。当遭遇有疑问的书籍时，渔洋常常举内证、外证加以考核，以究明真相，然后以题跋的形式记下自己的研究成果。他求实严谨的治学理念可见一斑。又据赵执信《谈龙录》记载，王士禛与阎若璩曾有会面，且阎若璩曾指摘渔洋的《唐贤三昧集》有舛误之处，竟使渔洋懊悔不已以致产生销毁书版的念头，由此亦看出渔洋编书治学过程中的自责心理和谨慎的态度。从这些事实的描述当中我们足以认定渔洋具备了一个学者所应有的素质。进而言之，在杜诗学研究中，他秉持的重要学术理念是：从文本出发，不轻信权威，注重考核。从文本出发意味着他在研究杜诗的版本和名物时，着眼于杜诗的诗意本身，而不是盲从所谓的古版本知识和既有的名物解释。不轻信权威意味着对前贤注家的观点敢于怀疑，敢于批评其中的谬误之处，如批评钱谦益的《读杜小笺》中太迷信宋本，批评萧云从的《杜律细》中"以为杜律无拗体，穿凿可笑"等。注重考核意味着渔洋注重历史背景和杜甫生平经历的考核，以此阐释杜诗的要义和诗中名物的含义，而不作烦琐的考证，故能有所新见。渔洋既有出使秦、蜀的经历，又有奔波江、淮的经历，更有辗转齐、鲁的经历，各地的许多遗迹与杜甫的遭遇有关，所以他格外留意其间。加之他本有研究杜诗的学术热忱，并有坚实的学术基础，在这样的背景下，《蜀道驿程记》中他自然

---

① 梁启超：《清代学术概论》，天津古籍出版社 2003 年版，第 29 页。
② 蒋寅：《王渔洋与康熙诗坛》，中国社会科学出版社 2001 年版，第 155 页。

考证出杜诗"始知云雨峡，忽尽下牢边"的"云雨峡"即是"下牢溪"，《秦蜀驿程后记》中他也确切地考证出杜诗《石壕吏》之"石壕"的方位。这样的考核乃亲目所见，比他人的考证更为信实有力。因此，这三个学术理念既与当时的学术思想相统一，也与传统的学术精神相一致，从而使渔洋的杜诗学研究不失求真求实的学术品格。当然，王士禛的杜诗学属于古代学术的文苑之学，与主于理学经术的儒林之学不同，文苑之学偏重辞章典故的研究，故而渔洋的杜诗学研究的旨趣不同于当时经学家们的汉学研究的旨趣，但他们都遵从"由空返实"的学风，所以，在学术理念上，渔洋与经学家们是可以沟通的。

其三，揭示复杂而深刻的心理诉求。古代诗学问题的探究中，常常隐含着言说者特定的心态和相应的文化心理。我们不妨将渔洋的杜诗学研究与他的"神韵"诗学相联系，来初步探究渔洋的心理活动。从更广阔的诗学背景看，渔洋崇尚的诗学思想毕竟以"神韵"说为主流，杜诗学只不过是他诗学研究中的支流，他倡导"神韵"说意在归附以王、孟诗派为宗主的唐诗学，故标榜"无迹可求"的诗歌旨趣，与开宋诗学之先河的杜诗学存在一定的距离，所以，在诗歌理论的建构之中，他之所以不太推重杜诗，当与他的审美趣味有关。但是，另一方面，渔洋并没有忽视杜诗的伟大之处，所以，他也欣赏以杜诗为代表的"沉着痛快"的诗歌风格。并且，"渔洋论杜，首先看重的还是杜诗的思想内容"。[1]这就说明，倡导神韵超逸的王士禛，并没有活在空寂的时空中，他同样关注人间冷暖和家国热情。然而，在当时的诗学语境中，他选择的是以"诗佛"王维为价值取向的诗歌世界，而消释了以"诗圣"杜甫为价值取向的诗歌世界，于是神韵诗学走向诗学舞台的前台，而杜诗学则侧身辅助，尽管诗歌史上王维"诗佛"的地位，终究不敌杜甫"诗圣"之地位，但此时的情形却让王维占了上风，这实在是当时思想文化大背景的一种反映而已。由此揭示出王士禛的深层次心理诉求是：沉浸于政治文化的氛围之中而有所疏离；会心杜诗的现实思想而又渴求诗意的超脱。所以，

---

① 孙微：《清代杜诗学史》，齐鲁书社 2004 年版，第 249 页。

从王士禛的杜诗学研究中我们自然不可忽视政治文化因素的影响和制约。

简言之，探究王士禛杜诗学研究的文化蕴涵使知识与诗意得到双重的关注，使文本与历史得到相互沟通，使文学与文化得到双向审视。这也许是走向文化诗学的魅力所在吧。

（原刊于《甘肃高师学报》2009 年第 3 期）

《清诗别裁集》为何不选王士禛的名篇《秋柳》诗

乾隆时期的诗坛代表人物沈德潜（号归愚）曾主编《清诗别裁集》三十二卷。此书为著名的清诗选本，于当时及后世影响颇大。《清诗别裁集》选录康熙一朝的诗坛领袖王士禛（号渔洋）的诗歌四十七首，仅仅占渔洋全部三千余首诗歌的极小部分。尽管如此，四十七首诗歌的选目数依然为《清诗别裁集》中的选录之冠，由此看出渔洋诗在沈归愚心中的地位。而且，这四十七首诗歌俱存于渔洋手订的《渔洋山人精华录》之中。由此推见，《清诗别裁集》选录的渔洋诗歌，乃沈德潜阅读《渔洋山人精华录》之后再行精选的结果，具有相当明确的诗歌选择目的。

然而，《清诗别裁集》竟然没有选录王士禛的成名作之一《秋柳》诗四篇。这不得不使人思量其中的原委，也不得不思考沈德潜的用意。这是因为，从相关的诗学文献看，沈德潜对于王士禛是相当尊重的，沈德潜的"格调"诗学与王士禛的"神韵"诗学也是兼容的，且沈德潜对于王士禛的诗歌评判也是比较公允的。或者说，依照沈归愚的诗学眼光，他蛮可以选录王渔洋颇有神韵色彩的《秋柳》诗，可是，事实并非如此，这究竟出于何方考虑呢？

我们先从《秋柳》诗的韵味谈起。《秋柳》四首作于顺治十四年（1657）八月间，渔洋时年二十四岁。原诗为：

秋来何处最销魂，残照西风白下门。

他日差池春燕影，只今憔悴晚烟痕。

愁生陌上黄骢曲，梦远江南乌夜村。

莫听临风三弄笛，玉关哀怨总难论。

娟娟凉露欲为霜，万缕千条拂玉塘。
蒲里青荷中妇镜，江干黄竹女儿箱。
空怜板渚隋堤水，不见琅琊大道王。
若过洛阳风景地，含情重问永丰坊。

东风作絮糁春衣，太息萧条景物非。
扶荔宫中花事尽，灵和殿里昔人稀。
相逢南雁皆愁侣，好语西乌莫夜飞。
往日风流问枚叔，梁园回首素心违。

桃根桃叶镇相怜，眺尽平芜欲化烟。
秋色向人犹旖旎，春闺曾于致缠绵。
新愁帝子悲今日，旧事公孙忆往年。
记否青门珠络鼓，松枝相映夕阳边。①

这四首《秋柳》诗，句句写柳，却通篇不见一个"柳"字，令人叹绝。这组诗将咏物、咏史与寓意有机地结合在一起，意蕴含蓄，境界优美，有着极强的艺术感染力。总体而言，《秋柳》诗在继承遗民诗悼明、怀旧主题的基础上，对顺治末年的社会心理做了深入而细腻的揭示。既烘托出当时沉闷的社会气氛，又流露出打破这种沉闷的渴望；既表达了对清初士人群体的关心和同情，又暗含着对自我未来的思考和探究，于是，深得当时学人士子的青睐和共鸣，唱和者涌现。正如王士禛在其《菜根堂诗集序》中云："顺治丁酉秋，予客济南。时正秋赋，诸名士云集明湖。一日，会饮水面亭，亭下杨柳十余株，披拂水际，绰约近人。叶始微黄，乍染秋色，若有摇落之态。予怅然有感，赋诗四章，一时

---

① 王士禛著，李毓芙等整理：《渔洋精华录集释》，上海古籍出版社1999年版，第68—71页。

和者数十人。又三年,予至广陵,则四诗流传已久,大江南北和者益众,于是《秋柳》诗为艺苑口实矣。"① 这里清楚地说明,《秋柳》诗颇具神采而引人关注。即便是在渔洋晚年所做的《渔洋诗话》中也曾沾沾自喜,顾盼自雄,说道:"余少在济南明湖水面亭,赋《秋柳》四章,一时和者甚众。后三年官扬州,则江南北和者,前此已数十家,闺秀亦多和作。"②

今日看来,《秋柳》四章的确充满着一种神韵:散落的云烟中不乏缥缈之怀,淡淡的愁绪中不乏摇曳之姿。就诗味而言,余音袅袅,欲说还休,颇有含蓄蕴藉之风致;就笔法而言,开阖有度,朗朗上口,颇符合格调声律之要求。这即是渔洋后来才拈出的"神韵诗说"所达到的一种悠悠不迫的意境,也是为当时举子雅士所欣赏的一种味道。这意境,这味道,以沈归愚的鉴赏水平,是能够体悟出来并且能够了然于心的。然而,细读《清诗别裁集》之中的渔洋四十七首诗歌的风格体貌,我们才发觉,正是《秋柳》诗具有这样一种悠悠不迫、含蓄蕴藉的神韵,才导致沈德潜不想选录这组诗入《清诗别裁集》。

那么,《清诗别裁集》之中的这四十七首诗歌的整体风貌为何呢?简言之:高华浑厚有魄力;格力骨架具精神。"高华浑厚有魄力"意味着渔洋诗歌本有雄浑之气;"格力骨架具精神"意味着渔洋诗歌本有超诣之能。沈德潜力图将王士禛诗歌所呈现的另一种骨力雄健又不失敦厚的气度展示出来,从而与王士禛诗歌惯常所具的另一种清新俊逸的审美情趣相互补充而融为一体,以此构建渔洋诗歌的整体风貌,深有渔洋老友徐乾学所说的"渔洋造诣固超越千载,而体制风格未尝废唐人之绳尺"的宏大选诗之愿望。

以此为标准,则《秋柳》诗自然很难进入沈归愚的视阈。具体而言,归愚在《清诗别裁集》所欣赏的是渔洋诗歌的另一种味道:沉着痛快的韵致。

---

① 赵伯陶选注:《王士禛诗选》,人民文学出版社 2009 年版,第 19 页。
② 王夫之等:《清诗话·渔洋诗话》,上海古籍出版社 1978 年版,第 166 页。

　　众所周知，渔洋创作了大量效法王、孟，且从容幽静、舒缓空灵的韵外之致诗歌。论者以为这些诗歌多仁兴之言，饶有禅味，意在言外，不知所以神而自神，是渔洋倡导神韵说的具体实践。如笔者在《王士禛诗学研究》中所说："渔洋的这些诗句，风格淡远，诗意萧散"，"神韵气象的淡定与禅意的无言、与诗味的悠悠是相互包容的"。① 然而，渔洋也创作了大量颇具高古雄浑之气的诗歌，以出使行役而作的《蜀道集》、《南海集》和《雍益集》为代表。尤其是康熙十一年（1672）六月他奉命典四川乡试时所写的《蜀道集》，笔力劲健，风格雄浑，彰显出不同于清新澄澈诗风的另一种神韵，当时的著名诗人叶方蔼评价《蜀道集》："毋论大篇短章，每首具有二十分力量。所谓狮子搏象，皆用全力也。"② 渔洋门生、诗人盛符升说："先生蜀道诸诗，高古雄放，观者惊叹，比于韩苏海外诸篇。"③《清诗别裁集》共选录《蜀道集》之中的诗歌 13 首，选目数是可观的。分别是五古《定军山诸葛公墓下作》、《朝天峡》、《龙门阁》、《五丁峡》和《天柱山》；七律《潼关》、《雨度柴关岭》、《沔县谒诸葛忠武侯祠》、《晚登夔府东城楼望八阵图》和《渡河西望有感》；五绝《国士桥》；七绝《灞桥寄内》和《马嵬怀古》。内容或是状山川奇险，抒发苍茫凄怆之感；或是凭吊古人，抒发激昂的思古之情，然骨气奇高，掷地有声。如《晚登夔府东城楼望八阵图》：

> 永安宫殿莽榛芜，炎汉存亡六尺孤。
>
> 城上风云犹护蜀，江间波浪失吞吴。
>
> 鱼龙夜偃三巴路，蛇鸟秋悬八阵图。
>
> 搔首桓公凭吊处，猿声落日满夔巫。④

　　此诗即景感怀，吊古伤今，意境开阔，手法雄奇，风格苍劲，气概非

---

① 孙纪文：《王士禛诗学研究》，宁夏人民出版社 2008 年版，第 99 页。

② 王士禛著，李毓芙等整理：《渔洋精华录集释》，上海古籍出版社 1999 年版，第 2029 页。

③ 同上。

④ 沈德潜编：《清诗别裁集》，上海古籍出版社 1984 年版，第 134 页。

凡，浸透着历史沧桑凝重感，深有杜诗之风，与渔洋从容幽静、舒缓空灵的另一种诗歌风貌迥然有别。论者多以为，此诗一扫此前王士禛诗歌迷蒙玄远、清幽澹泊的旧套，成为由含蓄转为雄放、由空灵转为苍劲、由淡远转为凝重的里程碑。此话虽是过誉之辞，但仍不失大略。

其实，这味道也是渔洋所提倡的。他曾在《然灯记闻》[该书作于康熙三十一年（1692）六月]中云："为诗各有体格，不可混一。如说田园之乐，自是陶、韦、摩诘；说山水之胜，自是二谢；若道一种艰苦流离之状，自然老杜。"① 故而，渔洋的诗歌，不仅有空灵之作，也有雄浑之作。渔洋的神韵诗说，不仅倡导一种从容幽静、舒缓空灵的韵外之致，也包含意境开阔、手法雄奇、风格苍劲的美学追求。所以，不单是沈德潜在提醒清人要全面理解渔洋的诗歌风貌，我们同样要全面把握渔洋诗歌、渔洋诗学的整体风貌，正如台湾学者黄景进在《王渔洋诗论之研究》中所说："我们的研究就必须特别小心，我们不能把渔洋看得太简单，以为他只讲神韵，就不讲别的。"②

进一步说，《清诗别裁集》中选录的渔洋其他诗集中的作品，美学风格也多以雄奇健雅而见长，不论是《渔洋集》中的《海门歌》、《南海集》中的《采石太白楼观萧尺木画壁歌》等古体诗，还是《渔洋续集》中的《漫兴》、《蚕尾集》中的《赵承旨画羊》等律诗，俱含浑厚之音，有凌厉之气。即便是那些短小精悍、容易生发情致的绝句，沈归愚也选择了渔洋那些硬朗劲健、颇有气力的作品。如《蟂矶灵泽夫人祠》：

> 霸气江东久寂寥，永安宫殿莽萧萧。
> 都将国家无穷恨，分付浔阳上下潮。③

渔洋同题为两首绝句，《清诗别裁集》选录一首。此诗乃感怀刘备夫人、孙权之妹的处地和心境而作，不乏深沉的历史感。归愚评曰："浔阳

---

① 王夫之等：《清诗话·然灯记闻》，上海古籍出版社 1978 年版，第 119 页。
② 黄景进：《王渔洋诗论之研究》，（台北）文史哲出版社 1980 年版，第 74 页。
③ 沈德潜编：《清诗别裁集》，上海古籍出版社 1984 年版，第 139 页。

以上为刘，洵阳以下为孙，夫人之恨真无穷矣。"① 意指渔洋将孙夫人的这种沉痛之情生发得淋漓尽致，很是沧桑。

由于沈德潜刻意选录王士禛的这些颇具骨力和豪壮之风的诗歌，致使选录的四十七首诗歌中的个别篇章并非渔洋诗歌中的佳作，如《秦中凯歌》六首虽跌宕寥廓，但豪放有余，而韵味不足，反而缺少了那种"言有尽而意无穷"的幽幽清远的意境。故而，正是因为《秋柳》四首诗风温润，词意含蓄蕴藉，感情委婉有致，不符合《清诗别裁集》中沈德潜选录渔洋诗歌的潜在标准，才使得那些拥有优游不迫之美的神韵诗歌不在入选之列，如名篇《红桥》（二首）、《真州绝句》（五首）、《冶春绝句》（十二首）等，就连为时人津津乐道的《秦淮杂诗》（十四首）沈德潜也只选录一首："新歌细字写冰纨，小部君王带笑看。千载秦淮呜咽水，不应仍恨孔都官。"此诗韵味竟不如十四首的开篇之作："年来断肠秣陵舟，梦绕秦淮水上楼。十日雨丝风片里，浓春烟景似残秋。"归愚选彼不选此，内在原因也是由于《新歌细字写冰纨》的笔力较《年来断肠秣陵舟》而言更多劲健，却不论蕴涵的厚薄。

当然，换一更为深远的角度看，沈德潜如此着意选录王士禛的这些颇具骨力和豪壮之风的诗歌，而弃置如同《秋柳》诗这般充满空灵意境的诗篇而不顾，其内心不是曲解了王士禛的诗坛地位，也不是曲解了王士禛的诗歌风貌，结合诗史背景，却是另有深意所在，具体而言便是沈德潜默默地回答了三个问题。

第一个问题是渔洋诗风不独在优游不迫之美，也有沉着痛快之美。自清初吴乔于《答万季埜诗问》评价渔洋是"清秀李于鳞，无得于唐"以来，历经赵执信《谈龙录》所云渔洋诗歌"神龙见首不见尾"、"诗中无人"的说法，再到沈德潜的同窗袁枚所说的渔洋诗歌"才力薄"的评价，诗坛上一直有一股诋讥王士禛非雄才大家的声音，这声音虽然不大，属于评价体系中的支流，但毕竟影响了渔洋的形象。因而，在《清诗别裁集》之中，沈德潜有意选录了这些高华浑厚的诗歌，正如他所说，渔洋诗集中

---

① 沈德潜编：《清诗别裁集》，上海古籍出版社 1984 年版，第 139 页。

的诗歌以明丽博雅胜者居多，然恐收之不尽，只取雄浑神韵者，"觉渔洋面目，为之改观"。① 意思是，渔洋含蓄澹泊的诗歌为数太多，故选录雄浑广阔的诗歌以作补充，如此才可以目睹渔洋诗歌的真面目，也才可以知晓神韵中不仅包含空灵之美，也包含壮丽之美。并以此巧妙地反击了诋讥渔洋的诗坛之声。

第二个问题是"神韵说"与"格调说"互为兼容。沈德潜在《清诗别裁集》中曾将宗旨、体裁（风格）、音节、神韵等诗歌要素有机地结合起来而论诗，如评《晚登夔府东城楼望八阵图》云，"议论、格律、声响，无一不合"。② 且早在《唐诗别裁集序》中沈德潜就曾说："先审宗旨，继论体裁，继论音节，继论神韵，而一归于中正和平。"③ 足可见出他的格调论与渔洋的神韵论之间存在密切关联，或者说渔洋的神韵诗说与他的格调诗说具有某种亲缘关系，以此表明《清诗别裁集》选录的渔洋诗歌也颇有格调。

第三个问题是《清诗别裁集》中选录的渔洋诗歌尽管雄浑有力，但却不背离温柔敦厚的诗歌旨趣，符合统治者的诗教要求。《清诗别裁集》成于乾隆二十四年，编选时间下距成于乾隆中后期的《四库全书总目》为时不远。《四库全书总目》在《御选唐宋诗醇》提要中曾明确提出儒家诗学的"二重"精神：一曰兴观群怨；一曰温柔敦厚。④ 作为儒家诗教说的提倡者，沈德潜对于乾隆一朝的诗学倾向是了然于心的。因而，对于渔洋所写的那些风格过于豪放、过于激越的诗歌，沈归愚也没有录入《清诗别裁集》之中，如《蜀道集》中的名篇《登高望山绝顶望峨眉三江作歌》、《广武山》等，皆不在选目之列。原因就在于沈德潜以为，神韵的内涵中不仅有风格，有才调，有法则问题，也有寄托问题，既寄托着渔洋对于时代雅音认同的政治情愫，也寄托着一种归愚所认同的儒雅精神，从而使入选的渔洋诗歌不失中和之美的视阈。

---

① 沈德潜编：《清诗别裁集》，上海古籍出版社 1984 年版，第 125 页。
② 同上书，第 134 页。
③ 沈德潜编：《唐诗别裁集》，中华书局 1975 年版，第 2 页。
④ 永瑢等：《四库全书总目》，中华书局 1965 年版，第 1728 页。

　　要之,沈德潜的这番选录,不是他不懂得渔洋诗歌的神韵,而是力图维护渔洋诗坛的大家形象,引导人们领会一番渔洋诗歌的别样风采。尽管入选《清诗别裁集》中的渔洋诗歌并非完全是佳作,也不代表渔洋诗歌的整体面貌,但是,他的苦心和精心是可以理解的。本于此,《清诗别裁集》不选录《秋柳》诗的原委是多么耐人寻味。甚至可以说,此种缺录,可称得上是古代诗歌选本所沉潜的深刻文学意蕴的一个典型个案。

（原刊于《古典文学知识》2014 年第 2 期）

沈德潜论杜诗之美

一　问题的提出

沈德潜（号归愚）是清代中前期重要的诗论家，以倡导"格调说"而著名。同时，他也是一位有影响的杜甫诗歌的批评者，在他的《唐诗别裁集》、《杜诗偶评》及《说诗晬语》中，有大量关于杜甫诗歌评论的话语，并由此显示出沈德潜心系诗圣的情怀。其中，有关于杜甫诗歌思想旨趣的批评，如认为杜甫诗歌之中具有矢志不渝的远大志向和宏伟抱负、忠君爱国的伟大思想和精神，以及遇事托讽的坚定态度和立场；并赞赏杜诗感时伤乱，忧黎元，希稷契，生平种种抱负，无不流露于笔墨中。有关于杜甫诗歌法度的批评，如认为杜甫诗歌的倒插法、反接法、透过一层法、突接法灵活多样，这样的手法使得句子别出新意，能够不落俗套；又指出杜甫诗歌中的字法、句法、篇法相互之间密切联系，发端有气势，结尾有余韵，前后有照应，如此才能使诗歌出神入化，无迹可求。此外，还有关于杜诗变体、杜诗渊源、杜诗考辨、杜诗之失的研究和评论等内容。立足清代中前期杜诗学的成就看，与其他杜诗学大家相比，沈德潜的批评眼界尽管有高有低，而所论及的话题无不显示出他独立的批评精神和质实态度。当然，杜诗学的研究和批评常常存在英雄所见略同的情形。如自从苏轼提出杜诗"一饭未尝忘君"说之后，历代很多批评者即把杜甫诗歌奉为"忠君"的典范之作，沈德潜也说"读少陵诗，如见其忧国伤时"，认为杜诗颇有温柔敦厚之旨。也就是说，在评判杜诗"忧国伤时"的思想旨趣方面，沈德潜的见解多与他人的看法相一致。即使他认为杜诗之中有"讽谏"精神，也与清初钱谦益的"杜诗刺君说"暗暗相合。再如关于杜诗法度问题、杜诗变体问题的评论也多与清初王士禛的杜诗学研究存在相同的视阈，尽管沈德潜在这些领域又进行了深度开掘。因而，我们更关注沈德潜关于杜诗学研究的新内容和新创见。比较而言，沈德潜关于杜甫诗歌审美特征的批评有独到的见识，也最有韵致。对此，学人也间或有所论及，如有论文说沈德潜对杜诗"雄浑"的风格特征进行了明确的论述，并"贯穿于沈德潜对杜诗的整个评论中"，① 所见颇有深意。当然，我们还需进一步拓展审美论的研究空间。那么，沈德潜是如何评论杜诗之美，他的评论又有怎样的批评立场呢？

二 沈德潜论杜诗之美的三个方面

在《唐诗别裁集》、《杜诗偶评》及《说诗晬语》之中，沈德潜极力推崇杜诗，仅《说诗晬语》涉及杜诗评论的内容就近30条。这固然是因为杜诗中所体现的忠爱思想以及讽谏精神与沈德潜的诗教原则相契合，另外，作为文学作品，杜诗带给沈德潜的审美体验也是归愚心仪杜甫的重要原因。沈德潜对杜诗的审美批评，主要集中在三个方面：论杜诗的宏大之美、赤诚之美以及蕴藉之美。

（一）宏大之美

宏大之美，是就杜诗的风致而言的。沈德潜认为，杜诗之美首先表现在诗歌的整体风貌是气象宏大。他说："少陵以大胜。"紧接着又说：

> 少陵七言古，如建章之宫，千门万户；如巨鹿之战，诸侯皆从壁上观，膝行而前，不敢仰视；如大海之水，长风鼓浪，扬泥沙而舞怪物，灵蠢毕集。别于盛唐诸家，独称大宗。②

谓其诗如"建章之宫"、"大海之水"，气象宏大，"独称大宗"，不敢

---

① 袁志彬：《沈德潜及其杜诗论》（上），《杜甫研究学刊》1995年第3期。
② 沈德潜选注：《唐诗别裁集》，上海古籍出版社1979年版，第201页。

仰视。又有:"老杜以宏才卓识,盛气大力胜之。读《秋兴》八首,《咏怀古迹》五首,《诸将》五首,不废议论,不弃藻缋,笼盖宇宙,铿戛韶钧;而纵横出没中,复含蕴藉微远之致;目为大成,非虚语也。"① 对老杜诗歌中之气象宏大的美感和审美效应真可谓极尽推崇,赞誉有加。

沈德潜认为,杜诗的宏大之美还在于杜甫善于用表现时空跨度的话语来营造诗歌阔大的意境。杜诗在空间上雄伟阔大,无边无垠;在时间上纵横古今,浩渺无际;此外,杜甫善于将空间的阔大和时间的深远综合使用,营造成宏大的审美意象群体,从而形成一首首气象宏伟的诗歌。以《秋兴》八首为例,"巫峡"、"江波"、"孤舟"、"危城"、"夔府"、"边关"等景观为诗人"身之所处",予人以萧索孤寂、慷慨悲壮之感;而"京华"、"长安"、"蓬莱"、"曲江"、"紫阁"等意象为诗人"心之所系",虽远在千里之外,却时时萦绕心头。两组意象交错而至,此身此地此景此念融为一体,令人不胜感慨唏嘘。无怪归愚评曰:"其才气之大,笔力之高,天风海涛,金钟大镛,莫能拟其所到。"② 又如《登高》一诗,疾风、白沙、归鸟、落木、长江等意象深沉悲壮,实写深秋萧索之景,"无边"、"不尽"、"万里"、"悲秋"尽写空间之广阔,时间之悠远,给读者展现出一幅幅巨大的时空景象,雄阔高浑,气势磅礴。故归愚评曰:"好在'无边'、'不尽'、'万里'、'百年',亦一句三层。"③

沈德潜还认为,杜诗的宏大之美又在于杜甫善用遒劲的笔力展现诗歌巨大的力量感。他曾总论杜诗近体曰:"气势阔大,使事典切,而人所不可及处,尤在错综任意,寓变化于严整之中,斯足凌轹千古。"④ 认为杜诗气势凌云,笔力不凡,起伏跌宕,能产生一种惊人的力量。他评《桃竹杖引》,"字字腾掷跳跃,何等笔力";⑤ 评杜甫《新安吏》,"诸咏身所见闻事,运以古乐府神理,惊心动魄,疑鬼疑神,千古而下,何人更能措手";⑥ 评《北征》,

---

① 王夫之等:《清诗话·说诗晬语》,上海古籍出版社 1978 年版,第 541 页。

② 沈德潜选注:《唐诗别裁集》,上海古籍出版社 1979 年版,第 461 页。

③ 同上书,第 454 页。

④ 同上书,第 343 页。

⑤ 沈德潜:《杜诗偶评》,赋闲草堂刻本。

⑥ 沈德潜选注:《唐诗别裁集》,上海古籍出版社 1979 年版,第 68 页。

"叙到家后悲喜交集,词尚未了,忽入'至尊蒙尘',直起突接,他人无此笔力"、"汉、魏以来,未有此体,少陵特为开出,是诗家第一篇大文";①评秦州至成都诸诗,"奥险清削,雄奇荒幻,无所不备。山川诗人,两相触发,所以独绝古今也"。②赞叹这些诗歌结构多变,笔力劲健,他人难以企及。

由沈德潜的评判可以看出,无论是杜诗的宏伟气象,还是杜甫跨越时空的话语、笔力雄健的力量,以及由此展现出的宏大意象和意象群,最终构成杜诗之"大"的壮美色彩,也彰显了杜诗沉郁顿挫的气势,为参悟杜诗的美学意蕴确立了一种基调。

(二)赤诚之美

赤诚之美,是就杜诗的情感力量而言的。沈德潜认为,杜诗之美还表现在情感的真挚、浓烈和赤诚方面。从"何当击凡鸟,毛血洒平芜"、"会当凌绝顶,一览众山小"的宏伟抱负到"穷年忧黎元,叹息肠内热"的执着信念,再到"纨袴不饿死,儒冠多误身"、"落日照大旗,马鸣风萧萧"的苍凉悲郁,都未让杜甫改变他那颗忠君爱民的赤子之心。正如沈德潜所说:"一饭未尝忘君,其忠孝与夫子事父事君之旨有合,不可以寻常诗人例之。"③沈德潜评《自京赴奉先县咏怀五百字》:"'庶往共饥渴',千古情至语","身际困穷,心忧天下,自是希稷、契人语",④意思是杜诗之赤诚千古难寻。评《羌村三首》"先惊后悲,真极","字字镂出肺肝,又似寻常人所能道者,变风之义与?汉京之音与",⑤意思是此诗虽为家常语,但字字发自肺腑,自然感人至深。也就是说归愚认为,杜甫的这些心系家人的诗作不仅情真意切,而且感同身受,赤诚胸怀跃然纸上,正如他评论《垂老别》、《无家别》时说,前者以"忠"结,后者以"孝"结,"想见老杜胸次"。⑥归愚的评论还以为:如果说这是杜甫叙述家庭生活饱含真情的

---

① 沈德潜选注:《唐诗别裁集》,上海古籍出版社 1979 年版,第 64—65 页。
② 同上书,第 75 页。
③ 同上书,第 201 页。
④ 同上书,第 61 页。
⑤ 同上书,第 66 页。
⑥ 同上书,第 70 页。

话，那么杜甫在叙及朋友情谊之时，同样感人肺腑。他在评《春日忆李白》中说："公在渭北，太白在江东，触景而离情自见。"① 大意是，杜甫与李白分离后，即使远隔千里，彼此依然深深地惦念，真挚与关切的情感油然而出。不单如此，沈德潜还明确地指出：杜诗不仅写人充满情意，即使是咏物写景，也往往贯注着诗人的真情厚意。如其评《古柏行》"大木喻栋梁意，人人有之，从君臣际会着笔，方见精采"②；评《春望》"'溅泪''惊心'，转因花鸟，乐处皆可悲也"，③ 即是表明杜诗所蕴含的感情细腻而充沛，感人至深。

从学理上说，沈德潜论杜诗的赤诚之美与其所倡导的儒家诗学思想是密切关联的。他在《说诗晬语》中曾曰："诗之为道，可以理性情，善伦物，感鬼神，设教邦国，应对诸侯，用如此其重也。"④ 要达到这样的诗用目的，必须诗中有情，情真而意切，正如他所说："诗贵性情。"⑤ 从审美层面看，杜诗的赤诚之美是道德力量的一种美学表现，此又与杜诗一贯具有的忠爱之情互为表征。如归愚所说："少陵身际乱离，负薪拾橡，而忠爱之意，倦倦不忘，得圣人之旨矣。"⑥ 因而，沈德潜将儒家诗学思想、杜甫的"忧国伤时"思想、诗歌的赤诚情怀、道德之美的力量，融合为一体，既与时人的认识有相通性，又将杜诗的审美力量纳入他的儒家诗学思想体系之中，这种理路，虽谈不上有突出的创造性，但正如张健在《清代诗学研究》中所言："实际上是传统诗学价值系统的整合与总结。"所以，沈德潜有关杜诗赤诚之美的评论也具有一定的学术价值。

从诗歌接受史的角度看，通过沈德潜的评论使人进一步思考：杜诗之所以受到历代读者的推崇，拥有大批的认同者与追随者，是与老杜诗作中所体现出来的浓烈赤诚的情感力量密不可分的。沈德潜欣赏与推崇的正是杜诗所拥有的这种真实强烈的道德之美。从这个意义上说，沈德潜的见解

---

① 沈德潜：《杜诗偶评》，赋闲草堂刻本。
② 沈德潜选注：《唐诗别裁集》，上海古籍出版社 1979 年版，第 225 页。
③ 同上书，第 346 页。
④ 王夫之等：《清诗话·说诗晬语》，上海古籍出版社 1978 年版，第 523 页。
⑤ 同上书，第 524 页。
⑥ 沈德潜选注：《唐诗别裁集》，上海古籍出版社 1979 年版，第 55 页。

为杜诗美学意蕴的探究确立了一个方向。

（三）蕴藉之美

蕴藉之美，是就杜诗的韵味而言的。沈德潜认为，杜诗之美还表现在诗味悠悠、含蓄蕴藉方面。此蕴藉又与他强调的"温柔敦厚"的诗教思想相互融合，故诗歌的蕴藉之美又平添了一种雅正色彩。他在《说诗晬语》中论述道：

> 事难显陈，理难言罄，每托物连类以形之；郁情欲舒，天机随触，每借物引怀以舒之；比兴互陈，反覆唱叹，而中藏之怀愉惨戚，隐跃欲传，其言浅，其情深也。倘质直敷陈，绝无蕴蓄，以无情之语而动人之情，难矣。①

他的意思是，作诗之时，借物抒怀，比兴互陈，并且在叙述之时将所述之情隐于行文之中，反复唱叹，使感情有所蕴藉，含蓄有方，更能显现情之深厚，是为有情之语。若质直敷陈，绝无蕴蓄，是为无情之语，也就很难触发读者的感情，打动读者的内心。故而归愚主张诗歌要写得委婉含蓄，反对言辞激烈，锋芒毕露。以此为标准，他对杜诗之中那些具有含蓄蕴藉、中正平和之美的诗篇，予以极高的评价。如评价杜诗"江山如有待，花柳自无私"、"水深鱼极乐，林茂鸟知归"、"水流心不竟，云在意俱迟"的特点是："俱入理趣。"② 乃是因为这些诗句颇有言外余味。而且，他还评价杜甫的那些颇有议论色彩的诗歌，如《奉先》、《咏怀》、《北征》、《八哀》、《蜀相》等，很有韵味，"带情韵以行"。③ 究其原因就在于议论中含带情愫，情理交融而不失风致，意味深长而多有蕴涵。

他进一步论述蕴藉在诗歌意境中的地位：

> 讽刺之词，直诘易尽，婉道无穷。卫宣姜无复人理，而《君子偕

---

① 王夫之等：《清诗话·说诗晬语》，上海古籍出版社 1978 年版，第 523 页。
② 同上书，第 555 页。
③ 同上书，第 553 页。

老》一诗，止道其容饰衣服之盛，而首章末以"子之不淑，云如之何"二语逗露之。鲁庄公不能为父复雠，防闲其母，失人子之道，而《猗嗟》一诗，止道其威仪技艺之美，而章首以"猗嗟"二字讥叹之。苏子所谓不可以言语求而得，而必深观其意者也，诗人往往如此。①

庄姜贤而不答，由公之惑于嬖妾也。乃《硕人》一诗，备形族类之贵，容貌之美，礼仪之盛，国俗之富，而无一言及庄公，使人言外思之，故曰主文谲谏。②

从沈德潜的这些诗论中也可以看出，无论是有关讽喻、怨刺的政治诗歌，还是叙写悲伤的抒情之作；都应该具有"含蓄蕴藉"的意境，否则就失去了美感。

从实际批评的角度看，杜甫的名诗《陪王侍御同登东山最高顶宴姚通泉，晚携酒泛江》正是因为具有"风骨内含、精芒外隐"的蕴藉含蓄之美，并能够用含蓄不露的笔法将人物曲折沉痛的心理细致入微地刻画出来，而得到沈德潜的好评："结出好乐毋荒意，而措语蕴蓄，耐人咀吟"。③同样，沈德潜评价《月夜》"反复曲折，寻味不尽"④；评价《缚鸡行》"宕开作结，妙不说尽"⑤；评价《佳人》"结句不着议论，而清洁贞正意，隐然言外，是为诗品"⑥，这些褒扬之语，也与含蓄蕴藉的审美诉求密不可分。可见，沈德潜是以儒家温柔敦厚的审美要求而欣赏杜诗的。立足这个要求，他力主诗歌应当体现出含蓄蕴藉的中和之美，而立意过于直、过于露的诗歌则不符合其审美要求。正如他所说："讽刺之词，直谯易尽，婉道无穷。"指出"直说"则意思黯然，有时而尽；"婉道"则悠悠不迫，意味无穷。换言之，他提倡以含蓄蕴藉的表达方式，来达到更为"有力"的抒情效果，从而实现"言浅而情深"的表达目的。

---

① 王夫之等：《清诗话·说诗晬语》，上海古籍出版社 1978 年版，第 525—526 页。

② 同上书，第 526 页。

③ 沈德潜选注：《唐诗别裁集》，上海古籍出版社 1979 年版，第 228 页。

④ 同上书，第 345 页。

⑤ 同上书，第 225 页。

⑥ 同上书，第 71 页。

　　再深入一层看，沈德潜论杜诗的蕴藉之美，是巧妙地将儒家的审美批评话语与诗歌批评史上审美派的批评话语进行了融合。儒家诗学思想丰富而正统，在长达千年的批评史中一直占有极其重要的地位。由此也形成了一系列的文学批评话语，如教化、美刺、发乎情止乎礼义、主文谲谏、诗无达诂、温柔敦厚等。这些批评话语的组合与蕴藉之美的构成是不矛盾的。同时，诗歌批评史上的审美派批评话语也自成体系，至少在魏晋南北朝时就表现得相当具体。自此之后，历经唐、宋、元、明，审美批评话语一直绵延不断，并形成和深化了一系列的概念范畴和理论观念。诸如兴象、意境、高韵、自然、含蓄、形神等，都是审美批评话语的关键词。这些审美批评话语具有两个方面的批评功能：其一是彰显诗歌的审美趣味；其二是帮助接受者深入领会诗歌的不朽魅力。这些批评话语的组合也与蕴藉之美的构成密切相关。沈德潜正是感悟到杜诗之中既不乏儒家审美旨趣的存在，也不乏审美派的美学要求，因而，他在论及杜诗的蕴藉之美时就显得游刃有余了。

　　要之，按照沈德潜的品评，宏大之美、赤诚之美、蕴藉之美在杜诗中相辅相成，共同形成了杜诗"鲸鱼碧海"、"至诚至真"又"韵味无穷"的审美风范。这三种美学元素的融合，给读者营造出气象万千、变幻瑰丽的审美盛宴。"宏大之美"，美感是至大至刚，积健为雄；"赤诚之美"，美感是感情炽热，深沉厚重；"蕴藉之美"，美感是含蓄不尽，委婉曲折。三者浑然一体，是杜诗"沉郁顿挫"风格形成的内在审美力量。同时沈德潜亦认为："诗贵浑浑灏灏，元气结成，初读之不见其佳，久而味之，骨干开张，意趣洋溢，斯为上乘。"① 即诗歌应虚实相生，浑然天成，具有一唱三叹的艺术效果。归愚谓杜诗"沉雄浑厚"、"复含蕴藉微远之致"，正是指此而言。杜诗沉郁顿挫风格的妙处正在于其力量和蓄积的气势，若洞庭之水，激荡澎湃而不溢堤岸，表现的是一种蓄积、永恒的力量，给人以荡气回肠之感。

三　沈德潜论杜诗之美的独立立场

　　返观历史语境和逻辑关联的线条，沈德潜论杜诗之美也不乏一定的独

---

① 　沈德潜选注：《唐诗别裁集·序》，上海古籍出版社 1979 年版，第 4 页。

立立场，具体可以概括为两个"一体化"。

首先，美、善一体化。沈德潜论杜诗之美自然与清代中前期唐诗学和杜诗学的勃兴有内在的联系。唐诗学和杜诗学共同关注的一个批评领域就是对于唐诗和杜诗艺术性问题的研究和评论。金圣叹的《杜诗解》、钱谦益的《钱注杜诗》、王夫之的《唐诗评选》、黄生的《杜工部诗说》、叶燮的《原诗》、浦起龙的《读杜心解》以及王士禛的杜诗学研究等都曾围绕唐诗和杜诗的艺术性问题进行了阐发。主要探究的是：唐诗和杜诗的技巧问题；情景交融手法的运用问题；诗歌意境的问题；技法转折而含蓄的问题，等等。同时，也间或论及杜诗的审美特征，如钱谦益的《钱注杜诗》就曾指出杜诗有三大审美特征，即"铺陈排比、飞腾绮丽、危言直道且又婉而多讽"。[①] 如王士禛评价杜诗有沉着痛快的艺术特性；称赞杜甫的七律有"百川到海"的浑成之美；认为杜诗颇有气骨，常以风雅自任而独具风貌。相比这些论家的认识而言，沈德潜论杜诗之美更加突出艺术美与道德美的统一，将杜诗的审美意义和忠厚力量相互融合，即归愚既要会心地把握杜诗之美，又要真切地把握杜诗之善，正如他在《杜诗偶评序》中所说："今录三百余篇，皆聚精会神，可续风雅者。"[②] 当然，后人也不必将沈德潜论杜诗之美时的这种倾向僵化地进行理解，以为归愚论杜必求诗歌的道德意义，此则曲解了他的用意。实际上，他曾指摘评杜时的一个缺失是，"即寻常景物亦必牵涉讽刺，附会忠孝，而诗人之天趣亡焉"，[③] 为此，归愚是持否定态度的。因此，沈德潜论杜诗之美追求"美、善一体化"的深意在于：须将杜诗之中原本存在的美善蕴涵揭示出来，真正领会杜诗的神妙。要达到这个目标，自然需要评论者的才力和学识了。

其次，美论与格调论一体化。沈德潜论诗宗尚格调，"格调说"尽管不是他亲口提出，是他的门生王昶在《湖海诗传》中所说的："苏州沈德潜持格调说，崇奉盛唐而排斥宋诗。"但是，沈德潜早已按照格调说的要求进行诗学批评。具体而言，格调说糅合了思想与体制两个方面的内容。

---

① 邬国平：《明清文学论数》，凤凰出版社 2011 年版，第 143 页。
② 沈德潜：《杜诗偶评》，官板杜诗偶评本。
③ 同上。

就思想而言，他提倡温柔敦厚的诗教精神；就体制而言，他提倡表现方法的含蓄蕴藉。并且，他试图将格调论与审美论，乃至王士禛的神韵论融合起来，以至于翁方纲在其《神韵论》中称"格调即神韵"。

基于这样的理论背景，更基于杜甫的诗歌中既有格调的内容，又有审美的力量，因而，杜诗自然在归愚心中被奉为典范。于是，在论述杜诗之美时，他的美论便与格调论融为一体了。他曾在三篇序言中谈论诗歌的奥妙：

> 既审其宗旨，复观其体裁，徐讽其音节。（《唐诗别裁集序》）
>
> 予惟诗之为道，古今作者不一，然揽其大端，始则审宗旨，继则标风格，终则辨神韵。（《七子诗选序》）
>
> 先审宗旨，继论体裁，继论音节，继论神韵，而一归于中正和平。（《重订唐诗别裁集序》）

这些言论与归愚评价杜诗处于同一时期。沈德潜将宗旨、体裁（风格）、音节、神韵有机地结合起来而论诗，足可见出他的格调论与审美论之间的密切关系，甚至可以说，他的审美论也是他的格调论。

而且，沈德潜的"美、善一体化"和"美论与格调论一体化"的论述与他另外的诗学观，如主张"有第一等襟抱，第一等学识，斯有第一等真诗"，"诗贵性情，亦须论法"，"诗贵寄意，有言在此而意在彼者"，诸如此类的论调也是相融的。同时，他的两个"一体化"的独立立场也有纠偏的祈求，正如乾隆十四年（1749）他给王鸣盛诗集作序时所说："予慨诗教之坏，前此四十余年，袮宋祧唐，有对仗无意趣，有夐逸无蕴蓄，觉前人之情与景涵，才为法敛者，剿削不存。而近代称诗之家，又复喜轻佻，尚剿贩，粉黛纂组，百态呈妍。其他横逞胸臆者，则又荒幻险怪，同于跳丸掉竿，吞刀吐火之流，而少陵所谓'前辈飞腾'、'别裁伪体'，比于鲸鱼碧海者，或未之见焉。是亦吾党之忧也。"[①] 即意在整顿诗风，

---

① 沈德潜著，潘务正、李言校点：《沈德潜诗文集》，人民文学出版社 2011 年版，第 1830 页。

迫在眉睫。

进而论之，沈德潜论杜诗之美终究是为其儒家诗学思想的构建而服务的。归愚一直致力于儒家诗学思想体系的研究，成于康熙五十六年（1717）的《唐诗别裁集》，成于雍正九年（1731）的《说诗晬语》，作于乾隆十八年（1753）的《七子诗选》，刻于乾隆十八年十月的《杜诗偶评》，作于乾隆二十八年（1763）的《重订唐诗别裁集》等诗歌选本和诗论著作，都可视为构建过程中的产物。沈德潜推崇儒家传统的文艺思想，主张文学艺术与社会伦理道德紧密结合起来，形成以道德伦理为内核的审美诗教思想。又试图通过温柔敦厚的人格修养及"委婉讽谏"的表达方式，实现伦理道德与诗意表达的视界融合，从而达到既"温柔敦厚"又"兴观群怨"的创作目的，此亦决定并促进了含蓄蕴藉、婉转曲折的儒家文学审美观的形成。这是儒家诗学的精髓，也是沈德潜诗学思想的核心。由沈德潜的评论可以看出，他已深深感悟到杜诗韵致的审美力量和道德力量，并把这些力量进行了整合和融通，因此，他的评论既传承了儒家诗学思想，又增添了诗意审美的向度，颇有杜诗批评史的意义。当然，在进行批评实践活动中，受时代局限和个人识力的影响，沈德潜的评论也不免有迎合君主、郢书燕说的成分，此情形则另当别论。

（原刊于《杜甫研究学刊》2014 年第 2 期）

沈德潜诗学思想的调和意味与文化内涵

一　诗学背景和研究背景

有的学者将清代中期著名诗论家沈德潜的诗学思想归为"格调说"，且强调"格调说"所承载的儒家诗教属性。实际上，将沈德潜的诗学思想归于"格调说"并不是很恰当。首先，沈德潜未以"格调"一词来标榜自己的诗学理论，没有像明代"七子派"那样称道他们的诗学理论为"格调论"。其次，当时的批评界指摘沈德潜或者赞同沈德潜，也很少运用"格调"一词来形容沈德潜的诗学思想。如翁方纲曾作《格调论》一文，与评论沈德潜的诗论主张并无直接关联。袁枚曾作《答沈大宗伯论诗书》，反对的是沈德潜诗论中桎梏性灵的诗教思想，文中并未提及"格调说"。最后，后代诸多研究者的成果认为，沈德潜诗学思想的内容是多方面的，"格调说"只是其中的组成部分，仅仅用"格调"一词来概括沈德潜的诗论主张过于片面。如日本学者铃木虎雄的《中国诗论史》认为"格调说"是中国诗史上的通用理论，沈德潜属于"温和的格调派"。再如黄保真、蔡钟翔、成复旺的《中国文学理论史》中认为沈德潜的格调是审美论与诗教说的融合，而非仅仅是"格调说"。而王运熙、顾易生的《中国文学批评通史》之中也不以表象的"格调说"囊括沈德潜的诗学理论。因而，深入探究沈德潜诗学的构成要素依然是一个未能穷尽旨趣的"中国诗学问题"。

将沈德潜的诗学思想概括为"格调说"的始作俑者大概是沈氏的学生王昶，《清诗纪事》中曾记载王昶的话说："苏州沈德潜独持格调说，崇奉盛唐而排斥宋诗……以汉魏盛唐倡于吴下。"① 但王昶在《湖海诗传·蒲褐山房诗话》卷八又曾言:"先生独综今古,无籍而成,本源汉魏,效法盛唐,先宗老杜,次及昌黎、义山、东坡、遗山、下至青邱、崆峒、大复、卧子、阮亭,皆能兼综条贯。"② 意思是沈德潜的诗学主张包容汉魏、盛唐诗学,取法遍及杜甫、韩愈、李商隐、苏轼、元好问、高启、李梦阳、何景明、陈子龙、王士禛等人的诗歌腠理而融会贯通,因此,王昶眼中的"格调说"内容广泛,并非仅就诗歌的气格和声调而言的,他以"格调说"总括沈德潜诗学思想的核心也并非没有道理,毕竟沈德潜的"格调说"以追模汉魏盛唐诗歌的气韵为旨归,在复古求雅的道路上自成一派,正如《沈德潜诗文集》转引《清史稿·沈德潜传》所言:"德潜少受诗法于吴江叶燮,自盛唐上追汉、魏,论次唐以后列朝诗为《别裁集》,以规矩示人。承学者效之,自成宗派。"③ 后来的个别学者离开相应的诗学背景而空言沈德潜的"格调说"则稍显局促了。

当然,沈德潜被后学者视为清代"格调说"的代表人物也是有依据的。主要原因是他追模汉魏盛唐诗歌气韵的诗学主张与明代"格调说"的诗学主张有一致之处,并且都带有浓重的复古倾向。可是,细究起来,沈德潜的"格调说"与前后七子的"格调说"在"能指"和"所指"方面是有所不同的。其一,两者论诗的出发点不同。在不同的时代、不同的诗学背景之下,沈德潜与七子派的诗学主张自然有别。具体而言,七子派力倡"文必秦汉,诗必盛唐"的主张,其意在于以汉魏盛唐诗歌的高格逸调来拯救诗文之弊;而沈德潜论诗的出发点是重振诗教精神,力求以高格伟力追溯风雅传统,纠正诗歌意趣的空疏之感。其二,两者论诗的侧重点不同。七子派论格调,看重的是汉魏盛唐诗歌的高格逸调,故其格调理论偏重于探求诗歌的形式要素,如法度、音调等;而沈德潜看重的是儒家传统的诗教精神,更强调诗歌的宗旨和思想内涵。其三,两者论诗的复古方式不同。七子派论诗倡导复古,但规模对象相对狭窄,以至于局限在"汉后

---

① 钱仲联主编:《清诗纪事》,江苏古籍出版社 1989 年版,第 5047 页。
② 沈德潜著,潘务正、李言校点:《沈德潜诗文集》,人民文学出版社 2011 年版,第 2230 页。
③ 同上书,第 2067 页。

无文，唐后无诗"的小圈子里无法腾跃，于是虽有复古求新之念想，而无复古求新之硕果。而沈德潜的论诗既秉承了其师叶燮《原诗》中博采众长的理论思路，也吸取了清初王士禛诗学包容众说的优长，同时，顺应清代诗学思想综合折中的趋势，力主诗学思想的融合和贯通，因此，沈德潜的"格调说"是在继承明代格调理论的基础上，巧妙地吸收儒家传统诗学、神韵诗学、性灵诗学的内容而构建起的格调理论。换言之，相比明代"格调说"的僵化状态，沈德潜的"格调说"带有鲜明的中和意味。正如清代张维屏《国朝诗人征略·听松庐诗话》卷三十所说："沈文悫公论诗及所选别裁诸集，自好高爱奇者观之，或有嫌其近乎平熟者。抑知好高爱奇或出于独嗜而失之偏，或暂足惊人而不能久。平心而论，究不若文悫所见为出于中正和平，使学者有轨辙可循，而流弊尚少也。"①

毋庸置疑，今日学界的某些研究成果也曾触及沈德潜"格调说"的生成轨迹，并考察了这种诗说的理论价值，如张健在《清代诗学研究》中已经论及沈德潜"格调说"的修正性质和诗学史意义，王顺贵在《清代格调论诗学研究》中也探究了沈德潜"格调说"的兼容性质和理论意义。然而，沈氏的"格调说"与王士禛的"神韵说"、与袁枚的"性情说"之间内在关联的细微之处何在？"格调说"如何具有调和的意味？尤其是沈德潜的"格调说"具有怎样的文化蕴涵？这些论题还有进一步探究的必要。

古代诗学的研究离不开话语共融的空间。建立在这样的诗学背景和研究背景的基础之上，我们才可深入研究沈德潜的诗学思想。

二 调和格调与神韵

调和格调与神韵，主要是就沈德潜（号归愚）的诗学思想与王士禛（号渔洋）的诗学思想的关系而言的。

以"神韵说"为核心的王士禛的诗学思想本与明代的格调理论有密切的关系。清王掞在《刑部尚书王公神道碑铭》之中曾说："公之诗，笼盖百家，囊括千载，自汉魏六朝以迄唐宋元明，无不有以咀其精华，探其堂

---

① 沈德潜著，潘务正、李言校点：《沈德潜诗文集》，人民文学出版社 2011 年版，第 2232 页。

奥。而尤浸淫于陶、孟、王、韦诸公，独得其象外之旨、意外之神……尝推本司空表圣'味在咸酸之外'及严沧浪以禅论诗之旨，而益申其说。盖自来论诗者，或尚风格，或矜才调，或崇法律，而公则独标神韵。神韵得，而风格、才调、数者悉举诸此矣。"① 意思是渔洋诗学本包含格调论的要旨。同理，明代倡导格调说的一些诗论家也屡屡提及"神韵"一词的奥妙。胡应麟在《诗薮》中就多次使用"神韵"来评诗，如在内编卷五中他曾论王维、岑参、杜甫的七言律诗各有本色，说三人之诗"气象神韵，迥自不同"。② 又论古人诗歌时说："古人之作，往往神韵超然，绝去斧凿。"③ 陆时雍在《诗镜总论》中也多使用"神韵"论诗，他曾说："诗之佳拂拂如风，洋洋如水，一往神韵，行乎其间。"又说："五言古非神韵绵绵，定当捉衿露肘。"④ 以此可见胡应麟、陆时雍心中的"神韵"即指诗歌所蕴含的一种意义深远、气格高迈的意境。也就是说他们的这种理解与格调说的韵致并不矛盾。当然，在明代诗论家那里，"神韵"还没有成为他们品诗、论诗的核心范畴，到了王士禛这里，"神韵"的理论价值在得到延续的同时，又成为渔洋诗学思想中的核心范畴，故王士禛使用"神韵"的意义与胡、陆等人使用"神韵"的意义是同中有异的。而且，渔洋"神韵"诗学的内涵也是非常广阔的，主要包括：审美要求论（清远冲淡；含蓄蕴藉；自然天成；不排斥雄浑豪放）；创作论（伫兴而就；超妙；兴趣；不排斥学习根柢）；接受论（能感悟到一种悠远缥缈、韵味无穷、富有生命律动的境界）；继承论（秉承古代画论的思想；吸收明代神韵论的成果；诗歌以王、孟清音为主，欣赏历代清远古澹的诗歌）；层面论（神韵有妙境、化境之分）。⑤ 所以，渔洋的"神韵说"既吸收了明代格调说的理论精华，又有自我的理论创造。

而到了沈德潜这里，他又将王士禛的神韵诗学思想加以熔铸和吸收，

---

① 王士禛：《王士禛全集》，齐鲁书社 2007 年版，第 5113—5114 页。
② 胡应麟：《诗薮》，上海古籍出版社 1979 年版，第 83 页。
③ 同上书，第 99 页。
④ 胡经之主编：《中国古典文艺学丛编》（二），北京大学出版社 2001 年版，第 155 页。
⑤ 孙纪文：《王士禛诗学研究》，宁夏人民出版社 2008 年版，第 120 页。

并且诗论主张与渔洋诗学并无天然的沟壑。首先，他论诗讲求神韵，称赏悠悠不迫、隽永无穷的诗歌境界。渔洋诗学尤其推崇唐代以孟浩然、王维为代表的山水田园诗派，认为此诗派的诗歌有韵致，有本色之美。而沈德潜对于王、孟诗派也十分推崇。他总评王维五古诗云："意太深，气太浑，色太浓，诗家一病，故曰'穆如清风'。右丞诗每从不着力处得之。"① 又总评孟浩然的五古诗云："语淡而味终不薄，此诗品也。"② 又评韦应物的五言古诗颇似陶渊明诗歌的意境。由此看出，沈德潜"格调说"是对格调与神韵进行了融合，尤其是充分挖掘二者在审美内涵上的关联。

　　其次，他论诗讲求于辨体中把握诗歌的风神，此论与渔洋诗学亦为契合。王士禛曾言："作古诗，须先辨体，无论两汉难至，苦心模仿，时隔一尘，即为建安，不可堕落六朝一语。为三谢，不可杂入唐音。小诗欲作王、韦，长篇欲作老杜，便应全用其体，不可虎头蛇尾。此王敬美论五言古诗法。予向语同人，譬如衣服，锦则全体皆锦，布则全体皆布，无半锦半布之理，即敬美此意。又尝论五言，感兴宜阮、陈，山水闲适宜王、韦，乱离行役、铺张叙述宜老杜，未可限于一格，亦与敬美旨同。"③ 这段话的意思是：渔洋很赞同明代王世懋的观点，即在辨别诗歌不同的体式中体悟诗歌的妙处；在辨别诗歌不同的内容中欣赏诗歌的韵致。而归愚在《说诗晬语》中亦表达出类似渔洋的诗学见解。在《说诗晬语》卷上，他一方面按照历时性的视角，以时间先后为维度梳理了自先秦至唐代的诗歌史风貌；另一方面又按照共时性的视角，以辨体论为维度阐述了古歌、乐府、五七言古诗、歌行、五七言律诗、五七言绝句的创作特点，在历时与共时互相交织的网状结构中，展示了唐前诗歌的气象与风采。尤其是关于唐诗绝句的审美把握，他与渔洋《唐人万首绝句选》中的见解颇为相同，如曰："五言绝句，右丞之自然，太白之高妙，苏州之古澹，并入化机。"④

① 沈德潜：《唐诗别裁集》，上海古籍出版社 1979 年版，第 11 页。
② 同上书，第 19 页。
③ 王士禛撰，靳斯仁点校：《池北偶谈》，中华书局 1982 年版，第 273 页。
④ 王夫之等撰：《清诗话·说诗晬语》，上海古籍出版社 1978 年版，第 542 页。

又曰："七言绝句，以语近情遥，含吐不露为主。只眼前景口头语，而有弦外音味外味，使人神远，太白有焉。"① 又曰："王龙标绝句，深情幽怨，意旨微茫。"② 这些评说与渔洋的评价如出一辙，并且认为自己关于七言绝句之妙的评说与渔洋的论说不相上下。

当然，归愚也对渔洋的诗学思想进行了整合与拓展，他悄悄地将神韵诗学附着了一些厚重的色彩。其一，在欣赏诗歌悠悠不迫之美的同时，更增添了崇尚雄奇壮丽的美质。周知，王士禛神韵诗学的精妙在于优美之境的开拓，虽然渔洋也称赏壮美之境的伟岸，他曾说："自昔称诗者，尚雄浑则鲜风调，擅神韵则乏豪健，二者交讥。"③ 然而，渔洋最为心仪的诗歌境界究竟还是以悠悠不迫之美为宗，他也创作出诸如《秋柳诗》、《真州绝句》等一批流连于山水清音的佳作。可是，在沈德潜看来，这样的审美取向容易走向一个极端，即容易陷入空寂的境地。他欣赏渔洋的这些诗歌，但是他更欣赏渔洋的那些豪气壮阔的诗篇，如《蜀道集》中的雄奇之作。于是，归愚对渔洋诗学进行了"视界融合"式的复调组合，他在推崇诗歌格调高超的同时，也称赏弦外之音和韵外之致，如此则一方面避免明代以来"格调说"流于形式主义的弊端，另一方面则调和"神韵说"流于空寂的弊病，从而将二者的关系处于包容和融合之中。其二，将"神韵"诗歌与深刻的思想内容联系起来。这一点在杜诗评论中体现得最为突出。归愚认为，杜甫的诗歌是颇有神韵的，与渔洋称赞杜甫的七言古诗"独步今古"异曲同工。沈德潜非常欣赏杜甫天机独到而非人力所及的那一份神韵，认为这神韵是一种大境界。他评杜甫七古《乾元中寓居同谷县作歌七首》云："原本平子《四愁》，明远《行路难》诸篇，然能神明变化，不袭其貌，斯为大家。"④ 评杜甫五律《捣衣》诗云："通首代戍妇之辞，一气旋折，全以神行。"⑤ 评杜甫七律《送韩十四江东觐省》诗云："滩声、树影，写离情乡思，神致淋漓。"⑥ 即非常赞

① 王夫之等撰：《清诗话·说诗晬语》，上海古籍出版社1978年版，第542页。
② 同上。
③ 王士禛著，张宗柟纂，戴鸿森校点：《带经堂诗话》，人民文学出版社1963年版，第161页。
④ 沈德潜：《唐诗别裁集》，上海古籍出版社1979年版，第214页。
⑤ 同上书，第350页。
⑥ 同上书，第451页。

赏杜诗出神入化的诗歌境界。实际上，这境界已经融神韵与思想于一体了，因而，沈德潜欣赏杜甫的这种大境界，已经是社会内容厚重基础上的宏大神韵了。于是，在归愚的整合之下，神韵也不乏思想深刻的因素。

所以，在沈德潜的潜意识中，"格调"和"神韵"并不是两个对立的诗学范畴。进而论之，沈德潜调和"神韵论"而形成的"格调论"至少有三个层面的内涵：一是神韵中包含格调；二是格调中包含神韵；三是格调与神韵可以融合，且以高境界的"格调"为崇尚。我们通过沈德潜的理论批评话语和实际批评话语来领悟这三个层面的具体内涵和相得之处。

一方面，沈德潜关于"神韵"与"格调"互融的理论批评话语虽然零散却不缺乏理论意义。他曾在三篇序言中谈论诗歌的奥妙。《唐诗别裁集序》说："既审其宗旨，复观其体裁，徐讽其音节。"《七子诗选序》说："予惟诗之为道，古今作者不一，然揽其大端，始则审宗旨，继则标风格，终则辨神韵。"《重订唐诗别裁集序》说："先审宗旨，继论体裁，继论音节，继论神韵，而一归于中正和平。"《唐诗别裁集序》作于康熙五十六年（1717），《七子诗选序》作于乾隆十八年（1753），而《重订唐诗别裁集序》作于乾隆二十八年（1763），虽然时间不一，但是，沈德潜将宗旨、体裁（风格）、音节、神韵有机地结合起来而论诗，足可见出他的格调论与神韵论之间的密切关系。而且，随着时间的进一步推移，他的格调论的中正和平气象也愈加鲜明：神韵终于归之于儒家高格。于是，在《重订唐诗别裁集序》中我们才可明白"中正和平"本蕴含"神韵"的风采。

另一方面，沈德潜关于"神韵"与"格调"互融的实际批评话语更有利于后人深思审美因素与诗教功能的契合之妙。在《说诗晬语》中他评论神韵与格调的关联时说："古今流传名句，如'思君如流水'，如'池塘生春草'，如'澄江净如练'，如'红叶当阶翻'，如'月映清淮流'，如'芙蓉露下落'，如'空梁落燕泥'，情景俱佳，足资吟咏；然不如'南登霸陵岸，回首望长安'忠厚悱恻，得迟迟我行之意。"① 显然，沈德潜非常欣赏"思君如流水"等诸多诗句的自得之美，也非常赞赏这些诗句情景交融的

---

① 王夫之等撰：《清诗话·说诗晬语》，上海古籍出版社1978年版，第534页。

高情韵致,可是,他更推崇王粲《七哀诗》中"南登霸陵岸,回首望长安"这两句的高格,究其深刻原因无非两条:一是与《诗经》风雅传统如出一辙,二是这两句诗中既不乏情景因素,也包含着心系百姓的人格力量。故而,他的评价语境如同《世说新语》所记谢安评《毛诗》"何句最佳"的语境一样,尽管谢家子弟选择了"昔我往矣,杨柳依依。今我来思,雨雪霏霏",然谢安选择的却是"讦谟定命,远犹辰告"。或曰谢安与沈德潜并非不懂得"情景俱佳"诗句的神韵,而更钟情于那些雅人深致的诗句。于是,沈德潜的"格调论"便自然携带审美的因素而走向美善一体的境地。

简言之,沈德潜对于"神韵"诗歌的蕴涵进行了改造和包容,使"神韵说"与他倡导的温柔敦厚的儒家诗教思想相符合,以往的"神韵论"常常游离于政治之外,重在自然情怀的抒发;而沈德潜的"神韵论"一方面没有失去清远闲淡的审美内涵,另一方面则与政治社会紧密相连,没有忘却政教传统和人生百态。于是,从这个意义上说,他的"神韵论"与他的"格调论"则融为一体了。而且,清远淡雅的风格与教化功能并不冲突。沈德潜已经在理论和实践中对于格调和神韵给予了潜移默化的改造和折中,共同指向"诗教"理想。

三 调和格调与性情

调和格调与神韵,主要是就沈德潜的诗学思想与袁枚(字子才)的诗学思想的关系而言的。

沈德潜与袁枚同为乾隆时期的诗论家。但最先得名者,莫如沈归愚。表面看来,格调论与性情论沟壑分明,难以沟通。实际上,只要仔细研读沈德潜的诗学文献便可得知,他的格调论思想本包含深刻的性情论思想,而且,根据学者的研究,沈德潜论诗主张先审宗旨,这个宗旨便是"性情优先"。尽管这个性情是以儒家情怀为旨归的。

沈德潜的时代,性情论自然与袁枚的诗学主张最为亲近。从共性的角度看,沈德潜与袁枚谈性情,都力主"真挚"。袁枚的"性灵"论思想是性情论的关键,一般而言,袁枚"性灵说"主要包含两个层面的内容:一是追求个性的显现和性情的张扬，二是重视天才的因素和真挚的感情。在《随园诗话》中，袁枚常常以清真、天然、真挚论诗，他曾说："诗贵清真，目所来瞻，身所未到，不敢牙牙学语，婢做夫人。"① 又说："诗人者，不失其赤子之心者也。"② 只有这样，诗人的性情方为显现。本于此，袁枚论诗讲求"直寻"；讲求灵机；讲求才气。于是，他提倡直抒胸臆，如同《续诗品》中所言："鸟啼花落，皆与神通。人不能悟，付之飘风。唯我诗人，众妙扶智。但见性情，不见文字。宣尼偶过，童歌沧浪。闻之欣然，示我周行。"③ 并且，他认为老气横秋的用典之作缺乏性灵，以至于淡乎寡味。他曾说："诗境最宽，有学士大夫读破万卷，穷老尽气，而不能得其阃奥者。有妇人女子、村氓浅学，偶有一二句，虽李、杜复生，必为低首者。此诗之所以为大也。作诗者必知此二义，而后能求诗于书中，得诗于书外。"④ 由此出发，袁枚曾批评王士祺的诗歌刻意追求神韵之美，而沉醉于典故和修饰之中，阻隔了性情的抒发。反之，他对诗歌史上的性情之作都加以肯定，而不以唐、宋、元、明诗歌创作的时代先后为序纵论诗歌的优劣。他说："诗分唐、宋，至今人犹恪守。不知诗者，人之性情；唐、宋者，帝王之国号。人之性情，岂因国号而转移哉？亦犹道者，人人共由之路，而宋儒必以道统自居，谓宋以前直至孟子，此外无一人知道者。吾谁欺？欺天乎？七子以盛唐自命，谓唐以后无诗；即宋儒习气语。倘有好事者，学其附会，则宋、元、明三朝，亦何尝无初、盛、中、晚之可分乎？节外生枝，顷刻一波又起。"⑤ 此论中不仅指出诗歌无分唐宋的原因，而且指出诗歌并非学古模拟之作。于是，"真性情"便成为一条红线而贯穿于诗歌发展史的长河中，同时具有了诗化哲学的味道。袁枚的这些看法尽管略有极端之嫌疑，批评渔洋的声音也略显偏执，但这些见解也不无道理，毕竟诗歌以抒情为本，而学术以理智为根。

---

① 袁枚撰，顾学颉校点：《随园诗话》，人民文学出版社 1960 年版，第 378 页。
② 同上书，第 74 页。
③ 王夫之等撰：《清诗话·续诗品》，上海古籍出版社 1978 年版，第 1034 页。
④ 袁枚撰，顾学颉校点：《随园诗话》，人民文学出版社 1960 年版，第 88 页。
⑤ 同上书，第 196 页。

　　而沈德潜也尤其欣赏诗歌的真情实感,在《说诗晬语》中他对于诗歌抒发性情的本质早已熟稔于心。他说:"诗贵性情,亦须论法。"① 又说:"情到极深,每说不出。"② 而且,在其他诗学文献中,他也曾以性情论阐释诗歌的微妙。如在《卞培基诗序》就曾说:"诗之自然,关乎性情。性不挚,情不深,不能自然也。"③ 因而,归愚亦提倡诗歌的真挚情感。同时,在他的诗歌评论中,他也非常看重真性情的力量,例如他非常赞赏杜甫诗歌的赤诚之美。他评《自京赴奉先县咏怀五百字》:"'庶往共饥渴',千古情至语","身际困穷,心忧天下,自是希稷、契人语",④ 意思是杜诗之赤诚千古难寻。评《羌村三首》"先惊后悲,真极","字字镂出肺肝,又似寻常人所能道者,变风之义与? 汉京之音与?"⑤ 意思是此诗虽为家常语,但字字发自肺腑,自然感人至深。由此可见归愚的性情论思想之概貌。

　　然而由于诗论宗旨的不同,沈德潜之"性情论"与袁枚之"性情论"又存在本质的区别。主要表现在三个方面:一是情感表达的方式有所区别。沈德潜之性情,委婉中和;袁枚之性情,热烈直率。二是诗学旨趣有所区别。沈德潜之性情,强调温柔敦厚的旨趣;袁枚之性情,强调真诚自然的旨趣。三是性情的侧重点有所区别。沈德潜之性情,侧重于指向经世致用的万古性情;袁枚之性情,侧重于果敢自如的个人性情。换言之,沈德潜论诗虽有重性情的一面,其云:"倘质直敷陈,绝无蕴蓄,以无情之语而欲动人之情,难矣。"⑥ 然而,他毕竟是清代格调派的代表人物,其诗论中的性情观与儒家诗教的精神内涵密切相关。他标举"温柔敦厚"的诗歌理论,赞赏杜诗的伟岸,在一定程度上迎合了统治者的要求,正如他所说:"诗必原本性情关乎人伦日用及古今成败兴坏之故者,方为可存,所

----

① 王夫之等撰:《清诗话·说诗晬语》,上海古籍出版社 1978 年版,第 524 页。

② 同上书,第 526 页。

③ 沈德潜著,潘务正、李言校点:《沈德潜诗文集》,人民文学出版社 2011 年版,第 1570 页。

④ 沈德潜:《唐诗别裁集》,上海古籍出版社 1979 年版,第 61 页。

⑤ 同上书,第 66 页。

⑥ 王夫之等撰:《清诗话·说诗晬语》,上海古籍出版社 1978 年版,第 523 页。

谓其言有物也。若一无关系，徒办浮华，又或叫号撞搪以出之，非风人之指矣。"① 可见出沈德潜的性情论思想与"人伦日用"、"古今成败"等有关方面的政教内容更为密切。他重视性情，与当时诗道正轨渐行渐远、诗歌的政教功能渐渐淡化的现实也紧密相连。他试图通过借助性情论的思想恢复诗歌的政教功用，使渐行渐远的诗道回归正途。所以，他反复强调"发乎情，止乎礼义"，表达出对诗教传统的浓厚兴趣和迫切愿望，正如《说诗晬语》中所说："诗之为道，可以理性情，善伦物，感鬼神，设教邦国，应对诸侯，用如此其重也。"② 因而，沈德潜的"性情论"思想，与袁枚性灵派所重的"性情论"思想各有旨归。要之，袁枚性灵派提倡的主要是个性色彩浓厚的性情；而沈德潜格调论提倡的主要是皈依儒家情怀的万古之性情。

尽管如此，沈德潜的格调论与性情论之间依然可以互通。而且，沈德潜的诗论中也常常将格调论与性情论融合起来。约而论之，大端有二：

一是格调与性情并行不悖。沈德潜谈格调、谈性情、谈议论，常常折中其中的共性因素而融会贯通。如在《说诗晬语》中云："诗贵性情，亦需论法。乱杂而无章，非诗也。"③ 又云："人谓主性情，不主议论。似也，而亦不尽然。试思《二雅》中何处无议论？杜老古诗中，《奉先》、《咏怀》、《北征》、《八哀》诸作，进体中，《蜀相》、《咏怀》、《诸葛》诸作，纯乎议论。但议论须带情韵以行，勿近伧父面目耳。"④ 在《乔慕韩诗序》中他也曾说："句不必奇诡，调不必铿锵，而缠绵和厚，令读者油然兴起，是为雅音。"⑤ 诸如此类的言谈表明：格调法则议论与抒写性情本无沟壑，作者只需把握其中的微妙罢了。

二是万古之性情、雅正之性情并不排斥个性。沈德潜论诗尤其推崇诗歌作品中的性情与政治道德意义之间的关联，然而，他并非拘守一隅而不知个性情怀，他曾说："性情面目，人人各具。读太白诗，如见其脱屣千

---

① 沈德潜：《清诗别裁集·凡例》，岳麓书社 1998 年版，第 2 页。
② 王夫之等撰：《清诗话·说诗晬语》，上海古籍出版社 1978 年版，第 523 页。
③ 同上书，第 524 页。
④ 同上书，第 553 页。
⑤ 王运熙、顾易生主编：《清代文论选》，人民文学出版社 1999 年版，第 457 页。

乘；读少陵诗，如见其爱国伤时。其世不我容，爱才若渴者，昌黎之诗也；其嬉笑怒骂，风流儒雅者，东坡之诗也。"① 因而，沈德潜对于诗人的个性风格也是了然于心的。并且，在多种诗歌别裁集中，他也非常称道个体诗人的个性风貌。如在《清诗别裁集》中对清初"南施北宋"的诗风及性情就评价甚当，他评宋琬："观察天才俊上，跨越众人，中岁以非辜系狱，故时多悲愤激宕之音。"② 又比较宋琬、施润章的个性时云："宋以雄健磊落胜，施以温柔敦厚胜，又各自擅场。"③ 由这些评论中，自可看出沈德潜的调和意味。

当然，正如袁枚在《答沈大宗伯论诗书》中所指出的那样，沈德潜倡言的格调与性情的协调乃是统一于"诗贵温柔，不可说尽，又必关系人伦日用"之下。④ 在既有性情又有儒家精神的诗歌世界中，实现"兴观群怨"与"温柔敦厚"的有效对接，从而将个性鲜明的诗情附着上道德理性的色彩。所以，他在《缪少司寇诗序》中曾云："世之专以诗名者，谈格律，整对仗，校量字句，拟议声病，以求言语之工。言语亦既工矣，而么絃孤韵，终难当夫作者。惟先有不可磨灭之概，与挹注不尽之源蕴于胸中，即不必求工于诗，而纵心一往，浩浩洋洋，自有不得不工之势。无他，工夫在诗外也。"⑤ 这个"诗外"即指人格道德修养，乃源于儒家传统诗学的熏陶。同时，他力图以"万古之性情"统领"格调之高致"，使格调论也符合儒家雅正思想的要求。于是，沈德潜在他所倡导的温柔敦厚的诗教思想的指引下，使性情论与格调论有机地统一在一起，一步步迈向他心仪的古典主义诗学的理想境界。

综上可以看出，沈德潜的诗学思想既包含了明代"格调论"的诗学理论，也吸收了王士禛"神韵说"的兴象风神，更融合了袁枚"性灵说"的理论精华，使格律声调等形式要素、优美壮美等美学要素与抒发性情、复

---

① 王夫之等撰：《清诗话·说诗晬语》，上海古籍出版社 1978 年版，第 557 页。
② 沈德潜：《清诗别裁集》，岳麓书社 1998 年版，第 48 页。
③ 同上书，第 61 页。
④ 王运熙、顾易生主编：《清代文论选》，人民文学出版社 1999 年版，第 513 页。
⑤ 沈德潜著，潘务正、李言校点：《沈德潜诗文集》，人民文学出版社 2011 年版，第 1318 页。

归雅正等内容要素有机地整合在一起，既避免诗性抒发的空疏自赏，又保持诗学立场的中和稳健，使"神韵说"、"性情说"染上了"新格调说"的色彩，从而使他的诗学思想具有鲜明的包容性，与清代诗学思想的融合趋势一脉相承。

四　文化内涵

诗学思想所折射出的文化内涵是比较复杂的，可以从多个层面进行分析。本文着力从社会文化层面入手，阐释"格调说"的文化意蕴。

首先，从可观察的文化形态看，沈德潜诗学思想的实质与当时主流文化思想的价值取向相互照应。众所周知，沈德潜历经康熙、雍正和乾隆三朝，且主要生活于清代最为繁盛的时代，即"康乾盛世"。此时，无论从经济上，还是政治上，国力都呈现出繁荣昌盛的局面。这一稳定的经济和政治状况，为文人的文学活动和思想交流创造了有利的学术氛围，同时也为其文学创作和著书立说提供了相对稳定和舒缓的环境。沈德潜深知，自清初开始，清代的帝王便大力提倡孔孟之道，宣扬儒家文化，反映在文学领域便是积极倡导兼容并包的文学思想，尤其推崇唐代诗歌所具有的宏大气象。如参与编纂《全唐诗》的张玉书在其《御定全唐诗录后序》中曾论及康熙皇帝的文学旨趣，他说："皇上天纵圣明，研精经史，凡有评论皆阐千古所未发。万机余暇，著为歌诗，无不包蕴二仪，弥论治道，确然示中外臣民以中和之极，而犹以诗必宗唐。"① 从中可见康熙的文治之心。至乾隆一朝，文学思想更是显示出既传统雅正，又中和并蓄的趋向。正如《四库全书总目·御选唐宋诗醇》提要所言："然诗三百篇，尼山所定，其论诗一则谓归于温柔敦厚，一则谓可以兴观群怨。……兹逢我皇上圣学高深，精研六义，以孔门删定之旨，品评作者。定此六家，乃共识风雅之正轨。"② 这些话尽管有夸大的成分，但足可显示出统治阶层力主"真"、"善"、"美"兼备的风雅取向。身处这样的时代，加之沈德潜御用文人的

---

① 纪昀：《四库全书》（1322 册），（台北）商务印书馆 1983 年影印本，第 439 页。
② 永瑢等：《四库全书总目》，中华书局 1965 年版，第 1728 页。

身份，他的诗学思想既传统又融合的特质就有了理论依据。

从更广阔的背景看，沈德潜试图以诗歌选本的形式大力推崇以唐诗学为核心又兼容不同时期不同诗体的文学理念，其实质也具有"调和"的色彩。如果说《清诗别裁集》含有沈德潜依循乾隆时期诗学思想旨意的话，那么《古诗源》、《唐诗别裁集》和《明诗别裁集》的编选可以说更是显示出"兼善"的旨趣。这三个选本蕴含了沈德潜对历代诗歌浓厚的个人兴趣和编选倾向，对唐诗的编选主要展现了沈德潜对唐诗的喜爱和推崇；对古诗的编选是上续唐音，穷本知变；对明代诗歌编选、对明代作家和作品的批评，主要彰显了他对明代宗唐诗学的反思、继承和发展。

根据《沈归愚自订年谱》中的记述，沈德潜在康熙、雍正年间，大部分的时间是进行讲学、科举考试和选本的编撰。在这期间，他完成《唐诗别裁集》、《古诗源》、《明诗别裁集》和《说诗晬语》的编写和著述，无论是康熙年间关于唐宋诗之争的喧嚣，还是仕途的举步维艰，沈德潜都没有改变其对诗学理论的探索。起初编纂的《唐诗别裁集》是为了树立后人学唐诗的典范，确立儒家诗教的诗学理想，提倡雄浑宏大的诗学审美理想，以便带动清代诗歌的盛世之音。然后是《古诗源》中的追溯诗歌之源头，确立诗歌之本源，雅正的诗歌理论。到雍正年间进行明代"复古"诗学的思考，沈德潜认为在诗歌发展的历史长河中，弘扬唐诗风致的便是明诗。他编纂明诗选本的目的，不仅有利于探析明诗诗歌理论的发展，而且能够为清代人提供借鉴和经验教训。《清诗别裁集》便是沈德潜诗学理论的成熟展现。由此看出，沈德潜的诗学思想不仅是时代的产物，更是社会历史文化积淀的产物。

从地域文化的视角看，沈德潜的诗学思想与吴中地区的审美文化息息相关。沈德潜为江苏常州人，自幼深受吴中地域文化的熏陶。吴中地区被视为历代文化发展的重地，因江南水乡而闻名。尤其是在唐、宋两代，吴中地区经济文化都相当繁盛。吴中的地域特征不仅带给生活在此地的人们清新秀丽的山水景致，而且也蕴含了冲淡深远、含蓄隽永的审美文化，进而形成其独特的清丽柔美、细腻温婉的地域文化。由此影响了一代一代的文人雅士，例如：宋代有范成大；明代有"吴中四杰"——高启、杨基、张羽、徐贲；清代有顾炎武、叶燮等，都是颇具影响力的文学家。诗人对自然的感受和对自我生命的感悟，是孕育作家情感的基础，这使生活在此地的诗人在文学思想和创作中呈现出鲜明的地方特色。沈德潜的文学思想同样蕴含了吴中地区的文化特色，即既有灵动的深情，又有厚重的人文色彩，从而将审美精神与儒家传统结合起来。同时，沈德潜学殖深厚，大器晚成，颇有自强不息的秉性。因此，冠之于他头上的"格调说"一方面附着了深厚的人文气息，另一方面蕴含着清新淡远、含蓄隽永的美学特征，兼容并蓄，老成圆通，也就成为诗学之路的必然选择。

其次，从深层次的文化结构看，沈德潜诗学思想的构成可谓兼容成分有余，而创新成分不足。它折射出的是一种"圆形结构"的文化心理，这种文化心理平和而中庸，理性而内敛。因而，沈德潜诗学思想趋于保守，趋于传统，实则是保守型文化心理的映照。我们可从实际批评和批评话语的组成中来分析"圆形结构"的内涵。

实际批评可用沈德潜的杜甫批评为例进行说明。沈德潜像诸多清代中前期杜诗学研究者一样，倾心于杜甫诗歌。在《唐诗别裁集》、《杜诗偶评》和《说诗晬语》中，沈德潜对杜甫诗歌进行了多维度的实际批评。他的杜诗批评在宗旨上既强调杜诗的政治意义又突出杜诗的个人性情，在法度上强调杜诗的法度森严又指出须"以意运法"，在审美上更是同时推重宏大、壮烈和蕴藉的审美风格，体现出包容兼综的特点，概括而言，他的杜诗批评融格调、神韵、性情于一体。[①] 表面看来，沈德潜杜诗批评的内容不得不说广大，视角不得不说多样，但只要联系清代中前期杜诗学发展的状貌便可以发现，沈德潜杜诗批评的核心内容并没有超越钱谦益《钱注杜诗》、王士禛杜诗批评的批评视阈，因而，他的杜诗批评也只能是"综合"各家批评内容的产物。

而批评话语的组成可用两种话语体系及一系列的关键词为例进行说明。沈德潜采取的批评话语有两种形式：一是儒家批评话语；二是审美批评话语。正如笔者在《〈四库全书总目〉文学批评的话语分析》一文中所言，儒家批评话语力倡"温柔敦厚"的诗教观，主张"微而婉、和而壮"，

----

① 袁志彬：《沈德潜及其杜诗论》（上），《杜甫研究学刊》1995 年第 3 期。

以"和性情、厚人伦、匡政治、感神明"为宗旨，要求诗歌为维护统治利益服务。因此，重视文学的时代意义、社会作用，强调文学经世致用的意义和提倡"温柔敦厚"的中和美学精神，是儒家批评话语最强的音符。沈德潜在文学批评话语中，对儒家传统的批评思想格外信奉。他常用"温柔敦厚"、"寄托"、"中和"、"风雅"、"人品"、"性情"等关键词来品评诗歌和诗人，他使用的是一整套符合儒家文学规范的话语方式。当然，沈德潜也会使用审美批评话语品诗论诗，如他诗歌批评中常出现诗风骨、超逸、清远、神韵、慷慨、沉郁、奇气、落落、高迈等术语，非常欣赏诗歌的深情高致，因而，他的审美情趣是毋庸置疑的。可是，他的审美批评话语是以遵循儒家批评话语为前提的，沈德潜的美学观并没有脱离儒家传统文学观的藩篱，儒家文学批评思想的基本精神、观念和情感指向并没有动摇，尽管他表现出对文学审美价值的由衷关怀。因此，这两种批评话语的深层结构是传统的，也是因循的。

可以看出，无论是实际批评，还是批评话语的组成，沈德潜诗学思想的核心还是以推崇传统诗学的精神为旨归，其目的主要在于重新树立儒家的传统文化地位，将诗歌反映社会现实的作用和教化的作用置于重要地位。沈德潜从政治文化学的视角出发，在融合"神韵论"、"性情论"的基础上，尤其强调诗歌的功用价值，故而他的诗学思想主张温柔敦厚，委婉含蓄，强调诗歌的社会教化作用。所以，他的诗歌选本之中，大部分诗歌是反映社会现实，展现诗人的真实情感和意志，从而体现诗歌创作用来反映社会现实的作用。综上所述，沈德潜的诗学思想中融合了传统精神和现实需要的双重文化因子，更加彰显诗学中的典雅情怀和正统意识，以便确立以儒家正统观念为本、兼容韵致和性情的文学观念。质言之，"圆形结构"的文化心理"同质性"的因素多而"异质性"的因素少，在这种结构的驱使下，沈德潜的诗学思想尽管不乏包容的情怀，也不乏文学观念的新气象，然而，原创性的文学思想毕竟少了一些。当然，让后人深思的是，这种"圆形结构"的文化心理又何止是沈德潜一人独有呢？

（原刊于《四川文理学院学报》2014年第3期）

《读杜心解》在清初杜诗学研究中的学理秉承与创新

清初是一个杜诗学研究的黄金时期，也是一个鼎盛时期，并出现了金圣叹、钱谦益、朱鹤龄、仇兆鳌这些颇有影响的杜诗学大家。论者以为："清初杜诗学由于承自明代批评理论系统而来，因此对于杜诗之看法和观点，虽有承自宋人而来，然亦有独创之处。又加上拟古风气之反动，政治环境之转移，以及晚明理学的自省和比兴观念的再阐发等，都对当时学者评论杜诗产生直接和间接的影响。"① 身处这样的学术和时代背景之下，浦起龙的《读杜心解》（本文所引《读杜心解》，系中华书局1961年之版本，下文不注）自然面临着在继承传统与开拓新变中加以取舍的难题。作为清初杜诗学建构中的一部鼎力之作，《读杜心解》在杜诗学研究史中的学理价值何在呢？回归一定的历史语境，或者说立足清初杜诗学研究的文化态势而言，《读杜心解》的学理秉承与创新主要体现在两大方面。

一 间际于实证主义与文本批评之间

清初杜诗学研究的方法可谓双向并行，即实证主义与文本批评并举，或者说，是学术研究和文学研究并重。由此体现出扎实严谨的学风与文学本位思想逐渐融合的趋势。而最能彰显这种趋势演进轨迹的著作莫过于浦起龙的这部《读杜心解》了，或曰《读杜心解》的研究方法恰间际于实证主义与文本批评之间。

---

① 简恩定：《清初杜诗学研究》，（台北）文史哲出版社1986年版，第1页。

实证主义是传统的注释方法，自宋代注杜风尚形成以来，尤其是宋人倡杜诗"诗史"之说以来，历代不乏实证主义的注杜之作，如宋代黄希、黄鹤的《黄氏补注杜诗》，明代唐元竑的《杜诗捃》等著作，都有实证主义的注疏倾向。实证主义讲求诗歌含义与历史事实的联系，注解诗歌时注重笺注作者的交游情况及诗歌所反映的地理、职官、典章制度等方面的情况，以资料翔实、考证精当为本位，由此显示学术的严谨和求实的作风。在清初，实证主义注杜的代表之作当属钱谦益的《钱注杜诗》了。

钱谦益（1582—1664）的《钱注杜诗》的最大注释特点是"以史证诗"和"诗史互证"。有学者指出："宋元明之注杜诗者，多着重于词语训释，诗意领会，及艺术技巧工拙之评论等，而钱注杜诗则着重于以史证诗，通过对历史事实之钩稽考核，阐明杜诗之思想内涵。对交游、地理、职官与典章制度等方面之笺注，亦资料翔实，论证精当。"① 此为公允之论。钱谦益在《注杜诗略例》中曾说，杜诗昔号千家注，但大抵芜秽舛陋，并认为唯宋代赵次公、蔡梦弼、黄鹤三家的杜诗注解为优，然亦错谬不可悉数。② 钱氏的这番话虽带有自负的成分，但也不无道理，因为宋元明的注杜著作确实存在纰漏和舛误之处。进而他指出古注存在的谬误主要有八种：伪托古人；伪造故事；傅会前史；伪撰人名；改窜古书；颠倒事实；强释文意；错乱地理。因此，在研治杜诗三十年的基础上，他的笺注澄清了旧注的许多错乱谬误之处，使人最大限度地窥见杜诗之真面目。据统计，《钱注杜诗》共收杜诗一千四百余首，有笺者五十余处，注者不下千余处。而这五十余条"笺曰"，几乎全为考证史实之说；注释时着重辨析史实亦占全部词语注释的一大部分。可见，钱谦益的确把主要精力放在考辨史实和批驳旧注方面。尽管钱注杜诗也存在穿凿附会、错援史实的弊端，但大体而言，这些笺注多持之有据，颇有益于对杜诗思想内涵的理解。如卷二《洗兵马》笺曰："洗兵马，刺肃宗也，刺其不能尽子道，且不能信任父之贤臣，以致太平也。首叙中兴诸将之功……收京之后，洗兵

---

① 孙微：《清代杜诗学史》，齐鲁书社 2004 年版，第 99 页。
② 杜甫著，钱谦益笺注：《钱注杜诗》，上海古籍出版社 1979 年版，第 1—2 页。

马以致太平，此贤相之任也。而肃宗以谗猜之故，不能信用其父之贤臣。故曰安得壮士挽天河，净洗甲兵常不用。盖至是而太平之望益邈矣。呜呼伤哉。"① 此笺为笺注之中的大篇，钱谦益紧密联系历史事实，叙议结合，诗史结合，将诗句的思想内涵挖掘得深切而动人，钱注杜诗"以史证诗"的特色于此毕见。所以，以钱谦益为代表的实证主义注杜的学术理念深受清初注杜学者的尊崇，诸如朱鹤龄、顾宸、仇兆鳌等注杜名家莫不以多依钱说为能事。自然，浦起龙在《读杜心解》中也多次援引钱注的许多成果。

进一步说，实证主义注杜方法的盛行，也与当时的学术风气息息相关。自明室坍塌以来，学界论学谈诗，多不喜空言而崇尚实际，对此，梁启超在《清代学术概论》中曾指出清初思想界归于朴学的几个原因：第一，承明学极空疏之后，人心厌倦，相率返于沈实。第二，经大乱后，社会比较的安定，人有余裕自厉于学。第三，异族入主华夏，有气节者耻立于朝，故刊落声华，以治朴学。② 所以，当时研究杜诗学的人士，无不以秉持扎实的学风为己任。就连倡导"神韵说"的王士禛在杜诗学研究中，也以考证杜诗的相关性诗学问题为能事，体现出诗人治学的严谨态度。因此，清初杜诗学研究中追求实证主义的倾向是与时代风会相呼应的。

浦起龙在《读杜心解》中同样表现出尊崇实证主义的倾向。原因在于：

首先，阐释诗意时，不忘历史事实的考核。如卷二《丽人行》评论云："此刺诸杨游宴曲江也。"意思是，杜甫的《丽人行》反映的正是杨国忠、杨玉环兄妹骄奢淫逸的历史生活画面。再如卷二《哀江头》评论云："黄生曰：诗意本哀贵妃，不敢斥言，故借江头行幸处，标为题目耳。"意思是，这首《哀江头》曲折地道出了马嵬之变、杨贵妃自缢的哀情。他如《春望》的评论、《秋兴八首》的评论等充满历史意味的文字俱揭示出特定历史背景下的历史沧桑之感。由这些评论中可以看出，浦起龙秉承的依然是"论从史出"的学理之路，也就是说，在阐释诗意时，浦氏很注重结合

---

① 杜甫著，钱谦益笺注：《钱注杜诗》，上海古籍出版社 1979 年版，第 67 页。
② 梁启超：《清代学术概论》，天津古籍出版社 2003 年版，第 29 页。

历史史实的考核，对杜诗的内在蕴含作了比较深入的分析。这样的阐释建立在言之有据、言之有史的基础之上，故颇能令人信服。当然，"不忘历史事实的考核"既与浦起龙的史家意识有关，因为他本是一位史学家；也与浦起龙的学识有关，因为从《读杜心解·发凡》中可以清楚地知道，他对杜甫的行状了然于心，对杜甫的心境也了然于心，如浦氏所云："今且于开元、天宝、至德、乾元、上元、宝应、广德、永泰、大历三十余年事势，胸中十分烂熟。再与吴、越、齐、赵、东西京、奉先、白水、鄜州、凤翔、秦州、同谷、成都、蜀、縣、梓、阆、夔州、江陵、潭、衡，公所至诸地面，以及安孽之幽、蓟，肃宗之朔方，吐蕃之西域，洎其出没之松、维、邠、灵，藩镇之河北一带地形，胸中亦十分烂熟。则于公诗，亦思过半矣。"所以，《读杜心解》的历史眼界是非常宽阔的，历史眼光也是非常犀利的。

其次，注疏兼及诗中所涉及的地理、官职、典章制度、名物方面的状况。杜诗之中涉及地理、天象、典章制度、名物方面的内容不可悉数，历代注家的注释也错讹不断。因而，要澄清旧注之中关于这方面的错乱谬误之处，非下苦功不可。浦起龙在《读杜心解·凡例》中曾说："今地界则取衷于《唐书》，而证之舆图、统志以求其合。天文则取衷于《晋书》。盖《晋·天文志》于诸史最详。"以此表明浦氏的用心之苦。在注释过程中，凡涉及地理、官职、典章制度、名物方面的知识，《读杜心解》亦颇为用力。地理类如：杜甫有《剑门》一诗，《读杜心解》卷一注释"剑门"云："即剑阁之门也。《一统志》：大剑山在剑州北，蜀所恃为外户。峭壁中断，两崖相嵌，如门之辟，如剑之植，故又名剑门山。"官职类如：杜甫有《别唐十五诫因寄礼部贾侍郎》一诗，诗中有"南宫吾故人"一句，《读杜心解》卷一注释"南宫"云："后世皆以礼部为南宫。凡举进士者，曰南宫登选。"典章制度类如：杜甫有《殿中杨监儿示张旭草书图》一诗，《读杜心解》卷一注释"殿中杨监儿"云："《唐书》：殿中省监一人，掌天子服御之事。"名物类如：杜甫有《太平寺泉眼》一诗，其中的两句是："三春湿黄精，一食生毛羽。"《读杜心解》卷一注释"黄精"、"毛羽"云："《博物志》：太阳之草名黄精，饵之长生。""《拾遗志》：昭王梦有人，服皆毛羽，因名羽人。"意思是，"黄精"、"毛羽"，与长生不老互证。以上只不过是注释中的个案，但从中不难发现浦起龙注疏时所具有的严谨态度和求实的作风。或者说，从《读杜心解》对"剑门"、"南宫"、"殿中杨监儿"、"黄精、毛羽"的注释中可以看出，浦起龙是不废学问的。

最后，参考资料翔实精当，注重文献价值。《读杜心解》在注疏杜诗的过程中，常常征引历代杜诗学的相关成果，并表明出处以显示这些成果的文献学价值。据统计，《读杜心解》共征引宋代以来的杜诗学著作四十余部，诸如宋代的《集千家注杜诗》、元代的《杜律注》、明代的《杜诗通》、本朝的《杜诗详注》等著作，皆有所汲取，有所考究，以成注疏之文。不仅如此，《读杜心解》还征引经、史、子、集中的其他文献作为注杜的文献依据。因此，注疏之中不乏《尔雅》、《资治通鉴》、《汉武内传》、《楚辞注》这些文献的名称，由此看出参考文献的多样与精当。此外，《读杜心解》在注释诗歌的生成背景时，常将杜甫所写的相关文章、唐人所写的相关文章作为附录纳入注疏中去，以增强注疏的严整性。此举一方面有益于解读此诗的内涵，另一方面也彰显了使用文献的能力。如卷一注《奉同郭给事汤东灵湫作》时附录杜甫的《天狗赋》，卷一注《义鹘行》时附录杜甫的《进雕赋表》和《雕赋》，卷二注《洗兵马》时附录杜甫的《华州策问五首》，卷一注《同元使君舂陵行》时附录元结的《舂陵行》和《贼退示官吏》，使诗意与文意相互沟通，足以见出浦氏重视学问的目的。

以上三方面的注释内容告诉我们，《读杜心解》与清初崇尚朴实学风的学术思潮是一致的。所以，浦起龙的《读杜心解》并没有颠覆实证主义的注疏传统，而是愈发呈现出简明灵活的色彩，同时在重视历史文献的基础上，不断修正旧注的谬误，使杜诗的阐释更加科学化，因此，《读杜心解》是一部徜徉于实证主义的长河中而寻求自新的杜诗学著作。

当然，与《钱注杜诗》的实证主义注疏方法相比，《读杜心解》的实证主义又有独特之处。概而言之，一是注释简明扼要，不作烦琐的引证和考证；二是言及诗中所反映的历史事实时，有确证的则言说本事，无确证的则以诗意为主，不苛求诗史互证；三是旧注妥帖的则沿袭旧注的说法，旧注舛误的则另有考论。不像《钱注杜诗》那样多推翻旧注的看法而另起炉灶。所以，《读杜心解》中的实证主义注解方法颇为通达。

古人注杜诗，经常主张多注而少解，欲使各人凭其才分多寡而领会杜诗的博奥。因此，《钱注杜诗》等清初杜诗学著作就秉持这种学术态度。然而，清初也崛起一种以文本批评为主导的解杜方式，这种方式也被视为对实证主义的反拨。所谓文本批评，本是 20 世纪前期盛行于英美批评界的一种文学批评方法，文本批评将眼光放在作品上，其任务是"分析作品，对作品的文字、构成、意象进行认真细致的分析"。① 或者说是通过对文本系统的细读来揭示作品的含义。本文只是借用"文本批评"这一术语来说明清初的批评界不乏"文本批评"的雏形，因为早在清初就出现了以金圣叹、王嗣奭为代表的接近文本批评的杜诗学批评家。

金圣叹（1608—1661）在《杜诗解》中多注意解释杜诗的构思、做法、语句承接照应关系，且分肌析理，细微透彻。特别是他提出的唐诗"分解"之说，更具有文本批评的意趣。"分解"，就是把诗歌分句分段加以解说，而尤其重视解说诗歌的文字、章法和结构。金圣叹在《杜诗解》中惯用的批评方法是：每首诗先于题目后解题，次就全诗以四句为一段分段解说。他以为："唐人诗，多以四句为一解，故虽律诗，亦必作二解。若长篇，则或至作数十解。"又以为通过"分解"，"文字便有起有转，有承有结，从此虽多至万言，无不如线贯花，一串固佳，逐朵又妙，自非然者，便更无处用其手法也"。② 此等分段解诗之法，和当代文本批评主张到文本里面去找寻作品的内涵颇有几分相似，虽然过于机械，但亦不乏精辟之论，因而，金圣叹以分解法批解杜诗，亦有可取之处。王嗣奭（1566—1648）在《杜臆》中也有创见。他在《杜臆原始》中曾说："臆者，意也。'以意逆志'，孟子读诗法也。诵其诗，论其世，而逆以意，向来积疑，多所披豁，前人谬迷，多所驳正，恨不起少陵于九京而问之。"③ 也就是说，王嗣奭的杜诗学研究颇符合现代"新批评派"文学批评原理的要求，既重视本文的外部研究，又重视文本的内部研究。因此，一方面他采用知人论

① 胡经之、王岳川：《文艺学美学方法论》，北京大学出版社 1994 年版，第 200 页。
② 金圣叹著，钟来因整理：《杜诗解》，上海古籍出版社 1984 年版，第 7 页。
③ 王嗣奭：《杜臆》，上海古籍出版社 1983 年版，第 1—2 页。

世、以意逆志的方法,对杜诗产生的时代背景、杜诗的思想感情作了深入的探索。另一方面,他很欣赏杜诗的壮语和新奇语,很欣赏杜诗中那些不假于物的诗句,并评说杜诗文句笔力雄健的奥妙之处。并且王嗣奭的论析,与金圣叹的评说亦有意趣相同之处,即非常重视杜诗艺术技巧的阐发,自有前人未见眼光之所在。

浦起龙的杜诗学批评,自然有兼取此种文本批评之法的倾向。《兵车行》为杜诗名篇,主旨在于揭露唐玄宗用兵吐蕃,民苦行役的情景。浦起龙注解曰:

> 首段,瞥然而起,只写行色,不言所事,如风来潮来,令人目眩。"道旁"一段,逗出"点行频"三字,为一诗之眼。由揭出"开边未已"四字,见作诗之旨。然此段只是历述从前,指陈惨苦;又泛举天下,别出秦中。盖防秋戍卒,其来已久,还在题前一层也。自"长者"以下至末,才入时事。"今冬"二句,乃是本题正面。末则慨叹现在行役之苦,盖前段之苦,已事也,此段之苦,本事也。欲人主鉴既往而悯将来,假征人之苦语,转黩武之侈心。此三百篇之遗也。噫!山东近在中土,乃事之可见者,而深宫竟不得闻。青海陷我穷民,宜君所习闻者,而绝域又不可见。两呼"君不闻"、"君不见",唤醒激切。

上文这些注解包括:段落结构的分析;段意大旨的分析;词语深意的揭示;《兵车行》内在结构的探求。注解内容由形式分析走向内容分析,为读者提供了一个鉴赏文本优劣的路径。由此不难发现这些注解之中存在着文本批评的痕迹,因为浦氏的评断全部立足于作品的意义而言,在文本细读中阐释诗歌的要旨和结构之美。

而且,《读杜心解》中还将文本批评之法自如地运用,颇能显现杜诗的意蕴。杜甫有《奉送魏六丈佑少府之交广》一诗,诗意大旨是奉劝魏佑到交广时戒奢侈、勿迷惑。魏佑是魏征之后,才高位下加之少年任气,故杜甫劝诫之语甚为诚恳。浦氏评论时云:"此篇段落不齐。起四句,泛举勋胄式微冒起。次八句,以魏君实之,四先抑后扬,四先扬后抑,笔情矫变,而'行色'句却以领下。'遇我'以下,正言其'行色'之微也。'议论余',富才情也。'公侯来',宜显贵也。……'仗神道',以祝其平安。'轻土宜',以谅其罔投。'春风归',以止其留恋。此四句,复为'行色微'者曲曲慰劝。以上皆惜词。交、广多产珍宝,俗奢而淫,语有之:'少不入广',谓其易迷而丧志也。故'出入'十四句,备陈蛊惑客心之态。而'心事'四句,又申致沉溺丧守之虞。然后以'逸兴'、'慎仪'二句,一纵一收,归之正论。盖非漫为交、广渲染,乃深为少年警惕也,老成之言如此。以上皆戒词。末两句,另笔收住,与前文似不相属,然动之以临歧叹息之声,一以见远离之苦,一欲其念别语之悲,盖亦言中之惜词,言外之戒词也与。"这段阐说,浦起龙从分析惜词和戒词的深刻意蕴入手,将杜诗的人文情怀揭示得通透而深切,可谓孟子"知言"之论。

不唯如此,《读杜心解》还隐约揭示出文本批评的某些法则。主要有:文本批评时要注重宏观感悟与微观分析的结合;探求诗歌的内在结构;体会诗歌的审美趣味等。如《读杜心解》在注释杜甫名篇《自京赴奉先咏怀五百字》时颇用气力,注解之文多达几百字,其中有:

是为集中开头大文章,老杜平生大本领。须用一片大魄力读去,断不宜如朱、仇诸本,琐琐分裂。通篇只是三大段。首明赍志去国之情,中慨君臣耽乐之失,末述到家哀苦之感。而起手用"许身"、"比稷、契"二句总领,如金之声也。结尾用"忧端齐终南"二句总收,如玉之振也。其"稷契"之心,"忧端"之切,在于国奢民困。而民惟邦本,尤其所深危而极虑者。故首言去国也,则曰"穷年忧黎元"。中慨耽乐也,则曰"本自寒女出"。末述到家也,则曰"默思失业徒"。一篇之中,三致意焉。然则其所谓比"稷、契"者,果非虚语。而结"忧端"者,终无已时矣。

这些注解之语,非常重视整体观照,也非常重视解析全篇的书写脉络和结构关系,并将全诗的深层蕴涵昭示出来。另外,浦起龙在注解这篇诗歌时也注意分析诗中关键字、关键词的妙处，此亦不乏文学性的趣味。

由此可以看出，《读杜心解》文本批评的内容是理论分析与审美品鉴相结合的产物，也是颇能启人心志的。进一步说，浦起龙之所以采用文本批评来注解杜诗：一方面归于秉承的原因，具体而言是浦氏秉承了前人文本批评的路数，如他曾通读过王嗣奭的《杜臆》、吴见思的《杜诗论文》这些文本批评显著的著作，自然受到此类著作的影响；另一方面归于自身的原因。浦起龙本爱好文学，浸染杜诗十余年，且不乏审美鉴赏的眼光，又深契于杜诗的神韵之中，如他在《读杜心解·发凡》中所言："吾之心闷闷然而往，杜之心活活然而来，邂逅于无何有之乡"，可谓达到庄子所崇尚的"物化"状态，相应地，浦氏发扬文学本位思想来解释杜诗也属当行之事。

质言之，浦起龙《读杜心解》中所持有的实证主义与文本批评相融的注释方法既有时代共性的特征，又有鲜明的个性特征。一方面，它与传统的注释方法有重合，保证注疏不悖于学术思想，又与当时的朴学之风相统一。另一方面，它又不乏注释者的个性因素，尤其是注释时重视对杜诗艺术魅力的探寻，故而获得诗意的满足，这是在不违背学术的基础上所具有的创新因素。如此则使《读杜心解》的杜诗批评间际于共性和个性特征之间，在清初杜诗学研究中独树一帜，从而赢得当代学人的普遍赞誉。

二 取舍于众家之注而归于"心解"

就总体而言，清初杜诗学有尊杜与轻杜两大派之说，而以尊杜派为主导。尊杜派尤以金圣叹、钱谦益、朱鹤龄为代表；轻杜派以王夫之为代表。由于王夫之诗学体现的是汉魏、六朝审美精神，而不是唐诗精神，并认为杜诗诞于言志；杜甫为风雅罪人，故王夫之对杜诗学的解读有极端化的倾向。通过解读《读杜心解》杜诗学的内容要旨我们发现，浦起龙的杜诗学自当归入尊杜派的阵营，但却保持了一种客观和公允的态度，因而，《读杜心解》的评注历来为人所重，如乾隆朝刊行的《御选唐宋诗醇》中就多采其语作为公论，而今日研读杜诗者也以征引《读杜心解》的观点而当确论。

　　《读杜心解》参考了宋代以来诸多的杜诗注本而自成一家，仅参阅清初的注本就有二十种左右，主要有：王嗣奭的《杜臆》、钱谦益的《钱注杜诗》、朱鹤龄的《杜工部诗集辑注》、俞场的《批点杜诗》、仇兆鳌的《杜诗详注》、顾宸的《辟疆园杜诗注解》、吴见思的《杜诗论文》、卢元昌的《杜诗阐》、黄生的《杜诗说》、张溍的《杜诗注解》、张远的《杜诗会粹》、陈廷敬的《杜诗律笺》、申涵光的《说杜》、沈德潜的《唐诗别裁集》等。这些注本或详于杜诗字句典故的考证，或重视归纳诗意的疏解，或联系史事加以辨析，或探究杜诗的文法结构，或以文论诗串讲章句，或探究杜诗的声律而流于形式。真可谓百家争鸣各持一说，人人自以为手握隋珠家藏荆玉。面对前代和本朝诸多的杜诗学研究成就，浦起龙的《读杜心解》自然受到巨大的学理影响，但是，此著并没有湮没于众家之注的窠臼之中，而是自有取舍，故得众家之注的精髓而有所发明。兹举几例加以说明。

　　1. 杜甫的《八哀诗》可以说是以诗的形式，为王思礼、李光弼、严武、李琎、李邕、苏源明、郑虔、张九龄这八公所作的传记，哀叹了他们的功绩。王嗣奭的《杜臆》乃云："此八公传也，而以韵语纪之，乃老杜创格，盖法《诗》之《颂》；而称为诗史，不虚耳。王、李明将，因盗未息，故兴起二公，此为国家哀之者。继以严武、汝阳、李、苏、郑皆素交，则叹旧。九龄名相，则怀贤。"[①] 王嗣奭的注释甚是。浦起龙的《读杜心解》在认可王嗣奭注解的基础上，又云："愚按每篇各有入情语，此致哀之本旨，与国史列传有别。"也就是说，在浦氏看来，此诗虽是传记的笔法，但与史书传记有别，因为此诗的感情激越，怀有哀叹之情。即强调了诗歌的情感性。这样的注解自然比王嗣奭《杜臆》中的注解更为通透。

　　2. 杜甫的《望岳》是一首气魄雄伟的诗歌，论者各有评价。仇兆鳌《杜诗详注》云："诗用四层写意：首联远望之色，次联近望之势，三联细望之景，末联极望之情。"[②] 可以说，仇注的分析是很有眼界的，但过于机

------

① 王嗣奭：《杜臆》，上海古籍出版社1983年版，第235页。
② 杜甫著，仇兆鳌注：《杜诗详注》，中华书局1979年版，第4页。

械。浦起龙《读杜心解》解释此诗的意蕴说:"公望岳诗凡三首,此望东岳也。越境连绵,苍峰不断,写岳势只'青未了'三字,胜人千百矣。'钟神秀',在岳势前推出;'割昏晓',就岳势上显出。'荡胸'、'决眦',明逗'望'字。末联则以将来之凌眺,剔现在之遥观,是透过一层收也。仇氏详注以远望、近望、细望、极望,分配四联,未见清楚。"对比两人的注释可以发现,浦氏的阐释更符合诗意,因为《读杜心解》把杜诗高远的心境揭示得更为妥帖。

3. 杜甫的《洗兵马》是一首兼有古近体之长的大作,王安石曾标榜此篇为杜甫古诗中的压卷之作。上文已说过,钱谦益也非常看重此诗,他在《钱注杜诗》中曾写下长篇笺注,认为此诗的深意在于:讽刺肃宗也。"刺其不能尽子道,且不能信任父之贤臣,以致太平也。"即认为此诗为刺诗。本文以为,钱谦益的看法是不无道理的,且结合唐代的历史事实而言说诗意,故见解深刻。但是,钱氏的阐说有过于指摘肃宗之嫌,因为他没有理解杜甫这首诗歌的"颂"诗意味。而浦起龙在《读杜心解》中以为,钱谦益对这首诗歌的笺注有"借面吊丧"的意思,因为杜甫写作此诗的真正意图是"本于人君图治之心",而不是讽刺肃宗"不能尽子道"。今日看来,浦起龙的《读杜心解》更胜一筹。因为与其说《洗兵马》是"刺"诗,不如说是"颂"诗,"安得壮士挽天河,净洗甲兵长不用"之中的确镶嵌着杜甫的理想境界。所以,《读杜心解》在反思《钱注杜诗》注释得失的基础上,又进一步将《洗兵马》的"欣喜愿望"揭示出来。

从这三例的互比中可以看出,浦起龙的《读杜心解》在阐释过程中善于将既有的成果熔铸为自己的言说话语。不仅如此,《读杜心解》在汲取众家评注成就的基础上,还宕开一面,寻求"心解"。此"心解"表现在注释、评论上便形成如下特色:

其一,注释简明扼要,不作烦琐的引证和考证。其实,清初不少注杜者常常以注释繁多而自矜。《钱注杜诗》、《杜诗详注》、《辟疆园杜诗注解》等就存在这样的习气。卢元昌在《杜诗阐自序》中就曾说杜诗有因注而显者,有因注而反晦者。一晦于训诂之太杂,一晦于讲解之太凿,一晦于援引之太繁。此论甚确。毕竟杜诗是集艺术性和内容丰富性于一体的诗歌典型，注解、评论杜诗当然需要对其中的名物、典故、诗意进行阐发，然认为每诗必有出处，句句必有考证，句意必有苦心，则失之灵性、失之诗趣了，自然带有牵强附会之嫌。浦起龙并没有蹈入繁多的引证和考证之中，而是以意逆志、参以己意，以成注解、评论之文。杜甫有《哀王孙》一诗，主旨是哀叹安史之乱时王孙嫔妃的凄惨命运，并表达了作者忠厚恻侧的情怀。《钱注杜诗》曾花费很大的气力注释此诗的历史背景和历史事实，钱笺之中更是历数王孙的悲惨状况，并说："有宋靖康之难，群臣为金人搜索，赵氏遂无遗种，读此诗，如出一辙。"① 足以彰显注者的才学。《读杜心解》卷二注解《哀王孙》时却简明畅达，仅言简意赅地说："钱笺云：当时逆臣，必有为贼耳目，搜捕皇孙妃主以献者。公作是诗，危之复戒之也。"这些话虽然精简，但大意明了，亦有助于诗意的解读。

其二，阐说诗意与体悟旨趣共融。杜甫有《前出塞》九首，《后出塞》五首，皆作于安史之乱前夜，主旨是讥讽人主好大喜功之心，而不知乱臣贼子骄横跋扈之祸。《读杜心解》评论这两组诗歌的韵致时，采用知人论世的方法，将诗意的大概与特定历史时期的危机联系起来，故阐说颇有"忧患意识"。如《前出塞》评论曰："《前出塞》，刺开边也。物众地大，有侈心焉。公所为讽也。"《后出塞》评论曰："五诗如《前出塞》，逐层下。但交河之役，其情苦，故叙别家在路特详。蓟门之役，其气豪，故叙跋涉行程较略。又河陇之开边，其祸犹缓，故纡徐入后，以遏人主喜功之心。渔阳之促叛，其祸已迫，故恳切具陈，以明即日凶锋之炽。忧愈急，词愈危，有祖伊奔告之苦衷焉。"这些评说，不仅把诗歌的内容主旨揭示出来，而且把杜甫关注国家民生前途的深切情感、体察时局的良苦用心揭示出来，真可谓"解得杜诗的神吻"。

其三，以心交心，披文以入情。杜甫有《梦李白二首》，抒写两人相知的情怀，有名句"千秋万岁名，寂寞身后事"。乾元元年（758）李白流放夜郎，二年春行至巫山遇赦，回到江陵。杜甫远在北方，只闻李白流放而不知遇赦归还，忧思难忘，久而成梦，记梦化为二诗。第一首写梦见李

---

① 杜甫著，钱谦益笺注：《钱注杜诗》，上海古籍出版社 1979 年版，第 44 页。

白的心理，表现对故人凶吉生死的关切；第二首写梦中所见李白的形象，抒写对故人悲惨遭遇的同情。《读杜心解》总评曰："人之相知，贵相知心。公当日文章契交，太白一人而已。二诗传出形离精感心事，笔笔神来。"意思是李杜本为知音，故诗意醇厚，至诚至真。实际上，李杜是知音，浦起龙与杜甫也可算作知音，正如《读杜心解·发凡》中所言："吾之心闷闷然而往，杜之心活活然而来，邂逅于无何有之乡，而吾之解出焉。"故而，《读杜心解》评第二首诗歌时云："次章，纯是迁谪之慨。为彼耶？为我耶？同声一哭。"这几句评论分明从心底里面发出，既嗟叹诗人的醇厚之情，也包含着注者的无限同情，同时也感荡我们的心灵。《读杜心解》的这些评论真有浦起龙所说的"吾还杜之诗以心"的阐释情怀，从而印证了刘勰《文心雕龙》中所说的话："缀文者情动而辞发，观文者披文以入情，沿波讨源，虽幽必显。"①

其四，凸显杜诗的艺术效应。杜甫是一位大功力和大气魄的诗人，一生既有笔力雄健的古诗，也有气象凌云的近体诗，还有变化多端、浩浩荡荡的长诗、组诗。这些长诗、组诗的艺术魅力历来为接受者所看重。比如杜甫有《秋日夔府咏怀奉寄郑监李宾客一百韵》五排长诗，大气磅礴，感情激越。王嗣奭的《杜臆》评曰："唐人百韵诗自公倡，而句句峭拔，字字精彩，乃此公独擅之长。"② 杨伦《杜诗镜铨》转引清初卢德水的评论曰："此集中第一首长诗，亦为古今百韵诗之祖，其中起伏转折，顿挫承递，若断若续，乍离乍合，波澜层叠，无丝毫痕迹，真绝作也。"③ 即评论者非常重视杜诗的艺术效应。《读杜心解》更是为杜诗的艺术魅力折服，故注解杜诗时常常突出杜诗的妙处和韵致。如卷五评这首《夔府一百韵》曰："顾予观是诗制局运机之妙，在于独往独来，乍离乍合，使人不可端倪。如篇首数语，层层伏案，此十面之埋伏也。……此陈仓之暗渡也。……此栈道之烧绝也。……此直鸟尽而弓藏矣。故知善用多多，尤在善能将将，千古惟龙门有此笔阵。"这些话体现了浦起龙在诗歌艺术结构方面独到的认识和理

---

① 周振甫：《文心雕龙今译》，中华书局1986年版，第439页。
② 王嗣奭：《杜臆》，上海古籍出版社1983年版，第255页。
③ 杜甫著，杨伦笺注：《杜诗镜铨》，上海古籍出版社1980年版，第808页。

解。进一步说，《读杜心解》重视杜诗艺术效应的阐发和解读，颇具时代气息。正如学者所言："由政教中心到审美中心的转化，由倡性灵、重情感到对创作个性、鉴赏个性的阐发和强调，使文艺批评的重点完成了从外在向内在，从客体向主体的转化、发展和深入的过程，就是明清杜诗学理论发展的大体脉络和倾向性特征。"① 从这一点看，《读杜心解》不乏古典阐释学意义。

因此，《读杜心解》既有学术的严谨内容，又不乏性灵的成分，可谓重学术而不废性情。既有注者的情怀，又有理论意识。尤其是那些充满诗意的评点文字，越发显示出浦氏所具有的诗人气质下杜诗研究的理论诉求。《四库全书总目》之《读杜心解提要》中曾云："又诠释之中，每参以评语，近于点论时文，弥为杂糅。"② 这是说《读杜心解》的注释之中常常夹杂着带有主观成分的评语，接近于点论时文了，以至于体例驳杂。《四库全书总目》中的这些话当然是指摘之语，但是亦可反观出浦氏注解评论杜诗时的灵活立场，即一方面追求学术的规范性和全面性，另一方面也镶嵌着注家"以诗存诗"的深层目的。由此亦可说明，浦起龙在《读杜心解·发凡》中所说的"摄吾之心印杜之心"并非妄言。

三 结语

从整个清初杜诗学研究的状况来看，可谓研究态势异彩纷呈，研究者思想开放，研究成果蔚为大观。有的研究著作以新的研究思路为标尺，如钱谦益的《钱注杜诗》；有的研究著作以"折中"、"参伍"为目的，如朱鹤龄的《杜工部诗集辑注》；有的著作以"集大成"为旨归，如仇兆鳌的《杜诗详注》；而浦起龙的《读杜心解》则以注释简洁、评论到位而见长，从而开拓了诗意阐释的释杜方向。从这个意义上说，浦氏的著作是在和前代的杜诗学著作、和其他清初杜诗学研究著作的互动之中而进一步形成简明通达之特色的，也可以说，只有通过不断交流和互动的过程，研究思

---

① 许总：《杜诗学发微》，南京出版社 1989 年版，第 140 页。
② 永瑢等：《四库全书总目》，中华书局 1965 年版，第 1534 页。

路、研究方法才不断适应杜诗阐释学的要求，而杜诗学的阐释也才不断地出现新的成果和新的理论。因此，探讨浦起龙《读杜心解》杜诗学研究的学理问题有益于我们反观清初杜诗学研究的共时性效应。

另外，从历时性的角度看，浦起龙的《读杜心解》离开了宋代以来杜诗学研究的积淀，离开了清初杜诗学鼎盛的时代背景，这部著作就失去了可依托的学术空间，因此，这部杜诗学著作也是历史的产物。从这个意义上说，研究浦起龙《读杜心解》杜诗学研究的学理问题也有益于我们反观学术思想的继承性和发展性，并由此反映出杜诗学的接受与清初文化思想的关系是密切相连的。

（原刊于《宁夏社会科学》2010 年第 3 期）

《读杜心解》在杜诗批评史上的价值

　　自唐人论杜开始，关于杜甫诗歌的批评就成为文学批评史上的一个重要课题。经由宋、金、元、明的批评历程，至清初浦起龙《读杜心解》（本文所引《读杜心解》，系中华书局 1961 年之版本，下文不注）成书之际，历代关于杜诗批评的成果早已蔚为大观。如唐人论杜之中，关于杜诗学的几个观念就形成了，诸如"诗史说"、"杜诗集大成说"、"李杜优劣说"等学说即为后世瞩目，成为百代杜诗学研究的开端。而宋人研究杜诗，更是开创了诸多的领域。宋人除了整理、编辑、笺注杜诗之外，还有大量的评论文字见诸各家文集中，如明言杜诗"一饭未尝忘君"便是苏轼文章中的观点。南宋末年，更有系统的杜诗评点本出现，高楚芳编辑的《集千家注杜诗》二十卷，即为南宋批评家刘辰翁所评点。金元时期的杜诗批评成果也为人所重，如元好问的《杜诗学》一书中，第一次明确提出"杜诗学"的概念，无疑成为杜诗批评史上的一个重要的标记。而明人的杜诗学著作更是繁盛，仅《四库全书总目》著录的就有：唐元竑的《杜诗捃》；单复的《读杜愚得》；张綖的《杜诗通》、《本义》；赵统的《杜诗意注》；林兆珂的《杜诗抄述注》；颜廷榘的《杜律意笺》；傅振商的《杜诗分类》；杨德周的《杜诗解》；陈与郊的《杜律注评》。由此反映出明人论杜的热情。而清初更是杜诗批评的高峰期，出现了王嗣奭的《杜臆》、钱谦益的《钱注杜诗》、朱鹤龄的《杜工部诗集辑注》、仇兆鳌的《杜诗详注》、吴见思的《杜诗论文》、卢元昌的《杜诗阐》、黄生的《杜诗说》等一大批见解深刻、影响深远的杜诗学著作，进而展示出杜诗批评的多样化特征。因此，自唐宋至清初，杜诗批评一直是古代文学批评的重要内容，且发展脉络清晰，历史线条分明，从而形成杜诗批评史的轨迹。总体而言，历代杜诗批评的成就主要表现在如下方面：第一，揭示了杜诗思想内容的深刻性和复杂性。第二，着力探究了杜诗的艺术特征，诸如杜诗的比兴论、句法篇法论、格律论、美学论贯穿于整个批评话语体系之中。第三，批评方法多样、批评视角广阔。伴随着这些批评成就，也形成如下批评学特征：一是时代性。即时代不同，批评的重心和阐释的要旨则有所不同。如宋代的批评则明显受到理学的影响，尤其重视挖掘杜诗的政教因素。金元时期的道统相对薄弱，批评者往往能从诗歌的审美要求和缘情特性出发，注重杜诗艺术魅力的探求。而清初则是杜诗学研究的集大成时期，学术与文学并举，新旧思潮并存，审美感受与政治功利熔为一炉，故杜诗批评呈现出多面观照和多样性的态势。二是进步性。即杜诗批评的成就没有故步自封，而是后来居上，一代超越一代的成果。三是个体性。即每一时期常常涌现出个性突出的批评家，他们的批评成果成为杜诗批评史上的经典之作。如刘辰翁的杜诗评点；元好问的论杜诗和杜诗研究；杨慎对杜诗"诗史"的否定；钱谦益的"以史证诗"；吴见思的杜诗"法"论，等等。同时，在历代杜诗批评过程中，也存在一定的缺失之处：一是过于强调杜诗的社会功用，宣扬杜诗的"忠君"思想，甚至带有"经学"化的倾向。二是阐说杜诗的诗意、句意有浅近之弊。如《四库全书总目》之中就曾批评虞集的《杜律注》、张𬘩的《杜诗通》、赵统的《杜律意注》等著作诠释杜诗过于浅近，不甚得作者之意。三是对杜诗诗格、句法的分析有随意漫兴之处。四库馆臣就曾指摘宋代林越的《少陵诗格》一书是"随意支配，皆莫知其所自来"[1]。四是八股解杜有穿凿之失。《四库全书总目》之《说唐诗提要》中就曾说："（徐）增与金人瑞游，取其《唐才子书》之说，以分解之说施于律诗。穿凿附会，尤失古人之意。"[2] 所以，我们在鸟瞰杜诗批评史的轨迹时，一方面要认识杜诗批评的成就，另一方面要认识杜诗批评的不足；一方面要做宏观研究，另一方面要做微观研究。建立在

---

① 永瑢等：《四库全书总目》，中华书局1965年版，第1797页。
② 同上书，第1771页。

如上的学理基础之上，我们才可以探究浦起龙《读杜心解》在杜诗批评史上的意义。

一　《读杜心解》杜诗思想论方面的意义：对历代杜诗思想论的修正与拓展

历代关于杜诗思想论的关注点主要集中在如下三个方面：第一，尊君思想。自苏轼提出杜诗中寄寓"一饭不忘君"的忠爱思想之后，历代评杜者多认同此观点。宋如陈俊卿《巩溪诗话序》中所言："杜子美诗人冠冕，后世莫及，以其句法森严，而流落困踬之中，未尝一日忘朝廷也。"明如杨士奇《读杜愚得序》中云："李杜正宗大家也，太白天才绝出，而少陵卓然上继三百十一篇之后，盖其所存者，唐虞三代大臣君子之心，而爱君忧国伤时闵物之意，往往出于变风变雅者所遭之时然也。"清初如朱鹤龄《辑注杜工部集序》中云："子美之诗惟得性情之至正而出之，故其发于君父、友朋、家人、妇子之际者，莫不有敦笃伦理，缠绵菀结之意，极之履荆棘，漂江湖，困顿颠踬，而拳拳忠爱不少衰。"[1] 凡此种种皆可视为推崇杜诗尊君思想的表现。第二，诗史观念。即认为杜诗"以时事入诗"、诗中存史。"诗史"之名，最早出于晚唐孟棨的《本事诗》。其中《高逸第三》云："杜逢禄山之乱，流离陇蜀，毕陈于诗，推见至隐，殆无遗事，故当时号为'诗史'。"从此，论者多认同此观点。如宋代陈岩肖《庚溪诗话》中云："杜少陵子美诗，多纪当时事，皆有依据，古号诗史。"又如明代王文禄《诗的》中云："叙事、点景、论心，各各皆真，诵之如见当时气象，故称诗史。"清初论家也多秉持杜诗"以诗补史"的观点，如钱谦益在《胡致果诗序》中就说："三代以降，史自史，诗自诗，而诗之义不能不本于史。曹之《赠白马》，阮之《咏怀》，刘之《扶风》，张之《七哀》，千古之兴亡升降，感叹悲愤，皆于诗发之，驯至于少陵，而诗中之史大备，天下称之曰'诗史'。"[2] 这

---

① 王镇远、邬国平编选：《清代文论选》，人民文学出版社 1999 年版，第 51 页。
② 同上书，第 20 页。

些言论都指明了杜诗具有直陈时事的历史功能。第三，性情之正的思想。诗本性情，原是诗论中的公论。可是，认为杜诗中有性情之正，即合乎儒家怨而不怒的中正思想却是论者对杜诗的另一种肯定。宋代张戒《岁寒堂诗话》中就曾说："情动于中，而形于言，其正少，其邪多。孔子删诗，取其思无邪者而已。自建安七子、六朝、有唐及近世诸人，思无邪者，惟陶渊明、杜子美耳，余皆不免落邪思也。"此话虽有绝对之处，亦足以见出宋人对杜诗性情之正的推崇。明代王直在《虞邵庵注杜工部律诗序》中就说："开元天宝以来作者日盛，其中有奥博之学、雄杰之才、忠君爱国之诚、闵时恤物之志者，莫如杜公子美。其出处劳佚、忧悲愉乐、感愤激烈皆于诗见之粹，然出于性情之正，而足以继风雅之什。"也强调杜诗得"性情之正"。清初论家也不乏此等认识，如吴乔《围炉诗话》中就曾说："圣人以'思无邪'蔽《三百篇》，性情之谓也。《国风》好色，《小雅》怨诽，发乎情也。不淫不乱，止乎礼义，性也。乐而不淫，哀而不伤，亦言此也。……杜诗所以独高者，以不违无邪之训耳。"即称赞杜诗中有温柔敦厚的主旨。简言之，这三个关注点成为杜诗思想论的核心问题，也成为我们考察《读杜心解》杜诗思想论的焦点。

一方面，浦起龙对于杜诗之尊君思想、诗史观念和性情之正的思想是认同的。尊君思想如《读杜心解·发凡》中所说："老杜天资惇厚，伦理最笃。诗凡涉君臣、父子、兄弟、夫妇、朋友之间，都从一副血诚流出，而语及君臣者尤多。"正如浦氏评《夔府书怀四十韵》所言："盖此首书怀，叹老嗟卑之意轻，主忧臣辱之思切。在江湖而忧魏阙，所谓每饭不忘者也。"诗史观念如《读杜心解·读杜提纲》中所说：

> 天宝间诗，大抵喜功名、愤遇塞、忧乱萌三项居多。玄、肃之际多微词。读者要屏去逆料意见、腹诽意见、追咎意见。老杜爱君，事前则出以忧危，遇事则出以规讽，事后则出以哀伤。……客秦州，作客之始。当日背乡西去，为东都被兵，家毁人散之故。河北一日未荡，东都一日不宁。晓此，后半部诗了了。……蜀中诗只'剑外官人

冷'一句盖却。设不遇严武,蚤已东下。夔州诗口口只想出峡,荆州、湖南诗口口只想北还。

性情之正的思想如《读杜心解·发凡》中所说:"《杜集》千四百有余篇,大抵皆怨诗也,变雅也,故其文为《史记》之继别,而其志则《离骚》之外篇。"即认为杜诗大旨没有背离雅正思想。另外,浦起龙对杜诗之尊君思想、诗史观念和性情之正的思想又进行了历史性的修正。关于杜诗的尊君思想,浦氏在《读杜心解·读杜提纲》中修正云:

> 说杜者动云每饭不忘君,固是。然只恁地说,篇法都坏。试想一首诗本是贴身话,无端在中腰夹插国事,或结尾拖带朝局,没头没脑,成甚结构?杜老即不然。譬如《恨别》诗,"闻道河阳近乘胜,司徒急为破幽燕",是望其扫除祸本,为还乡作计。《出峡》诗,"朝士兼戎服,君王按湛卢"。"五云高太甲,六月旷抟扶",是言国乱尚武,耻与甲卒同列,因而且向东南。以此推之,慨世还是慨身。太史公《屈平传》谓其"系心君国,不忘欲反,冀君之一寤,俗之一改也。然终无可奈何,故不可以反"数语,正蹋着杜氏鼻孔。益信从前客秦州之始为寇乱,不为关辅饥,原委的然。

也就是说,在浦起龙看来,杜诗中固有尊君思想,但仅仅以此作为诗意的全部,则曲解和削弱了杜诗的感情力量。或者说,尊君思想,要依据诗歌的内容而定,而不是画地为牢,随意圈定。因而,浦氏在总评《秋兴八首》时便说:"通观八首,带言国事处,总是慨身事也。人知每饭不忘,不知立言宗主,征引国故,文庞义杂,记曰:夫言岂一端而已,夫各有所当也。"即将杜诗的尊君思想延伸开来,而非单一地看待它。关于杜诗的诗史观念,浦氏在《读杜心解·读杜提纲》中修正云:"代宗朝诗,有与国史不相似者。史不言河北多事,子美日日忧之;史不言朝廷轻儒,诗中每每见之。可见史家只载得一时事迹,诗家直显出一时气运。诗之妙,正在史笔不到处。若拈了死句,苦求证佐,再无不错。"显然,浦氏的"气运"说,是对"诗史"命题的进一步开拓,它不仅阐明了诗歌反映现实生活的再现性质,更强调了诗歌艺术展现生活的表现性质,所以有论者以为,浦起龙的这个见解是对吴伟业"史外传心之史"说的又一次理论补充。① 关于杜诗性情之正的思想,浦起龙在《读杜心解》的评语中皆有所修正和有所补充。他认为,杜诗中不仅包含了性情之正的思想,诸如"悲慨"、"悲悯"、"悲怨"、"身世思虑"等个体性的情感皆在诗中有所展现,并且这些性情构成了杜诗情感力量的内核而格外动人。他评《伤春五首》时云:"五诗大旨,志失国之感,而切还京之望也。"评《弊庐遣兴奉寄严公》时云:"缱绻中正复介介。"评《暮春江陵送马大卿公恩命追赴阙下》说此诗"悲老"、"其情为已切矣"。评《寄李十四员外布十二韵》说此诗的大旨"当求之性情之间"。其意就在于解释杜诗中的性情是多样的,是真挚的,而不必仅以儒家的性情之正而规范之。而且,当代学者还以为杜诗的性情因素是复杂的和复合的,按照杨义先生的说法是杜诗的抒情具有共振机制,"表现为感情共振,表现为感情内部多种生命要素之间以及感情与环境之间的共振"。② 所以,浦起龙关于杜诗性情之正的修正是具有现代学理意义的。

不仅如此,《读杜心解》还对杜诗思想论做出了拓展性的阐说。它包括许多命题,诸如:(1)有真性情,而无道学气。出自《江亭》评语。(2)涉历愈老,悲叹愈多。出自《早发》评语。(3)胸中有泪,言中有物。出自《韦讽录事宅观曹将军画马图》评语。(4)借题抒写。出自《八哀·故右仆射相国张公九龄》评语。(5)少陵本色。出自《白帝》评语。(6)思悲而声壮。出自《暮秋将归秦留别湖南亲友》评语。具体而言,"有真性情,而无道学气",意在强调杜诗表达的是老杜的真性情、真精神,而不是像道学家那样摆出一副说教的面孔大谈世间的大道理和大机缘。正如浦氏所说,虽诗中流露道机,可文字全然来源于老杜的天资和性分,而无酸腐道学气。"涉历愈老,悲叹愈多",意在揭示杜诗的内容愈发

---

① 孙微:《清代杜诗学史》,齐鲁书社 2004 年版,第 95 页。
② 杨义:《李杜诗学》,北京出版社 2001 年版,第 666 页。

显出老到浑成的境界。即随着时间的推移，后期的杜诗自当更有悲慨的力度。"胸中有泪，言中有物"，意在说明杜诗的感人力量源于作者真实的遭遇，感时抚事，心中有所郁结，故内容充实而饱含泪水。"借题抒写"，意在指明杜诗往往借题发挥，抒写幽思感发之情。或借《八哀》抒发兴国任贤之情，或借《江头五咏》抒发个人困顿时艰之情，皆意在言外，有所寄托。"少陵本色"，是一个指涉内容相当宽泛且意蕴深刻的命题。仅就杜诗思想论而言，主要指杜诗中包含着深刻的思想情感、充沛的感情力量和坦然忠厚的赤诚之心。正如浦起龙《读杜心解·读杜提纲》所说，熟读杜诗使读者"性情自然诚悫，气志自然敦厚，胸襟自然阔绰，精神自然鼓舞"。"思悲而声壮"，意在揭示杜诗内容的悲慨力量。总之，这些命题虽秉承前人和时人的观点而来，但立意高远，眼界开阔，自有一番卓识在其中。因此，《读杜心解》的杜诗思想论在继承前人成就的基础上又有所发展，全然带有时代的印记。

《读杜心解》对历代杜诗思想论的修正和拓展归于两方面的因素：其一，与当时实事求是的论说之风相关联。这可以说是客观原因。其二，与浦起龙杜诗批评中援史论诗、不做空谈的批评理念相关联。这可以说是主观原因。主客观原因的融合使浦起龙杜诗思想论的阐说自然打上了信实的成分，也使我们感受到杜诗思想论的丰富与深切。

二 《读杜心解》杜诗艺术论方面的意义：杜诗艺术魅力的体悟与章法文脉的阐发

历代关于杜诗艺术论的观点和见解颇为深刻。早在唐代，杜诗的艺术风格和艺术价值已为人所称道。韩愈《调张籍》中就曾说："李、杜文章在，光焰万丈长。"[①] 白居易《与元九书》中也曾说杜诗最具风雅比兴的韵致，"贯串今古，覼缕格律，尽工尽善"。[②] 元稹《唐故工部员外郎杜君墓系铭并序》中更是总结说："至于子美，盖所谓上薄风、雅，下该沈、宋，

---

① 郭绍虞主编：《中国历代文论选》（第二册），上海古籍出版社 1979 年版，第 131 页。
② 同上书，第 98 页。

古傍苏、李，气夺曹、刘，掩颜、谢之孤高，杂徐、庾之流丽，尽得古今之体势，而兼人人之所独专矣。"① 由此可见杜诗的影响程度。宋人对杜诗的艺术性更是推崇之至，并且北宋中叶之后，诗人无一不学杜诗。综合起来看，宋人对杜诗艺术论方面的推究主要表现在：（1）对杜诗句法的推崇。如黄庭坚《与王观复书》中所言："但熟观杜子美到夔州后古律诗，便得句法简易，而大巧出焉。"②（2）对杜诗诗格的推崇。如欧阳修极其赞赏杜诗雄深雅健的诗格；黄庭坚则格外称道杜诗老成稳健的诗风。（3）对杜诗声律的推崇。如江西诗派对杜律极为看重，以至于达到心慕神追的地步。（4）对杜诗语句的推崇。如叶梦得《石林诗话》中非常赞赏杜诗有三种语言，即涵盖乾坤句、随波逐浪句和截断众流句。③（5）对杜诗境界的推崇。如严羽《沧浪诗话》中认为杜诗达到"入神"的境界。可以说，宋人之所以推崇杜诗的艺术价值，关键在于杜诗风貌与宋诗风貌有着血缘关系。明人关于杜诗艺术论的见解也非常深入。如李梦阳的杜诗格调论、王世贞的杜诗法度论等。尤其是屠隆的杜诗创作论、美学风格论更是不落俗套，他说："唐人惟杜少陵兼雅俗文质，无所不有，比物连汇，字字皆凿凿有据，景与意会，情缘事起，随地布语，不执一途。其最可喜者，不避粗硬，不讳朴野，若无意为诗者。"又论杜甫"所以擅场当时，称雄百代者，则多得之悲壮瑰丽沉郁顿挫，至其不避粗硬，不讳朴野，固云无所不有，亦其资性则然"。④ 而清初的杜诗艺术论已不是杜诗"集大成"的简单重复，而是从独立的认识出发来探究和体会杜诗的艺术魅力。如叶燮的杜诗变化论、薛雪的杜诗胸襟论、王士禛的杜诗格韵高妙论等俱有所创见。台湾学者简恩定在《清初杜诗学研究》中以为，清初杜诗艺术技巧论的阐发主要有五点：（1）以意为主，意藏篇中技巧的说明；（2）情景交融手法的运用；（3）无理而妙境界的提出；（4）情语能以转折为含蓄的推赞；（5）意象化的技巧表现。⑤ 由此

① 郭绍虞主编：《中国历代文论选》（第二册），上海古籍出版社1979年版，第66页。
② 同上书，第324页。
③ 同上书，第340页。
④ 同上书，第144页。
⑤ 简恩定：《清初杜诗学研究》，（台北）文史哲出版社1986年版，第185页。

足以看出清初杜诗艺术论的高明。综合起来看，历代评论者之所以推崇杜诗的艺术价值，终究的原因在于杜诗把古典诗歌的创作推向了艺术高峰，正如学者所言："杜诗艺术的主要成就在于对前代诗歌艺术精华的全面继承，并使之高度升华，从而形成兼包并蓄的容量，各种体裁、各种形式、各种风格都在其中得到熔铸，趋向成熟。"① 要之，前代和清初关于杜诗的艺术性评论已将杜诗的艺术价值揭示出来，这既为后来的评论者指明了评论的路径，也给后来的评论者带来评论话语的重复障碍。

浦起龙关于杜诗艺术方面的评论当然离不开上述评论的语境。他既认同杜诗"集大成"的性质，也认同杜诗风格的多样性；既称道杜诗的格律声调，也称道杜诗的篇章结构；既赞赏杜诗的熔铸性质，也赞赏杜诗的立意之新。当然，在诸多的评论话语中，最为深切和颇有新见的莫过于两个方面的内容：第一是关于杜诗艺术魅力的体悟，第二是关于杜诗章法文脉的阐发。

杜诗的艺术魅力感动人心，在接受者心灵深处获得永恒的生命力。浦起龙曾说，杜诗的妙处"须融会老杜一生心迹看"。其实，我们反观《读杜心解》的杜诗艺术论也须融会浦氏的心迹看。具体而言，《读杜心解》关于杜诗艺术魅力的探寻主要表现在如下四点：第一，领略了杜诗沉雄神俊的韵致。《读杜心解》评《壮游》曰："一气读去，莽莽苍苍，宕往豪迈。"评《送重表侄王砅评事使南海》曰："是诗滔滔莽莽，如云海蜃气，不得以寻常绳尺束量之。"评《春日忆李白》曰："四十字一气贯注，神骏无匹。"评《闻官军收河南河北》曰："八句诗，其疾如飞。题事只一句，余俱写情。得力全在次句，于神理妙在逼真，于文势妙在反振。"这些评论着眼于杜诗的艺术趣味而言，可谓诗有别趣，由此自然将一首诗的深刻蕴涵点拨出来。第二，论说了杜诗比兴寄托的深意。杜诗中有抒情诗，有叙事诗，有直抒胸臆，有委曲抒怀。而那些颇有比兴寄托的诗歌尤为浦起龙所心仪，他常常以掷地有声的评语将这些诗歌的蕴涵呈现出来。杜甫的《丽人行》是一首讽刺诗，其中寄寓着杜甫忧心时政、耻心荒淫的感慨之

---

① 许总：《杜诗学发微》，南京出版社1989年版，第31页。

情，但此意却表达得委曲含蓄。蒲起龙评《丽人行》云："无一刺讥语，描摹处，语语刺讥。无一慨叹声，点逗初，声声慨叹。"这自然将此诗讽刺诸杨游宴曲江的深意揭示出来。《燕子来舟中作》是一首自比燕子来去无踪的诗歌，表达了杜甫飘零无助的感情。浦氏评曰："句句咏燕，却是自咏。字字切，字字空。……不知燕子之为子美欤？子美之为燕子欤？"这几句评点自然将此诗的意蕴剖析出来。《观公孙大娘弟子舞剑器行》是一首寄托之诗，浦起龙评曰："舞剑器者，李十二娘也。观舞而感者，乃在其师公孙大娘也。感公孙者，感明皇也。是知剑器特寄托之端，李娘亦兴起之藉。"几句评语将杜甫抚事慷慨的寄托之情烘托出来。因此，杜诗的比兴寄托之法尤为引人注目。第三，探究了杜诗巨大的感情力量。杜诗或感情激荡，或沉郁顿挫，有时如千钧力量逼将过来，如排山倒海般激荡着人的心灵。《读杜心解》对杜诗感情力量的解说更是贴切。如杜甫的《乾元中寓居同谷县作歌七首》系作者处于穷愁绝境之时的倾心之作，感情激越，句句含泪。明代胡应麟评价此诗是奇崛雄深的"绝唱"，今人萧涤非先生认为此诗"长歌可以当哭"（《杜甫诗选注》）。浦起龙评曰："七首皆身世乱离之感。"又曰一歌为悲歌总萃；二歌悲家计也；三歌悲诸弟也；四歌悲寡妹也；五歌悲流寓也；六歌悲值乱也；七歌悲穷老作客也。七首诗歌语多凄婉，声声悲哀。又曰此诗的感情基调是乐府遗音，兼取《九歌》、《四愁》、《十八拍》诸调，而变化出奇，为杜甫创体。这些评论说出了杜甫心中的沉痛之情，探究了感人的内在力量，引人生发悲叹哀号之音。又如评杜甫的《登高》曰："层层清，句句响。"评《晓发公安》曰："苍茫而起，所写者晓之景，所感者发之情也。"诸如此类的评语皆讨论了杜诗的感情力度问题，可说是独具眼光。第四，揭示了杜诗的悲慨之美。杜诗的美学风格多样，或浑厚，或雄健，或沉郁，而浦起龙则尤其注重杜诗悲慨之美的评述。如评《不归》曰："语质而悲，结更深痛。"评《秦州杂诗二十首》曰："二十首大概只是悲世、藏身两意。"评《早发》曰："盖涉历愈老，悲叹愈多。"评《谒先主庙》曰："总由世乱身穷，慨得时遇主之难。"又评论说杜甫此等悲慨之诗，是"身踞题巅"之诗，以此看出浦氏推崇悲慨之美的诉求。

　　杜诗的章法文脉历来为评论者所称道，但多数评论只停留在宏观感悟的阶段，并没有做出细致微观的考究。浦起龙则不然，他对杜诗章法文脉的评说建立在诗歌品读的基础之上，能从文本的肌理出发剖析杜诗字法、句法、篇法的奥妙之处；剖析杜诗字眼、秀句、气脉的关键之处，故言说深刻而富有层次，类似于当代文本细读式的批评和判断。如评五律《春夜喜雨》云："起有悟境，从次联得来。于'随风'、'润物'悟出'发生'，于'发生'悟出'知时'也。五、六拓开，自是定法。结语亦从悟得，乃是意其然也。通身下字，个个咀含而出。'喜'意都从罅缝里迸透。"又如评七律《登楼》云："'花近高楼'，春满眼前也。'伤客心'，寇警山外也。只七字，函盖通篇。次句申说醒亮，三从'花近楼'出，四从'伤客心'出，五从'春来天地'出，六从'云变古今'出。论眼内，则三、四实，五、六虚。论心事，则三、四影，五、六形也。"由这些评语中我们不难发现，浦起龙非常关注诗歌的形式之美，并且从形式要素的分析中获得诗歌的灵妙之所在，予人以创作论方面的启迪。同时浦起龙对杜诗的结构关系也进行了深入的评析。如评五律《秦州杂诗二十首》的结构关系时说："初谓杂诗无伦次。及仔细寻绎，煞有条理。二十首大概只是悲世、藏身两意。其前数首悲世语居多，其后数语藏身语居多。惟其值世多事，是以为身谋隐也。至如首尾两章，固显然为起结照应矣。"又如评《壮游》是《八哀》的续篇，再如评《枏树为风雨所拔叹》峻整，《茅屋为秋风所破歌》奇夐。前者从拔后追美其功而惜之，后者从破后究极其苦而矫之，不分轩轾。这些评论将杜甫组诗的内在结构关系梳理出来，颇能说明艺术形式的辩证关系和艺术辩证法的深刻作用。因此，《读杜心解》关于杜诗章法文脉的论析亦足以为后人所借鉴。

　　严格来说，《读杜心解》关于杜诗艺术论方面的体悟和阐发并没有超越前代和同代人的理论贡献，也远不如仇兆鳌《杜诗详注》中的评论话语丰赡，但是，浦氏的评说却足以说明了两个批评学方面的意义：其一，心与心交融的结果必然带来诗歌批评的真知灼见，呈现出"披文以入情"的态势。其二，古代诗学的建构是一个不断累积的过程，每一个评论家都有所贡献并具有人文情怀。因而，《读杜心解》在杜诗批评史上既有历时性的层层推进意义，也有共时性的理论建构价值。

三 《读杜心解》杜诗阐释方法论方面的意义：复合式阐释方法的运用

清初关于杜诗阐释的方法可谓多样而深刻。有以"知人论世式"的方法解释杜诗的，如钱谦益的《钱注杜诗》。这种方法最突出的特点在于"以史证诗"和"史诗相合"，以此展示杜诗深刻的思想内容和浓厚的历史意蕴。有以"以意逆志式"的方法解释杜诗的，如王嗣奭的《杜臆》。他在《杜臆原始》中曾说："臆者，意也。'以意逆志'，孟子读诗法也。诵其诗，论其世，而逆以意，向来积疑，多所披豁，前人谬迷，多所驳正，恨不起少陵于九京而问之。"[1] 也就是说，王嗣奭的杜诗阐释颇符合现代"新批评派"文学批评原理的要求，既重视本文的外部研究，又重视文本的内部研究。有以"分解式"的方法阐释杜诗的，如金圣叹的《杜诗解》。这种方法侧重于把诗歌分句分段加以解说，而尤其重视解说诗歌的文字、章法和结构方面的文学价值，虽有"八股析诗"的机械性质，但不失为一种文本批评的范例。有以"诗文互比式"的方法阐释杜诗的，如吴见思的《杜诗论文》。这些阐释方法各有千秋，成为当时杜诗研究的有效途径。当然，在具体的阐释过程中，许多方法之间又是互相联系、互相补充的，显示出由各自不同的角度到逐渐融合的阐释趋势。在这种大趋势的阐释背景中，浦起龙的《读杜心解》自然呈现出"互融"的态势。

综合起来看，浦起龙《读杜心解》的阐释方法既有"以意逆志"的性质，又有"知人论世"的手段；既有"八股析诗"的影子，又有"诗文互比"的借鉴。具体而言便是一种复合式阐释方法的应用，即文本含义的分析＋诗歌结构的分析＋历史语境的分析＋作者心态的分析＋诗歌意蕴的总结。我们举两例典型的批评话语加以说明。

其一看解读五古《同诸公登慈恩寺塔》的批评话语。《同诸公登慈恩寺塔》作于天宝末年。原诗是："高标跨苍穹，烈风无时休。自非旷士怀，登兹翻百忧。方知象教力，足可追冥搜。仰穿龙蛇窟，始出枝撑幽。七星

---

[1] 王嗣奭：《杜臆》，上海古籍出版社1983年版，第1—2页。

在北户，河汉声西流。羲和鞭白日，少昊行清秋。秦山忽破碎，泾渭不可求。俯视但一气，焉能辨皇州。回首叫虞舜，苍梧云正愁。惜哉瑶池饮，日宴昆仑丘。黄鹄去不息，哀鸣何所投。君看随阳雁，各有稻粱谋。"《读杜心解》评论：

> 诗本用四句领势，次段言登塔所见，后段言登塔所感也。然乱源已兆，忧患填胸，触景即动。只一凭眺间，觉山河无恙，尘昏满目。于是追思国初政治之隆，预忧日后荒淫之祸，而有高举远患之思焉。顾此诗之作，犹在升平京阙间也。恐所云"秦山破碎"、"不辨皇州"，及"虞舜"、"云愁"、"瑶池"、"日宴"等语，比于无病而呻。故起处先着"旷士"、"百忧"二语，凭空提破怀抱，以伏寓慨之根。此则匠心独苦者也。"仰穿"二句，刻画登塔。"七星"二句，形其高。"羲和"二句，见时序。说是诗者：三山谓讥切时事。邵长蘅非之，谓只是登塔警语。愚则以为忧危所迫也。讥切则轻薄，忧危则忠厚。毫芒之辨，心术天渊矣。若泛作登高写景，则语意又太涉荒森。

其二看解读七律《蜀相》的批评话语。《蜀相》作于上元年间。原诗是："蜀相祠堂何处寻，锦官城外柏森森。映阶碧草自春色，隔叶黄鹂空好音。三顾频烦天下计，两朝开济老臣心。出师未捷身先死，长使英雄泪满襟。"《读杜心解》评论：

> 因谒庙而感武侯，故题止云《蜀相》。一、二，叙事老境。三、四，"堂"、"柏"分承。此特一诗之缘起也。五、六实拈，句法如兼金铸成，其贴切武侯，亦如熔金浑化。七、八，慷慨涕泗，武侯精爽，定闻此哭声。后来武侯庙诗，名作林立，然必枚举一事为句。始信此诗统体浑成，尽空作者。

这两首诗歌是杜甫的名作，也是浦起龙用心解读的作品。由这两首诗歌的评论中我们可以看出批评话语组成的情况。有文本含义的分析，如：

"因谒庙而感武侯。"有诗歌结构的分析,如:"一、二,叙事老境。三、四,'堂'、'柏'分承。"有历史语境的分析,如:"然乱源已兆,忧患填胸,触景即动。只一凭眺间,觉山河无恙,尘昏满目。"有作者心态的分析,如:"于是追思国初政治之隆,预忧日后荒淫之祸,而有高举远患之思焉。"有诗歌意蕴的总结,如:"愚则以为忧危所迫也。讥切则轻薄,忧危则忠厚。毫芒之辨,心术天渊矣。若泛作登高写景,则语意又太涉荒淼。"因而浦起龙的阐释方法是复合式的,自然也带来综合性质的阐释效果:既有外部研究的阐释价值,也有内部研究的阐释价值;既有思想意义的阐释,也有诗歌艺术的总结。

进一步说,与清初批评家所用的阐释方法相比,《读杜心解》的阐释特色是:其一,强调"心解"的运用。即采用"以意逆志"和"心心互印"的方法解读杜诗。其二,有心理分析的倾向。即侧重探求杜甫创作诗歌时当下的复杂心理结构。其三,有自觉的逻辑意识。尤其是在批评话语的凝练方面和展开批评的有序方面表现得格外突出。所以,《读杜心解》的杜诗批评也可以说是一家之言。概言之,《读杜心解》的阐释形态是古代诗学批评典型的理论形态。它遵循的阐释思路是体悟—圆照—参证—立言的批评思路,而且这种思路在《读杜心解》中贯穿始终且颇有条贯性,为杜诗批评开创了一个新的理论阐释局面。

(原刊于《杜甫研究学刊》2011 年第 2 期)

袁枚性灵说的文化意蕴

中国古代文论的研究，至少可以从三个层面进行：第一是进行文论话语要义的理解，即追求文论话语阐释的科学性和客观性；第二是进行文论话语意义的阐释，即追求文论话语阐释的结构性和深刻性；第三是进行文论话语价值的评判，即追求文论话语阐释的当代性和理论建构性。并且这三个层面的研究应重在把握古代文论的深层意蕴方面，正如学者所言："我们对中国古代文论的阐释所面对的并不是历史事件，而是思想观念，是精神趣味，它们蕴含在古代文论话语中，是可以通过阐释活动而把握到的。"[①] 而文化诗学无疑为解读古代文论的深层意蕴提供了可参照的视角。本文即以袁枚的"性灵说"为研究对象，尝试从文化人类学的角度来探究袁枚"性灵说"之中所沉潜的文化意蕴。

美国著名文化人类学家 L.A. 怀特给"文化"的定义是："文化是以使用符号为基础的现象体系。它包括行动（行为规范）、客体（工具，由工具制造的事物）、观念（信仰和知识）以及情感（心态和价值）等。"[②] 具体而言，文化有三个亚系统，按照 L.A. 怀特的说法是：技术系统、社会系统和思想意识系统。所以，谈论文化意蕴是一个庞杂而多元的话题。由于袁枚"性灵说"主要涉及"观念（信仰和知识）以及情感（心态和价值）"方面的蕴涵，或者说袁枚"性灵说"与社会系统和思想意识系统的关系较为紧密，故本文论述的内容便围绕这些方面和这些系统而展开。

---

① 李春青：《在文本与历史之间》，北京大学出版社 2005 年版，第 6 页。
② ［美］莱斯利·A. 怀特：《文化的科学——人类与文明》，山东人民出版社 1988 年版，第 136 页。

一　袁枚"性灵说"所蕴含的思想观念和文化消解因素

对于"性灵说"的含义，袁枚并没有作过直接明确的界定，但他在《钱玙沙先生诗序》中曾言及"性灵"的要旨："尝谓千古文章，传真不传伪，故曰：'诗言志。'又曰：'修辞立其诚。'然而传巧不传拙，故曰：'情欲信，词欲巧。'又曰：'神也者，妙万物而为言。'古之名家，鲜不由此。今人浮慕诗名而强为之，既离性情，又乏灵机，转不若野氓之击辕相杵，犹应风雅焉。"① 因而，"性灵说"的基本内容是"性情"和"灵机"。当代学者在解释"性灵说"的内涵时也多认同这两点基本内容。如王运熙、顾易生主编的《中国文学批评通史》之中，即认为性情是诗歌的思想内容，灵机是诗歌的艺术形式。也就是内容的真实和生动、灵活的审美风趣。诗歌的情感本身就是一种天性，"诗者由情生者也"，诗歌由个人的情感产生，凸显的是诗人的个性，喜怒哀乐融于作品，抒发出个人的一己之情。同时情感的展现还需要诗人的天分，也就是诗人的灵性。

因此，就袁枚"性灵说"蕴含的基本思想而言，主要包含两个层面的内容：其一，"性灵说"追求的是个性的显现和性情的张扬；其二，"性灵说"包含重视天才的因素。他认为"诗文自须学力，然用笔构思，全凭天分"。② 袁枚重视诗人的天分，也就是先天特质，是性情表现的必要条件。以天分为基础，加上后天的学习和努力，才与学的结合，方可展现诗人的灵性。

进一步说，从思想的传承角度看，袁枚的"性灵说"还蕴含着对明代性灵思想的继承与发展的旨意。这是继承的因素，也是发展的因素。而发展的因素之中更能看出袁枚对性灵思想的一种活用和新解。由此说明，袁枚"性灵说"中所蕴含的思想既有传统思想的力量，又有新思想所赋予的时代气息。

以上的思想观念不仅是心灵智慧的种种显示，也承载着一定的文化精

---

① 吴宏一、叶庆炳：《清代文学批评资料》，（台北）成文出版社 1978 年版，第 462 页。
② 袁枚著，朱坎校点：《随园诗话》，人民文学出版社 1962 年版，第 526 页。

神。从结构主义的层次看，袁枚的"性灵说"具有综合历代，尤其是明代性灵思想的折中意义，因为此后的性灵思想多是重复袁枚"性灵说"的含义；而从解构主义的层次看，袁枚的"性灵说"也具有消解传统文化精神的一面，并且消解的因素更有深究的意义。

德国著名哲学家人类学家 M. 兰德曼曾说："我们总是与传统保持着一定的距离，由此我们既肯定传统，又否定传统。在传统不再符合我们的情感之处，我们能抛弃它，或者起而反抗它。"① 这一见解表现在袁枚身上是再合适不过了，即袁枚"性灵说"之中既有传统思想的影子，又有否定传统思想的存在，或者说，他对传统进行了消解。

其一，消解儒家诗教论的极端思想，而注重个人情感的满足。袁枚的"性灵说"不再追求儒家"温柔敦厚"的诗教意旨，不再倡导"发乎情，止乎礼义"的情感约束，而是追求日常生活的感性快乐、情欲等。

其二，消解高雅文化的权威性，而指向通俗文化的畛域。此时的文学创作明显受到政治意识的趋导，政治价值在很大程度上决定了作家选取文学题材的眼光以及观照文学问题的角度。

其三，消解审美文化的崇高性，而欣赏世俗之美。袁枚认为，诗歌作为文学作品，要更多地关注世俗生活，在生活情趣上注重世俗情怀，由世俗生活追求中体现人的自然本性。并且强调本心和尊重个性，体现出个性解放的诉求。

对既有文化现象的这三大消解，就思想界的影响和意识形态的构成而言无疑具有一定的颠覆性质，必然引起当时秉承正统思想之士人的反对和质问。如章学诚在《文史通义》就对这种审美风尚大加抨击，他说："彼不学之徒，无端标为风趣之目，尽抹邪正贞淫、是非得失，而使人但求风趣。甚至言采兰赠芍之诗，有何关系，而夫子录之，以证风趣之说。无知士女，顿忘廉检，从风披靡。"② 又如梁章钜在《退庵随笔》卷二十中批评《随园诗话》云："所录非达官，即闺媛，大意在标榜风流，颇无足观。"③

---

① ［德］M. 兰德曼：《哲学人类学》，贵州人民出版社 1988 年版，第 260 页。
② 章学诚著，叶英校注：《文史通义校注》，中华书局 1985 年版，第 554 页。
③ 《续修四库全书》，上海古籍出版社 2003 年版，第 1197 册。

诸如此类的言论足见当时正统人士的不满之情。

反对也罢,质问也罢,袁枚"性灵说"在当时的影响程度可见一斑。原因之一就在于袁枚"性灵说"之中关注了个性的因素和个体所需求的情感因素,按照当代文化人类学的观点看,便是"性灵说"有些人本主义的色彩。

二 袁枚"性灵说"的人本主义价值及其局限性

从更广阔的文化背景看,袁枚的这些个性主义的言论,是明中叶以来文艺领域里新兴的文化审美趣味的一种反映,是当时文艺思潮突破儒家正统规范要求的一种表现。就文学领域而言,当时的文化格局是传统与反传统的统一,是继承与变化的统一,正如李泽厚所言:"如果说,王渔洋的神韵说基本上是沧浪以禅论诗的延续,王船山的诗论流露着重情的屈骚传统,沈德潜是儒家正统诗教的回光返照,那么,袁枚大概就是最能代表明中叶以来这股以男女情欲的解放(所谓'导欲宣淫')为基础,来突破儒家传统的近代倾向了。"① 也就是说,袁枚"性灵说"中沉潜的一个重要的文化蕴涵是:重视个体感性血肉之躯的本真存在,即突出个体存在的价值。按当代文化学的说法,便是具有人本主义的价值,这种价值主要体现在以下几点。

首先,肯定个体情感,尤其肯定和张扬男女之情。当时以沈德潜为代表的格调派诗学主张是宣扬名教,倡导温柔敦厚的诗学观,而将描写男女性情的大量诗歌弃之门外,故选诗摒弃"艳体"诗歌,如王次回的《疑雨集》等。对此,袁枚提出了严正的抗议,他说:"《关雎》为《国风》之首,即言男女之情。孔子删诗,亦存郑、卫;公何独不选次回诗?"② 袁枚对艳诗作了充分的肯定,不满于诗教重礼义、约束人性的观点,指出诗歌的内容不仅关乎国事命运,而且彰显创作主体的情感体验。

其次,对个体生命存在的一种肯定。他的《随园诗话》中记载了大量

---

① 李泽厚:《华夏美学》,天津社会科学院出版社 2001 年版,第 324—325 页。
② 袁枚著,朱坎校点:《随园诗话》,人民文学出版社 1962 年版,第 15 页。

有性情的诗人，尤其值得注意的是，记载了诸多女诗人的诗作。在袁枚看来，诗歌的创作不分男女，不分尊卑。诗歌是诗人有感而发的产物，女子的性情更加细腻、灵动。他认为"以诗受业随园者，方外缁流，青衣红粉，无所不备"，[①] 提升女性的社会地位，反对封建传统对女性的不公，发自内心的赞美女诗人的才能，展现对女性的尊重。

最后，对盛行其时的个性解放思潮进行了推波助澜式的积极回应。袁枚生活的时代是正统思想与反正统思想共融的时代，具体而言，主要是理学与明中后期以来反理学思想融为一体的时代。正统理学思想宣扬以理制欲、以理杀人，而反理学思想宣扬肯定人欲、体民之情，甚至把"理"解释为人类正当的感情和欲望，富有人文启蒙精神。如当时的戴震就主张自然的伦理观，他批驳了有些理学家的理欲论，认为"有欲而后有为"，认为人欲对人类的存在有重要的意义。他在《孟子字义疏证》中说："好货好色，欲也；与百姓同之则理也。"从这些观念中我们必然得出戴震肯定情欲的结论。"戴震对于情欲的肯定，从人的自然本性出发，这是与他的自然天道观一致的"，[②] 我们也可以说，袁枚对于情欲的肯定，从人的本性出发，这与他所处时代的个性解放思潮相一致。从而看出，袁枚"性灵说"的思想旨趣与戴震等人的自然天道观、个性解放思想保持着高度的统一性，甚至可以说是对晚明以来个性解放思想的一次文学领域的积极观照。

当然，我们也不必过于褒扬袁枚"性灵说"人本主义的内容，因为这些人本主义的内容多停留在对权威的消解和对人欲的肯定的基础之上，还没有上升到守护理想和追求超越的层面。换言之，仅宣扬男女之情，宣泄私情，追求官能感情，是不能拯救人生的，也不能找到人生解脱的哲学之路。尤西林在反思明清思想界所宣扬的"百姓之用即为道"的浅近时曾说："晚明个性解放自有其积极的意义……但如以自然欲望为本，人与禽兽区别何在？作为人生劳作的自然基础，饮食男女是人类永恒的与自然物

---

① 袁枚著，朱坎校点：《随园诗话》，人民文学出版社 1962 年版，第 806 页。
② 张岂之：《中国思想史》，西北大学出版社 1993 年版，第 444 页。

质变换的需要，固然无法取消，但人于历史进程中的不断自我超越，一项基本内容正是人的自然欲望从内容、形式到方向的不断文明化，此即教化。如果颠倒过来，还有什么超越性可言？"① 他的这一番检讨是发人深思的，即明清个性主义的背后有世俗主义的倾向，好货好色的背后也有世俗主义的泥沼。因而，我们也不能对袁枚"性灵说"的文化价值抱有过高的估计，毕竟他的时代和他的学说不可能提供更文明、更理性的思想资源。

三 袁枚"性灵说"中的传统文化因子

尽管袁枚"性灵说"中蕴含着诸多诗学文化新质，然而，却不能说他的诗学思想是完全的异端思想，只能说袁枚的"性灵说"中既有新变的诗学文化内容，又有传统的诗学文化因子，如此则较清晰地看出"性灵说"文化旨趣的丰富性和复杂性。因此，探究袁枚"性灵说"中的传统文化因子就是论题的另一方面了。

首先，"性灵说"中内含儒家诗学的抒情传统。袁枚不仅认同儒家《诗经》以来的抒情传统，认为诗歌必须展现诗人在现实生活中的情感体验，而且特别指出儒家诗学本有体现诗人真实情感的感发特征。他说：

> 《诗》始于虞舜，编于孔子。吾儒不奉两圣人之教，而远引佛老，何耶？阮亭好以禅悟比诗，人奉为至论。余驳之曰："《毛诗三百篇》，岂非绝调？不知尔时，禅在何处？佛在何方？"人不能答。因告之曰："诗者，人之性情也。近取诸身而足矣。其言动心，其色夺目，其味适口，其音悦耳：便是佳诗。孔子曰：'不学诗，无以言。'又曰：'诗可以兴。'两句相应。惟其言之工妙，所以能使人感发而兴起；倘直率庸腐之言，能兴者其谁耶？"②

意思是，诗歌是由人有感而发的作品，诗歌可以表现人真实的思想感情，

---

① 尤西林：《人文学科及其现代意义》，陕西人民教育出版社 1996 年版，第 271 页。
② 袁枚著，朹坎校点：《随园诗话》，人民文学出版社 1962 年版，第 565 页。

儒家《诗经》乃诗人性情之体现，不受佛禅影响，而自有动人心魄之力量。由此可见，袁枚不仅传承儒家诗学的抒情传统，而且以尊奉儒家思想为正宗。正如《随园诗话》中云：

> 古之忠臣、孝子，皆情为之也。胡忠简公劾秦桧，流窜海南，临归时，恋恋于黎倩。此与苏子卿娶胡妇相类。盖一意孤行之士，细行不矜，孔子所谓"观过知仁"，正此类也。乃朱子讥之云："十年浮海一身轻，归对黎涡恰有情。世上无如人欲险，几人到此误平生？"高守村和云："批鳞一疏死生轻，万死投荒尚有情。不学逋翁捧著草，甘心钳口自偷生。"①

他的意思是：儒家士人也不乏真性情。于是"性灵说"不仅有人性论作为基础，而且有儒家思想的内在支撑。

当然，袁枚在认可和遵循儒家诗学思想的时候，常常采用折中的方式看待儒家传统诗学观。儒家传统诗学思想，注重诗歌的"吟咏性情之正"，欣赏雅正和平之音，将个人的命运和情感融入时代变迁之中。而袁枚的"性灵说"强调诗歌的"吟咏性情"，他在《答沈大宗伯论诗书》中着力提倡："子曰：'可以兴，可以群'，此指含蓄者言之，如《柏舟》《中谷》是也。曰：'可以观，可以怨'，此指说尽者言之，如'艳妻煽方处''投畀豺虎'之类是也。②他认为孔子论诗主张是"兴观群怨"，源于诗歌中有含蓄委婉之作，也有发露张扬之作，这都取决于诗人的个性和真情，因此袁枚说："诗境甚宽，诗情甚活，总在乎好学深思，心知其意，以不失孔、孟论诗之旨而已。必欲繁其例，狭其径，苛其条规，桎梏其性灵，使无生人之乐，不已慎乎！"③认为诗歌中不仅蕴含群体之情，而且包含一时一己之情。袁枚这种对儒家正统诗学的理解，实际上是应时代要求的体现。换言之，"性灵说"将性情和灵机相结合，使个人的主体意识增强，个体

---

① 袁枚著，朱坎校点：《随园诗话》，人民文学出版社 1962 年版，第 85 页。
② 吴宏一、叶庆炳：《清代文学批评资料》，（台北）成文出版社 1978 年版，第 452 页。
③ 袁枚著，朱坎校点：《随园诗话》，人民文学出版社 1962 年版，第 627 页。

的价值得到提升，凸显出个性解放的思想，但又不违背儒家诗学思想的大义。

其次，"性灵说"中内含自然本真的传统哲学观念。自然本真的传统哲学观念自然是道家哲学思想的重要体现，然亦不限于道家，儒家也讲求天人合一的思想。尤其是袁枚之前的阳明哲学和李贽的"童心说"都追求心性的自然本真。无论从哪个角度讲，"性灵说"追求天然、清真、真挚的诗学旨趣是与自然本真的传统哲学观念息息相关的。袁枚多次以天然、清真、真挚论诗。他说："诗者，不失其赤子之心者也。"① 他很认同时人王昆绳的观点："诗有真者，有伪者，有不及伪者。真者尚矣，伪者不如真者；然优孟学孙叔敖，终竟孙叔敖之衣冠尚存也。使不学孙叔敖之衣冠，而自着其衣冠，则不过蓝缕之优孟而已。譬人不得看真山水，则画中山水，亦足自娱。今人诋呵七子，而言之无物，庸鄙粗哑；所谓不及伪者是矣。"② 他还说："诗有天籁最妙。"③ 意思就是：诗歌创作中要体现诗人的真实情感，要自然流露诗人的真实性情，不可创作虚伪的诗歌。明代七子的"格调说"师法古人，处处以古人为典范，只学到外表，而失去本质，原因就在于没有领悟到诗歌创作的精髓在于抒发真实的性情，于是失去了本我，也失去了诗歌的美质。诗歌创作应"天然去雕饰，清水出芙蓉。"正如袁枚所说："余以诗贵清真；目所未瞻，身所未到，不敢牙牙学语，婢作夫人：故不敢作也。"④ 清真可以除去浮华，留存质朴，可以展现诗人自然率真的情怀。于是，《随园诗话》中又说："最爱周栎园之论诗曰：'诗，以言我之情也，故我欲为则为之，我不欲为则不为。原未尝有人勉强之，督责之，而使之必为诗也。是以《三百篇》称心而言，不著姓名，无意于诗之传，并无意于后人传我之诗。嘻！此其所以为至与！今之人，欲借此以见博学，竞声名，则误矣！'"⑤ 袁枚的这些话语用意非常明

---

① 袁枚著，卞坎校点：《随园诗话》，人民文学出版社1962年版，第74页。
② 同上书，第282页。
③ 同上书，第689页。
④ 同上书，第378页。
⑤ 同上书，第73页。

显，即没有本真便没有真诗。

正是由于袁枚以真论诗的诗学思想与自然本真的哲学思想相互融通，因此，他常常抛弃时间顺序而以本真的空间秩序谈论诗歌的发展史，故见解别出心裁。他曾说："诗分唐、宋，至今人犹恪守。不知诗者，人之性情；唐、宋者，帝王之国号。人之性情，岂因国号而转移哉？亦犹道者，人人共由之路，而宋儒必以道统自居，谓宋以前直至孟子，此外无一人知道者。吾谁欺？欺天乎？七子以盛唐自命，谓唐以后无诗，即宋儒习气语。倘有好事者，学其附会，则宋、元、明三朝，亦何尝无初、盛、中、晚之可分乎？节外生枝，顷刻一波又起。"① 此论中不仅指出诗歌无分唐宋的原因，而且指出诗歌并非学古模拟之作。于是，"真性情"便成为一条红线而贯穿于诗歌发展史的长河中，同时具有了诗化哲学的味道。

最后，"性灵说"中内含传统审美文化的精神旨趣。尽管明代中叶之后，中国古代审美观念有了一些变化，诸如小说戏曲中逐渐形成追求冲突美、奇怪美和悲剧美的思潮，但是，在诗歌创作领域和诗学理论领域，追求诗歌的审美意境、推重诗歌的审美境界依然是诗坛的主流。袁枚的"性灵说"虽有诗意出新的祈求，然从本质上说它并没有脱离"诗歌求美"的传统诗学园囿。

中国诗歌境界是审美文化的一种体现。审美文化具有历史积淀性和历史传承性。追求一种神韵、一种优游不迫的美感，是诗人共同的审美倾向。从历时性角度看，历代诗人自能体悟和表现诗歌"言有尽而意无穷"的境界。从共时性角度看，进入文学史的诗人也自能感受到这种境界，正如朱光潜所说："诗人在一刹那中所心领神会的，便获得一种超时间性的生命，使天下后世人能不断地去心领神会。"② 袁枚之前，例如钟嵘所说的"滋味"、严羽所说的"兴趣"、王士禛所说的"神韵"，都强调诗歌应追求一种情景交融、虚实相生、韵味无穷、富有生命律动的审美境界。这种境界，袁枚自然从历代诗歌中体悟出来并加以发挥，他常用"风趣"、"天

---

① 袁枚著，尗坎校点：《随园诗话》，人民文学出版社 1962 年版，第 196 页。
② 朱光潜：《诗论》，上海古籍出版社 2005 年版，第 38 页。

趣"、"意趣"、"真趣"、"古趣"等词语论诗，认为"真趣"、"韵外之致"是诗歌的生命力，并提出"诗以趣为主"的诗学主张，其意就在于要求诗歌追求一种意象无穷、意味深远的境界，能够展现性情和灵机，从而具有感染人的力量。他说："味欲其鲜，趣欲其真。"① 又说："诗有干无华，是枯木也。有肉无骨，是夏虫也。有人无我，是傀儡也。有声无韵，是瓦缶也。有直无曲，是漏卮也。有格无趣，是土牛也。"②又说："老友何献葵刺史，喜谈诗，而不轻作。常云：'诗无生趣，如木马泥龙，徒增人厌。'"③意思就是诗歌应追求审美情趣，能够带来言有尽而意无穷的美感，并给人以审美享受。这些审美层面的论述，自然受到传统审美文化的影响，并打上审美积淀的烙印。或者说，袁枚"性灵说"对于审美境界的追求，是传统审美文化的一种延续，它并不因为历史的流逝而改变审美的本质力量。

李泽厚曾说："历史的解释者自身应站在现时代的基地上意识到自身的历史性，突破陈旧传统的束缚，搬进来或创造出新的语言、词汇、概念、思维模式、表达方法、怀疑精神、批判态度，来'重新估定一切价值'，只有这样，才可能真正去继承、解释、批判和发展传统。"④ 这段话对于解释袁枚"性灵说"文化意蕴的多样性和丰富性是妥当的。也就是说，袁枚的"性灵说"在诗学传统与诗学创新之间建立了自己的话语空间，从这个意义上说，袁枚"性灵说"的文化意蕴是历史的产物，也是当时文化发展的产物，它是新旧文化的矛盾统一体，其中的张力还需我们作出再思考和再阐释。

（原刊于《山西师大学报》2012年第6期）

① 袁枚著，术坎校点：《随园诗话》，人民文学出版社1962年版，第20页。
② 同上书，第222页。
③ 同上书，第641页。
④ 李泽厚：《中国现代思想史论》，天津社会科学院出版社2003年版，第42页。

歌德与袁枚文论思想的异同

——以《歌德谈话录》和《随园诗话》为中心

歌德（1749—1832）与袁枚（1716—1797）是中西方两位著名的个性鲜明的作家和批评家。在《歌德谈话录》和《随园诗话》之中，暗含着歌德、袁枚丰富的文论思想。两人对诗艺的阐说或有同有异，或求美求善，因此，比较研究两人的文论思想便有了一定的文化学意义和美学价值。

一 创作题材论之比较

歌德晚年的文学思想逐渐转向古典主义即我们通常所说的现实主义，其基本特征是从客观现实世界出发进行写作，反映客观现实世界的真实性。在他的学生兼私人秘书爱克曼辑录其晚年的谈艺而成的《歌德谈话录》之中，就集中体现了歌德当时的文论思想观念。歌德认为题材对文艺是十分重要的，是进行文学创作的第一步，也是关键的一步。"还有什么比题材更重要的呢？离开题材还有什么艺术学呢？如果题材不合适一切才能都会浪费掉。"① 于此，歌德旗帜鲜明地指出了题材对于文艺的重要性。进而言之，歌德认为好的、合适的题材必须具备两个条件：来源于现实生活中诗人所熟悉的小事物；符合道德伦理性。

---

① 爱克曼辑录：《歌德谈话录》，朱光潜译，人民文学出版社 1978 年版，第 11 页。

关于第一个条件，歌德说："现实生活应该有表现的权利。诗人由日常现实生活触动起的思想感情都要求表现，而且也应该得到表现。"① 他认为是现实生活提供了作诗的动机和作诗的材料："世界是那样广阔丰富，生活是那样丰富多彩，你不会缺乏作诗的动因"，② 并且他认为诗人应该选择现实世界的小事物、小题目，因为"写小题材的优点正在于你只需描绘你所熟悉的事物"，"涉及你也许没有认真研究过、还不大熟悉的事物，你就不会成功。你也许写渔夫写得很好，写猎户却写得很坏"。③ 因此歌德认为一部文学作品如果想要获得成功与社会的普遍欢迎，诗人必须从现实生活出发寻找出小而熟悉的题材。这是写作的坚实基础，也是作者获得成功的关键。

关于第二个条件，歌德的论说比较深刻。他提出进入作家文学创作视野的文学素材需有一定的道德伦理价值，即能够起到教化民众的积极作用。他认为："每个情节必须本身就有意义，而且指向某种意义更大的情节。"④ 歌德在这里所指的某种意义就是作品中必须包含伦理道德意义。他说："艺术的真正生命正在于对个别特殊事物的掌握和描述。"⑤ 他认识到只有通过个别健康的素材才会表现出普遍性的、一般性的意义。他说："诗人应该抓住特殊，如果其中有些健康的因素，他就会从这特殊中表达出一般。"⑥ 可以说，歌德论诗艺的真正生命在于表现具有社会教化意义的道德性和普遍性。

袁枚《随园诗话》共二十六卷，创作题材论的见解主要通过两方面的内容加以体现。一是通过选录他自己和其他人的诗歌来体现；二是通过记载的诗坛琐事来体现。《随园诗话》中选录的诗歌大都因事而作，而事件也大多都是现实生活中司空见惯的平凡琐细之事，因此在袁枚的眼中诗歌应该描写客观世界，表现现实生活。在《随园诗话》中，由于袁枚抱着

---

① 爱克曼辑录：《歌德谈话录》，朱光潜译，人民文学出版社 1978 年版，第 4 页。
② 同上书，第 6 页。
③ 同上书，第 7 页。
④ 同上书，第 99 页。
⑤ 同上书，第 10 页。
⑥ 同上书，第 90 页。

"宁滥勿遗"的原则去选诗，所以诗歌内容庞杂，甚至就连青楼妓女表达伤情别离的艳体诗也被选录了进去，并且为数不少。但"滥"不一定就表示袁枚对诗歌没有品评的标准，他对诗歌也有一定的品评准则。他认为诗歌必须是描写性情之真的，反对模拟古人。"诗者，人之性情也，近取诸身而足矣"，这句话表达了袁枚对诗歌题材取舍的潜在要求，即诗歌不仅表现的是作者身旁的琐碎之事，而且更要表现作者的真性情。他讥讽那些只从外在形式上模仿古人的诗人："好模仿古人者，窃之似，则优孟衣冠；窃之不似，则画虎类狗"，① 并且认为有性情便有格律，格律不在性情之外。袁枚眼中的题材是真性情的题材，无性情便无诗歌；有了性情，诗歌才有了真意；有了真意，诗歌才有了鲜活的生命力、才有灵气。否则便如同"若带假面伛偻，而装须髯，便令人生憎"。②

歌德与袁枚在创作题材方面的见识确有异同之处。相同之处在于：二者都强调艺术源于现实生活，源于平凡真切之事。但不同的是：歌德更加倾向于表现现实世界的真实性和道德伦理性，进而教化民众，提高整个民族的道德素质；袁枚则更加喜欢诗歌表现作者自己性情之真。他认为表现诗人真性情的诗歌便是好诗歌，而较少关乎道德伦理价值。从这个层面上讲，袁枚更像是一个为艺术而艺术的诗论家，他追求的艺术精神的自然回归；而歌德更像是一个有着浓厚伦理道德观的理论家，他不强调为艺术而艺术，他看重的是文艺的外部价值，正如他所说的那样："艺术家对于自然有着双重关系：他既是自然的主宰，又是自然的奴隶。他是自然的奴隶，因为他必须用人世间的材料来进行工作，才能使人理解；同时他又是自然的主宰，因为他使这种人世间的材料服从他的较高的意旨，并且为这较高的意旨服务。"③

二　文学风格论之比较

在《歌德谈话录》里，爱克曼记录了歌德这样一段话说："我不要求

---

① 袁枚著，卞坎校点：《随园诗话》，人民文学出版社 1962 年版，第 71 页。
② 同上书，第 70 页。
③ 爱克曼辑录：《歌德谈话录》，朱光潜译，人民文学出版社 1978 年版，第 137 页。

布景堂皇，也不要求服装鲜艳，我只要求剧本一定要好。……它必须宏伟妥帖，爽朗优美，至少是健康的、含有某种内核的。凡是病态的、萎靡的、哭哭啼啼的、卖弄情感的以及阴森恐怖的、伤风败俗的剧本，都一概排除。"① 依此可以推断出歌德所欣赏的文学风格是雄宏的、健康的、爽朗优美的；而萎靡的、病态的、不健康的、哭哭啼啼的、伤风败俗的都是他鄙弃的。他说："一个伟大的戏剧体诗人如果同时具有创造才能和内在的强烈而高尚的思想情感，并把它渗透到他的全部作品里，就可以使他的剧本中所表现出的灵魂变成民族的灵魂。"② 他还说："艺术要通过一个完整体向世界说话，但这种完整体不是他在自然中所能找到的，而是他自己的心智的果实，或者说是一种丰产的神圣的精神灌注生气的结果。"③ 在歌德看来，艺术作品不单是反映客观世界的，它更应该体现民族精神，承载高尚情操，启迪心灵智慧。所以他崇尚的文学风格必须是博大的、健康的、能震撼人心的。

袁枚推崇性灵。所谓性灵，简单来说就是性情与灵机的结合。性情主要指的是作品的思想内容，其贵在真；而灵机主要指作品的艺术形式问题，其贵在巧，其贵在趣。袁枚虽然说"余于古人诗无所不爱，恰无偏嗜"，④ 意味着他对雄浑跌宕的诗歌并无微词，但是，在《随园诗话》里被辑录的诗歌绝大部分都是风格灵动、新奇、纤巧，情调风趣、诙谐、有韵致的诗歌，并以此见出袁枚文学风格论的要旨。具体而言，他的风格论的要旨由三个要素构成：一为清真；二为趣；三为新。

先说清真。袁枚说："诗贵清真，目所来瞻，身所未到，不敢牙牙学语，婢做主人。""清"是袁枚在诗话中评价所收诗句最为多用的、内涵极为丰富的一个概念。不过他极少单用这个概念，而多用由之派生出来的复合概念。如清妙、清绝、清平、清丽、清雅、清新、清旷、清远等。"真"不仅指事情表达层面的真实，还指情感的真实，依此来呼应他的"性情"。

① 爱克曼辑录：《歌德谈话录》，朱光潜译，人民文学出版社1978年版，第68—69页。
② 同上书，第128页。
③ 同上书，第137页。
④ 同上书，第123页。

"诗难其真也，有性情而后真。"只有这样，作者的性情方见，作品的风格毕现。

再说趣。袁枚自己写诗重趣味，亦主张"味欲其鲜，趣欲其真"。这个"趣"的浅层次含义是指风趣，能令人笑，他说："诗能令人笑者必佳。"高层次的趣就是"容话一切，而后能以生气孤行"的趣味，简单来说就是在真实基础上的趣味、即景而成的趣味。趣的最高境界就是有"兴趣"，诗要写得空灵、流动，充满生机，而不是一潭死水，毫无波澜，正如袁枚所说："有格无趣，是土牛也。"

最后说新。袁枚一直主张诗要求新，故在评定他人诗时，亦主求新。他认为："凡作诗者，各有身份，亦各有心胸。"[1] 袁枚要求诗人对事物要有新的发现，要创作出富有新意的作品。在《随园诗话》里反复强调诗人要"自出新意"，要"心精独运，自出新裁"，这里既包括单个意象的立意之新，也包括意象组合之巧妙。因此，《随园诗话》中对那些出"新"的作品赞不绝口。

袁枚并不排斥作品风格博大的诗歌，只是他更喜欢内容上表现作家性情之"真"和艺术形式上讲求清真、风趣、新奇、灵动的性情诗。而歌德多重视内容上真实反映客观现实生活和艺术形式上健康、雄宏、爽朗优美的作品，并且极力反对风格纤弱的诗歌。从这点来看，袁枚更看重文学风格的任情风趣和灵巧优美，而歌德更崇尚文学风格的厚重雄伟和健康写实。

两人都主张内容的真实，所不同的是，歌德心中内容的真实指向的是客观世界的即表现客观世界的真实，而袁枚心中内容的真实指向的是主观世界的即表现一己之真性情的真实。在袁枚的眼中，只要表现性情之真，即便是艳体诗也是好诗。所以，尽管袁枚并不反对风格宏大的作品，可是他更倾向于风格灵动的作品。而晚年的歌德多欣赏健康宏大的作品，他认为无关道德教化的伤风败俗的靡靡之音应该全部抛弃。

在18世纪中叶，歌德与袁枚的生活时代是相同的。而且，两人文论思想中存有共同的价值判断，如两人都崇尚真情，崇尚美好。这是东西方文

---

① 袁枚著，术坎校点：《随园诗话》，人民文学出版社1962年版，第99页。

化诉求相容的结果。当然，两人的文论思想中更存在差异性，个中的原因是多方面的。尤为重要的原因是东西方文化的志趣存在差异，特别是根柢于当时的思想潮流和时代精神有所不同。从理论上讲，每一种文学思想有其独立的一面，但是它又无法脱离所处时代的思想和精神的制约，它甚至就是一般文化思想的组成部分。质言之，德国文学的启蒙运动和理性精神影响着歌德文论思想的形成；而明清时期个性解放的思潮和中国传统文化的思想则深深影响着袁枚文论思想的形成，正如学者所言："一定时代的文化思想总要为该时代的文学思想提供气候、造成氛围、着上底色、左右着文学思想的风貌、色彩与发展方向。"① 因此，时代文化思想和各自的文化传统对文学思想有直接的或间接的影响，这一特征，在歌德和袁枚身上体现得尤为明显，也是造成他们文论思想出现差异性的根本所在，其中的深意还需要我们再探究。

（原刊于《宁夏师范学院学报》2008 年第 4 期）

---

① 萧华荣：《中国诗学思想史》，华东师范大学出版社 1996 年版，第 5 页。

张问陶与赵翼性灵诗论之异同

张问陶文才俊逸，能书善画，尤以诗著名，著有《船山诗草》。他与李调元、彭端淑并称"清代蜀中三才子"，袁枚称其为"清代蜀中诗人之冠"，被誉为"有青莲再世之目"。① 嘉庆十八年（1813），张问陶寓居苏州虎丘，其时，赵翼过访张问陶，张问陶赋诗《赵云松前辈翼过访时年八十七》二首相赠。其一云："公惜登科我未生，忘年何意订鸥盟。诸天许见真头面，一笑都含古性情。落落孙洪皆后起，遥遥袁蒋旧齐名。三朝日月无私照，留个诗人咏太平。"② 诗中表达了张问陶与自己敬仰的前辈赵翼见面时的欣喜若狂之情。两人同主性灵，赵翼不曾相约而自至，张问陶可谓受宠若惊，情感流自心底。张问陶对年长自己四十岁的前辈赵翼非常敬仰，他的性灵诗论中有很多都表现出对赵翼诗论的继承与发展。

在清代性灵派后期的诗人中，张问陶颇具代表性。"如果说性灵派于乾隆时期以主将袁枚、副将赵翼为代表人物，那么嘉庆年间则推张问陶为重镇，乃性灵派之殿军。"③ 张问陶没有专门的诗论著作，他的诗学思想散见于他的"论诗诗"及诗歌创作的脉络中，从中我们可以窥探其论诗宗旨。

同为性灵派的代表，从张问陶的"论诗诗"中可以看出，他与赵翼的诗学理论有相通之处。但赵翼生活在乾隆盛世，而张问陶生活在清朝由盛转衰的时期。而且两人的个性、出身、经历等都存在差异，所以他们对性

---

① 钱仲联主编：《清诗纪事》，江苏古籍出版社 1989 年版，第 6749 页。
② 张问陶：《船山诗草》，中华书局 1986 年版，第 159 页。
③ 王英志：《性灵派研究》，辽宁大学出版社 1998 年版，第 311 页。

灵诗学的认识自然不同，其诗歌风格也有所不同。比较两者的性灵诗论，具有一定的批评史意义。

一

张问陶能成为性灵派后期的代表，一个重要的原因是他的诗论符合性灵派的论诗宗旨，并吸取了袁枚、赵翼性灵诗论的精华。

其一，张问陶强调"我性灵终是我"的个性精神。这一精神诉求，与赵翼所倡导的"必创前古所未有，而后可传世"的诗学理念一样，要把创新当作诗歌创作的一条重要原则。张问陶不因袭、不模仿，独开门户的进取精神，使他的诗歌得到了当时乃至后世的称赞。尚镕在《三家诗话》中云："船山之诗，对近袁、赵体，亦能自出新意。"① 潘焕龙在《卧园诗话》中云："能自出机轴，不受古人牢笼。"② 张问陶的诗歌中亦处处体现创新意识，如云："兴到何必仿古人，事过须教后人仿。"③ 在《题方铁船工部诗兼呈穀人祭酒》一诗中云："自吐胸中所欲言，那从得失争千古。"④ 意思是方铁船的诗歌具有创新意识，不模拟唐宋，抒发真挚之情。张问陶对复古模拟之作也给予批判，其云："诗中无我不如删，万卷堆床亦等闲。"⑤ "诗中无我"指复古模拟、缺乏个性之作，这是从反面强调创新精神。可见，张问陶反对复古的态度是十分坚决的。当别人称他的诗歌效仿袁枚时，他给予否决："诗成何必问渊源，放笔刚如所欲言。汉魏晋唐犹不学，谁能有意学随园？"⑥ 这亦是他力求创新的一种体现。

其二，张问陶认为优秀的诗歌都是表现真性情的。其云："好诗不过近人情"。"人情"，即自然真实的感情。他在《代启答毕秋帆先生并上近诗一卷》中提出："自磨碎墨写天真，知为苍生写鬼神。"⑦ "写天真"，也

① 郭绍虞：《清诗话续编》，上海古籍出版社1983年版，第1912页。
② 钱仲联主编：《清诗纪事》，江苏古籍出版社1989年版，第6753页。
③ 张问陶：《船山诗草》，中华书局1986年版，第134页。
④ 同上书，第450页。
⑤ 同上书，第230页。
⑥ 同上书，第278页。
⑦ 同上书，第241页。

就是说诗歌写真景、表真意、达真情，而这些都要用真语来实现。为此，张问陶非常重视"淡语"、"真实话"、"情话"、"醉语"。在《论文八首》中云："笺注争奇那得奇，古人只是性情诗。"① 这里，张问陶标举性情，反对以考据入诗。这与赵翼的性情论的观点也是一致的。张问陶对"诗写性情"见解颇深，并自觉贯彻到创作实践中去。因此，他的性情诗取得了较高的成就，亦奠定了其性灵派干将的地位。

其三，张问陶认为诗歌创作离不开天分。《自题》诗云："才小诗多复，身闲笔转忙。但留真意境，何用好文章。"这里张问陶强调了诗人才气的重要性，意在表明诗人"才小"很难写出好作品。关于"才"与创作的关系，张问陶云："才退方知搜句苦。"同时，他同赵翼一样，在重视天才之际，也很重视诗人后天的学习。其云："诗境已稳成极矣，此后惟须练识，识见一高，则笔墨羽化，方是真通人。"② 广博的学识，精湛的艺术修养正是诗人进行诗歌创作的必备条件。这意味着无论是真挚的性情，还是先天的才气，都需要后天的学养来不断润泽，如此才能成大才。

其四，张问陶标举诗歌之气韵。张问陶与赵翼的性灵诗论还有一个共同的主张，那就是纠正前代"性灵说"的弊端。关于性灵诗的流弊，郭绍虞在《中国文学批评史》中说："性灵诗的流弊是什么？即是滑，即是浮，即是纤佻。"③ 赵翼论诗，除了强调真性情之外，还注意诗人的"气"与人品。张问陶论诗亦标举"气"：一曰真气，"有真情那可无真气?"④ 明确提出真气与真情相辅相成的观点，有真气更能体现诗歌的本色；二曰奇气，"死有替人应属我，诗多奇气为逢君"。"奇气"指诗人非同常人的气质。这种创作主体的真气、奇气贯注到作品中便外化为诗歌的形式和风格上的气势、气韵。明代中后期诗坛盛行"格调"论，有过分追求形式上复古的弊病。公安派提倡"独抒性灵，不拘格套"，虽然打破了复古牢笼，但在创作中会出现率易粗鄙的倾向。显然，张问陶论诗重气，与赵翼之"气"

① 张问陶：《船山诗草》，中华书局 1986 年版，第 230 页。
② 同上书，第 406 页。
③ 郭绍虞：《中国文学批评史》，上海古籍出版社 1979 年版，第 571 页。
④ 张问陶：《船山诗草》，中华书局 1986 年版，第 183 页。

论是一脉相承的。他们把"气"与诗人的才情相联系，意在针砭性灵诗的轻佻滑易、缺乏气骨之弊端。关于人品，赵翼云："由来艺事妙，正以人品传；设令有市心，画已不值钱。"[1] 这首诗以李公麟为例，提倡艺术家要像他那样寄情山水，热爱诗文。如果利欲熏心，画出来的东西反而不值钱。只有将艺术当作自己生活乃至生命的一部分，才会有大的成就。诗歌创作也如此，争名争利者没有高尚的品格，其作品则难以流传。张问陶论诗看重性情，并且将诗歌所承载的真、善、美因子结合起来，其云："古人怀抱有真美"，"恶诗尽有真情境，忍与风花一例删"，[2] 前句主情之真与美，后两句强调要有真情，也要有善心，不可写性情低卑之"恶诗"。

二

尽管张问陶与赵翼的性灵诗论多有共识性的一面，然而，在某些性灵诗论的细微之处两人也各有认识，各存畛域。

（一）关于创作主体的诗性要求各有侧重

赵翼性灵诗论的核心思想是凸显创作主体必须具备真情、个性、诗才三个方面的能力。张问陶的诗论与此相通，但两人在谈论诗歌创作、诗歌意境时也各有体会，所论内容的侧重点却并不相同。

赵翼认为，创作主体最应该具备的是创新精神。具体体现为：

其一，诗人要培养创新的自觉意识。这种自觉意识是诗歌创作力图出新的前提，也是诗歌的内容与形式相得益彰的主导因素，故而赵翼在《论诗》中说："着色原资妙选材，也须结构匠心裁"。其二，作为诗歌创作主体的诗人应具备创新的能力。赵翼的才气论是构成其"性灵"诗论的重要组成部分，也是以服务"性灵"之蕴为旨归的，因而他尤为重视诗人的才气，并将诗人之才气视为诗歌创新的条件。"才气"可指才情、才思、才学等相关范畴，赵翼认为创新是诗才的表现，认为是诗才使其超凡脱俗，成就一代诗风的。其三，赵翼论诗言性情，认为诗歌创作要表现人的真实

---

[1] 胡忆肖：《赵翼诗选》，中州古籍出版社1985年版，第6页。
[2] 张问陶：《船山诗草》，中华书局1986年版，第366页。

情感，但只有诗歌不断出新，才能得以永久流传。他认为性情因人而异，致使诗歌作品也不同，实际上是告诉我们诗歌创作要写出新意。赵翼十分重视情感因素对诗人创新的影响，把诗人能否真实、自然地表现人的情感作为诗歌创新的目标取向。并指出创新是抒情写意的需要，"江山代有才人出，各领风骚数百年"，唯有创新，才能使诗歌创作得以发展，使诗境开拓成为必然。

在诗歌批评领域，赵翼亦把创新作为品评诗人的一个重要标准。如赵翼推崇苏轼正是基于求新求变的诗学标准。前人对苏轼的大胆创新颇多微词，赵翼对苏轼的创新进行了这样的评价：

> 元遗山《论诗》云："苏门若有忠臣在，肯放公诗百态新。"此言似是而实非也。"新"岂易言！意未经人说过，则新；书未经人用过，则新。诗家之能新，正以此耳。若反以新为嫌，是必拾人牙后，人云亦云；否则，抱柱守株，不敢逾限一步：是尚得成家哉？尚得成大家哉？①

元好问认为苏轼的创新是不符合传统的，而赵翼认为苏轼之所以成为大家，正是由于创新，如果只是一味因循守旧，诗歌就会失去生命力，他把创新作为判断一个诗人能否成为大家的标准。赵翼对元好问的批评未必稳妥，但可以看出其评诗的独立眼光，即求新求变，把苏轼与盛唐李杜相提并论，摒除了唐宋诗优劣的观念。

张问陶则侧重要求创作主体更需要具备虚静和自由的心态，尤其要注意在现实生活中培养情感。他认为，诗人要达到虚静和自由的心境，内心要"空"，要"闲"，要摒弃杂念，摆脱一切束缚。如《雨后与崔生论诗即次其旅怀一首元韵》云："金仙说法意云何，诗到真空悟境多。"② 张问陶所讲的"空"、"闲"与老庄的"虚静"说是同一种精神状态。诗人在诗歌

---

① 赵翼著，霍松林、胡主佑校点：《瓯北诗话》，人民文学出版社 1963 年版，第 63 页。
② 张问陶：《船山诗草》，中华书局 1986 年版，第 447 页。

创作时，要集中精力，排除外界的干扰因素。只有"闲"，才能进入庄子的"心斋"、"坐忘"等境界。也就是说创作主体是"闲人"，获得了一种"空灵"的境界，进入最佳的创作状态之中，从而达到性灵的自然流露，在此基础上物化而产生性灵诗作。

故而，张问陶推崇诗歌空灵、有真趣。前人论张问陶诗，誉之者多以"空灵沉郁"四字概之。"至近体则极空灵，亦极沉郁。"[1] "空灵沉郁，独辟奇境，有清二百余年蜀中诗人无出其右者。"[2] 所谓"空"，即空明澄澈；所谓"灵"，即灵动飘逸。综而言之，"空灵"就是指作者在创作过程中所推崇的一种空明澄澈、灵动飘逸的艺术境界。其《论诗十二绝句》云："想到空灵笔有神，每从游戏得天真。笑他正色谈风雅，戎服朝冠对美人。"[3] 又如《题屠琴坞论诗图》："也能严重能轻清，九转金丹铸始成。一片神光动魂魄，空灵不是小聪明。"[4] 意思是天真、情趣、自然和朴质是空灵境界的构成因素，只有创作主体凝神空寂，消除杂念，才能与自然万物融为一体，才会达到无我之境，空灵的艺术境界才可悟入。所以，他也提倡诗歌的妙悟之法，正如《悟诗图赠邵五》所云："悟诗如悟禅，真空参不坏。一点妙明心，融融大千界。"

（二）关于诗歌艺术的呈现方式各有体认

赵翼的性灵诗论重才气，但并不排斥学问。而且，赵翼拥有诗人、史学家双重身份，他的诗学理论自然会对其诗歌创作产生影响。因而，在具体的创作实践中，赵翼的诗歌用典较多。相比较而言，张问陶更加强调自然、朴素的诗风，追求空灵的诗境，使创作主体的"空灵"心境与"空灵"的诗境统一起来。张问陶认为，诗歌的语言艺术对"空灵"诗境的形成具有重要影响，诗歌的空灵境界，必须用空明澄澈、灵动飘逸的"天真之语"表达出来，故而，他推重自然、质朴的"本色之语"。进而言之，张问陶提倡以白描化的文字抒写性灵。可以说，两人性灵诗论的侧重不

① 钱仲联主编：《清诗纪事》，江苏古籍出版社1989年版，第6751页。
② 同上书，第6755页。
③ 张问陶：《船山诗草》，中华书局1986年版，第262页。
④ 同上书，第543页。

同，致使诗歌的艺术表现略有不同。

清代的学术取向是反空谈，重实学，重经史。从经世致用的目的出发，清人认为"经"中有经纬世事的理论，"史"中有成败治乱的经验教训。清代的诗论家，任何流派几乎都重视学问，这是因为受重实学的风气影响。赵翼生活的乾嘉时代，在学术思想史上是考据学发展的顶峰，占据了主流地位。这种风气影响了诗坛，文人创作自然是小心翼翼，不敢议论时政，也不敢作理论上的探讨，而只好墨守旧教条，创作一些与现实较少联系的考据之作，出现了以考据为特点的乾嘉学派。由于考据学的盛行，以学问为诗，以考据为诗的现象应运而生。至此，诗歌创作以由清初的重视学问根柢逐渐倾向于直接以考据入诗。

赵翼是乾嘉时期的著名史学家，著有《廿二史札记》、《陔余丛考》等著作，得到学术界很高的评价。正如王树民在《廿二史札记校证·前言》中所说："赵氏之书则不仅论及全部廿四史，且史法与史实并重，成为其书独具之特点。"① 赵翼的史学学识影响了他的诗学理论，他在《瓯北诗话》中评论历代诗人时，就结合了诗人的生平经历及当时发生的历史事件，给予诗人客观公正的评论。黄培芳《香石诗话》云："瓯北、子才一时并称，就二家论诗观之，固以瓯北为优。瓯北所著十家诗话能不失矩矱，不致贻误后生，胜于随园诗话矣。"② 赵翼拥有诗人、史学家双重身份，对其诗歌创作也具有深远的影响，使诗歌具有独特的个性色彩，这也是他与其他性灵派诗人的不同之处。赵翼把对历史事件的考证，对现实生活的感悟运用到诗歌创作中。这样，赵翼就有以考据入诗之作，如《瓯北集》卷十三《大石佛歌》，引用历代典故记载，并考证石佛的铸造以及对佛教的议论；卷二十九《赠三元钱湘船》，则对"三元"，即解元、会元、状元的史实考订。

赵翼的诗歌好用典，显示出浓厚的才学，几乎"语无不典"，但都表现出用典的工巧。如《题元遗山集》："身阅兴亡浩劫空，两朝文献一衰翁。无

① 赵翼著，王树民校证：《廿二史札记校证》，中华书局1984年版，第2页。
② 钱仲联主编：《清诗纪事》，江苏古籍出版社1989年版，第5533页。

官未害餐周莱，有史深愁失楚弓。行殿幽兰悲夜火，故都乔木泣秋风。国家不幸诗家幸，赋到沧桑句便工。"① 赵翼在此形象地表达了元好问担心后世史官说他失节不忠的矛盾忧愁心理，几处用典也很灵活巧妙。尚镕《三家诗话》评："云松典赡，故铺张得工。"② "云松七律格虽不高，而语无不典，事无不切，意无不达，对无不工，兼放翁、初白之胜，非袁、蒋所能及也。"③ 赵翼对用典故的态度是："诗写性情，原并专恃数典。然古事已成典故，则一典已自有一意。作诗者借彼之意，写我之情，自然倍觉浑厚。此后代诗人不得不用书卷也。"④ 并认为如果诗歌中没用典故，则显得"单薄"，也注意到堆砌典故的弊端，"使典过繁，翻致腻滞"。总之，赵翼力图将用典与性情有机地结合在一起。当然，赵翼诗歌的缺陷是有些作品由于议论过多，造成浅露有余而蕴藉不足，缺乏形象感。钱钟书《谈艺录》说其："恨锋铭太露，机调过快，如新狼毫写儿女情，脂车轮走冻石板。"⑤

相比于赵翼，张问陶在艺术表现上则注重以白描之笔勾勒意象，很少用典故。所谓"白描"，原是指一种国画技法，即以墨勾勒轮廓，多不着色。在文学创作中则指有真意，去粉饰，少做作，显然是一种真实、自然、简洁、朴素的描写方法。白描是性灵派诗人常用的一种艺术表现手法，他们以白描口语化的文字书写性灵，使诗歌显得有真意，无粉饰。当然，性灵派诗人之所以重视白描，还有更重要的一层意义，就是为了反对考据学和诗歌中堆砌典故。对张问陶的白描手法，潘清挹在《翠楼诗话》中评价为："张船山太史诗纯用白描……皆自出新意，独写性灵，真不为古人束缚者。"⑥ 以下几首张问陶的白描之作可谓代表。

《阳湖道中》："风回五雨月逢三，双桨平拖水蔚蓝。百分桃花千分柳，冶红妖翠画江南。"⑦ 诗中描写了江南三月柔风、蓝水、红色的桃花、翠绿

---

① 胡忆肖：《赵翼诗选》，中州古籍出版社1985年版，第162页。
② 郭绍虞：《清诗话续编》，上海古籍出版社1983年版，第1912页。
③ 同上书，第1926页。
④ 赵翼著，霍松林、胡主佑校点：《瓯北诗话》，人民文学出版社1998年版，第160页。
⑤ 钱钟书：《谈艺录》，生活·读书·新知三联书店2001年版，第402页。
⑥ 钱仲联主编：《清诗纪事》，江苏古籍出版社1989年版，第6745页。
⑦ 张问陶：《船山诗草》，中华书局1986年版，第557页。

的柳树四种景物，展现了一幅春意盎然的江南风景图卷。用白描的手法描绘了一幅清新、柔美的画面，这种天然之美令人陶醉。

《夏日家居即事》："茶瓜留客午风清，话到桑麻便有情。"① 这首诗歌描述了家居田园生活，质朴中显深厚，平淡中见活泼，直率之情溢于言外，用白描之笔表现出一种亲切、自然的景象。

《初冬赴成都过安居题壁》："连山风竹远层层，隔水人家唤不应。一片斜阳波影碎，小船收网晒鱼鹰。"② 这是一首写景诗，诗人用"连山风竹"、"隔水人家"、"斜阳碎波"、"渔船收网"等画面描写暮色的乡村，形象地描写了景物的特点，渔舟唱晚的意态尽在眼前，令人流连。

《大溪口风雪》："回首故园山万叠，满船风雪下瞿塘。"③ 回首处是渐行渐远的故园之山，朦朦胧胧地隐现于风雪之中，宛如一幅泼墨山水。语言直白浅近、毫无粉饰之感。

张问陶诗歌中运用的白描手法要求去藻饰，追求平淡、自然的诗歌风格。诗歌虽然未用典故，仍达到了很高的艺术境界。由于多用白描之法，在诗歌语言艺术上，张问陶推崇自然、质朴的"常语"，"敢为常语谈何易，百炼工纯始自然"。

正因为张问陶的诗歌追求自然、淡泊的意境，故而，他对当时缺少诗味的学问诗和道学诗进行了讥讪，如《论文八首》中云："志传安能事事新，须知载笔为传真。平生颇笑抄书手，牵率今人合古人。"④ 又如《论诗十二绝句》中云："文章体制本天生，只让通才有性情。模宋规唐徒自苦，古人已死不须争。"⑤ 此等诗论俱表现出较为强烈的反"伪诗"的倾向，颇显纯真"诗人之心"。

要言之，赵翼才大、学深、识高，他丰厚的史学知识影响了其性灵诗论，形成了独具特色的性灵诗论，这是张问陶所不能及的。当然，张问陶

---

① 张问陶：《船山诗草》，中华书局1986年版，第164页。
② 同上书，第168页。
③ 同上书，第203页。
④ 同上书，第230页。
⑤ 同上书，第262页。

并未像赵翼那样系统地阐述自己的诗歌理论,诗论观点只是散见于几首诗评和诗歌创作之中,很难做到系统、全面。然而,通过赵、张二人性灵诗论的比较可以看出,极力倡导创新精神、独抒性灵和反对模拟,一直是两人共同的诗论主张。同时,文学家和史学家的双重身份使赵翼诗论主张的理性色彩颇为浓厚,而文学家气质颇为浓厚的张问陶,则侧重从艺术的角度回答性灵诗派的诗学主张,这不仅造就了他率真自然的性格,而且他对当时道学家讳言性情和考据家以考据为诗的现象作出了讥讽,由此更见出他的批判精神。

(原刊于《四川文理学院学报》2013 年第 6 期)

王沂孙词在清代的评价异同之探析

王沂孙是南宋末年的一位词人。清代查为仁、厉鹗《绝妙好词笺》中，曾于王沂孙下著录云："沂孙，字圣与，号碧山，又号中仙，会稽人。有《碧山乐府》二卷，又名《花外集》。《延祐四明志》：至元中，王沂孙庆元路学正。"① 至于碧山传世的作品，见于唐圭璋所编的《全宋词》，其中详细收录了碧山 64 首词作。《全宋词》可谓目前收录碧山词最全面、最集中的著作。除此之外，碧山并无其他词作流传于世。"以一位作品如此之少而又姓名不见于史传的作者，来与两宋一些声名彪炳、作品浩繁的作者如东坡、稼轩等大家相比，当然不可相提并论；可是这一位身世沦微、作品寥落的词人，在清一代的词学评论史中，却曾经获得过极大的称誉。"② 而清代诸家对碧山词的评价是异同有别的，这一现象有着深刻的文化成因。研究清代诸家的评价异同及成因，对于当代词学研究来说也不无现实意义。

一 从《天香》词的评价说起

孤峤蟠烟，层涛蜕月，骊宫夜采铅水。汛远槎风，梦深薇露，化作断魂心字。红瓷候火，还乍识、冰环玉指。一缕萦帘翠影，依稀海天云气。几回殢娇半醉。剪春灯、夜寒花碎。更好故溪飞雪，小窗深闭。荀令如今顿老。总忘却、尊前旧风味。漫惜馀薰，空篝素被。

---

① 查为仁、厉鹗：《绝妙好词笺》，上海古籍出版社 1984 年版，第 325 页。
② 叶嘉莹：《迦陵论词丛稿》，河北教育出版社 1997 年版，第 123 页。

在碧山《花外集》、《乐府补题》，朱彝尊《词综》，唐圭璋《全宋词》中，所收录的第一首都是《天香》一词，想必此词应该是碧山最具代表性的作品了。《乐府补题》云："宛委山房赋龙涎香，调《天香》。"① 许昂霄《词综偶评》又云："诸香龙涎为最，出大食国。近海傍常有云气罩山间，即知有龙睡其下。或半载，或一二载，土人更相守视，候云散则龙已去，往必得龙涎。又一说，大洋海中，龙在其下，涌出之涎，为日所烁成片，风漂至岸，人得取之。"② 所以叶嘉莹《迦陵论词丛稿》中认为"龙涎香"是词中所赋的主题，是有道理的。又唐圭璋《唐宋词简释》中云："此首咏龙涎香，上实下虚，语语凝练，脉络分明，旨意当有寄托。'孤桥'三句，言龙涎产地。'汛远'三句，言采之制香。'红瓷'两句，言焚香之具与香之形状。'一缕'两句，写香气散漫。此上片将香之始末俱已写尽。下片乃提空另写，逆入旧事。'几回'两句，忆昔日焚香之时；'更好'两句，忆昔日焚香之地。'荀令'两句，跌转今情，纯学白石'何逊而今渐老，都忘却、春风词笔'句法。末以惜香之意作结。"③ 看来对于《天香》词的评价是多从艺术和内容两方面进行的。

然而这首词的主旨是什么？在清人的解读中认识并不一致。所以，评价这首词的意旨也颇有难度。但清人普遍认为这首词具有象征意味，有深远的寄托。正如清陈廷焯《白雨斋词话》所云："碧山《天香·龙涎香》一阕，庄希祖云：'此词应为谢太后作，前半所指，多海外事。'此论正合余意。惟后叠云：'荀令如今渐老，总忘却樽前旧风味。'必有所兴，但不知其何所指，读者各以意会可也。"④ 从他的评价中可以看出，《天香》词中确有"比兴"的内容，却不知具体指什么，读者可以根据自己的理解来领会。这无疑增添了词作评价的难度。造成这种情形的原因至少有两个方面。其一，碧山词晦涩难懂，典故铺陈过多，使人难以透过迷雾看清其真面目；其二，当时的社会环境使清人不敢正视碧山词中的寄托，也不敢说

---

① 唐圭璋：《宋词三百首笺注》，上海古籍出版社 1979 年版，第 245 页。
② 唐圭璋：《词话丛编》，中华书局 1986 年版，第 1577 页。
③ 唐圭璋：《唐宋词简释》，上海古籍出版社 1981 年版，第 236—237 页。
④ 陈廷焯：《白雨斋词话》，人民文学出版社 1959 年版，第 42 页。

明其中真正的意图，只能仁者见仁，智者见智，各自去体会其中的深层意味。这两个方面的融合常常构成理解上的空白区，也造成了清代词论家评论碧山词而众说纷纭的局面。

二　大环境下的诸家评价及异同

为什么王沂孙词在清代受到关注，评价颇多而声誉极高呢？这还须从清代文学发展的大环境论起。"就拿文学来讲，周秦以子称，楚人以骚称，汉人以赋称，魏晋六朝以骈文称，唐人以诗称，宋人以词称，元人以曲称，明人以小说、戏曲或制艺称，至于清代的文学则于上述各种之间，或于上述各种之外，没有一种比较特殊的足以称为清代的文学，却也没有一种不成为清代的文学。盖由清代文学而言，也是包罗万象而兼有以前各代的特点的"。① 也就是说，清代文学呈现出一种蔚为大观的集大成的景象。"凡一代有一代之文学"，清王朝政权巩固后就奉行复古政策，推重"汉学"。历经所谓"康乾盛世"之后，在"复古"的外衣下实行文化钳制政策，独尊儒学，大兴文字狱，乾嘉学派则致力于考据之学，这些都影响到了文学的发展，并使文人们充满了世纪末的悲观与幻灭情绪，从而渐渐确定了以"雅正"为本的美学追求。"词作为一种抒情诗体，曾在两宋度过了黄金时代，元明两代呈现衰落之势。也是在明清鼎革之际，词发生了转机，走出俚俗，归于雅道，成为彷徨苦闷中的文人委婉曲折地抒写心曲的方式。待到江南'科场'，'奏销'，'通海'诸大案接连发生，在政治环境的压力下，词更成为文人曲写心迹的方式。"② 王沂孙词正是适应了清代这种文学大环境的需要而被推上文学接受舞台的。他"最工于咏物"，存有的64首词中就有34首是咏物词。其咏物词委婉曲折，却带有隐约的悲伤哀世情绪，更以"雅"见长，以"雅"为美。如《天香》咏龙涎香，《齐天乐》咏蝉，《眉妩》咏新月，《南浦》咏春水，都是一些借咏物以寓寄托的作品。而在咏物寄托中又不

---

① 郭绍虞：《中国文学批评史》，上海古籍出版社1979年版，第6页。
② 袁行霈主编：《中国文学史》（第四卷），高等教育出版社1999年版，第243页。

乏主观情思的抒写。如《齐天乐·蝉》云："一襟余恨宫魂断，年年翠阴庭树。乍咽凉柯，还移暗叶，重把离愁深诉。"又如《眉妩·新月》云："渐新痕悬柳，淡彩穿花，依约破初暝。便有团圆意，深深拜，相逢谁在香径?"虽字字雅致，句句精巧，却在清词丽句中透露出一种感时伤世的情怀。

文学作品本身的旨趣常常决定着文学作品形成后的读者群。清代文学大环境审美接受的需要和历史的需要，为王沂孙词的被格外注目打下了良好的接受平台。以下就选取清代几个时期最具代表性的词论家的直接评说和间接把玩，来分析他们对王沂孙词的评价异同问题。

1. 清初

清代号称词的中兴时期，词学研究日趋兴盛。朱彝尊编、汪森增订《词综》，选录唐、宋、金、元 600 余家 2250 多首词，开清代浙派词学之先。朱氏为浙西词派创始人，其好友及同乡汪森所作的《词综序》成为浙派的理论根据，二人编选《词综》的目的就是推衍浙派的创作主张。他们重视词体在文学发展中的地位，将格律派奉为词坛正宗，认为"词莫善于姜夔"，标举"不师秦七，不师黄九，倚新声玉田差近"，这种偏重形式的创作倾向为《词综》打上了"尚雅"的烙印，而《词综序》所标举的"句琢字炼，归于醇雅"的主张，① 无疑体现了编者们的评选标准。其中选录沂孙词 31 首。另选录姜、张派词人如吴文英 45 首、周密 54 首、陈允平 22 首、张炎 38 首。从入选人数及入选词数来看，他们对格律派词人的创作是肯定的，对王沂孙也是格外认可的。朱彝尊在《黑蝶斋诗余序》中曾评价王沂孙、张炎、周密等人的词风时说："皆具(姜)夔之一体。"② 意思是王、张、周等人颇识姜夔"清空雅正"词风的真谛，而各有发挥。朱彝尊举博学鸿词科，汪森官至户部郎中，如此显赫的地位决定了他们编选的词作是符合清王朝的"雅正"标准的。而碧山的咏物词"句琢字炼，归于醇雅"，在格律派词人中更是声名大噪，所以他毫无疑问地成为被选词人。

---

① 郭绍虞、王文生:《中国历代文论选》(第三册)，上海古籍出版社 1980 年版，第 386 页。
② 同上书，第 391 页。

再加上朱、汪二人皆工于词，对碧山词的韵致体悟深切，自然会对碧山词青睐有加而倾心评论了。

2. 清中叶

（1）浙派中坚。查为仁与厉鹗曾撰《绝妙好词笺》（南宋周密辑《绝妙好词》）。厉鹗作为浙派中期的中流砥柱，推衍朱彝尊的"醇雅"理论，并将其发扬光大。二人在理论上是一脉相承的，都推"雅"崇"雅"。在《笺》中，查氏与厉氏一方面采撷诸家笔记为词人考据生平，对王沂孙的生平考证之详细，足见对沂孙的关注；另一方面，对碧山的词作了笺注。不唯如此，二人还指出碧山某些词作的词旨警句，如《醉落魄》是："一掬春情，斜月杏花屋。"《醉蓬莱》是："采碎花心，吟碎淡黄雪。"《霜天晓月》是："恰似断魂江上柳，越春深越瘦。"①又看见二人对碧山词的喜爱、欣赏之情了。

（2）常州词派。在清中叶常州词派人的眼中，王沂孙词更是被推崇备至。这与该派把词的创作和理论推向尊词意、崇比兴、重寄托的主张有关。张惠言开山采铜，创常州一派，《词选》是一面开宗立派的旗帜，曾全面阐释该派的词学理论。《词选序》申明词应该与诗赋之流同类而讽诵，要提高词的地位，倡导"意内言外"、"比兴"感发和"深美宏约"之致。②该理论"对扭转词风和指导风气起了积极作用"。③ 也就是说，张氏主张以婉约的风格隐曲地表达封建士大夫的幽怨情怀。无疑碧山词的词韵颇相合与他。在《词选序》中他评北宋张先等人，南宋姜夔、王沂孙等人的词是"渊渊乎文有其质焉"，这与碧山词所承载的"碧山咏物诸篇，固是君国之忧"，④ 是息息相关的。

常州词派至周济的时代更是蔚为宗派。周济以艺术审美的眼光推崇词体，继续发扬张惠言的理论，进一步提出"诗有史，词亦有史"的词学理论。该理论超越了抒写士人悲惨遭遇和深沉感慨的表现范围，更加强调了

---

① 查为仁、厉鹗：《绝妙好词笺》，上海古籍出版社1984年版，第332页。
② 郭绍虞、王文生：《中国历代文论选》（第三册），上海古籍出版社1980年版，第557页。
③ 袁行霈主编：《中国文学史》（第四卷），高等教育出版社1999年版，第397页。
④ 陈廷焯：《白雨斋词话》，人民文学出版社1959年版，第42页。

词的社会历史内容。关于词的比兴寄托，他认为"词求有寄托，有寄托则表里相宜，斐然成章"，并且应"指事类情，仁者见仁，智者见智"。^① 即达到含义更加广阔深厚的境地。而在词的艺术境界上，要"问途碧山，历梦窗、稼轩，以还清真之浑化"，^② 即以宋四家周邦彦、辛弃疾、王沂孙、吴文英为学词的模范对象。而且对碧山词的评价更是高绝："碧山餍心切理，言近指远，声容调度，一一可循。"^③ 在此之前，评论家只是将碧山作为格律派的忠实追随者，至周济将其抬至宋四家之列，使碧山成为与周、辛并称的大家，从而确立了碧山真正的大师地位。又周济公开标榜学词要以碧山词为入门途径，这也对晚清的一些词人产生过极大的影响，如王鹏运、朱祖谋等人，都曾经是碧山词的崇拜者和模仿者。由此可见周氏对碧山词的推崇程度和褒扬效果是多么的突出。

3. 清后期

（1）陈廷焯。《白雨斋词话》中对碧山词的评价也是非常高的。其中有"王碧山词，品最高，味最厚，意境最深，力量最重；感时伤世之言，而出以缠绵忠爱，诗中之曹子建、杜子美也。词人有此，庶几无憾"，又有"诗有诗品，词有词品。碧山词，性情和厚，学力精深，怨慕幽思，本诸忠厚，而运以顿挫之姿，沉郁之笔；论起词品，已臻绝顶，古今不可无一，不能有二"，又有"词有碧山，而词乃尊"。^④ 这些评论显然已经将王沂孙放到了几近神圣的地位。从周济的"宋四家"至陈廷焯的"不能有二"，王沂孙当之无愧地成了与曹子建、杜子美相提并论的大家中的大家。虽然就咏物作品的历史发展来看，建安时代的曹植和盛唐的杜甫，都是长于在咏物作品中寓情寄意的作者，但是就此将王沂孙比作曹、杜二家，也未免过于夸张了。据《白雨斋词话·自序》云："窃以声音之道，关乎性情，通乎造化，小其文者不能达其意，竟其委者未获溯其原……《词综》可备览观，未尝为探本之论……张氏《词选》，不得已为矫枉过正之举，

---

① 郭绍虞、王文生：《中国历代文论选》（第三册），上海古籍出版社1980年版，第557页。
② 同上书，第582页。
③ 同上。
④ 陈廷焯：《白雨斋词话》，人民文学出版社1959年版，第40—47页。

规模虽隘，门墙自高……撰《词话》十卷，本诸风雅，正其情性，温厚以为体，沉郁以为用……非好与古人为难，独成一家言。"① 可见陈氏在指出朱彝尊、张惠言选词存有鄙陋的情况下，出于自鉴而作《词话》。这些话语看似陈氏的谦逊之语，实则将词束至一家之阁，对于碧山词的评价也实是一家之言。在他眼里，碧山成了词的至尊，"词品最高"，"词味最厚"，"词境最深"，"词力最重"。这么高的评价与常州词派末流笼罩词坛有关，也与碧山词的品格有关。随之，将咏物与寄托结合完美的碧山词推崇之至也成为必然。因为在清末那个动荡的社会环境里，也许只有碧山的词，更适合当时词人的接受心理。可是将碧山推至至尊的地位，也实在是有过誉之嫌。

（2）王国维。《人间词话》所辑的六十四则词话中，虽然对唐代至南宋的重要词作者都曾有过品评，然而却并无一句涉及碧山，可见王国维对碧山词必然并无深爱。王国维的词论特别反对"隔"，反对"咏物"，反对"隶事"、"用典"。他强调作者自然而然地抒发内心的情感，不能让外物阻隔了情感的传达，否则再精雕细琢的作品也是遗憾。"'隔'指作者不能把自己的感发作有效的传达，而'咏物'，'隶事'，'用典'足以构成'隔'的种种因素。……而如果以这个标准来衡量，则碧山的大部分作品，却不幸正都是'隶事'，'用典'的'咏物'之作，其不能被王国维所赏爱，当然就是必然的了。"② 不过，王国维在品评南宋的词作者时，认为"白石犹不失为狷。若梦窗、梅溪、玉田、草窗、西麓辈，面目不同，同归于乡愿而已"。虽对诸家表示强烈的不满，却也未提到碧山的名字，可见他对碧山词也并无深恶。我们以为，使王国维对碧山词陷入这种难以言其好恶的尴尬境地的缘故，就是因为碧山词中虽然不乏用典、隶事、咏物之作，虽然初看起来似有"隔"的遗憾，然而在他的用字造语之间，又确实有一种使人兴发感动的力量。因此，王国维在品评南宋诸家词作时，对王沂孙采用了存而不论的中和态度。

---

① 陈廷焯：《白雨斋词话》，人民文学出版社 1959 年版，第 1—2 页。
② 叶嘉莹：《迦陵论词丛稿》，河北教育出版社 1997 年版，第 124—125 页。

由上文引述可以看出，众家评说可谓各抒己见，纷纭多样。但综合起来看，既有相同的地方，又有相异的方面。相同的评价是：格外欣赏碧山词所具有的"尚雅致、重寄托"的品格，故对碧山词的评价颇高。无论是浙西词派，还是常州词派，都曾推崇碧山词；无论是前期词论家，还是后期词论家，大都对王沂孙持褒扬态度。有时还将碧山词的概貌视为个案，并作为词论家著书立说的依据。具体地说，浙西词派首先将王沂孙从南宋诸家中抬至较高地位，使王脱颖而出，将其与姜、张归为同一风格的词人。浙派中坚厉鹗，将碧山词收录入《绝妙好词笺》中，可见对碧山的喜爱，也足见碧山在当时的影响力之大。常州词派独尊词体，对碧山词更是推崇备至。如果说碧山在浙派早期才是"小荷才露尖尖角"的话，那么到常州词派那里则是"大显身手"了。至周济常州派末流之际，对王的评价则蔚然大观，碧山词俨然成为学词的门径。而且碧山词影响了晚清的一些词人，他竟成了声名显赫的楷模。换言之，至清代晚期，虽然词论诸家对碧山词的评价不再成为立派著说的依据，然而，由于社会矛盾的日益激烈，世人的悲观心态与文学思潮发生变化，词论家愈来愈看重碧山词的审美价值和曲折言说价值。特别是由陈廷焯的《白雨斋词话》可以明显地看出，文人的创作与品评已经成为聊以自慰的抒写行为和评价行为了。那种对碧山几近神圣的推崇，颇有些失去理智的味道。王国维更是隐约其词，既不说喜爱也没说厌恶，根本没有一个确切的答案，只是一种处于疏离的状态之中。由这些直接品评和间接把玩中，我们隐约见出词坛审美情趣的变化和抒情方式的变化。

不同的评价有两个方面。其一，自清初期至清后期，词论家对碧山词的评价有一个线形过程。即由学派模仿的对象，到推崇至尊的对象，再降至一家之言式的对象。也就是说对碧山词的关注角度有了明显的不同。浙、常两派对碧山词的关注既侧重于词作的比兴寄托，也不忽视词作的雅致和社会意义。因此，王沂孙声名大噪，与他的词风有关，更与当时的社会效应有关。而陈廷焯只是自鉴自赏，抒发感慨，角度由大而小了，由社会至个人了。王国维亦或由于种种原因而不涉及碧山词的评价问题，从而处于进退两难的境地。究其根本，当与王国维的个人审美情趣有关。

其二，词论诸家的评价标准不同而且评价标准模糊不清。他们的评价标准或重形式及表现技巧，或重思想内容；或重视内部审美要素，或重视外部社会意义；有时标准更是自定的。正是这种品评标准的不一性才造成了清代词论诸家评价的多样性。因此，重表现技巧者就认为碧山词"典雅、尚巧"，重思想内容者则认为碧山词是"君国之忧，家国之思"了。单看每一家的评价，都是合理的，但综合起来看，却没有一家能做到清晰地、完整地认识碧山词的。

三　成因及当代意义

对于评价异同的出现，我们结合当时文学发展的状况和词学思想发展的脉络略作分析和归纳。

评价异同的出现与碧山词的文本因素和词论家的接受因素最为密切。就文本因素而言，碧山咏物词有两个特点：一是善于隶事用典，使客观物象与主观情意相互生发。二是擅长用象征和拟人的手法，使词作具有丰富的象征意蕴和深远的寄托。因而文本自身的丰富蕴藉直接为阐释者和批评者带来了无限的阐释空间和批评空间。就接受者因素而言，尽管他们的接受内容或同或异，然而碧山词都为他们提供了可把玩、可鉴赏的词体内容。况且清代文学的大环境尤其喜好类似碧山词这样的作品。于是，在这两个因素的作用下，既重比兴寄托，又重雅正韵味的碧山词就成为评论家争相品评的对象了。

评价异同的出现也与清代词学思想的嬗变息息相关。清代词学号称"中兴"，其显著的标志之一就是流派纷呈。而每一流派的理论主张是有所侧重的。如浙西派崇尚清雅韵味，常州派论词则言必称"比兴寄托"，强调思想内容的充实和现实意义；而晚期词论家如陈廷焯、朱祖谋等人对词学理论进行了重新整合，即从思想内容、风格特点、音韵格律、文字修饰等方面提出更高、更偏执的理论要求。于是，在评价王沂孙词作的时候出现各有取舍而不同的理论现象，也是非常正常的。同时，尽管他们的理论主张有所不同，却大都对碧山词欣赏有加，从而又构成评价相同的现象。

我们更关心评价异同背后所隐藏的批评倾向问题。因为这些批评倾向蕴含着深层的批评史意义。如浙、常两派肯定了碧山词的形式及表现技巧方面的优点，其原因不外乎碧山词的艺术价值吸引了他们。但是，更深层次的原因是：他们推崇碧山词并不单单是为了艺术价值，也是为了能让词派发扬光大，以便让更多的词人尾随其后，使创作群体得以扩大，从而彰显词派的影响力。可以毫不夸张地说，碧山词是伴随浙、常两派的浮浮沉沉而产生这些不同评价的。再如清中叶的词论家大多从"比兴寄托"的角度去品评碧山词。这实际是当时词学思想演变的一个写照。因为那时的词论家都主张力尊词体，强调比兴寄托。他们的评说常常落入了只重形式、只重技巧的泥淖，忽略了词作为一种抒情方式的文学使命。于是他们对碧山词的评价也就出现偏向一方的问题了。再如到了陈廷焯的时代，词论家尤其看重碧山词思想内容的价值，因为社会的变化使词论家愈加深刻地感受到碧山词中忧患意识的价值，于是他们论碧山词就偏向于个人的主观意识了。

再如为什么王国维会对碧山词产生那么尴尬的情形呢？其主要原因在于，前人没有很好地认识清楚碧山词的真正内涵，以致留下了许多理解的空白，王国维也不好以自己的理解来界定王沂孙词，所以只好暂时"悬置"起来不去评价其好坏了。所以，在批评实践活动中，形式批评固然重要，而内容批评也不容忽视。那种只是为了一时的主观需要择一用之的批评思想是要不得的，而聊以自鉴的"偏见主义"更是要不得。这些批评理念只能造成只见其表、不见其里的批评效果。"不识庐山真面目，只缘身在此山中"，清代批评家对碧山词的评价颇有不识真面目的意味。因为他们只是站在自身角度上，从主观需要和主观感受出发，难以跳出自制的藩篱，所以评价自然模棱两可，也就不能见到碧山词的真面目。"就碧山词而言，其形式方面表现之晦涩，固为一大缺点，然而其字句结构的细密周至之处，则也未尝不有一长之可取；其内容方面表现之颓靡，当然也是一大缺点，然而其哀悼南宋覆亡的一份国家民族的感情，则也仍有值得肯定之处。"① 只有将二者相结合，方能见出碧山词的"庐山真面目"。

---

① 叶嘉莹：《迦陵论词丛稿》，河北教育出版社 1997 年版，第 157 页。

　　进一步说，清人对碧山词评价异同的事实中还映现出一个词学的基本现象，即评价者与词作之间存在着"历史的错位现象"。这种"现象"的意思是，评价者始终是一种历史的存在；评价者不可能脱离自己的历史成见，正如不可能脱离自己的历史环境一样，因此，评价者的评价不可避免地具有一定的局限。换言之，清人的评价也不可能脱离他们的历史，他们的评价之中存在着"历史的局限"也是必然的现象。我们要做的不仅仅是对清人的指摘，更重要的是对他们的再理解、再评价和再超越。或者还可以这样说，尽管本文对清人的评价异同作了一番梳理与评析，但这些梳理与评析也还是当下的解说，它不能脱离"历史语境"而自在。只要有新的言说存在，就必然与新的意义相关联，这正是展现词学研究现代意义的一个明证。

（原刊于《固原师专学报》2006年第2期）

《四库全书总目》对清代诗歌的批评

  《四库全书总目》[①]（以下简称《总目》）是一部目录学著作，同时又是一部文学批评著作。这一观点已愈来愈为学术界所认同。《总目》对于古代文学的研究和批评，总结起来，其实就是一部颇具规模的文学批评史纲。仅就诗歌批评而言，亦足可显示清代中期诗歌批评成就的大略。本文的研究视点主要聚焦于《总目》对本朝诗歌的批评上，试图通过这个切入点来探究《总目》诗歌批评的历史意义和当代价值。

一

  可以说，由于入选四库全书的清代诗歌别集、诗文评之类有一定的标准和时间断限，故《总目》所作的批评也随之有时空语境限制的特点。以时间语境而论，大体而言，《总目》所批评的对象尽管偶尔涉及乾隆时代的诗作（按：主要是乾隆的诗作），但是，主要的批评对象却是康熙时代的诗作，间或沿及雍正时代的诗作。于是，从整体上说，其批评断限应以乾隆时代为界面。从空间语境上说，《总目》遵循的是"不录存者"的原则。这也是一条古代诗学常常遵循的一条批评原则。所以，《总目》对本朝诗歌的批评，包括对本朝诗话作品的批评，基本不曾涉及乾隆之后的诗人诗作和诗话作品。

  人们习惯上称雍正、乾隆之前的诗歌史为清初八十年的诗歌史。这八

---

  ① 本文所引《四库全书总目》，系中华书局 1965 年影印浙江杭州本。下文所引仅注明书目提要的篇章名。

· 161 ·

十年间是中国文学史上诗歌创作比较活跃的时期，其诗歌创作成就不仅可与明代前后七子的诗作相媲美，更非明季诗人的温软之作所等量。从总体上讲，《总目》本着既不过分褒扬，也不过分贬抑的中和态度，在有所选择的基础上，在品鉴过程中，极有分寸地批评本朝的诗人和诗作。

四库馆臣的批评视野主要由三个层面构成：一是以康熙朝的诗坛领袖王士禛为中心进行品评，二是对诗坛格局的多样化和诗风纷呈的特征作了初步揭示，三是品诗与品人相结合。这样，《总目》批评的内容很自然地就切入到清初诗歌史的基本问题之中。

《总目》论诗以王士禛为中心的最突出表现是：将王氏视为清初诗坛的领袖人物。王士禛无疑是清初康熙诗坛的大家，也是引领诗风演进的关键人物。他的诗歌一变清初遗民诗人感时悲慨的主题，转而在模山范水和批风抹月的抒写中表达诗人的旨趣，于有意无意中初显升平的景象。他的诗风清新淡远，与唐代王孟诗派的诗作如出一家，以此见出王氏与唐代清幽绵渺的诗歌之间的渊源关系。他论诗以神韵为宗，汲取钟嵘"滋味"说、司空图"韵外之致"说和严羽"味外之旨"说的理论精华，要求诗歌具有含蓄深蕴、言有尽而意无穷的特点。因而，他的诗作与其诗歌理论互为表里且紧密贯穿。由于王氏的政治地位显赫，诗歌成就斐然，加之与上层统治者的文化政策不悖，从而博得大江南北诗人的拥戴，愈加奠定了他诗坛领袖的地位。对此，《总目》反复申明王氏的诗学主张，极力推崇他的诗坛地位。《精华录》提要的评说可谓代表："士禛谈诗，大抵源出严羽，以神韵为宗。……当康熙中，其声望奔走天下。……平心而论，当我朝开国之初，人皆厌明代王、李之肤廓，钟、谭之纤仄，于是谈诗者竞尚宋、元。既而宋诗质直，流为有韵之语录；元诗缛艳，流为对句之小词。于是士禛等以清新俊逸之才，范山模水，批风抹月，倡天下以'不著一字，尽得风流'之说，天下遂翕然应之。……故国朝之有士禛，亦如宋有苏轼、元有虞集、明有高启，而尊之者必跻诸古人之上。"评价极高。《总目》正是以王氏的诗坛地位和影响为依据，将清初诗歌的创作得失加以观照，从而勾连起清初诗歌史的概貌。

《总目》论诗常以王士禛为中心的另一重表现是：大量援引王氏的批

评用语作为品鉴当朝诗人优劣的重要尺度。诗人吴伟业是清初诗坛与钱谦益并称的大诗人，其歌行诗"梅村体"风行一时。在评吴梅村的诗歌时，《梅村集》提要引述王士禛的诗说："王士禛诗称'白发填词吴祭酒'，亦非虚美。"直接以王士禛的诗句为评价依据。诗人吴雯是康熙朝的二流诗人，在他的诗集《莲洋诗钞》提要中，特别提及王士禛曾吟讽品评了他的几句好诗，以此提升吴雯的诗作品格。诗人查慎行是浙派承前启后的大家。在清初学宋诗人中他的成就最高。在他的《敬业堂集》提要中，也提及王士禛曾将他与宋朝的陆游相比，并援引道："士禛则谓'奇创之才，慎行逊游；绵至之思，游逊慎行。'"以此显现查氏的诗歌特色。相类似的援引还多次出现在对其他诗人的批评中，王氏的褒贬之语似乎成了判官的判词。由此看出，《总目》不仅对王士禛的诗歌鉴赏眼光怀有一定的认同感，而且也说明《总目》对王氏的诗学观念总体保持肯定的态度。

当然，《总目》对王士禛及其神韵派诗作并不是一味地赞扬和肯定，而是以当时的批评标准给予适当的批评和指摘。请看几则提要：

> 士禛论诗主于神韵，故所标举，多流连山水，点染风景之词，盖其宗旨如是也。（《渔洋诗话》提要）

> 盖新城诗派，以盛唐为宗，而不甚考究汉、魏、六朝；以神韵为主，而不甚考究体制。故持论出入，往往不免。然其谈诗宗旨，俱见于斯。（《师友诗传录·续录》提要）

> 物穷则变，故国初多以宋诗为宗。宋诗又弊，士禛乃持严羽余论，倡神韵之说以救之。故其推为极轨者，惟王、孟、韦、柳诸家。……士禛又不究兴观群怨之原，故光景流连，变而为虚响。（《御选唐宋诗醇》提要）

显然，《总目》对王士禛的神韵说也并非完全欣赏。其原因盖有两条：一是神韵说与乾隆时期所倡导的诗歌美学思想并不吻合。乾隆时期的诗歌美学思想由两个支点构成，第一是温柔敦厚的诗教说，第二是寄托高远的兴象说。前者重在强调诗歌中和雅正前提下的实用价值，后者强调诗歌美善统一的诗歌境界。两者预示着古典美学思想的兴起。一言以蔽之，此际的诗歌美学理想就是儒家美学思想的再次复活。它标示着清代诗歌文化的审美心理由指向吟咏风花雪月的自然之美转而指向温润和柔的"中和"之美。也就是说，清廷所要求的诗歌已经不是神韵派所作的诗作了，而是温柔和平的盛世雅音。这个"盛世雅音"乃是此时沈德潜"格调"说所倡导的诗作，而王士禛的神韵派诗作已渐渐脱离了正轨。其中的区别，研究者早已指明："如果说'神韵'说是由王士禛的家学、个性、教养、阅历以及所处时世诸因素的'合金'，那么沈德潜的诗论则是清廷'清真雅正'文学标准的直接产物；王士禛完全是就诗论诗，注重诗美，追求纯艺术，不涉及政教风化，沈德潜则十分强调诗的政教伦理功用。"[①]《总目》的诗学理想与沈德潜的诗学主张一脉相承，自然与王士禛的诗作和诗学主张保持了合理的距离。二是王士禛的神韵诗及神韵派的诗歌创作有时也流露出不近人情的一面，这也有悖于诗歌创作的大旨。赵执信就曾抨击王士禛"诗中无人"，就是说王士禛的诗中表现的思想感情不真实，读者不能从他的诗中"以知其人，而兼可以论其世"，反而"言与心违，而又与其时与地不相蒙也"。[②] 这些瑕疵无疑为四库馆臣所识并加以指摘。于是，神韵派的诗作有时就被《总目》当作一个显著的诗学流派而非主流诗派来看待。《冷邸小言》提要曾颇具深意地议论道："司空图所谓'不著一字，尽得风流'者，亦诗家之一派，不可废也。然以为极则，则狭矣。"这显然是就神韵派诗作有时不免流于空疏而言的。

指摘归指摘，总体而言，《总目》对王士禛及其神韵诗派还是持褒扬态度的。不仅如此，《总目》还指出，清初的诗坛也并非神韵一家所笼罩，而是诗风纷呈，局面多样。首先，《总目》认为诗歌创作因有宗唐宗宋之分，从而形成宗唐、宗宋两个诗歌流派。宗唐派的诗人主要有吴伟业、吴绮、陈维崧等人。《梅村集》提要评吴伟业的诗歌特征时说："其中歌行一体，尤所擅长。格律本乎四杰，而情韵为深；叙述类乎香山，而风化为

---

① 萧华荣：《中国诗学思想史》，华东师范大学出版社1996年版，第343页。
② 王夫之等：《清诗话·谈龙录》，上海古籍出版社1978年版，第311页。

胜。"吐露出吴诗与初唐四杰和白居易的渊源关系。《林蕙堂集》提要评吴绮的诗风时说:"其诗才华富艳,瓣香在玉溪、樊川之间。"指出吴绮的诗歌乃出入李商隐、杜牧之间,以追求秀逸为胜。《陈检讨四六》提要曾将陈维崧的诗歌特征概括为:"譬诸明代之诗,维崧导源于庾信,气脉雄厚如李梦阳之学杜。"指明陈诗与杜诗之间的师法关系。而宗宋派的诗人则以查慎行、厉鹗为代表。《敬业堂集》提要评查慎行:"今观慎行诸体,实出剑南,但游善写景,慎行善抒情;游善隶事,慎行善运思……核其渊源,大抵得诸苏轼为多。"标明查诗与宋代大诗人陆游、苏轼之间的亲缘关系。《樊榭山房集》提要评厉鹗:"其诗则吐属娴雅,有修洁自喜之致,绝不染南宋江湖末派。"指出厉鹗仿宋的倾向。并进一步指明他虽学南宋江湖诗派的诗风,却不染江湖诗派的陋习,自有其独特的诗歌风韵。这样,在《总目》的品评和引领之下,我们分明看到宗唐宗宋两个诗歌流派分途各骛、各有风采的诗坛景象。

其次,《总目》认为有些诗人的诗歌乍出乍入唐宋诗之间,独抒个性,风格又别开一境。这样的情形在此时诸多诗人的诗作中都有所表现,尤其以陈廷敬、叶方蔼、宋荦、赵执信等诗人为主角。《午亭文编》提要评陈廷敬:"廷敬论诗宗杜甫,不为流连光景之词,颇不与王士禛相合,而士禛甚奇其诗。"《读书斋偶存稿》提要评叶方蔼:"虽未及士禛之秀骨天成,而和雅春容,泅泅乎盛世之音,与士禛亦各擅其长焉。"《西陂类稿》评宋荦:"荦诗大抵纵横奔放,刻意生新,其源渊出于苏轼。……其诗虽不及士禛之超逸,而清刚隽上,亦拔戟自成一队。"《因园集》评赵执信:"平心而论,王以神韵缥缈为宗,赵以思路劖刻为主。王之规模阔于赵,而流弊伤于肤廓;赵之才力锐于王,而末派病于纤小。"这样《总目》便将清初诗坛的多样格局揭示出来。

因此,在四库馆臣的视界中,如果说王士禛及其神韵诗派是此际诗坛的中心,那么,此时的其他一流诗人,诸如吴伟业、陈维崧、朱彝尊、赵执信、查慎行等,在诗坛的地位也可谓举足轻重;他们的诗作足以与王士禛相颉颃。而陈廷敬、叶方蔼、宋荦、田雯等二流诗人可被称为诗坛的英杰;他们的诗作亦独具特色。也就是说,乾隆之前的诗坛人才辈出,风骚各异。

　　《总目》评诗还注重将人品结合起来。清初的魏裔介本是一般的诗人，然裔介立朝，颇有风节。《兼济堂文集》提要评价其人其作说："诗文醇雅，亦不失为儒者之言。虽不以词章名一世，而以介于国初作者之间，固无忝焉。"将他定位于正选之列。康熙时的嵇永仁，本是一名普通的幕府诗人，后与总督范承谟一起死于反臣的叛乱之中。《抱犊山房集》提要说："永仁以诸生佐幕，尚未授官，而抗节殒身，义不从逆。"对其品行大加赞扬。又说："今诵其词，奕奕然犹有生气。与承谟画壁诸诗，同为忠臣孝子之言，争光日月，不但以文章论矣。"他也阔步进入正选的行列。清初的潘天成，本是一位穷书生，无甚诗名。然而他的作品也被《总目》纳入正选目录之中，原因就如《铁庐集·外集·后录》所说："其诗文皆抒所欲言，不甚入格。然行谊者文章之本，纲常者风教之源。天成出自寒门，终身贫贱，而天性真挚，人品高洁，类古所谓独行者。"也就是说，他的品质成就了他的诗文之名，而并非他的诗作多么有名。诸如此类的品评，尽管不无一定的道理，但同时也消解了《总目》批评水准的公正性。

　　需要进一步指明的是，《总目》所观照的诗歌作品与当时诗坛实际的创作面貌相比，依然存在视而不见的空间。也就是说，《总目》着力观照的对象毕竟是那些符合统治者审美要求和功利要求下的诗歌作品，而不是清初诗歌创作的整体全貌。因而，《总目》的视界是有所限定的和有所选择的。对于不符合清廷要求的诗人和诗作，它不可避免地采取了排斥的态度，表现出很明显的局限性。所以，尽管它采用既不过分褒扬，也不过分贬抑的中和态度，极有分寸地批评本朝的诗人和诗作，也并不意味着这些诗人和诗作就足以代表当时诗坛的真正面貌。

　　于此，有两个不曾涉及的批评对象不得不指明。

　　第一个忽视的对象是清初的遗民诗歌。清代诗歌流变史的事实告诉我们，清初最富有时代精神的诗歌乃是遗民诗歌。"遗民诗人用血泪写成的诗篇，或悲思故国，或讴歌贞烈，或谴责清兵，或表白气节，具有抒发家国之悲和同情民生疾苦的共同主题，体验深切，感情真挚，反映易代之际惨痛的史实与民族共具的感情，笔力遒劲，沉痛悲壮，肇开清诗发展的新天地。"① 然而，著名的遗民诗人顾炎武、黄宗羲、王夫之等人的诗作，却没有一部进入《总目》的正选著作之列。究其深层原因，是因为这些人的诗作与当时统治者所遵循的平和雅正的文化方略相背离。由于这些人的民族气节高扬，他们的诗作或多或少地抒发着亡国之痛，表现了反抗清廷统治的情感，充斥着黍离之悲，种种诗意极不利于当时统治阶层的统治要求。而这些故国难忘的情感和附着在诗歌之外的民族思想，又极不利于文化一统的需要。因此，他们的诗作被搁置在正选之外甚至不能进入存目著作之列，也就在所难免了。

另外一个忽视的对象是清初诗坛的一代盟主钱谦益的诗作。他不但没有进入正选之列，而且连入选《总目》的资格也被剔除了。这是一个值得探究的问题。平心而论，清初的钱谦益被视为清诗"开山宗匠"式的人物，他的诗歌可谓清诗中极具代表性的。无论是叙事诗还是抒情诗，俱笔力刚健而超越群雄。且各体兼擅，尤工近体，七言律诗更是学得杜诗堂奥而沉雄苍凉，创造出诸多色彩斑斓的诗歌境界。他的诗学思想亦博大精深。他一方面批评明代复古派和反复古派的诗学思想，另一方面又对两派思想的合理成分各有所取，推陈出新；一方面尊崇唐诗，另一方面又主张转益多师，广收博取；一方面强调时代、遭遇和学问的重要性，另一方面又建立起"诗有本"的真情论，主张以感情为核心，达到性情、世运和学养的三者并举。这些审美理想和诗学观念，对于审视明七子以来的模拟诗风和辨别公安、竟陵的粗疏孤峭的诗风，无疑具有指导作用。而且，他当时在诗坛的影响力极大。因他的影响而形成的虞山诗派也是清初凌跨中原而雄视一代的诗派。此景况足以显示出一位大诗人的才情和牢固的诗坛地位。然而，《总目》中却寻不出关于他诗作提要的片言只语。这是为什么呢？

原来，这是由于钱谦益反复无常的形迹而引起统治者的不满所造成的。钱氏乃明万历进士，曾官至礼部尚书。明亡后丧失大节而降清，授官礼部侍郎。事后，他又存忏悔之心，曾暗中联络南明政府的抗清力量参与反清活动。此行为虽然取得明遗民的谅解，却又深为清廷所鄙。也就是说，他尽管

---

① 袁行霈主编：《中国文学史》（第四册），高等教育出版社 1999 年版，第 249 页。

入清为仕，但反复无常的行为终不为清朝统治者所接受。故他的人品既被明代遗民所诟詈，又为清廷所不齿。这样的形迹也使他的诗作蒙上了为人不齿的面纱而被统治者逐出诗苑。其实，《总目》卷首的圣谕也曾吐露出其中的原委。乾隆四十一年十一月十七日的圣谕中就说："钱谦益在明已居大位，又复身事本朝，而金堡、屈大均则又遁迹缁流，均以不能死节，勔颜苟活。乃托名胜国，妄肆狂狺。其人实不足齿，其书岂可复存？"故此，他被视为"身入本朝，而肆为诋悖者"中的一员。最高统治者对他的这一番定位，足以让钱氏难以翻身，《总目》又怎能留下他的位置。

另外，《总目》对于有些清诗著作所作出的或名列正选或名列存目的处理也未必完全恰当，因之影响到个别诗人的诗坛地位。如将著名诗人宋琬的《安雅堂诗》、《安雅堂拾遗诗》处理为存目就有些不妥。实际上，宋琬与施润章并称"南施北宋"，是康熙诗坛赫赫有名的诗人。其诗由学明七子上溯到宋、唐，风格雄健，自成一家。《总目》降之为存目诗人，显然是不和谐的变调。

《四库全书凡例》提出："文章、德行，在孔门既已分科，两擅厥长，代不一二。"因此，所著录的别集有的是"论人而不论其书"，有的是"论书而不论其人"。于是，《总目》所倡导的批评理念是公正的。而且，在历代诗歌批评中，有的品评也的确是正统而不僵化，正宗而不狭隘。然而，《总目》对本朝的诗歌批评并没有完全做到开明与通达。其中原委，值得学人进一步深究。

二

《总目》批评本朝诗歌所反映出来的批评标准、批评形态和诗学观，也是颇值得探究的。这样的探究对于建设当代诗学的理论构架也不无裨益。

在中国文学批评史上，批评家们的批评都是有标准的。正如鲁迅先生所言："我们曾经在文艺批评史上见过没有一定圈子的批评家吗？都有的，或者是美的圈，或者是真实的圈，或者是前进的圈。"[①] "圈子"就是"标

---

① 鲁迅：《魏晋风度及其他》，上海古籍出版社 2000 年版，第 347 页。

准"。那么,《总目》批评本朝诗歌所持的批评标准是什么呢?其实,这个诗歌批评标准在《御选唐宋诗醇》提要中表达得非常清楚:"然诗三百篇,尼山所定,其论诗一则谓归于温柔敦厚,一则谓可以兴观群怨。"显然,《总目》把儒家诗学思想中的"情理并重"说视为品诗、评诗的批评尺度。这一尺度一方面有利于观照诗歌性情的有无,另一方面又有利于贬斥不入诗道的道学家的诗作,因而就避免了因囿于一端而陷入陋见之中的尴尬境遇的出现。质而言之,《总目》坚持的这一诗歌批评标准,是传统诗歌批评标准的再现。这个标准虽然具有权威性,但是它毕竟受到正宗正统的诗学观念的影响和束缚。

所谓批评形态是指文学批评中所呈现的各种不同批评类型的总称。文学批评史上曾出现多种批评形态。《总目》批评本朝诗歌所采用的批评形态主要有三种:伦理批评、社会历史批评和审美批评。

伦理批评又称为道德批评,它以一定的道德意识及其由之而形成的伦理关系作为规范来评价作品,以善、恶为基本取向来决定批评对象的价值。《总目》极力推崇嵇永仁等三流诗人的诗作,而将钱谦益等一流诗人的作品湮没不彰,此等做法俱是伦理批评的产物。伦理批评着力于把诗中的"意识形态"或主题或可以概括的意义孤立起来加以讨论,而不是讨论诗歌本身,因而,《总目》批评清代八十年间的诗歌时常常流露出保守、僵化的诗学倾向。当然,伦理批评终究是从一个横截面对此时诗歌的道德意义和教育功能进行了解读、诠释和评判,有利于今人体悟其中的文学史意义。直到现在,伦理批评无论在西方还是东方,依然是起作用的批评形态之一。

社会历史批评强调文学与社会生活的关系,认为文学作品的主要价值在于它的社会认识功用和历史意义。其基本的原则是:批评作品时,将作品产生的时代背景、历史条件以及作家的生活经历等与作品联系起来考察。孟子提出的并被后人赋予新解的"知人论世"说就是典型的社会历史批评方法之一。而《总目》中的社会历史批评最为明显,或者可以说这一批评形态应用得最为普遍。如评宗宋派名家厉鹗时说:"生平博洽群书,尤熟于宋事,当撰《宋诗纪事》一百卷、《南宋院画录》八卷、《东城杂记》二卷，又与同社作《南宋杂事诗》七卷，皆考证详明，足以传后。其诗则吐属娴雅，有修洁自喜之致，绝不染南宋江湖末派。虽才力富健尚未能与朱彝尊等抗行，而恬吟密咏绰有余思。"在此，《总目》以非常洗练的评语，将厉鹗的性情、厉鹗与宋诗的关系、厉鹗与江湖诗派的区别，陈述得一清二楚，足显社会历史批评的优长所在。进一步说，《总目》在批评本朝诗人时惯用的考据、义理、辞章三者结合的形式，更是最为详切的社会历史批评的外在表现。

在研究中国古代诗学思想时，常常带给研究者的一个感觉是：古代诗歌批评似乎不重视审美价值的判断。这实在是一个天大的错觉。其实，自六朝陆机开始，历经钟嵘、王昌龄、皎然、司空图、严羽、陆时雍、王士禛的提倡，诗歌审美批评一直绵绵相承。而且与伦理批评并驾齐驱，成为古代诗歌批评的主流类型。按照西方新批评派的观点，"对诗的评价，就是任何有能力的鉴赏者对结构性地呈现于诗中的审美价值的性质及其关系的经验和认识"。[①] 如果认同这种观点的话，那么，古代诗歌批评早已进行着这样的工作。况且，较新批评派的观点更为豁达。以《总目》的审美批评而言，亦不逊于新批评的观念。在批评诸如吴伟业、吴绮、陈维崧、王士禛、朱彝尊、朱鹤龄等一大批诗人的诗作时，《总目》一再出现"风骨"、"雄博"、"透逸"、"寄兴清远"、"神韵"等审美术语，它们像风向标一般指示着《总目》的诗歌美学理想是：兴象深微，寄托高远。

批评形态的多寡和运用程度，常常是审视文学批评是否独立、是否自觉的重要构成要素。由《总目》所秉承的三种批评形态看，四库馆臣的批评意识是综合性质的，他们将传统的批评形态尽可能囊括于自己的胸中。他们一方面在儒家批评观中找到了力量源泉，另一方面又熟知诗歌的本体美学价值，这样，就从诗歌的外部研究和内部研究两个方面捕捉到了诗歌的存在价值。由于以纪昀为首的批评者们多是儒家诗学思想的继承人，因

---

① 韦勒克、沃伦：《文学理论》，刘象愚等译，生活·读书·新知三联书店1984年版，第288页。

此，可以得出这样的结论：儒家诗学观本就是由伦理批评、社会历史批评和审美批评等批评形态构成的。而且，诗歌批评既是讲求功利主义的，又没有忽视非功利主义的美质存在。

我们在观照古代诗学著作时，多看重著作中所承载的诗学思想之"异"的比重，而轻视了诗学思想之"同"的比重。这种视角应该改变，以益于挖掘新的诗学意义。美国的解构主义学者米勒曾提出存在两种文学批评观，一是重"稳定、延续、空间"的传统批评观，一是重"变化、断裂、时间"的解构批评观。① 由《总目》坚持的批评标准和采用的批评形态可以看出，它的诗学观无疑是儒家诗学观的再现和再接受，是传统式的。也就是说，就总体而言，《总目》的诗学观与它前后出现的诗学观，诸如叶燮《原诗》中的诗学观、沈德潜《说诗晬语》中的诗学观、翁方纲《石洲诗话》中的诗学观等都有许多相同的价值取向。或者也可以这样说，《总目》的诗学观并没有本质上的新质。然而，无新质并不是它的过错。这是因为：其一，自唐代诗歌的形式范式和审美范式被诗歌史确定下来，而且被诗家和批评家认同以后，后来的诗歌创作的形式没有改变，诗歌创作的审美要求也没有改变，故此，诗学思考的内容也没有本质的改变。其二，从诗学批评史的历程看，延至清代中期，古典诗学思想的发展已近顶峰，后来的诗学理论已经是难以企及了。当然，无新质是就总体而言的，并不否认在局部的探讨上又有发明和创新。

由此我们想到诗学批评史上的一个具有探究性的问题，即不同时代的诗学思想各有特色的问题。正如一代有一代之文学一样，一代也有一代的诗学思想。如果说魏晋南北朝是古代诗学的奠基期和一个高峰期，唐宋是古代诗学的深入期和争论期，明代诗学思想则是古典诗学思想的极端期。正如朱东润先生所说："中国批评时期，在梁代极盛，其时文学上之兴趣虽浓，而文学上之成绩，较之前代，未见超绝。初唐、盛唐在唐代文学史上放一特采，而文学批评之成熟，反迟至中晚以后。两宋批评意趣更觉浓

---

① 胡经之、王岳川：《文艺学美学方法论》，北京大学出版社 1994 年版，第 403 页。

厚，除文学批评外，更及其他艺术，如书法、画法等，在宋人题跋中，皆章章可考。而大胆的批评精神，直至明代始见卓越，在号称复古之四子中为尤甚。"① 那么，清代则是诗学思想的折中期和总结期。清代诗学思想的价值不在于是否有新质，而在于它的集大成性质。《总目》正是以这种性质具有了独特的诗学批评史价值。

（原刊于《宁夏社会科学》2005 年第 3 期）

---

① 朱东润：《中国文学论集》，中华书局 1983 年版，第 61 页。

《四库全书总目》对历代诗歌的批评

　　《四库全书总目》（以下简称《总目》）是一部目录学著作，但是，它集部五类中大量论析诗、文、词、曲之源流正伪、艺术特征的文字，勾勒作者创作个性的文字，鉴赏诗、文、词优劣的文字，品评文学发展脉络的文字等，细看起来又不失为文学批评的话语。因而，《总目》又可视为一部广义的文学批评著作。《总目》对历代诗歌的批评，就足以说明这种双重性质。

　　《总目》对历代诗歌的批评，实际是以评论《诗经》、《楚辞》为始，而以论析本朝诗歌的大体风貌为终的。但由于笔者就其《诗经》学、《楚辞》学的研究史价值另有专论，就其对本朝诗歌的批评亦另有单篇文章予以论述，因此，本文仅仅选择《总目》对汉魏之后、明末之前的诗歌批评为研究对象进行探讨，并试图作出价值评判。即便如此，从时间上说，《总目》论诗的范围也已经涵盖了相当长的诗歌历史。

一

　　《总目》对历代诗歌的批评主要包括如下几个方面的内容。

　　（一）勾勒历代诗歌的演变史，剖析不同时期诗歌的优长

　　兹看《总目》对唐宋元明四朝诗歌演变的评论。唐诗是中国古典诗歌的典范之作，但它的繁荣与衰竭并非一蹴而就，而是有一个渐变的过程。《总目》对个中的变化是多有揭示的。卷一百五十《毗陵集》提要说："考唐自贞观以后，文士皆沿六朝之体，经开元、天宝，诗格大变。"申明直至开元、天宝之际，唐诗始进入鼎盛期。卷一百五十《钱仲文集》提要

说："大历以还，诗格初变。开宝浑厚之气，渐远渐漓。"指明在中唐大历之后，唐诗的格调开始发生质变，与盛唐浑厚诗风已判若二途。宋诗的演变更为复杂，《总目》却深悉其中经纬。卷一百六十五《云泉诗》提要说："宋承五代之后，其诗数变，一变而西昆，再变而元祐，三变而江西。江西一派，由北宋以逮南宋，其行最久。久而生弊，于是永嘉一派以晚唐体矫之，而四灵出焉。"卷一百六十七《杨仲弘集》提要说："盖宋代诗派凡数变。西昆伤于雕琢，一变而为元祐之朴雅。元祐伤于平易，一变而为江西之生新。南渡以后，江西宗派盛极而衰。江湖诸人欲变之，而力不胜。于是仄径旁行，相率而为琐屑寒陋，宋诗于是扫地矣。"卷一百九十《御定四朝诗》提要说："唐诗至五代而衰，至宋初而未振。王禹偁初学白居易，如古文之有柳穆，明而未融。杨亿等倡西昆体，流布一时。欧阳修、梅尧臣始变其格，苏轼、黄庭坚益出新意，宋诗于时为极盛。南渡以后，《击壤集》一派参错并行，迁流至于四灵、江湖二派，遂弊极而不复焉。"此等评论极其清楚地勾画出宋诗演变的基本走向和盛衰轨迹，并道出了宋诗发展的局部特征。元诗在中国诗歌史上也有相当的成就。元代诗坛，诗人辈出，作品繁多。卷一百六十七《道园学古录》提要曾论及元诗的兴盛时说："有元一代，作者云兴。大德、延祐以还，尤为极盛。"卷一百九十《御定四朝诗》论元诗的发展脉络是："有元一代，作者云兴，虞、杨、范、揭以下，指不胜屈。而末叶争趋绮丽，乃类小词。杨维桢负其才气，破崖岸而为之，风气一新，然讫不能返诸古也。"明确指明元诗发展的曲折历程，同时也凸显了"元诗四大家"和元末诗人杨维桢在元诗发展中的贡献。明代的诗歌演变史因门户的多歧，流向可谓愈发错杂。卷一百九十《明诗综》提要曾高屋建瓴地指出："明之诗派，终始三变。洪武开国之初，人心浑朴，一洗元季之绮靡。作者各抒所长，无门户异同之见。永乐以迄弘治，沿三杨台阁之体，务以春容和雅，歌咏太平。其弊也冗沓肤廓，万喙一音，形模徒具，兴象不存。是以正德、嘉靖、隆庆之间，李梦阳、何景明等崛起于前，李攀龙，王世贞等奋发于后，以复古之说，递相唱和，导天下无读唐以后书。天下响应，文体一新。七子之名，遂竞夺长沙之坛坫。渐久而模拟剽窃，百弊俱生，厌故趋新，别开蹊径。

万历以后，公安倡纤诡之音，竟陵标幽冷之趣，幺弦侧调，嘈囋争鸣。佻巧荡乎人心，哀思关乎国运，而明社亦于是乎屋矣。大抵 270 年中，主盟者递相盛衰，偏袒者相互左右。"所论切中明诗演变的大趋势，非常通达和明智。由《总目》对以上四朝诗歌演变态势的评说可以看出，它对历代诗歌整体风貌的认识是相当深刻的。因此，《总目》善于在"历时性"的观照中把握历代诗歌的基本走向和各自的特征，再现了历代诗歌总体的创作历史，并将它们的面目、魅力、偏颇乃至反常呈现出来，为后人解读这些诗歌开启了一个可参照的空间。不仅如此，《总目》还对不同时期的诗歌之间所承载的因袭关系，诸如元诗与唐诗的因袭关系、明诗与唐诗的因袭关系，俱进行了合乎诗歌史生命秩序的诠释。更对不同时期的诗歌之间所承载的背离关系，诸如盛唐诗歌对六朝绮靡诗歌的背离、元诗对南宋江湖诗风的背离，都加以理性的分析和说明。在这样的"诠释"、"分析和说明"的作用下，一个富有层次性的诗歌演变史便渐渐浮现出来。

（二）评论历代诗人的创作成就、诗作风格，并予以评价

历代诗歌的内容太丰赡了。诗人则王侯将相、布衣才子、妇人羽客无所不包；诗作则别集总集无所不有；体式则三四五言、六七杂言、乐府歌行、近体绝句无所不能；风格则飘逸、浑厚、雄奇、远奥、深沉、博大、绮丽、婉约、猥琐无所不具。但是，《总目》并没有因为历代诗人众多、诗作众多、诗歌体式众多、诗歌风格众多而失去了批评的原则和标准，而是在观照作家作品的实际创作成就和各自影响的基础上，给予适当的批评和定位，既不掩盖历代诗人的风姿，又不回护他们的缺失，从而建构了一个由历代诗人的文本所组成的诗歌长河。试以如下的评论为例加以说明。先看评论六朝诗人的文字。卷一百四十八《徐孝穆集笺注》提要给徐陵的地位是："陵文章绮丽，与庾信齐名，世号徐庾体。陈书本传称其缉裁巧密，多有新意。……为一代文宗。"对徐陵十分推崇。卷一百四十八《庾开府集笺注》提要论庾信的诗风时说："至信北迁以后，阅历既久，学问弥深，所作皆花实相扶，情文兼至。抽黄对白之中，灏气舒卷，变化自如，则非陵之所能及矣。"十分称赞庾信北迁以后所形成的浑灏劲健的诗

歌风格。值得注意的是，四库馆臣对陶渊明诗作的体悟颇为精到，在卷一百七十四《陶诗析义》提要中，曾道破领略陶诗的门径是："陶诗之妙，所谓寄至味于淡泊，发纤秾于简古，其神理在笔墨之外。可以涵泳与化，而不可一字一句求之于町畦之内。"所谓"寄至味于淡泊"、"神理在笔墨之外"，指的是陶诗所写的世界乃一种以意象传情的超语言的纯粹的审美世界，这世界必须用"玩味"、"直寻"此类的古典鉴赏手段才可把握。由此可见，《总目》对陶诗的精义是了然于心的。再如评唐代诗人杜牧时，《总目》特别看重杜诗的内蕴，不单纯以绮丽的文字来指摘他。卷一百五十一《樊川文集》提要说："平心而论，牧诗冶荡甚于元、白，其风骨则实出元、白上。"将杜牧的诗歌风采置于元稹、白居易之上，所论不可不谓慧眼之识。再如评金代诗人元好问时，《总目》特别看重元好问诗歌的创新气息，认为其诗独有风姿。卷一百六十六《遗山集》提要说："至所自作，则兴象深邃，风格遒上，无宋南渡末江湖诸人之习，亦无江西流派生拗粗犷之失。"将他视为金代诗坛上迥然挺立的大诗人。再如评明代诗人李梦阳、何景明的优劣时，《总目》剖析原委，定位适当。正如卷一百七十一《大复集》提要所说："平心而论，模拟蹊径，二人之短略同。至梦阳雄迈之气与景明谐雅之音亦各有所长。正不妨离之双美，不必更分左右祖也。"对"前七子"中的两位代表人物评说得当：既不满意两人的模拟习气，又不遮盖两人的创作优长，论析颇为公允。由以上的论说可以看出，《总目》的批评总是将诗歌史的必然发展规律与个体诗人的创作成就紧密结合起来，宏观的观照与微观的评论紧密结合起来，从而站在一个辩证的立场上，作出一番理性的判断。所以，《总目》对历代诗人的批评可谓视野开阔，定位有序，大体符合诗歌史的本真面目。

（三）考辨诗句的含义和相关的诗歌史实

《总目》本以考辨见长。除总纂官纪昀之外，四库馆臣中也不乏程晋芳、任大椿、翁方纲、戴震这样的乾嘉学派的大学者。因而，辨析诗歌史上的一些疑点和公案就成为《总目》批评内容的一个重要组成部分。《总目》考辨诗句本旨含义时，常常采用知人论世的方法，结合诗人的身世和所处的历史来解析一首诗、一句诗的含义，舍弃了因不明诗句的含义而曲解诗句的陋见，为后人提供了一条正确的读解之路。如在解读唐代诗人李商隐的诗句时，《总目》认为李诗尽管辞藻华丽，但也颇得风人之旨，不可轻视。卷一百五十一《李义山诗集》提要指出，历代解读者对《无题》诸篇穿凿尤甚，"一概以美人香草解之，殊乖本旨"，既而考辨出《无题》诗有的诗句有寄托，有的则属狎邪之作，不必刻意推求。其评论是比较准确的。《总目》在辨明相关的诗歌史实时，常常采用内证与外证相结合的方法，得出诸多令人信服的结论。如元代左克明的《古乐府》是一部收录古乐府词比较完备的总集，与宋代郭茂倩的《乐府诗集》有相合之处。他是否剽窃了郭书的内容呢？卷一百八十八《古乐府》提要考辨说："郭书刊版之时，仅在克明成书前六年。其版又在济南，距江西颇远，则编此集时，当未必见郭书，非相蹈袭。"下文又举所收的乐府歌词为证，进一步说明《古乐府》与《乐府诗集》实为不相干的两部诗歌总集。这种解释相当在理，使《古乐府》的价值更为明晰。

《总目》的考辨内容除了以上两个方面之外，还应包括对某些诗歌总集的批评、对诗歌作者的考证，等等。如对《玉台新咏》的批评就颇有见识，卷一百八十六《玉台新咏》提要说："虽皆取绮罗脂粉之词，而去古未远，犹有讲于温柔敦厚之遗，未可概以淫艳斥之。"所言极有深意。只是此等内容稍显轻微，本文不多赘语。简而言之，《总目》的这些考证辨析工作，为后代诗歌史的批评研究奠定了基础。

二

综观《总目》的诗歌批评内容可以发现，它的评论一方面破除门户之见，提倡平和的批评态度，具有相当的开放性；另一方面由于它对批评对象的审视有所侧重，它的评论又具有一定的局限性。于是在此基础上便呈现出三个批评特点。

第一，兼容的特点。所谓"兼容"是指对历代诗歌的历史存在价值一视同仁。尤其表现在两个方面：一是不薄古今的批评态度。文学研究和批评的真正意义在于研究和批评那些有永久价值的作品。这就要求批评者怀着一种共时性的文学批评眼光观照历史上值得观照的作品，而不能凭借古今的时间长短褒贬诗人和诗作。《总目》所持的批评眼光正是这样。卷一百九十四《宋金元诗永》提要指出："一朝之诗，各有体裁；一家之诗，各有风貌。"卷一百四十八集部总序申明："明以来诸派之中，各取其所长，而不回护其所短。"俱展现出四库馆臣不薄今古的雍和气象。正如卷一百八十六总集小序所说："然质文相扶，理无偏废，各明一义，未害同归。"这是一种颇有眼界的批评慧识。二是人品与诗品辩证统一。古代学术思想多讲究人品与文品的统一，《总目》的学术观念亦如此。在卷一百六十五《佩韦斋文集》中曾明确指出："盖文章之道，关乎学术性情。诗品、文品之高下，往往多随其人品。"因此，《总目》对那些耿介忠直的诗人所作的充满磅礴大气的作品，对那些超脱放达的诗人所作的淡泊明净的作品，总是褒扬有加。然《总目》也有所变通，认识到人品与诗品之间有时也会有分裂的情形，于是只论诗品而不论其人品。因为有些人虽然人品不高，气节有污，但诗格、诗风、诗学观念也有可取之处，因而它采取不因人废言的态度。如宋代诗人王圭，晚居相位，碌碌无为，人品事业皆无可取，但诗作却有独到之处。卷一百五十二《华阳集》提要评价说："精思锻炼，具有炉锤。名贵之篇，实复不少。"此等的评说并没有绝对地将人品与诗品联系起来，而是以一种朴素的辩证的眼光对待文学遗产，从而显示出宽容和平的批评心态。

第二，线性的特点。"线性"本是文体学中的一个术语，意指文本的表层结构所具有的特性。在这里，"线性"指的是以横向或纵向连接的方式寻找诗风推演的脉络、诗歌流派的发展，以及诗风与学风之间的动态关系等的结构性特征。正因为重"线性"的连接，所以它重在以动态的视角，观照整个诗歌流变史，从而勾勒出诗风演进的大致轨迹。如卷一百五十六《简斋集》提要评价宋代诗人陈与义时说："其诗虽源出豫章，而天分绝高，工于变化。风格遒上，思力沈挚，能卓然自辟蹊径。《瀛奎律髓》以杜甫为一祖，以黄庭坚、陈师道及陈与义为三宗，是固一家门户之论。然就江西派中言之，则庭坚之下，师道之上，实高置一席无愧也。"在此，《总目》并不拘泥于对陈与义一人的评价，而是围绕陈氏与江西诗派的关系，来探究个体诗人诗风形成的渊源和背景，既而勾连出一个诗派的构成模式。由此，我们能够澄清的一个事实是：《总目》对江西诗派既没有流露出格外的欣赏之意，也没有流露过分的贬抑情绪，而是从整体的创作实际出发，探究它的概貌和特征。这样，有利于客观地分析诗派的真正面貌，避免陷入当时开展的西昆体诗派与江西诗派孰优孰劣的无端的争论之中。因而，"线性"的连接发挥出相当积极的作用。

第三，不平衡的特点。所谓"不平衡"是指在评论历代诗歌的时候，对某个时代诗歌的关注程度、对某些诗人的关注程度是不均衡的；对某个时期诗歌的批评重心是不均衡的，这样就形成不同的批评态势。实际上，《总目》对历代诗歌的批评用力是不同的。大体上说，略于汉魏六朝而详于唐代之后，而唐代之后的批评又略于金代诗歌的批评。就《总目》对汉魏六朝诗歌的批评而言，它最大的贡献不在于对此时诗歌本体价值的解析，而在于对诗歌体式的研究。尤其在于研究古诗与近体诗的区别、诗歌与乐府的起源及其区别。下列论述可为证。如卷一百九十三《诗所》提要："且古诗之名本对近体而起，故沈、宋变律以后，编唐、宋诗者二体迥分。若陈、隋以前，无非古体。"卷一百九十四《乐府广序》提要："然三代乐制，至汉尽亡。乐府之于三百篇，犹阡陌之于井田，郡县之于封建也。"卷一百九十六《师友诗传录》提要："然乐府始汉武帝，史有明文，汉初实无是名。"卷一百九十三《汉铙歌发》提要："自唐后乐府失传，新题迭作，于是并声而亦亡之。"卷一百九十四《古诗选》提要："夫五言肇于汉氏，历代沿流，晋、宋、齐、梁业已递变其体格。"尽管以上的诸多见解已为前贤所道明，如沈约《宋书·乐志》已经明言声词合写，刘勰《文心雕龙·明诗》已经明言五言诗起于汉代，然而，元明两代的批评家已经对乐府与其他诗体的区分不甚了解了。[①] 因此，从这一背景看，《总目》的这些批评观无疑具有拨乱反正的作用。就《总目》对唐诗的批评重心而言，其意在于明确唐诗的诗歌史地位。因而，它重在揭示唐诗在中国诗歌史上的典范性的品格；重在揭示唐诗的伟大不仅仅表现在盛唐时期，也表现在初、中、晚三个时期；重在揭示不同时期的唐诗具有不同的诗歌

---

① 　郭英德等：《中国古典文学研究史》，中华书局 1995 年版，第 570 页。

特征。而对李白、杜甫等一流诗人的评论也只是一带而过。正如卷一百九十《御选唐宋诗醇》提要中所说的那样，李白才华超妙为唐人第一，杜甫性情真挚亦为唐人第一，仅数字而已。就《总目》对宋代诗歌的批评重心而言，更倾向于对整个诗歌史的关注。故对宋代一流诗人如欧阳修、苏轼、黄庭坚等也缺乏直接的批评，或者说是一种疏离，而对二三流诗人的批评却格外精到。当然，这种疏离，并非是对这些大诗人的忘却，也不是现代评论所谓的"消解"，而是一种"省略"。也就是说这些大家在四库馆臣的眼中依然是宋诗的扛鼎之人，代表了宋诗的最高水平，无须多言。在这种既定的语义场里，欧、苏、黄的诗坛地位是难以摇撼的。因此，在具体的评论之中，也常常以他们的诗歌成就为参照，从而衡量宋代一般诗人的创作成就。就金代之后的诗歌批评而言，《总目》对金代诗歌的观照程度是极其有限的，入选的著作数量很少，对金诗的品评也颇为简易。别集类金代诗歌的正选著作仅五部，存目著作仅一部元好问的《遗山诗集》。而《总目》对元代、明代诗歌的批评却极其详切。这不仅表现在正选著作多达几百部，存目著作远远超越金诗，而且表现在对元诗、明诗的美学风格也多有揭示。因而，尽管《总目》宣称宋、金、元、明四朝诗歌"各有其盛衰，其作者亦互有长短"，摆出一种公平的姿态，但是客观的批评效果却是轻重分明的。

独特的批评理念是造成这种"不平衡"的主要原因。正如《总目·凡例》所说："至于马、班之史，李、杜之诗，韩、柳、欧、苏之文章，濂、洛、关、闽之道学，定论久乎，无庸更赘一语者，则但论其刊刻传写之异同，编次增删之始末，著是本之善否而已。盖不可不辨者，不敢因袭旧文；无可复议者，亦不敢横生别解。"这样，我们就不必过分地责怪《总目》疏于对某些一流作家、作品的批评了。然而，我们不得不承认，某些诗歌的菁华部分被遮蔽了，某些诗人的诗作风采也被遮盖了。总之，《总目》对某些批评对象的批评还是太有限了。

三

《总目》批评历代诗歌时反映出的诗学观也是颇值得注意的。

古代诗学理论自唐宋以来，经皎然、司空图、严羽、胡应麟、陆时雍、王士禛等人的努力，以审美为核心的诗学思想已逐渐建构起来，从而与儒家正宗传统所宣扬的诗教说构成或分庭抗礼或相互融合的双重趋势。以包容折中为理念的四库馆臣对这样的趋势当然是熟知的，他们选择的无疑是融合趋势而不是抗衡趋势，故《总目》的诗学思想较少生搬硬套儒家诗教的内容，反而接受和吸取了审美批评的优长，形成一种既重视诗歌功用性，又重视诗歌审美性的中和性质的诗学观，其基本的诗学思想有以下方面。

首先，以儒家诗学思想为核心。概而言之，儒家诗学思想由两个支点构成：一是"温柔敦厚"说，一是"兴观群怨"说。《总目》深悉这一思想，在卷一百九十《御选唐宋诗醇》提要中表达得非常清楚："然诗三百篇，尼山所定，其论诗一则谓归于温柔敦厚，一则谓可以兴观群怨。"因而，在本质上，《总目》期待的诗学轨道还是以儒家文统诗教为依归的。当然，四库馆臣并不是单纯地秉承了儒家文统，也接受了审美批评的长处。它重视诗歌性情的抒发，又反对情感的泛滥；它不废义理的道统，又贬斥不入诗道的道学家的诗作。可见，它的诗学思想避免了因囿于一端而产生的片面性。在具体的评论中，它也较少生搬硬套儒家诗教的内容，反而接受和吸取了审美批评的优长，形成一种既重视诗歌功用性，又重视诗歌审美性的中和性质的诗学观。因此，《总目》的儒家诗学思想，可谓一种改善的儒家诗学思想。

其次，但求公允，不拘时代。《总目》秉承乾嘉学术的治学理念，标举实事求是的批评作风。它总是力求以一种客观公正的态度去品评历代诗歌的优劣，而不以时代先后为依据作无端的评判。因此，"但求公允，不拘时代"的诗学思想可谓一种持平的诗学思想。

这种持平的诗学思想，尤其可从"诗文评"提要中显现出来。入选《总目》的149部诗文评著作是中国古代诗学思想的渊薮。而提要则是对这些渊薮的再评价和再接受。由"诗文评"的小序可以看出，四库馆臣对历代诗话所具有的"别裁真伪，博参广考"的批评态度是非常赞赏的，而对宋明两代诗话所吐露出的"穿凿之词"、"虚骄之论"又甚为不满。立足批评史的实际状况，提要作出诸多公允性的判断，例如：（1）把诗文评的自觉期定于建安黄初之际；（2）对宋代诗话中的上乘之作，如《岁寒堂诗话》、《韵语阳秋》之类，称其"持论严正"；而对那些因党争之祸羼杂偏颇之处的诗话之作，又一一拈出其门户之私。（3）对明代前后七子的诗学思想虽持批评态度，但不过分贬抑。因而对清初吴乔在《围炉诗话》中过分指摘前后七子诗学思想的做法，也不赞同。（4）对清初以王士禛为首的"神韵"派诗学主张评价得当，卷一百九十六《师友诗传录》提要指出："盖新城（按：指王士禛）诗派，以盛唐为宗，而不甚考究汉、魏、六朝；以神韵为主，而不甚考究体制。故持论出入，往往不免。然其谈诗宗旨，具见于斯。较诸家诗话，所见终为亲切，固不以一眚掩全璧也。"（5）对各种诗话总集，诸如《苕溪渔隐丛话》、《诗人玉屑》之类的著作体例褒贬分明，反映出《总目》自觉的文体观念。这些评判，虽然并非定论，但其较为持平的态度和方法却对深入研究诗学的本体价值具有指导意义。

再次，情理并重。《总目》曾把抒写性情当作文学发展的一条主线。正如卷一百九十九《钦定曲谱》提要所说："考《三百篇》以至《诗余》，大都抒写性灵，缘情绮靡。"也就是把性情视为诗歌本体，因而将陆机首标的"缘情说"当作评价诗歌的重要尺度。故提要多肯定抒写性情之作。如卷一百五十六《相山集》提要论宋代王之到诗："抒写性情，具有真朴之致。"卷一百六十九《梁园寓稿》提要论明代王翰诗："自抒性情，无元人秾纤之习。"卷一百七十一《容春堂前集》提要论明代邵宝诗："尤能抒写性灵。"这些论说俱表现出《总目》重情的审美旨趣。不过，这里的"情"是有所限定的。《总目》提倡的是"止乎礼义"中的"情"，而不是任意泛滥的"情"。由此看出，它遵循的还是那"发乎情，止乎礼义"的儒家诗教说。

重情并不意味着对"理"的排斥。卷一百七十五《蔡文庄集》提要曾宣扬："夫文以载道，不易之论也。然自战国以下，即已歧为二途，或以义理传，或以词藻见。"即把"文以载道"视为文学发展的另一条主线。但是，这里的"理"也是有所限定的，它所指的是带有性情的"理"。于是，与"以论理为本"的道学家的"理"论诗歌主张就区分开来。卷一百五十三《击壤集》提要曾说:"自班固作《咏史》诗,始兆论宗;东方朔作《诫子》诗,始涉理路。沿及北宋,鄙唐人不知道,于是以论理为本,以修词为末,而诗格于是乎大变。"在卷一百八十七《文章正宗·续集》提要中说:"盖道学之儒,与文章之士各明一义,固不可得而强同也。"因此,它反对一味宣扬政教功能,充满哲理化的质木无文的诗篇,将道学家的"理"诗评判为诗歌发展的扭曲形态,与诗人之诗是无法比拟的。

最后,遒劲与高雅共融。《总目》的审美趣味是十分明显的:追求一种遒劲与高雅相融的诗歌美学境界。就当时文坛的整体审美趋向而言,提倡鲸鱼碧海式的风格以矫正过分含蓄空灵之弊,提倡磊落沉着痛快的格调以反对过分清空缥缈之风,已经成为文学思潮的主流。正如研究者所言:"康雍年间崇尚清远淡雅、简洁平和的风尚被沉着痛快、开张扬厉、质实厚重的审美理想所代替。"[①] 因而,《总目》的这一审美趣味与当时的审美趋向有相通的一面。

所谓"遒劲",指的是诗歌应具有刚劲有力、磊落飒爽的风格。诸如风骨、沉郁、悲壮、磊落、慷慨、奇雄等《总目》中时常所用的美学范畴,都属于"遒劲"这个审美风格下的子范畴。《总目》正是利用这些范畴品评历代诗人的诗作,并极力推崇那些具有遒劲风格的诗作。如卷一百五十一《樊川文集》提要评唐代杜牧的诗风云:"牧诗冶荡甚于元、白,其风骨则实出元、白上。"卷一百五十四《鸡肋集》提要评宋代晁补之的诗歌是:"诸体诗俱风骨高骞,一往俊迈。"卷一百六十七《五峰集》提要评元代诗人李孝光的诗歌特点是:"元诗绮靡者多,孝光独风骨遒上,力欲排突古人。"对杜牧、晁补之、李孝光创作的那些颇有风骨的诗篇倍加赞赏。再如卷一百六十五《晞发集》提要评宋代诗人谢翱的诗风时说:"南宋之末,文体卑弱,独翱诗文桀骜有奇气。"卷一百六十八《北郭集》提要评元代诗人许恕的诗歌风貌是:"格力颇遒,往往意境沉郁,而音节高朗。"卷一百六十九《竹斋集》提要评元末明初的著名诗人王冕的诗风是:"高视阔步,落落独行,无杨维桢等诡俊纤仄之习。"对谢翱、许恕、

---

① 王运熙、顾易生:《中国文学批评通史》(第六卷),上海古籍出版社1996年版,第431页。

王冕的硬朗诗风也非常称赞。这里出现的"风骨"、"奇气"、"沉郁"、"落落"等表现诗歌骨力的美学范畴还常常涌现于对其他诗人的品评之中。由此可知，《总目》早已将"遒劲"视为品评历代诗歌价值的一个重要的美学尺度。

所谓"高雅"，指的是诗歌所具有的高远雅正的风格。举凡《总目》中出现的高迈、高秀、典雅、高韵等审美感知术语，皆属于"高雅"的风格之内。《总目》对那些具有"高雅"诗格的诗歌极为推重。如卷一百六十二《白石诗集》提要称赞南宋诗人姜夔时说："今观其诗，运思精密，而风格高秀。"卷一百六十五《月洞吟》提要指责宋末诗人的诗风"往往有佳句，而乏高韵"。卷一百六十八《玩斋集》提要称赞元代诗人贡师泰时云："其在元末，足以凌厉一时。诗格尤为高雅，虞、杨、范、揭之后，可谓挺然晚秀矣。"可见，在四库馆臣的眼中，诗歌有"高秀"，有"高韵"，有"高雅"，便具有了耐人寻味的诗歌境界，便具有了别样的审美感受。同时，我们也发现，《总目》所推崇的"高雅"风格有时与儒家所倡导的"雅正"诗风是紧密联系的，如卷一百六十六《静修集》提要赞扬元代著名诗人刘因的诗歌是："风格高迈，而比兴深微，闯然升作者之堂，讲学诸儒未有能及之者。"所以，在某些语境中，审美层面的"高雅"与儒家诗学要求下的"雅正"是相通的，这一重意义表明，《总目》在注重建构纯粹审美理想大厦的时候，也正在进行着"重建古典美学理想王国的努力"。①

从"遒劲"的要求出发，《总目》推重骨力雄健的诗歌作品；从"高雅"的要求出发，《总目》推重高远雅洁的诗歌作品。而《总目》认为，这两种美学风格是相融相通的，更常常期望它们之间的融会贯通与并行驰骋，这样，便达到既有"遒劲"，复备"高雅"的艺术境界。

以上这四个诗学观念常常是互相依存的。但总的诗学追求是以儒家诗学思想为旨归，以公允的态度为理念，以审美批评为情感结构，最终汇聚为一种中和式的批评思想。因此，《总目》的诗学思想的实质是社会历史

---

① 周积明：《文化视野下的〈四库全书总目〉》，中国青年出版社2001年版，第182页。

批评与审美批评相结合下的一种比较圆通的诗学观。毋庸置疑，它的诸多诗学观念和思想在今天看来并没有多少新意。然而，正如有的学者所指出的那样，《总目》的学术思想是官方的学术思想。它"不仅代表个别人或部分人的观念，而是代表以乾隆为首的整个统治阶级集体的思想，代表封建社会正统、正宗的学术观念"。① 同样，《总目》的诗学思想也具有官方意识形态性质，代表着封建阶级集体的诗学观念，与乾嘉时期先后以个体面目出现的诗学思想，诸如沈德潜的"格调说"、袁枚的"性灵说"、翁方纲的"肌理说"是有所不同的。这些以个体面目出现的理论家的诗学理论，或主政教中心论，或主审美中心论；或属于"言志"派，或属于"缘情"派，各树旗帜，不求融合，而形成古代诗学思想的另一种发展态势。因此，它的观点应受到历史性的尊重，并引起研究者更多的重视。

四

按照现代新批评派的观点，文学批评被区分为"注释性的"和"判断性的"两种。② 前者意在对文本意义的阐释，而后者意在对文本价值的判断。在文学批评中，这两种批评行为常常是并行不悖的。从某种意义上讲，《总目》的诗歌批评亦可归入这两种行为中。它对历代诗歌的批评既存在"注释性的"，也存在"判断性的"。

但是，依现代批评学的价值观为参照，无论是"注释性的"批评，还是"判断性的"批评，俱有不足之处。

就"注释性"批评而言，《总目》对某些作家诗作的诠释过于简洁，过于笼统，没有营造深邃悠远的阐释空间。何谓"阐释"？"阐释就是调动文字考证、句法分析以及语境阐发等手段，发现隐在作品之中的真意。"③ 毋庸置疑，《总目》的确运用文字考证、句法分析以及语境阐发等手段对历代诗歌作出了阐释，然而，有的阐释游离于诗意之外，我们很难发现隐

---

① 吴承学：《论〈四库全书总目〉在诗文评研究史上的贡献》，《文学评论》1998 年第 6 期。

② 韦勒克、沃伦：《文学理论》，刘象愚等译，生活·读书·新知三联书店 1984 年版，第 288 页。

③ 南帆：《文学理论新读本》，浙江文艺出版社 2002 年版，第 270 页。

含在作品中的真意，更难以探寻为什么有真意等深层次的理论问题。

就"判断性的"批评而言，《总目》有时缺少必要的分析和比较，不可避免地出现了"声明式"的判断。显然，"判断性的"批评应追求价值评判。然而，《总目》对某些时代、某个时期诗歌的真正价值并没有完全揭示出来或揭示得不够彻底。如《总目》对汉魏六朝诗歌的批评就缺乏真正的观照，最明显的标志是对此时诗歌的文学史意义没有揭示。也就是说在有限的批评话语中，我们看不出此时诗歌的审美价值和丰厚的文学史意蕴。我们更无从寻觅到诸如"建安风骨"、"正始之音"的历史回响。再如《总目》对宋诗的批评也存在不少的缺失。它对宋诗的历史存在缺乏真正的观照，既没有揭示出宋诗的品质，也忽视或者说轻视了一些关键问题的历史存在意义。对宋诗发展过程中的外部重要因素，如宋诗与党争的关系，宋诗与禅宗的关系等，也缺乏深层次的审视。这些不足是造成《总目》批评宋诗时缺少深度的主要原因。

当然，我们也不必过于指摘四库馆臣的这些批评缺失，毕竟《总目》的"注释性的"和"判断性的"批评和研究是目录学研究下的附属品，有时也的确难以用充分的理论话语解释千年而来的诗歌发展中的特征和深意，也难以顾及个体诗人的诗歌本体价值的有无，何况他们的批评视野本就有层面性的差别呢！

可是，我们不得不申明，《总目》的批评终究停留在传导古典诗学知识的层面，它的批评话语和批评效果距离现代批评应具有的品格要求还有相当的距离。

（原刊于《内蒙古社会科学》2005 年第 5 期）

《四库全书总目》在诗歌批评史上的价值

　　《四库全书总目》（以下简称《总目》）是一部目录学著作，同时又是一部文学批评著作。这一观点已愈来愈为学术界所认同。《总目》对于古代文学的研究和批评，总结起来，其实就是一部颇具规模的文学批评史纲。仅就诗歌批评而言，亦足可显示清代中期诗歌研究和批评成就的大略。本文立足集部提要的内容、观点和相关材料而立论，着重探求《总目》在诗歌批评史上的价值，并进行现代学理的观照。

　　古代的诗学著作，一般由诗辨、诗体、诗法、诗评和考证等内容组成。诗辨，乃论析诗歌本体的话题；诗体，乃论析诗歌体式的繁赜；诗法，乃讲论作诗法则；诗评，乃品鉴诗歌优劣；考证，乃考辨澄清诗歌史上的一些疑点或公案。具有如下的批评史意义：探讨诗歌的美学特征；揭示诗歌发展的流脉；论析诗歌的体制构成；申述自己的诗学主张，等等。《总目》的诗歌批评内容和批评史意义也大体如此。只是《总目》的诗法批评分量微轻，故割舍不论。通过考察诗辨、诗体、诗评和考证这四个层面的主体内容及其批评史意义，我们自然将《总目》的诗歌批评史价值勾勒出来。

一

　　批评观念是诗辨的重要内容。《总目》践行的批评观念可谓持平的批评观念。这种观念尤其显现在两个方面。一是不薄古今的批评态度。现代批评理论认为，一个批评者应怀着一种共时性的文学批评眼光观照历史上值得观照的作品，而不能凭借古今的时间长短褒贬诗人和诗作。《总目》

所持的批评眼光正是这样。《宋金元诗永》提要指出："一朝之诗，各有体裁；一家之诗，各有风貌。"集部总序申明："明以来诸派之中，各取其所长，而不回护其所短。"俱展现出四库馆臣不薄古今的雍和气象。正如总集小序所说："然质文相扶，理无偏废，各明一义，未害同归。"这样的批评意识颇有眼界。我们可通过具体的提要内容加以说明。如关于唐诗宋诗孰优孰劣的评价。《总目》以为唐诗有唐诗本色，宋诗有宋诗特点，不可偏执一端。清人毛奇龄所撰的《诗话》曾辩论唐宋诗的优劣，然毛氏立论浅显，不得唐宋诗的要领而妄加评判。《诗话》提要批评毛氏说："其尊唐抑宋，未为不合。而所论宋诗，皆未见宋人得失，漫肆讥弹。即所论唐诗，亦未造唐代藩篱，而妄相标榜。"因而，它对尊唐抑宋或尊宋抑唐的诗学观俱持否定态度。再如对明代诗派的评价。《总目》以为不能以明诗派一贯的复古思潮为借口而否定它的存在地位。《明诗综》提要说："明之诗派，终始三变。洪武开国之初，人心浑朴，一洗元季之绮靡。作者各抒所长，无门户异同之见。永乐以迄弘治，沿三杨台阁之体，务以舂容和雅，歌咏太平。其弊也冗沓肤廓，万喙一音，形模徒具，兴象不存。是以正德、嘉靖、隆庆之间，李梦阳、何景明等崛起于前，李攀龙，王世贞等奋发于后，以复古之说，递相唱和，导天下无读唐以后书。天下响应，文体一新。七子之名，遂竟夺长沙之坛坫。渐久而模拟剽窃，百弊俱生，厌故趋新，别开蹊径。万历以后，公安倡纤诡之音，竟陵标幽冷之趣，幺弦侧调，嘈囋争鸣。佻巧荡乎人心，哀思关乎国运，而明社亦于是乎屋矣。大抵270年中，主盟者递相盛衰，偏袒者相互左右。"所论非常通达和明智。这些都反映出《总目》所持的一种既辩证又宏阔的学术观。二是人品与诗品辩证统一。古代学术思想多讲究人品与文品的统一，《总目》的学术观念亦如此。在《佩韦斋文集》提要中曾明确指出："盖文章之道，关乎学术性情。诗品、文品之高下，往往多随其人品。"因此，《总目》对那些耿介忠直的诗人所作的充满磅礴大气的作品，对那些超脱放达的诗人所做的淡泊明净的作品，总是褒扬有加。然《总目》也有所变通，认识到人品与诗品之间有时也会有分裂的情形，于是只论诗品而不论其人品。因为有些人虽然人品不高，气节有污，但诗格、诗风、诗学观念也有可取之处，因而它采取不因人废言的态度。如唐代诗人李华于安史之乱中曾依附乱臣，大节有亏，但《李遐叔文集》提要在评价其作品时也不无赞叹地说："至其文词锦丽，精彩焕发，实可追配古之作者。"再如宋代诗人王圭，晚居相位，碌碌无为，人品事业皆无可取，但诗作却有独到之处。《华阳集》提要评价说："精思锻炼，具有炉锤。名贵之篇，实复不少。"此等的评说并没有绝对地将人品与诗品联系起来，而是以一种朴素的辩证的眼光对待文学遗产，从而显示出宽容和平和的批评心态。

诗学思想的申述是诗辨的核心内容。《总目》的诗学思想由多个层面构成。其基本的诗学思想是：首先，以儒家诗学思想为核心。概而言之，儒家诗学思想由两个支点构成。一是"温柔敦厚"说；二是"兴观群怨"说。《总目》深悉这一思想，在《御选唐宋诗醇》提要中表达得非常清楚："然诗三百篇，尼山所定，其论诗一则谓归于温柔敦厚，一则谓可以兴观群怨。"因而，在本质上，《总目》期待的诗学轨道还是以儒家文统诗教为旨归的。于是在具体的诗歌批评中，《总目》常常以儒家所提倡的"诗教"说去品评诗歌的价值和优劣。当然，四库馆臣并不是单纯地秉承了儒家文统，也接受了审美批评的长处，从而形成一种既重视诗歌功用性，又重视诗歌审美性的中和性质的诗学观。

其次，是情理并重的诗学观点。《总目》曾把抒写性情当作文学发展的一条主线，正如《钦定曲谱》提要所说："考《三百篇》以至《诗余》，大都抒写性灵，缘情绮靡。"即把性情视为诗歌本体，因而将陆机首标的"缘情说"也当作评价诗歌的一个重要尺度。故提要多肯定抒写性情之作。如《梁园寓稿》提要论王翰诗："自抒性情，无元人秾纤之习。"《容春堂集》提要论邵宝诗："尤能抒写性灵。"《相山集》提要论王之道诗："抒写性情，具有真朴之致。"这些论说俱表现出《总目》重情的审美旨趣。不过，这里的"情"是有所限定的。《总目》提倡的是"止乎礼义"中的"情"，而不是任意泛滥的"情"。由此看出，它遵循的还是那"发乎情，止乎礼义"的儒家诗教说。

重情并不意味着对"理"的排斥。《蔡文庄集》提要曾宣扬："夫文以载道，不易之论也。然自战国以下，即已歧为二途，或以义理传，或以词藻见。"即把"文以载道"视为文学发展的另一条主线。但是,这里的"理"也是有所限定的,它提倡的是带有性情的"理"。于是,与"以论理为本"的道学家的"理"论诗歌主张就区分开来。《击壤集》提要曾说:"自班固作《咏史》诗,始兆论宗;东方朔作《诫子》诗,始涉理路。沿及北宋,鄙唐人不知道,于是以论理为本,以修词为末,而诗格于是乎大变。"在《文章正宗·续集》提要中说:"盖道学之儒,与文章之士各明一义,固不可得而强同也。"因此,它反对一味宣扬政教功能,充满哲理化的质木无文的诗篇,将道学家的诗评判为诗歌发展的扭曲形态,与诗人之诗是无法比拟的。由此可以看出,他们崇尚的是情理并重的诗歌形态。

最后,是遒劲与高雅共融的诗学境界。《总目》的审美趣味是十分明显的:追求一种遒劲与高雅共融的诗歌美学境界。就当时诗坛的整体审美趋向而言,提倡鲸鱼碧海式的风格以矫正过分含蓄空灵之弊,提倡磊落沉着痛快的格调以反对过分清空缥缈之风,已经成为文学思潮的主流。正如研究者所言:"康雍年间崇尚清远淡雅、简洁平和的风尚被沉着痛快、开张扬厉、质实厚重的审美理想所代替。"[①] 因而,《总目》的这一审美趣味与当时的审美趋向有相通的一面。

所谓"遒劲",指的是诗歌应具有刚劲有力、磊落飒爽的风格。诸如风骨、沉郁、悲壮、磊落、奇雄等《总目》中时常所用的美学范畴,都属于"遒劲"这个审美风格下的子范畴。从这些范畴的美学意义出发,《总目》尤其推重骨力雄健的诗歌作品。所谓"高雅",指的是诗歌所具有的高远雅正的风格。诸如高迈、高秀、典雅、高韵等审美感知术语,皆属于"高雅"的风格之内。从这些术语的美学意义出发,《总目》又特别推重高远雅洁的诗歌作品。而在诸多的批评语境中,《总目》认为,这两种美学风格是相融相通的,更期望它们之间的并行驰骋,这样,便达到既有"遒劲",复备"高雅"的艺术境界。

这三个基本诗学思想的连接足可彰显《总目》诗学思想的价值。古代诗学理论自唐宋以来,经皎然、司空图、严羽、胡应麟、陆时雍、王

① 王运熙、顾易生:《中国文学批评通史》(第六卷),上海古籍出版社1996年版,第431页。

士禛等人的努力，以审美为核心的诗学思想已逐渐建构起来，从而与儒家正宗传统所宣扬的诗教说构成既分庭抗礼又相互融合的双重趋势。以包容折中为理念的四库馆臣对这样的趋势当然是熟知的，他们选择的无疑是融合趋势而不是抗衡趋势，故《总目》的诗学思想较少生搬硬套儒家诗教的内容，反而接受和吸取了审美批评的优长。因此，《总目》的诗学思想，其实质虽然是以儒家文统诗教为依归的，然而也是一种改善的儒家诗学思想。

二

《总目》在诗体批评方面也用力颇深，尤其是对各种诗歌的体制、源流及艺术特征作了比较明晰的阐述。

先看乐府论。乐府本是古代诗歌之中的一个重要体裁。但元明两代的很多批评家已经对乐府与其他诗体的区分不甚了解了。如明代的高棅在《唐诗品汇》中就把诗体分为五古、七古、五绝、七绝、五律、五言排律、七律七大类，而将乐府分隶于五言、七言中，其理由是五言、七言的乐府多不入乐。而李东阳、钟惺等人则是随意指某诗为乐府，某诗为古诗，完全混淆了两者的界限。到了清代，乐府与古诗的区分才重为学者所识。清初的冯班就是其中的一位。他在《钝吟杂录·古今乐府论》中将乐府分为七类，说道："制诗以谐于乐，一也；采诗入乐，二也；古有此曲，倚其声为诗，三也；自制新曲，四也；拟古，五也；咏古题，六也；并杜陵之新题乐府，七也。古乐府无出此七者矣。"① 在此，他以由汉至唐的乐府沿革为续，将乐府的特征一一析别开来，可谓深得乐府体制的关键。《总目》的乐府论在继承清初研究成果的基础上，对诸多的问题展开研究。第一，阐明乐府的起源和发展脉络。《师友诗传录》提要："然乐府始汉武帝，史有明文，汉初实无是名。"《乐府广序》提要："然三代乐制，至汉尽亡。乐府之于三百篇，犹阡陌之于井田，郡县之于封建也。"《汉铙歌发》提要："然唐后乐府失传，新题迭作，于是并声而亦亡之。"显然，《总目》

---

① 王夫之等：《清诗话·钝吟杂录》，上海古籍出版社1978年版，第38页。

认为,乐府起源于汉武帝之际,与先秦古诗两个面目。中途历经汉魏六朝,至唐而体制尽变。因此,在四库馆臣的心目中,古乐府至唐代就走完历程了。第二,以音乐为评判的标准,将乐府与其他诗体区别开来。《古乐府》提要、《唐人万首绝句选》提要明确标明:乐府主声不主词。这样,就更加突出了乐府的诗体特征。第三,对某些貌似乐府的诗歌加以甄别,以明其诗体。如明代梅鼎祚在《古乐苑》中将所收的《庞德公之于忽操》、《刘勋妻》、《娇女诗》等诗歌,俱称为乐府。在《古乐苑》提要中四库馆臣则认为殊不可解。其原因就在于这些诗歌"既非古调,亦未被新声",因而这等诗歌只是古诗,而不是乐府。梅氏名之曰"乐府",乃不明诗体要领的缘故。这些研究成果,无疑推动了乐府诗研究的广度和深度。

再看古诗论。所谓古诗,本是相对于近体诗而言的,指近体诗出现之前的五言、七言诗。《诗所》提要说:"古诗之名本对近体而起,故沈、宋变律以后,编唐、宋诗者二体迥分。若陈、隋以前,无非古体。"《古诗选》提要:"五言肇于汉氏,历代沿流,晋、宋、齐、梁业已递变其体格。"这样,就将古诗与近体诗双峰并峙的态势揭示出来。不仅如此,《总目》还从审美的角度概括出古诗与乐府不同的美学特征,正如《师友诗传录》提要所说:"古诗贵温裕纯雅,乐府贵遒深劲绝。"这种概括尽管带着感悟的性质,但毕竟触及了古诗和乐府的本色特征,有助于后人进一步研究古代诗体的艺术品质。

再看近体诗论。关于律诗的建构,《总目》以为讲求格律是律诗的关键。在诸如《唐诗韵汇》提要、《唐诗近体集韵》提要中,四库馆臣曾多次提及格律的作用。同时,《总目》还注意研究声调在律诗中的独特功能,非常认同清初诗论家赵执信《声调谱》中关于声调有规律的观点,并认为律诗有拗体。在《声调谱》提要中特别强调:"律诗以本句平仄相救为单拗","两句平仄相救为双拗"。对律诗的体貌作了深入的探讨。关于绝句的体制,《总目》认为,绝句并非截取律诗之半,而是很早就有了雏形。《诗友诗传录》提要曾辨析道:"绝句在律诗之前,非先有律诗,截为绝句。"并举例证加以说明。这些见解都很符合近体诗这一诗体演变发展的实际状况。

当然，《总目》诗体论的诸多观点并非是它的发明。因为在它之前，清代有的理论家已经就乐府、古诗、律诗、绝句等诗歌体式的演变问题和区分问题进行了多方探讨。如王士禛的《律诗定体》、赵执信的《声调谱》等都对律诗的本质特性进行了探讨，认为律诗的关键之处就在于格律的变化。而王夫之在《古诗评选》中则反驳了绝句是截取律诗之半的看法。他们已得出类似《总目》诗体论的结论。因此，《总目》的诗体论似乎没有多少新见。然而，文学批评史的发展历程告诉我们，《总目》诗体论的价值并不在于有多少新见，而在于它对清初诸多学者研究成果的认可程度。也就是说，《总目》的判断，代表着官方学术成就的大端，更具有拨乱反正的终结性质。

三

诗评，即评论诗歌。《总目》对历代诗歌的评论主要包括如下两个方面的内容。

其一，勾勒历代诗歌的演变史，剖析不同时期诗歌的优长。兹看《总目》对唐宋元明四朝诗歌演变的评论。唐诗是中国古典诗歌的典范之作，但它的繁荣与衰竭并非一蹴而就，而是有一个渐变的过程。《总目》对个中的变化是多有揭示的。《毗陵集》提要说："考唐自贞观以后，文士皆沿六朝之体，经开元、天宝，诗格大变。"申明直至开元、天宝之际，唐诗始进入鼎盛期。《钱仲文集》提要说："大历以还，诗格初变。开宝浑厚之气，渐远渐漓。"指明在中唐大历之后，唐诗的格调开始发生质变，与盛唐浑厚诗风已判若二途。宋诗的演变更为复杂，《总目》却深悉其中经纬。《云泉诗》提要说："宋承五代之后，其诗数变，一变而西昆，再变而元祐，三变而江西。江西一派，由北宋以逮南宋，其行最久。久而生弊，于是永嘉一派以晚唐体矫之，而四灵出焉。"《杨仲弘集》提要说："盖宋代诗派凡数变。西昆伤于雕琢，一变而为元祐之朴雅。元祐伤于平易，一变而为江西之生新。南渡以后，江西宗派盛极而衰。江湖诸人欲变之，而力不胜。于是仄径旁行，相率而为琐屑寒陋，宋诗于是扫地矣。"《御定四朝诗》提要说："唐诗至五代而衰，至宋初而未振。王禹偁初学白居易，如古文之有柳穆，明而未融。杨亿等倡西昆体，流布一时。欧阳修、梅尧臣始变其格，苏轼、黄庭坚益出新意，宋诗于时为极盛。南渡以后，《击壤集》一派参错并行，迁流至于四灵、江湖二派，遂弊极而不复焉。"此等评论极其清楚地勾画出宋诗演变的基本走向和盛衰轨迹，并道出了宋诗发展的局部特征。元诗在中国诗歌史上也有相当的成就。元代诗坛，诗人辈出，作品繁多。《道园学古录》提要曾论及元诗的兴盛时说："有元一代，作者云兴。大德、延祐以还，尤为极盛。"《御定四朝诗》论元诗的发展脉络是："有元一代，作者云兴，虞、杨、范、揭以下，指不胜屈。而末叶争趋绮丽，乃类小词。杨维桢负其才气，破崖岸而为之，风气一新，然讫不能返诸古也。"明确指明元诗发展的曲折历程，同时也凸显了"元诗四大家"和元末诗人杨维桢在元诗发展中的贡献。明代的诗歌演变史因门户的多歧，流向可谓愈发错杂。《御定四朝诗》提要曾高屋建瓴地指出："明诗总杂，门户多歧，约而论之，高启诸人为极盛。洪熙、宣德以后，体参台阁，风雅俱微。李东阳稍稍振之，而北地、信阳已崛起与争，诗体遂变。后再变而公安，三变而竟陵，淫哇竞作，明祚遂终。"所论切中明诗演变的大趋势，非常通达和明智。由《总目》对以上四朝诗歌演变态势的评说可以看出，它对历代诗歌整体风貌的认识是相当深刻的。因此，《总目》善于在"历时性"的观照中把握历代诗歌的基本走向和各自的特征，再现了历代诗歌总体的创作历史，并将它们的面目、魅力、偏颇乃至反常呈现出来，为后人解读这些诗歌开启了一个可参照的空间。不仅如此，《总目》还对不同时期的诗歌之间所承载的因袭关系，诸如元诗与唐诗的因袭关系、明诗与唐诗的因袭关系，俱进行合乎诗歌史生命秩序的诠释。更对不同时期的诗歌之间所承载的背离关系，诸如盛唐诗歌对六朝绮靡诗歌的背离、元诗对南宋江湖诗风的背离，都加以理性的分析和说明。在这样的"诠释"、"分析和说明"的作用下，一个富有层次性的诗歌演变史便渐渐浮现出来。

其二，总结历代诗人的创作成就、诗作风格，并予以评价。历代诗歌的内容极其丰赡。诗人则王侯将相、布衣才子、妇人羽客无所不包；诗作则别集总集无所不有；体式则三四五言、六七杂言、乐府歌行、近体绝句无所不能；风格则飘逸、浑厚、雄奇、远奥、深沉、博大、绮丽、婉约、猥琐无所不具。但是，《总目》并没有因为历代诗人众多、诗作众多、诗歌体式众多、诗歌风格众多而失去了批评的原则和标准，而是在观照作家作品的实际创作成就和各自影响的基础上，给予适当的批评和定位，既不掩盖历代诗人的风姿，又不回护他们的缺失，从而建构了一个由历代诗人的文本所组成的诗歌长河。试以如下的评论为例加以说明。先看评论六朝诗人的文字。《徐孝穆集笺注》提要给徐陵的地位是："陵文章绮丽，与庾信齐名，世号徐庾体。陈书本传称其缉裁巧密，多有新意。……为一代文宗。"对徐陵十分推崇。《庾开府集笺注》提要论庾信的诗风时说："至信北迁以后，阅历既久，学问弥深，所作皆花实相扶，情文兼至。抽黄对白之中，灏气舒卷，变化自如，则非陵之所能及矣。"十分称赞庾信北迁以后所形成的浑灏劲健的诗歌风格。值得注意的是，四库馆臣对陶渊明诗作的体悟颇为精到，《陶诗析义》提要中，曾道破领略陶诗的门径是："陶诗之妙，所谓寄至味于淡泊，发纤秾于简古，其神理在笔墨之外。可以涵泳与化，而不可一字一句求之于町畦之内。"所谓"寄至味于淡泊"、"神理在笔墨之外"，指的是陶诗所写的世界乃一种以意象传情的超语言的纯粹的审美世界，这世界必须用"玩味"、"直寻"此类的古典鉴赏手段才可把握。由此可见，《总目》对陶诗的精义是了然于心的。再如评唐代诗人杜牧时，《总目》特别看重杜诗的内蕴，不单纯以绮丽的文字来指摘他。《樊川文集》提要说："平心而论，牧诗冶荡甚于元、白，其风骨则实出元、白上。"将杜牧的诗歌风采置于元稹、白居易之上，所论不可不谓慧眼之识。再如评金代诗人元好问时，《总目》特别看重元好问诗歌的创新气息，认为其诗独有风姿。《遗山集》提要说："至所自作，则兴象深邃，风格遒上，无宋南渡末江湖诸人之习，亦无江西流派生拗粗犷之失。"将他视为金代诗坛上迥然挺立的大诗人。再如评明代诗人李梦阳、何景明的优劣时，《总目》剖析原委，定位适当。正如《大复集》提要所说："平心而论，模拟蹊径，二人之短略同。至梦阳雄迈之气与景明谐雅之音亦各有所长。正不妨离之双美，不必更分左右祖也。"对"前七子"中的两位代表人物评说得当：既不满意两人的模拟习气，又不遮盖两人的创作优长，论析颇为公允。由以上的论说可以看出，《总目》的批评总是将诗歌史的必然发展规律与个体诗人的创作成就紧密结合起来，宏观的观照与微观的评论紧密结合起来，从而站在一个辩证的立场上，作出一番理性的判断。所以，《总目》对历代诗人的批评可谓视野开阔，定位有序，大体符合诗歌史的本真面目。

当然，《总目》的诗歌批评并非绝对客观，它的品评也有不公正的层面。如对清初诗歌的批评就存在这种状况。它对清初的遗民诗歌和一代盟主钱谦益的诗歌俱加以排斥和忽视，其原因就在于他们的诗歌或不符合清廷的要求，或不为统治者所接受，于是他们的诗作就被搁置在正选之外，甚至不能进入存目著作之列。这样的批评就表现出很明显的局限性。

四

《总目》的考证内容既涉及目录、版本、校勘等文献学的有关辩证问题，也涉及诗学辩证问题。我们着重论及后一方面。诗学辩证指的是围绕诗歌批评展开的辩证性研究。乾嘉学风深厚的四库馆臣本以考辨见长，他们围绕历代诗歌发展的流脉，对诗歌史上的一些疑点和争议性问题作出辩证，以利于发现其中的真理。

诗学辩证的内容丰富。本文最看重的内容之一是考辨诗句的含义和相关的诗歌史实。如在解读唐代诗人李商隐的诗句时，《总目》认为李诗尽管辞藻华丽，但也颇得风人之旨，不可轻视。《李义山诗集》提要指出，历代解读者对《无题》诸篇穿凿尤甚，"一概以美人香草解之，殊乖本旨"，既而考辨出《无题》诗有的诗句有寄托，有的则属狎邪之作，不必刻意推求。其评论是比较准确的。《总目》在辨明相关的诗歌史实时，常常采用内证与外证相结合的方法，得出诸多令人信服的结论。如元代左克明的《古乐府》是一部收录古乐府词比较完备的总集，与宋代郭茂倩的《乐府诗集》有相合之处。他是否剽窃了郭书的内容呢？《古乐府》提要考辨说："郭书刊版之时，仅在克明成书前六年。其版又在济南，距江西颇远，则编此集时，当未必见郭书，非相蹈袭。"下文又举所收的乐府歌词为证，进一步说明《古乐府》与《乐府诗集》实为不相干的两部诗歌总集。这种解释相当在理，使《古乐府》的价值更为明晰。

内容之二是别裁真伪，加以评判。这种功夫，更可从"诗文评"提要中显现出来。入选《总目》的149部诗文评著作是中国古代诗学思想的渊薮。立足批评史的实际状况，《总目》作出诸多公允性的判断，例如：（1）把诗文评的自觉期定于建安黄初之际。（2）对宋代诗话中的上乘之作，如《岁寒堂诗话》、《韵语阳秋》之类，称其"持论严正"；而对那些因党争之祸羼杂偏颇之处的诗话之作，又一一拈出其门户之私。（3）对明代前后七子的诗学思想虽持批评态度，但不过分贬抑。因而对清初吴乔在《围炉诗话》中过分指摘前后七子诗学思想的做法，也不赞同。（4）对清初以王士祯为首的"神韵"派诗学主张评价得当，《师友诗传录·续录》提要指出："盖新城（按：指王士祯）诗派，以盛唐为宗，而不甚考究汉、魏、六朝；以神韵为主，而不甚考究体制。故持论出入，往往不免。然其谈诗宗旨，具见于斯。较诸家诗话，所见终为亲切，固不以一眚掩全碧也。"（5）对各种诗话总集，诸如《苕溪渔隐丛话》、《诗人玉屑》之类的著作体例褒贬分明，反映出《总目》自觉的文体观念。这些评判，虽然并非定论，但其较为持平的态度和方法却对深入研究诗学的本体价值具有指导意义。

《总目》的诗歌考辨内容尽管成绩很大，但并非完美。卷一百八十六《薛涛李冶诗集》提要曾对中唐两位女诗人薛涛、李冶的诗作进行了品评和考证，所论大体正确。然稍有瑕疵，如称"冶集仅诗十四首，然其中《恩命追入留别广陵故人》一首，详其词意，不类冶作"，是好事者摭拾他人的诗作而添加于李冶的。四库馆臣大概认为，李冶作为一名女道士，无缘进入皇宫，故发生不了"恩命"之事，故下笔称"不类冶作"。实际上，这个评判是有误的。因为《唐才子传》中明确记载女道士李冶有入宫的事实。对此，余嘉锡先生在《四库提要辨证》中指出："季兰（按：李冶的字）实有恩命追入之事，《提要》盖未之知，故疑其不类冶作。"① 因而，《总目》的诗歌考证也存在谬误或缺失之处。

---

① 余嘉锡：《四库提要辨证》（第四册），中华书局1980年版，第1556页。

五

《总目》对历代诗歌的批评，不仅具有以上四个方面的自在价值，而且对于当代诗歌批评而言，也具有潜在的参照价值。

其一，"回归文本"的价值。毫无疑问，《总目》的诗歌批评话语是随意性的和感悟性的。这样的性质与中国古代文学批评著作常常采用的印象式批评、点评式批评息息相关。因而，《总目》的批评或三言二语、点到为止；或即兴议论、切中肯綮；或比权量衡、规模大旨，对历代诗歌的种种特征进行了阐发。但是，深入集部之别集、总集、诗文评的提要文字中可以发现，《总目》的这些随意性、感悟性的话语并非随意拈来，而是常常依托诗歌的文本形态和历史背景而出现的，因而具有品鉴效果。四库馆臣在批评时非常重视对诗歌"文本"的理解，少有空谈。当他们评论某某人诗歌特点的时候，总要援引该诗人的作品，因而，他们的批评见解不是靠空口说，而是靠对于诗歌"文本"的真知灼见，与现代英美新批评所开创的"细读"方法颇有相同的功效，即一切回到文本中去寻绎意义。这个事实，对当代那些喜好天马行空的批评者来说，或许最具有教育意义。

其二，结构主义的价值。随着批评视野的开阔和批评话语的繁多，《总目》逐渐对历代诗歌的内容进行了多方面的批评。如考辨诗歌的来源、发展和流变；品评具体作家的诗歌风貌；解读诗句的含义；品诗与品人结合等。这些内部研究和外部研究无疑构成一个动态的文学史的框架，也就是说由这些微观的对具体诗歌作品优劣的评价中和宏观的关于断代诗歌史概貌的总论中，我们俨然发现一部若隐若现的诗歌发展史。这部不成文的"诗歌发展史"成为后世独立成文的中国诗歌史所凭借和参照的最好母本之一。

其三，客观和科学的价值。一般评论者认为，从总体上讲，明代诗歌缺乏开拓性的题材，也缺乏审美意境的建构，因而明代诗歌缺乏决定性阶段的诗史意义。但是，《总目》对明诗的批评并非因此而忽视它的历史存在，仍细心品味明诗的面目和规模。它具有的批评史价值主要体现在如下三个方面：对明代270余年的诗歌发展史给予总体评判，并勾勒出明诗演变的轨迹；对明代诸多诗人的诗坛影响给予既符合历史，又符合逻辑的定位；对诸多诗歌流派的诗歌史意义给予公正的评价。这些见解和判断，多为后世的批评家所认同。即使是当今出炉的各种文学史、诗歌史也多傍依这些观点，进而观览明诗的历史进程和创作风貌。

同时，四库馆臣的批评并没有降格为某种完全实用的东西，只惦记着为当时的统治思想服务。实际上，他们的批评也具有超越时代的意义。西方文论史上历来有关于文学批评是一门艺术还是一门科学的争论，由《总目》的批评实践可以看出，四库馆臣所做的这项研究，既是一种艺术性的行为，又是一种科学性的行为。两者的属性在《总目》里得到了融合和统一。《总目》的诗歌批评使批评实践与历史语境得到了统一。也就是说，《总目》的批评解释依靠的多是历史背景而不是单纯的主观臆断。因此，从总体上说，它的批评还是比较公平的，考辨也比较精微，大致代表了封建社会诗歌研究的学术水平。

正如有的学者所指出的那样，《总目》学术思想，"不仅代表个别人或部分人的观念，而是代表以乾隆为首的整个统治阶级集体的思想，代表封建社会正统、正宗的学术观念"。[①] 同样，《总目》的诗学思想也具有官方意识形态性质，代表着封建阶级集体的诗学观念，具有包容与兼善的特征，与乾嘉时期先后以个体面目出现的诗学思想，诸如沈德潜的"格调说"、袁枚的"性灵说"、翁方纲的"肌理说"是有所不同的。这些以个体面目出现的理论家的诗学理论，或主政教中心论，或主审美中心论，或属于"言志"派，或属于"缘情"派，各树旗帜，不求融合，而形成古代诗学思想的另一种发展态势。

（原刊于《固原师专学报》2005 年第 5 期，《高等学校文科学报文摘》2006 年第 1 期摘录部分内容）

---

① 吴承学：《论〈四库全书总目〉在诗文评研究史上的贡献》，《文学评论》1998 年第 6 期。

《四库全书总目》诗歌批评的旨趣

一 问题的提出

《四库全书总目》（以下简称《总目》）首先是一部目录学著作。其次又可视为一部广义的文学批评著作。因为它的内容中蕴含着丰富的文学批评思想，或者说，它的内容中存在潜在的文学批评的观念和文学价值评判，尤其是集部提要中时时彰显着批评话语的自觉力量和文学诠释的张力。在这样的事实面前，我们才将《总目》视为文学批评的文本载体。

《总目》中的诗歌批评成就，是我们观照其具有文学批评著作性质的一个旁证。《总目》对历代诗歌的批评主要包括如下几个方面的内容：一是勾勒历代诗歌的演变史，剖析不同时期诗歌的优长；二是评论历代诗人的创造成就、诗作风格，并予以评价；三是考辨诗句的含义、相关的诗歌史实以及作者的生平，等等。它批评历代诗歌所反映出的诗学观是：以儒家诗学思想为旨归，以公允的态度为理念，以审美批评为情感结构，最终汇聚为一种中和式的诗学思想。由此可见《总目》在诗歌批评史上的价值。本文进一步追问的问题是：《总目》诗歌批评的旨趣是什么呢？

回答上述问题须有两个前提。其一是对"批评旨趣"作出界定。本文以为，批评旨趣意指批评者在文学批评活动中所希望达到的终极批评目的和归宿，以及由这目的和归宿所显示出来的艺术追求和艺术理想。其二是立足诗歌批评史的语境，对批评旨趣的主要特征加以诠释。

中国长达两千多年的诗歌批评发展史告诉我们，诗歌批评的内容是相当丰富的，因而批评旨趣的第一个主要特征是多元化。南宋的严羽在《沧浪诗话》中曾从诗辨、诗体、诗法、诗评、考证五个方面展开诗学批评。诗辨，乃论析诗歌本体的话题；诗体，乃论析诗歌体式的繁赜；诗法，乃讲论作诗的法则；诗评，乃品鉴诗歌优劣；考证，乃考辨澄清诗歌史上的一些疑点或公案。如果我们将历代诗话的批评旨趣加以分析的话，可以发现，这五个方面的内容常常与历代批评家的批评意愿是重合的，广而言之，这五个方面未尝不可以视为诗歌史上的五个批评旨趣。当代学者周裕锴在《宋代诗学通论》中以诗道、诗法、诗格、诗思、诗艺五个方面来论述宋代诗学的理论肌理①：诗道，即批评家着力于诗歌形而上问题的探讨；诗法，即关注作诗法则；诗格，即探索诗歌的审美特征；诗思，即关于诗歌构思的艺术化思考；诗艺，即作诗的艺术追求。如果将我们的视野拓展开来，则诗道、诗法、诗格、诗思、诗艺亦未尝不可以视为古代诗歌批评的五个批评旨趣。因此，无论是追求理论建构层面，即诗辨、诗道层面，或是探讨诗歌的审美层面，即诗格层面，或是考辨诗歌真伪的层面，即考证层面，都可视为多样化批评旨趣的一个呈现。进一步说，批评旨趣与批评家的关注点息息相关，这是造成批评旨趣多样化的重要原因。批评家关注理论建构，则相应的理论建构就是他的批评旨趣。如在清代叶燮的《原诗》中，他着力于诗辨、诗道话语的探讨，则他的批评旨趣主要在于诗歌理论的探究。然而，有时有的批评家在批评著作中既没有建构理论范畴，也没有严格意义上的理论命题，更没有严格论证自己的结论，只是喜欢以诗性的语言展示自己独特的内在感悟，抒写东方式的诗性智慧。那么，我们认为，这样的诗思未尝不是批评旨趣之所在。这一批评旨趣，在《历代诗话》中可随手拈来。简言之，批评旨趣的多元化是符合古代诗学著作之本来面貌的。

批评旨趣的第二个主要特征是历史化。历史化意指批评旨趣是在历史中形成的，它随着历史的际遇而产生，又随着历史的发展而变化，因而它深深打上了历史的烙印。所以，只有采用历史的研究方式，我们才可能把握批评旨趣的所有语境含义及其意义。

---

① 周裕锴：《宋代诗学通论》，巴蜀书社 1997 年版。

显然，批评旨趣的历史化具有两方面的内涵。一方面是延续的内涵。也就是说，批评旨趣具有一脉相承的性质。从梁代钟嵘的《诗品》到唐代司空图的《二十四诗品》，再到清代王士禛的《渔洋诗话》，他们的批评旨趣都可归结为以追求审美兴趣为主要价值取向的诗歌意境。从汉代儒生们《诗大序》的"讽谏教化说"到清代沈德潜的"格调说"，他们的批评旨趣无不皈依儒家诗学思想的怀抱。这些例证足可说明历史延续的内涵。另一方面是发展的内涵。发展即意味着新变。也就是说，在历史化的进程之中，诗歌批评旨趣会有新的旨趣出现，会以新鲜的内容打破旧有的旨趣，从而使传统的批评旨趣发生变化。六朝诗歌批评史上总体"求美"、"抒情"的批评旨趣，显然是对两汉功利主义批评旨趣的一次大反拨；近代诗歌批评史上强调文学功利性的批评旨趣，又可视为对晚清宗宋诗派之批评旨趣的一次革新。这些例证亦可说明历史发展的内涵。而诗歌批评史的事实告诉我们，历史延续和历史发展的融会贯通常常使批评旨趣既带有传统的内容，又带有鲜活的新质，这正是历史化之所以令人倍感兴趣的关键之所在。

就《总目》的诗歌批评旨趣而言，它同样具有多元化与历史化的特征。尤其是批评过程中所呈现出的历史继承与现实应用共融的态势，愈发引领我们思考批评旨趣的话题。在明确这两个前提的内涵之后，我们才能比较明确地把握《总目》诗歌批评的旨趣及其意义。

二 《总目》诗歌批评的旨趣

厘清批评旨趣多元化和历史化的大体脉络，我们探究《总目》的批评旨趣就有了参照系和言说空间。具体说来，《总目》的批评旨趣有三大指向：其一，求真；其二，求善；其三，求美。本文要做的就是勾画出诗歌批评中所识别出的三大旨趣，尽管这样做也许不够完全公允。

先论求真。求真，即以客观的态度勾画出诗歌历史现象的本真面目。显然，四库馆臣正充当着文学史家的角色。虽然他们笔下的诗歌史，由于受到主观偏见和当时批评眼界的限制，不可能完全真实，也不可能不带有四库馆臣的主观意愿，但是，基本的史实、对重要诗人的定位以及对诗歌作品的背景说明等方面，应该说是有相当真实性的。正是基于这样的学术水准，我们当代出版的文学史和诗歌史著作才频频征引四库馆臣的见解作为自己立论的依据之一。

《总目》对历代诗歌演变史的揭示以及对不同时期诗歌演变复杂状态的揭示，是求真旨趣的表现之一。兹看《总目》对唐宋两朝诗歌演变状况的客观评价。唐诗是中国古典诗歌的典范之作，但它的繁荣与衰竭并非一蹴而就，而是有一个渐变的过程。《总目》对个中的变化是多有揭示的。卷一百五十《毗陵集》提要说："考唐自贞观以后，文士皆沿六朝之体，经开元、天宝，诗格大变。"申明直至开元、天宝之际，唐诗始进入鼎盛期。卷一百五十《钱仲文集》提要说："大历以还，诗格初变。开宝浑厚之气，渐远渐漓。"指明在中唐大历之后，唐诗的格调开始发生质变，与盛唐浑厚诗风已判若二途。宋诗的演变更为复杂，《总目》却深悉其中经纬。卷一百六十五《云泉诗》提要说："宋承五代之后，其诗数变，一变而西昆，再变而元祐，三变而江西。江西一派，由北宋以逮南宋，其行最久。久而生弊，于是永嘉一派以晚唐体矫之，而四灵出焉。"卷一百六十七《杨仲弘集》提要说："盖宋代诗派凡数变。西昆伤于雕琢，一变而为元祐之朴雅。元祐伤于平易，一变而为江西之生新。南渡以后，江西宗派盛极而衰。江湖诸人欲变之，而力不胜。于是仄径旁行，相率而为琐屑寒陋，宋诗于是扫地矣。"卷一百九十《御定四朝诗》提要说："唐诗至五代而衰，至宋初而未振。王禹偁初学白居易，如古文之有柳穆，明而未融。杨亿等倡西昆体，流布一时。欧阳修、梅尧臣始变其格，苏轼、黄庭坚益出新意，宋诗于时为极盛。南渡以后，《击壤集》一派参错并行，迁流至于四灵、江湖二派，遂弊极而不复焉。"此等评论极其清楚地勾画出宋诗演变的基本走向和盛衰轨迹，并道出了宋诗发展的局部特征。由《总目》对以上两朝诗歌演变态势的评说可以看出，它对历代诗歌整体风貌的认识是相当深刻的。因此，《总目》善于在"历时性"的观照中把握历代诗歌的基本走向和各自的特征，再现了历代诗歌总体的创作历史，并将它们的面目、魅力、偏颇乃至反常呈现出来，为后人解读这些诗歌开启了一个可参照的空间。不仅如此，《总目》还对不同时期的诗歌之间所承载的因袭关系，诸如元诗与唐诗的因袭关系、明诗与唐诗的因袭关系，俱进行合乎诗歌史生命秩序的诠释。更对不同时期的诗歌之间所承载的背离关系，诸如盛唐诗歌对六朝绮靡诗歌的背离、元诗对南宋江湖诗风的背离，都加以理性的分析和说明。在这样的"诠释"、"分析"和"说明"的作用下，一个富有层次性的诗歌演变史便渐渐浮现起来。

《总目》对诗歌作品真伪的辨别，是求真旨趣的表现之二。历代诗歌作品，数量繁多，简牍云集，其间不免出现真伪难辨的情形。批评家选择真品芟夷赝作以有益于文学批评史的发展，这一举措是必不可少的。《总目》于此多有贡献。兹举两例加以说明。卷一百四十九《孟浩然集》提要指出，孟浩然传世本中的一首《同张将军蓟门看镫》诗，绝非出于其手，原因在于浩然平生之游迹根本就不曾触及蓟门这个地方。这个判断是非常敏锐也是非常正确的。卷一百五十二《乖崖集》提要认为，吴处厚《青箱杂记》记载的张咏《赠官妓小英歌》，诗意凡劣，非北宋名臣张咏所为。歌中有："我疑天上婺女星之精，偷入筵中名小英。又疑王母侍儿初失意，谪向人间为饮妓。不然何得肤如红玉初碾成，眼似秋波双脸横。舞态因风欲飞去，歌声遏云长且清。有时歌罢下香砌，几人魂魄遥相惊。人看小英心已足，我见小英心未足。为我高歌送一杯，我今赠汝新翻曲。"① 此歌确实浮艳婉媚，词语尘下，与名臣张咏的品格不相符合。《总目》立足知人论世的方法进行裁断，结论是可信的。由这两例的言说可以看出，四库馆臣的品鉴眼光是相当犀利的。类似的卓识还出现于对其他作品的真伪辨别中，故余嘉锡先生在《四库提要辨证》集部辩证中屡称馆臣的审慎，正如他序录中评价《总目》所说的那样："剖析条流，斟酌古今，辨章学术，高揲群言。"②

《总目》对诗歌史上的一些疑点或公案进行的考辨，是求真旨趣的表现之三。《总目》本以考辨见长。除总纂官纪昀之外，四库馆臣中也不乏程晋芳、任大椿、翁方纲、戴震这样的乾嘉学派的大学者。因而，辨析诗

---

① 吴处厚：《青箱杂记》，中华书局 1985 年版，第 81 页。
② 余嘉锡：《四库提要辨证》（第一册），中华书局 1980 年版，第 48 页。

歌史上的一些疑点和公案就成为《总目》批评旨趣的一个重要方面。在明代诗歌总集中，有许多集子的编成是书商所为，并假托当时著名诗人的名下而刊行的。对此，《总目》是颇有甄别的。如《唐诗选》七卷，旧本题明代著名诗人李攀龙所编；《明诗归》十卷、补遗一卷，旧本题竟陵派代表诗人钟惺、谭元春所编；《名媛诗归》三十六卷，旧本题钟惺所编。《总目》在卷一百九十二《唐诗选》提要、卷一百九十三《明诗归》提要和《名媛诗归》提要中以为，《唐诗选》乃后人摘李氏所选唐诗汇编而成，《明诗归》的编成时间与钟、谭两人的生年断然不符，而《名媛诗归》质量平平，真伪杂出。因此，这三个总集肯定是书贾之作，与李攀龙、钟惺、谭元春并无关系。这些解说相当通达，解除了诗歌史上的诸多疑点，为后代文学史的研究奠定了比较坚实的基础。同时，《总目》在考辨公案时，常常采用内证与外证相结合的方法，得出诸多令人信服的结论，使求真的旨趣更加浓厚。如元代左克明的《古乐府》是一部收录古乐府词比较完备的总集，与宋代郭茂倩的《乐府诗集》有相合之处。他是否剽窃了郭书的内容呢？卷一百八十八《古乐府》提要考辨说："郭书刊版之时，仅在克明成书前六年。其版又在济南，距江西颇远，则编此集时，当未必见郭书，非相蹈袭。"下文又举所收的乐府歌词为证，进一步说明《古乐府》与《乐府诗集》实为不相干的两部诗歌总集。这种解释相当在理，使《古乐府》的价值更为明晰。

求真旨趣的表现当然不会仅限于这三个方面。实际上，在四库馆臣的批评视界中，总是以"别裁真伪"的理念审视着诗歌史上的一切文学现象，力求得出符合历史性事实的评价来。他们的努力，尽管不可能完全恢复诗歌史的原貌，但毕竟朝着相对真理的途径迈去。所以，虽然以往的目录学著作、诗歌批评著作，如宋代陈振孙的《直斋书录解题》、严羽的《沧浪诗话·考证》、明代胡应麟的《诗薮》等文本，对于诗歌作品的内容、诗歌作者的真伪、诗歌史上的疑点等方面也有过一些考辨，可是都不如《总目》之系统、全面和相对准确。因而，《总目》的这一批评旨趣值得学人多方肯定。

求真旨趣的形成得力于两个学术背景的影响。其一是受传统目录学学理的影响。自汉代刘向、刘歆以来，中国目录学对于学术史的研究，包括诗歌史的研究本起了"辨章学术，考镜源流"的巨大作用。因此，历代目录学著作的作者秉承"客观实际"的学术理念就成为他们自觉自省的追求。从这个意义上出发，《总目》的批评可谓继承先哲的学术理念而一脉相承的文字表现。其二是受到当时朴学学风的影响。《总目》成书之际正值朴学学风靡讲坛的全盛期，即后人所谓的乾嘉学术的形成期。而且，《总目》的编纂者，诸如纪昀、程晋芳、戴震、翁方纲诸人，本就是乾嘉学术的大师。关于朴学学风的特色，梁启超在《清代学术概论》中分为十条加以总结，约略如下：（1）凡立一义，必凭证据。（2）选择证据，以古为尚。（3）孤证不为定说。（4）隐匿证据或曲解证据，皆认为不德。（5）喜罗列事项之同类者为比较的研究，而求得其公则。（6）凡采用旧说，必明引之，剿说认为大不德。（7）所见不合，则相辩诘。（8）辩诘以本问题为范围，词旨务笃实温厚。（9）喜专治一业，为窄而深的研究。（10）文体贵朴实简洁，最忌言有枝叶。[①] 由此见出朴学学风客观求是的底蕴。文学批评与学术思想的关系较为复杂，难成定论。一般而言，两者之间会构成双向互动的复合关系。也就是说，朴学的治学理念潜滋暗长于这些学者兼批评家的脑海中是正常的也是符合关系论的。因而，《总目》秉持不薄古今的批评态度，对历代诗歌的历史存在价值一视同仁，并以客观的态度追求诗歌史的历史真实状态，这样的旨趣就不难理解了。一言以蔽之，这两种相融合的学风，从某种意义上说，对《总目》求真价值取向的生成，颇具有一定的示范作用和参照作用。

次论求善。求善意指在四库馆臣的视阈中，总是将诗歌的价值与儒家的诗歌美学理想结合起来。求善的理论内涵是：

首先，按照儒家诗学的价值标准来品评诗作，品鉴诗人。儒家诗学思想丰富而正统，在长达千年的批评史上一直占有极其重要的地位。由此也形成了一系列的文学批评观念和美学原则。如教化、美刺、发乎情止乎礼义、主文谲谏、诗无达诂、温柔敦厚等。这些批评观念和美学原则进入批

---

① 梁启超：《清代学术概论》，天津古籍出版社 2003 年版，第 44—45 页。

评领域时，逐步建构成一整套的符合儒家文学思想要求的评价标准，因而，人们品评诗歌、文学就找到了有效的言说武器。

《总目》是深悉儒家诗学思想的。如卷一百九十《御选唐宋诗醇》提要中就曾明确指出："然诗三百篇，尼山所定，其论诗一则谓归于温柔敦厚，一则谓可以兴观群怨。"卷一百八十五《司业诗集》提要中也曾清楚地说道："文以载道，理不可移。而宋儒诸语录，言言诚敬，字字性天，卒不能兴韩、柳、欧、苏，争文坛尺寸之地，则文质相宜，亦必有道矣。"这里的"温柔敦厚"、"兴观群怨"和"文质相宜"，俱是儒家诗学思想的核心范畴。同时，诸如比兴、讽喻、诗品与人品、敦厚、正变风雅等儒家诗学屡屡出现的批评术语，也常常成为《总目》评诗、品人的关键术语。这些话语的再现和自觉运用足以见出四库馆臣的诗学主张。

《总目》中的那些评诗、品人的提要文字最能现出求善旨趣的内容。对此，我们以典型的评论话语加以说明。卷一百四十九《杜诗捃》提要论杜甫诗歌的特征时说："夫忠君爱国，君子之心；感事忧时，风人之旨。杜诗所以高于诸家者，固在于是。"对杜诗的评价显然多重视道德因素。晚唐李商隐和温庭筠同为绮丽诗人，但由于李诗中含有讽谏寄托之言，所以，四库馆臣就高看李氏的作品。卷一百五十一《李义山诗集》提要指出："尚隐诗与温庭筠齐名，词皆缛丽。然庭筠多绮罗脂粉之词，而商隐感时伤事，尚颇得风人之旨。"故非常赞同清人朱鹤龄的观点，认为李诗寄托深微，非温诗香艳之词所能比拟。晚唐诗人韩偓诗名一般，然韩氏诗歌中念及国家，关注民生，从而赢得《总目》的赞扬。卷一百五十一《韩内翰别集》提要评价他说："偓为学士时，内预秘谋，外争国事，屡触逆臣之锋。死生患难，百折不渝。晚节亦管宁之流亚，实为唐末完人。其诗虽局于风气，浑厚不及前人，而忠愤之气，时时溢于语外。……其在晚唐，亦可谓文笔之鸣凤矣。"同样，宋代诗人陈与义的作品中不乏感时忧伤之作，故而平添了诸多惩戒、匡救的雄气，《总目》亦大加扬抑。卷一百五十六《简斋集》评价他说："感时抚事，慷慨激越，寄托遥深，乃往往突过古人。故刘克庄《后村诗话》谓其造次不忘忧爱，以简严扫繁缛，以雄浑代尖巧。第其品格，当在诸家之上。"这些品诗、品人之语无不流露出《总目》的儒家诗学思想的情怀。

其次，秉承儒家诗学思想的传统理念，注重寻绎诗歌的外部价值，注重观照诗人的志向和人格精神的力量。

儒家诗学思想在长期的发展过程中，早已形成了若干特别受到关注的基本理念，诸如《总目》中多次出现的"比兴"、"醇正"、"温厚"、"风雅"、"仁义"等范畴，就是儒家诗学基本理念的关键词。这些基本理念特别强调诗歌的社会功用。也就是说，"儒家诗学话语特别凸显诗歌的反映功能，统治者可以通过诗歌来了解国家政治的得失，人民群众的情绪，一些诗人也有借诗歌来表达社情民意的自觉。在表达百姓意愿的时候，诗人可以借诗歌发挥'美刺'的作用，歌颂朝廷德政，怨刺统治者败行，讽劝其行仁政。而统治者也利用诗歌向群众灌输官方思想和价值观念，使百姓受到化育。"① 同时，这些基本理念又特别强调诗人的人格完善，强调诗歌作品必须符合孔门仁学的道德要求。或者说，作诗绝不仅仅是一个单纯的掌握技艺的问题，而更是一个实现"儒家之道"、完善自我修养的重大问题。因此，《总目》求善的旨趣，必然符合儒家的政教要求和思想标准，必然重视诗人的高尚情操和人格精神。

基于这样的理念，《总目》的批评中便非常看重诗歌与政治要素之间的关系。故而《总目》中属于"外部批评"的文字比比皆是。兹举三条如下：

1. 今观其（按：指张九龄）《感遇》诸作，神味超轶，可与陈子昂方驾。文笔宏博典实，有垂绅正笏气象，亦具见大雅之遗。（卷一百四十九《曲江集》提要）

2. 龚开尝评其（按：指方凤）诗，以为由本论之，在人伦不在人事；等而论之，在天地不在古今。盖凤泽畔行吟，往往眷念宗邦，不忘忠爱。开亦以遗民终老，故扬诩未免过情。然幽忧悲思，缠绵悱恻，虽亡国之音，固犹不失风人之义也。（卷一百六十五《存雅堂遗

---

① 李剑波：《清代诗学的话语分析》，《文学评论》2005 年第 1 期。

稿》提要）

3.（吴）皋工于韵语，所作大都以朴澹为主，不涉元末佻巧纤靡之习。……虽其骨格未坚，尚不能抗行古作者，而缠绵悱恻，要不失变雅之遗意焉。（卷一百六十八《吾吾类稿》提要）

这三例评论颇具典型性，因为诗歌的作者隶属于唐宋元三朝，又因为评论话语中蕴含着浓厚的政治色彩。尽管这些表述显得过于简练，但透过"大雅之遗"、"风人之义"、"变雅之遗意"的申述，其深层含义却是极其清楚的：诸如此类的诗歌承载的是厚重的现实性内容，表现的是与政教相连的人生态度和风雅美刺的传统；观诗可以知政，赋诗可以言志。因此，这三例评论隐含着鲜明的社会功利的目的。

基于这样的理念，《总目》的批评中还认为，诗品是人品的体现，两者是统一的。内容格调低下的诗歌必须摒弃，而人品高尚的诗人则值得褒扬。杨万里、陆游同为南渡中兴两大诗人，且陆游诗歌的成就乃凌轹于杨万里之上，但《总目》却对陆氏颇有微词，卷一百六十《诚斋集》提要指出："以诗品论，万里不及游之锻炼工细；以人品论，则万里偶乎远矣。"其原因就在于陆游晚年曾依附权相韩侂胄，为其作《南园记》，得以为官。这样的行为，以儒家诗学思想的标准看来是有违诗人之职的。所以，即使是一般的三流诗人，他的品格高尚，也会赢得四库馆臣的高度赞扬。如南宋诗人刘黻，诗坛地位本不高。然而，卷一百六十四《蒙川遗稿》提要却评论其诗品和人品说："其诗亦淳古淡泊，虽限于风会，格律未纯，而人品既高，神思自别。下视方回诸人，如凤凰之翔千仞矣。"意思是说，他的人品极高，故诗格自然高于宋末元初诸如方回等著名诗人之上。这样的评价确有过于褒扬之嫌。再如清初的魏裔介本是一般的诗人，然裔介立朝，颇有风节。卷一百七十三《兼济堂文集》提要评价其人其作说："诗文醇雅，亦不失为儒者之言。虽不以词章名一世，而以介于国初作者之间，固无忝焉。"将他定位于正选集部之列。康熙时的嵇永仁，本是一名普通的幕府诗人，后与总督范承谟一起死于反臣的叛乱之中。卷一百七十三《抱犊山房集》提要说："永仁以诸生佐幕，尚未授官，而抗节殒身，义不从逆。"对其品行大加赞扬。又说:"今诵其词,奕奕然犹有生气。与承谟画壁诸诗,同为忠臣孝子之言,争光日月,不但以文章论矣。"他也阔步进入正选集部的行列。再如清初的潘天成,本是一位穷书生,无甚诗名。然而他的作品也被《总目》纳入正选目录之中,原因就如卷一百七十三《铁庐集》提要所说:"其诗文皆抒所欲言,不甚入格。然行谊者文章之本,纲常者风教之源。天成出自寒门,终身贫贱,而天性真挚,人品高洁,类古所谓独行者。"也就是说,他的品质成就了他的诗文之名,而并非他的诗作多么有名。诸如此类的品评,尽管不无一定道理,但过于重视人品的结果必然是消解了诗品的决定性地位。这样的批评视野和品评结果实际上都是求善旨趣造成的。

求善旨趣所承载的文化意义至少是双重的。一方面,将诗歌承载的深沉的历史意蕴揭示出来。显然,诗歌,或者说文学的价值之一必须昭示社会历史层面的重大问题,包括重大的政治问题。由此可以确认,诗歌与功利性的目的相联姻是无可厚非的。所以我们不必过于指摘文学的功利主义的倾向。另一方面,过于注重诗歌的社会功利性价值,或者说过于强调诗歌的外部价值,势必会造成实用文学观念的极端化倾向。这种倾向具有根深蒂固的性质,正如刘若愚先生说:"从公元前二世纪儒学在中国意识形态中正统地位的确立直到 20 世纪初,实用的文学观念一直是神圣不可侵犯的,甚至于那些本来信奉其他观念的批评家都很少有人敢公开地对它加以否定。"[①] 因而,我们也不得不说,在《总目》的评论中,诗歌自身的独立价值和其审美特性有时的确是有意无意地被忽视了。

之所以称"有时的确是有意无意地被忽视",乃是因为《总目》强调"求善"的批评旨趣,并非完全忽视诗歌的审美性价值和诗歌作为艺术的独立性价值。这就是《总目》批评旨趣的多元性之所在。这样,它的批评实效就与另一批评旨趣——求美相关联了。

再论求美。求美意指诗歌批评时注重审视诗歌的审美价值。

在研究中国古代诗歌批评史的时候,常常带给研究者的一个感觉是:

---

① 刘若愚:《中国的文学理论》,四川人民出版社 1987 年版,第 162—163 页。

儒家诗学批评似乎不重视审美价值的判断。这实在是一个错觉。其实，至少自元代末年开始，历经有明一朝，直至清初，儒家诗歌批评中"求美"的旨趣一直绵延相承。诸如元末的杨维桢、明代的陆时雍、清初的王士禛等辈，都是浸染于儒家思想里的诗人和评论家，他们可以算作这种审美批评中的代表人物。显然，《总目》诗歌批评"求美"的旨趣与杨氏、陆氏、王氏的审美趣味之间存在某些相同的重合面。也就是说，虽然四库馆臣们并没有自觉地脱出儒学传统的要求，他们基本上仍是儒家美学的信奉者和继承者，在他们的批评意识和理论主张中，儒家诗学的基本精神、观念和情感指向并未动摇，但是，他们又确乎显示出对诗歌审美价值的由衷关怀。于是，他们以具体的批评实践活动表现了对传统诗学思想的有限背离。例如他们有时公开提倡和追求"性灵"、"豪气"和"情韵"，便与"温柔敦厚"的传统诗教、"美教化"的功利准则，渐渐有些距离了。

具体地说，《总目》对于审美批评投入了很大的热情和心力，使"求美"的旨趣愈发彰显。其表现特点之一是提倡遒劲、高雅的诗歌美学境界。

所谓"遒劲"，指的是诗歌应具有刚劲有力、磊落飒爽的风格。诸如风骨、沉郁、悲壮、磊落、慷慨、奇雄等《总目》中时常所用的美学范畴，都属于"遒劲"这个审美风格下的子范畴。《总目》正是利用这些范畴品评历代诗人的诗作，并极力推崇那些具有遒劲风格的诗作。如卷一百五十一《樊川文集》提要评唐代杜牧的诗风云："牧诗冶荡甚于元、白，其风骨则实出元、白上。"卷一百六十五《晞发集》提要评宋代诗人谢翱的诗风时说："南宋之末，文体卑弱，独翱诗文桀骜有奇气。"卷一百六十八《北郭集》提要评元代诗人许恕的诗歌风貌是："格力颇遒，往往意境沉郁，而音节高朗。"卷一百六十九《竹斋集》提要评元末明初的著名诗人王冕的诗风是："高视阔步，落落独行，无杨维桢等诡俊纤仄之习。"这里出现的"风骨"、"奇气"、"沉郁"、"落落"等表现诗歌骨力的美学范畴还常常涌现于对其他诗人的品评之中。由此可知，《总目》早已将"遒劲"视为诗歌价值的一个重要的美学尺度。所谓"高雅"，指的是诗歌所具有的高远雅正的风格。举凡《总目》中出现的高迈、高秀、典雅、高韵等审美感知术语，皆属于"高雅"的风格之内。《总目》对那些具有"高雅"

诗格的诗歌极为推重。如卷一百六十二《白石诗集》提要称赞南宋诗人姜
夔时说："今观其诗，运思精密，而风格高秀。"卷一百六十五《月洞吟》
提要指责宋末诗人的诗风"往往有佳句，而乏高韵"。卷一百六十八《玩
斋集》提要称赞元代诗人贡师泰时云："其在元末，足以凌厉一时。诗格
尤为高雅，虞、杨、范、揭之后，可谓挺然晚秀矣。"可见，在四库馆臣
的眼中，诗歌有"高秀"，有"高韵"，有"高雅"，便具有了耐人寻味的
诗歌境界，便具有了别样的审美感受。

从"遒劲"的要求出发，《总目》推重骨力雄健的诗歌作品；从"高
雅"的要求出发，《总目》推重高远雅洁的诗歌作品。而《总目》认为，
这两种美学风格是相融相通的，更常常期望它们之间的融会贯通与并行驰
骋，这样，便达到既有"遒劲"，复备"高雅"的艺术境界。需要补充的
是，《总目》的审美趣味是多方面的，这里所论的"遒劲"和"高雅"两
种诗歌审美旨趣只是最突出的罢了。

其表现特点之二是看重抒发个体性情的诗作。不可否认，儒家传统诗
学中本有"言情"的主张。只是这"情"是有所限定的，即要求"雅正之
情"，如《诗大序》所言是"止乎礼义"中的"情"，而不是任意泛滥的
"情"。在诸多的批评语境中，《总目》提倡的正是这种"情"，如卷一百五
十六《横塘集》提要中所云："诗本性情，义存比兴。"由此看出，它遵循
的还是那"发乎情，止乎礼义"的儒家诗教说。但是，另一方面，《总目》
又特别关注诗中独抒性灵的个体情感，曾把诗歌抒写性情当作文学发展的
一条主线。这些"情"，较少或者说不带功利色彩和道德要求，指的是诗
人的自然情感和禀赋气质，是创作主体的真实性情。正如卷一百九十九
《钦定曲谱》提要所说："考《三百篇》以至《诗余》，大都抒写性灵，缘
情绮靡。"也正如卷一百六十八《青村遗稿》提要中所说："诗道关乎性
情。"这就是说，《总目》把个体性情视为诗歌本体的重要因素，因而将陆
机首标的"缘情说"当作评价诗歌的重要尺度。由此理念出发，提要多肯
定抒写真性情的作品。如卷一百五十六《相山集》提要论宋代王之到诗：
"抒写性情，具有真朴之致。"卷一百六十九《梁园寓稿》提要论明代王翰
诗："自抒性情，无元人秾纤之习。"卷一百七十一《容春堂前集》提要论

明代邵宝诗："尤能抒写性灵。"这些论说俱表现出《总目》重情的审美旨趣。所以，这些零碎的、片断的以"真情"为主的评论，是那个时代诗歌批评中不可忽视的重要内容，其批评史意义不可低估。

"求美"旨趣的第三个表现特点是：诗歌审美批评话语的蔓延。这种话语，中国早就有一套。至少在魏晋南北朝时就表现得相当具体。自此之后，历经唐宋元明，审美批评话语一直绵延不断，并形成和深化了一系列的概念范畴和理论观念。诸如兴象、风骨、意境、高韵、自然、含蓄、形神等，都是审美批评话语的关键词。这些审美批评话语具有两个方面的批评功能：其一是彰显诗歌的审美趣味；其二是帮助接受者深入领会诗歌的不朽魅力。《总目》中蕴含的大量的属于审美批评的话语同样具有这种功能。举下列四例加以说明。

1. 贺之为诗，冥心孤诣，往往出笔墨蹊径之外，可意会而不可言传。严羽所谓诗有别趣，非关于理者，以品贺诗，最得其似。（卷一百五十《笺注评点李长吉歌诗》提要）

2. 安石诗虽熔炼有痕，不及苏、黄诸人吐言天拔，而根柢深厚，气象自殊，究非应时之所及。（卷一百六十《颐庵居士集》提要）

3. 元诗绮靡者多，孝光独风骨遒上，力欲排突古人。乐府古体皆刻意奋厉，不作庸音。近体五言疏秀有唐调。七言颇出入江西派中，而俊伟之气自不可遏。（卷一百六十七《五峰集》提要）

4. 盖其神韵清隽，与士禎论诗宗旨相近，故尤赏之。然其他高旷简古之作，尚复不少，固与当时嘈杂之音相去远矣。（卷一百七十二《存家诗稿》提要）

这四例颇为典型。提要之语分别评论了唐代诗人李贺、宋代诗人王安石、元代诗人李孝光和明代诗人杨巍的诗风特征。这些批评话语不仅揭示了四位诗人所作诗作的美学特质，而且流露出鲜明的诗学主张：在读者的接受中，审美接受是不可缺少的重要一环。其中"别趣"、"气象"、"风骨"、"神韵"、"简古"等关键词的含义更具有风向标的作用，它们指向的是完美的理想境界。

　　这三个表现特点并不是截然分开的，有时反而是浑然一体的。我们进一步追问：《总目》审美旨趣形成的内在动因是什么呢？本文以为，一方面，这种旨趣与时代风潮息息相关。就当时文坛整体的审美趋向而言，提倡鲸鱼碧海式的风格以矫正过分含蓄空灵之弊，提倡磊落沉着痛快的格调以反对过分清空缥缈之风，已经成为文学思潮的主流。正如研究者所言："康雍年间崇尚清远淡雅、简洁平和的风尚被沉着痛快、开张扬厉、质实厚重的审美理想所代替。"① 因而，《总目》的审美趣味与当时的审美趋向有相通的一面。另一方面，这种旨趣又与四库馆臣的艺术鉴赏水平相关联。《总目》成于众人之手，其中不乏如程晋芳、任大椿、余集、邵晋涵、周永年、戴震等学问家，但也不乏如姚鼐、翁方纲等文学家。他们对诗歌的审美意义绝非熟视无睹。尤其是总纂官纪昀更为人注目。他们一般都有较好的文学修养和较高的艺术鉴赏力，在运用儒家诗学理论从事诗歌批评时，因艺术辨别力超出了功利主义的束缚而特别注重审美价值的情形是极容易发生的。以纪昀而言更具说服力。现存的《纪文达公遗集》中，许多颇具诗歌评论味道的篇章里就充斥着强烈的审美气息，与《总目》的旨趣有异曲同工之妙。兹举几例为证。卷九《清艳堂诗序》有："苏李之诗天成，曹刘之诗闳博，嵇阮之诗妙远，陶谢之诗高逸……温李之诗绮缛。千变万化，不名一体，而抒写性情则一也。……故善为诗者，其思浚发于性灵。"② 同卷《冰瓯草序》有："有触乎情，即可以宕其性灵。是诗本乎性情者然也。"③ 又卷十一《书黄山谷集后》有："涪翁五言古体大抵有四病：曰腐；曰率；曰杂；曰涩。求其完篇，十不得一。……七言古诗大抵离奇孤矫。骨瘦而韵逸，格高而力壮。"④ 此处的文字涉及三方面的话题，即对历代诗人的审美评价，倡导诗本性情的观点，以及对黄庭坚诗歌的批评。这些批评显示出对自由性情的执着追求，也显示出对诗歌本体价值的真切

①　王运熙、顾易生：《中国文学批评通史》（第六册），上海古籍出版社 1996 年版，第 431 页。
②　纪昀撰，纪树馨编校：《纪文达公遗集》，嘉庆十七年家刻本。
③　同上。
④　同上。

关怀。其批评效果如同《总目》的诗歌批评一样，既符合审美批评的要求，又符合时代批评观念的要求。因此，我们在研究《总目》的审美旨趣时，应时常顾及撰写者诗学思想的发展程度。

需要指明的是，上述三种诗歌批评旨趣尽管各有各的运行空间和言说方式，但是，在四库馆臣的操作下，这三种旨趣却浑然统一于《总目》的诗歌批评中，成为相互补充、相互辉映的意义组合。其组合机制留待他文详述。

三　结语

如何看待《总目》的批评旨趣？这是一个复杂的话题。因为批评旨趣的多元化和历史化告诉我们，仅仅用"好与坏"或者"超凡与平庸"等字眼来评价《总目》的批评旨趣是幼稚的。我们必须放在一定的语境中来评判。

就总体而言，《总目》的诗学观无疑是儒家的诗学观，是传统式的。这种诗学观与它前后出现的诗学观，诸如王士禛的"神韵说"、沈德潜的"格调说"、翁方纲的"肌理说"、袁枚的"性灵说"有许多相同层面的价值取向。或者说，与四个诗派本存在着某些相同的批评旨趣。然而，《总目》的批评旨趣终究与此四派的旨趣不同。这是因为，王士禛"神韵说"和袁枚"性灵说"的批评旨趣偏于"求美"；沈德潜"格调说"的批评旨趣偏于"求善"；而翁方纲"肌理说"的批评旨趣偏于"求真"。而《总目》的旨趣却是"真善美"相兼。这样，《总目》的诗歌批评就呈现出开放性的格局。从这个意义上讲，我们认为《总目》的诗歌批评是古典诗歌批评中的较为公允的代表之作。进一步说，以《总目》为本色的儒家诗学思想本由伦理批评、社会历史批评和审美批评等批评形态构成。于是，诗歌批评既讲求功利主义，又没有忽视非功利主义的美质存在。在具体的评论时力求调和"求真"、"求善"与"求美"之间过分的分歧，不使评论流于偏颇。因而，其批评旨趣不仅与上述四家的批评旨趣同中有异，更不至于如同理学诗论家那样走向单纯寻求"理趣"的极端化之路。

（原刊于《古代文学理论研究》第二十四辑，2006 年）

《四库全书总目》中的词学批评

　　清代词学中兴，既与词家辈出、词作纷呈的景象密不可分，也与统治者的提倡密不可分。而康熙、乾隆两朝的举措则尤见出这种提倡的程度。康熙四十六年（1707）曾敕名编成《历代诗余》一百二十卷；康熙五十四年又编成《词谱》四十卷。两书以"钦定"的名义列入官书，这是自宋代以来词坛所没有的气象，昭示着词体已经渐渐走入正统文学的行列，为官方所认同。乾隆四十七年（1782）编成的《四库全书》中，于集部词曲类纲目下又收入词类作品一百二十七部，其中正选作品七十八部，存目作品四十九部。该情形则愈益显示出词体在文苑中不可忽视的地位。那么，统治者视界中对词体的认识及由此生成的批评观、词学观又是怎样的呢？这是后人最为关切的问题。今以《四库全书总目》（以下简称《总目》）中的词学批评为观照对象，试图对上述问题做一番探究，以明其中的原委。

一

　　《总目》的词学批评，特指《总目》对历代词学典籍的批评。它在多重视角下开展词学批评，批评内容涉及多个层面。而且在探究词体的史实时常常将深远的眼界与精微的考辨相结合，故许多的批评见解对于文学史研究来说不无借鉴价值。

　　词体源流论是词学批评的一个内容。《总目》一方面继承了以往的传统思路，对词体演变的大致趋向进行了勾勒。正如词曲类小序所说："然三百篇变而古诗，古诗变而近体，近体变而词，词变而为曲，层累而降，莫如其然。究厥渊源，实亦乐府之余音，风人之末派。"在此，《总目》从宏观的角度，将词体的源头追溯至《诗经》那里，即强调词体的演变是"格以代降"的结果。这样的观点尽管缺乏新意，显然是吸取前人的观念而来的，因为元明以来关于诗—词—曲文体演变规律的学说一直层出不穷，渐渐成为词体研究的共识。但是，《总目》能在一种流变的过程中观照词体的演变规律，也不乏定性价值。另一方面，《总目》又从创作论的角度，对历代词作家、历代词作发展变化的历史进行了一番梳理和总结。如《花间集》提要说："诗余体变自唐，而盛行于五代。自宋以后，体制益繁，选录益众。"又如《御定历代诗余》提要云：

> 考梁代吴声歌曲，句有短长，音多柔曼，已渐近小词。唐初作者云兴，诗道复振，故将变而不能变。迨其中叶，杂体日增，于是《竹枝》、《柳枝》之类，先变其声。《望江南》、《调笑令》、《宫中三台》之类，遂变其调。然犹载之诗集中，不别为一体。洎乎五季，词格乃成。其歧为别集，始于冯延巳之《阳春词》。其歧为总集，则始于赵崇祚之《花间集》。自宋初以逮明季，沿波迭起，撰述弥增。

这就是说，在词体的历史演变过程中，词的成熟并不是一蹴而就的。词的艺术形态的改变会涉及乐调、体式、句式等诸多方面。只有立足词的创作实际和词的编撰实际，才能看出词体的演变脉络。无疑，《总目》的这些梳理和总结是颇为精当的，而且，词体源流论常常渗透于具体的关于宋、金、元、明、清各时期的词作、词集批评之中，这样，《总目》就勾画了词体演变的历史轨迹，间接地为后人勾勒出自晚唐五代至清代前期为止的大致的词史概貌。

对词谱、词韵类词籍的品评和鉴别是《总目》词学批评的另一个内容。词谱、词韵皆属词体音律学的范围。清代词学的一个特征就是重视词谱、词韵的研究，也是清代词学中兴的一个显著标志。从清初至《总目》写作之前，词体音律的研究曾涌现过许多名作，如李渔的《笠翁词韵》、赖以邠的《填词图谱》、万树的《词律》，等等。尤其是清初万树的《词律》对词体格律进行了系统的整理和研究，多有所得。至康熙五十四年

(1715)，又以御令的形式命儒臣王奕清编纂《词谱》，定名为《钦定词谱》，共四十卷，凡八百二十六调，二千三百零六体。该书在继承万树词律学说的基础上，又有所析疑和发明，堪称词律学的一大成果。

《四库全书》著录词谱、词韵类著作七部，加上应属此类但归入词话类的毛先舒的《填词名解》，实际著录词谱、词韵类著作共八部。其中正选著作两部，即清代的《钦定词谱》和万树的《词律》；存目著作六部，分别是明代的《诗余图谱》、《啸余谱》和清代的《填词图谱》、《词韵》、《词学全书》和《填词名解》。《总目》便分别对这八部著作进行了符合实际价值的品鉴。如《词律》提要评万树的《词律》云："唐、宋以来倚声度曲之法，久已失传。如树者，固已十得八九矣。"充分肯定了万树在音律学研究方面的贡献。再如《词韵》提要评仲恒的这部《词韵》说："词韵旧无成书，明沈谦始创其轮廓。恒作是书，又因谦书，而订之。"明确地指出沈谦、仲恒在词韵研究方面的开创之功。继之，《总目》又指出，沈谦有不明词韵之处，而仲恒又沿袭了沈的讹谬，故《词韵》的研究价值是有限的。在此，《总目》既指出《词韵》学术价值的积极方面，又对其本身的理论缺失持批评的态度，故它的这些评论还是比较有眼界的。进一步说，《总目》对万树的《词律》也并非完全褒扬，有时它也指明《词律》的不足之处。如在《沈氏乐府指迷》提要中四库馆臣说道："万树《词律》所谓曲有衬字，词无衬字之说，尚为未究其变也。"也就是说，在《总目》看来，词律中也存在衬字之说，万树的观点可能有误。由此看出，《总目》对词谱、词韵的研究是相当有水准的，所以，它才能够颇为公允地开展词谱、词韵类词籍的品鉴和评判。

考辨词籍诸多层面的史实，是《总目》词学批评的又一个批评成就。《总目》本以考辨见长。四库馆臣中不乏纪昀、程晋芳、翁方纲、戴震这样的乾嘉学派的大学者。因而，辨析词史上的一些疑点和真伪就成为《总目》词籍批评内容的一个重要组成部分。首先是考辨别集刊本中的讹误之处。如《东坡词》提要指出，《四库全书》所录的《东坡词》版本乃依据明代毛晋的刊本而来。然毛晋本尚有不足的方面，例如："开卷《阳关曲》三首，已载入诗集之中，乃饯李公择绝句。其曰以《小秦王》歌之者，乃唐人歌诗之法。宋代失传，惟《小秦王》调近绝句，故借其声律以歌之。非别有词调谓之《阳关曲》也。"因此，《总目》认为，《阳关曲》三首收入《东坡词》的版本之中，未免泛滥。今日看来，这一番考辨是非常在理的。其次是辨析别集之中某些词句的舛错。如《小山词》提要曾说，晏几道词作中的"泛清波摘遍"一阕，其中有"暗惜光阴恨多少"之句。然而，传世的词集中于"光"字上误增"花"字，衍作八字句。《词汇》遂改"阴"作"饮"字，再误为"暗惜花光饮恨多少"之句，真乃错上加错。显然，《总目》的这种评判是颇有眼识的。最后是考证词人的生平、经历的事实情况。如《梦窗稿》提要说明，吴文英曾与姜夔、辛弃疾游历，唱和之作俱载此集中。又有寿奸臣贾似道的诸作，也载此集中。由此推断，吴文英殆"晚节颓唐，如朱希真、陆游之比"。在此，《总目》对吴氏的评价未必完全正确，但部分事实是合乎历史真面目的，并由此揭示了吴文英非仕非隐的人生经历及境况。这对于今人研究吴文英的词学思想而言是颇有裨益的。《总目》的词籍考辨内容除了以上三个方面之外，还应包括对词体总集类价值的辨别和评判、对词作音律和谐与否的考辨，等等，限于篇幅不多赘语。简言之，《总目》诸如此类的考证辨析，尽管不能算作直接的文学批评，但是却为读者理解词作的含义、掌握词人的人生轨迹指明了方向，为进一步进行相关的批评研究奠定了一定的基础。从这个层面讲，词籍考辨无疑属于词学批评的一个组成部分。

词学批评最引人注目的内容是以批评宋词为中心，对词史上重要的作家、作品进行了审美式的判断。首先是以创作成就为本，对诸多词人的词坛影响予以定位。例如在《东坡词》提要中称赞苏轼道："至轼而又一变，如诗家之有韩愈。遂开南宋辛弃疾等一派。寻源溯流，不能不谓之别格。然谓之不工则不可。故至今日，尚与花间一派并行而不能偏废。"充分肯定苏轼在词学流变史上的地位。又如《漱玉词》提要中给予李清照的地位是："清照以一妇人，而词格乃抗轶周、柳。……为词家一大宗矣。"评判可谓公允。对周邦彦、辛弃疾、姜夔、吴文英等人词坛地位的裁断也颇有眼识。其次是概括了诸多词人的词风特征。如称秦观的词风是"情韵兼胜"；称晁补之的词风是"神姿高秀"；称周邦彦的词风是"富艳精工，善于铺叙";称张翥的词风是"婉丽风流,有南宋旧格"。诸如此类的檃栝是非常精彩的。最后是在词家比较中见出不同词人的风姿,并予以评判。如在《无住词》提要中认为,陈与义词风清婉奇丽,虽然在诗坛上与黄庭坚、陈师道合为江西诗派的"三宗",但是,"如以词论,则师道为勉强学步,庭坚为利钝互陈,皆迥非与义之敌矣"。立足陈与义的创作实际,《总目》的这个比较是很有道理的。又如在《龙洲词》提要中一分为二地说道:"(刘过)词多壮语,盖学稼轩。然过词凡赠辛弃疾者则学其体,如'古岂无人,可以似吾稼轩者谁'等词是也。其余虽跌宕淋漓,实未尝全作辛体。"在此,通过词作内容的比较,将刘过与辛弃疾的异同进行了合理化的解释。可以说,《总目》的这些"定位"、"词风概括"和"比较评判"大体与当代研究成果相吻合,由此见出这些批评内容是切合词籍实际面目的。当然,在具体的批评过程中,这三个方面的内容有时是互相兼及而互为条件的,故《总目》的这些审美评介和感悟总结又不失为一种有价值的"互补"。

平心而论,尽管《总目》词学批评的内容非常丰富,成绩也不容忽视。但是,有两个情况是必须申明的。第一是《总目》词学批评的内容是有所傍依的。或者说,《总目》词学批评的观点并非完全是四库馆臣的创见。具体而言,他们主要是吸取了宋代陈振孙《直斋书录解题》和明代毛晋《宋名家词》的诸多见解而作出了诸多的评语。第二是《总目》的批评视野有时是狭窄的,并没有顾及诸多重要的词史内容,如南唐五代的词作名家李煜、冯延巳等人,宋代的词家名手贺铸、刘辰翁、王沂孙、周密等人,根本就没有进入《总目》批评的行列。而清朝初期的著名词家如陈维崧、纳兰性德、吴伟业、顾贞观等人,也没有进入别集正选著作的批评行列,这也是极大的遗憾。因而《总目》的批评畛域是有所限定的。造成这些缺憾的原因,一方面与《四库全书》录入工作的时间紧迫有关,另一方面也与词作者、词作品在当时词坛上的影响有关。而且,更与此时统治者阶层的词学思想有关,毕竟《总目》的批评或多或少地带有意识形态式的批评意味。

二

对于四库馆臣而言,进行词籍文学批评当然不是他们的首要任务。他们的首要任务是做好所录词类著作的书目提要工作，于是，著录历代词的书名、著者、版本等方面的情况，叙及词体的发展状况，说明词的学术源流等项目，就成为他们书写的主要内容。所以，《总目》中的词籍文学批评应视为目录学研究的副产品。然而，由于撰写者中不乏如纪昀、翁方纲、姚鼐这样的文学创作水平或文学鉴赏水平较高的学者，故词学批评中又常常即兴出现文学家一般的感悟文字。这些文字较多扣合词作的艺术特性，常于简短的评点中画龙点睛地概括了某一词家的美学风格和某个词派的词风追求。由此出发，提要中就不乏审美批评话语了。

不过，作为目录学视野下的词学批评，必然要受到《总目》学术思想的制约和规范。也就是说，《总目》的文学批评必须遵循一贯的学术规范，即沿袭历代书目批评家一贯遵循的孟子所倡导的"知人论世"式的方法，来评论词家、词作。"知人论世"式的批评以考察文学的外部关系作为价值判断的重要依据，围绕着词家生平、词作的时代背景和词体考辨而进行。目的是使读者因简明的提要而知人知文，以知人知文而知提要的大体内容。在这样的前提下，这些批评也有了共同的价值取向，即批评必须讲求社会性和历史性。所以，"知人论世"式的批评在当今又称为社会历史批评。

审美批评和社会历史批评构成了词籍文学批评的主要范式。前者不乏艺术感悟的性质，后者不乏认识价值和历史意义。两者的融合使《总目》的词学批评中渗透着文学家一般的性情和学问家一般的严谨态度。也可以说，这两者的融合是词学批评最主要的特点。

由审美批评出发，词学批评颇有审美的情趣和艺术感悟的水平。《总目》常常运用诸多审美性质的范畴，诸如"婉丽"、"旖旎"、"情韵兼胜"、"清丽"、"清婉"、"萧疏"、"清新婉转"、"慷慨"、"醇雅"、"谐畅"等来判定某一词家作品的艺术特征，于审美判断中见出词作的精神气质。如《稼轩词》提要论辛弃疾之词说："其词慷慨纵横，有不可一世之概，于倚声家为变调。而异军特起，能于剪红刻翠之外，屹然别立一宗，迄今不废。"这几句评论颇有眼界。一是以"慷慨纵横"界定辛词的词风，二是以"别立一宗"说明辛派豪放词风的地位和影响。尤其是以"慷慨"这样的审美术语来领略辛词的妙境，可谓抓住了艺术品鉴辛词的关键。而由社会历史批评出发，《总目》的词籍批评则特别关注作品的含义，关注词家的"本事"和词作的"本事"，不乏考据意味。于是，带有"知人论世"性质的批评语句便涌现了。如批评中出现的"感时伤世"、"语多感慨"、"有黍离之感"、"多磊落之感"等语句，就是典型的社会历史批评的话语。这些话语将词作内容、词人身世与时代背景揭示出来，便具有了严肃的生活意义和历史意义，一方面使读者通过这些批评宛然明了作品的思想内蕴与词风之间的必然联系，另一方面可以指引读者正确解读作品的含义。如在《于湖词》提要中，《总目》交代张孝祥气概可比苏轼，《六州歌头》一词感愤淋漓，"其忠愤慷慨，有足动人者矣"。这些评说，立论有据，忠于事实，对于理解张孝祥之词的特征而言有很好的启迪作用。

需要指明的是，审美批评与社会历史批评又常常融合起来，于是，词学批评有时就比较深刻了。如《山中白云词》提要评论宋代词人张炎的创作成就，就很能体现其批评的融合特点。《山中白云词》提要说道："炎生于淳祐戊申。当宋邦沦覆，年已三十有三，犹及见临安全盛之日。故所作往往苍凉激楚，即景抒情，备写其身世盛衰之感，非徒以剪红刻翠为工。至其研究声律，尤得神解。以之接武姜夔，居然后劲。宋、元之间，亦可谓江东独秀矣。"这段评价张炎的文字称得上是"张炎简评"的不刊之论。在此，《总目》将审美判断和历史评判结合起来，既指明了张炎词作"苍凉激楚"的特点，又依据史实归纳了张炎的词史贡献，两方面的批评内容可谓相得益彰。

当然，从理论形态上讲，这些审美批评是评点式的，多属于直觉和主观的感受，即兴而发，不求系统。同时批评语言也比较简洁，尽管有的评语略带笼统之感，但也不乏圆通之思致。这也是中国古代文学批评共有的特性。叶维廉先生曾说中国传统诗歌批评多属于"点悟"式的批评，以不破坏诗的"机心"为理想。[①] 实际上，古代许多的词体批评，包括《总目》的词学批评，也是以不破坏词的"机心"为理想的。综合起来看，《总目》

---

① 叶维廉：《中国诗学》，生活·读书·新知三联书店1992年版，第9页。

的审美批评具有较高的鉴赏品位，颇能启迪读者的心智。有些词学批评的观点依然屡屡为当代的各种文学史所认可、所引用、所采纳，成为最为后人称道的引述批评材料。同时，社会历史批评对于今天的文学批评而言也有一定的借鉴意义。尤其是在这种批评中常常与伦理批评相互渗透，愈发增添了批评的力度。如《初寮词》提要评价宋代词人王安中"为人反覆炎凉"，虽不足称道，但才华富艳，词品亦不可掩映。再如《梅溪词》提要评论宋代词人史达祖"人不足道，而词则颇工"，"清词丽句，在宋季颇属铮铮，亦未可以其人掩其文矣"。这两处批评暗示我们，在"知人论世"式的社会历史批评中，尽管某位词家人品颇低，但如果词品自有高格，读者也应该以积极的心态接受这些高格的词作，不必一概弃而舍之。显然，这种批评具有相当的合理性和朴素辩证的色彩。

概言之，《总目》的词学批评既具有古代文学批评共同的审美追求，又流露出符合词体发展规律的批评见解，颇有一定程度的客观性和通达性。

三

基于以上两个方面的认识，并联系《总目》诸多批评的细节，细绎其幽，《总目》词学批评中所反映的词学思想就愈发鲜明了。

一是恪守正统的词体观念。《总目》尽管以积极的态度对历代词作进行了一番有所限定的批评与研究，但是，它的词体观念依然受到传统认识的影响，视词体为"末技"和"诗余"，无法与诗文并驰。其词类小序云：

> 词、曲二体在文章、技艺之间。厥品颇卑，作者弗贵，特才华之士以绮语相高耳。然三百篇变而古诗，古诗变而近体，近体变而词，词变而为曲，层累而降，莫如其然。究厥渊源，实亦乐府之余音，风人之末派。其于文苑，同属附庸，亦未可全斥为俳优也。

在此，《总目》从历史的角度将词体演变的大致过程梳理了一条线路，标明文体代变的趋向，这是值得称道的。然又持"卑体"的观念，将词体与末技联系起来，认识程度与明代卑体观念并无二致，可见鄙视词体的现象至清代中前期依然存在。正是从这种"卑体"观念出发，《总目》对词派之间的争胜持漠然态度，如集部总序而言："至于倚声末技，分派诗歌，其间周、柳、苏、辛，亦递争轨辙。然其得其失，不足重轻。姑附存以备一格而已。"认为它们于学术而言无关紧要。

显然，《总目》"卑体"的观念是缺乏新意的，与当时的词学思想有所背离。因为自清初开始至《总目》写作之前，诸多的词论家如曹尔堪、沈雄之辈，为了改变明代以来词为小道鄙体的观念，曾猛烈抨击词体创作中产生的种种弊端，提倡格调高雅的词风，以提高词的品位。而《总目》此前的清代词学流派如云间词派、阳羡词派和早期的浙西词派，亦无不秉持"尊体"的观念，针对现实词坛的弊端，展开积极的批评。例如，云间词派反对词作浅率尘俗，强调风雅之旨。阳羡词派则认为诗词无异，倡导豪放词风。而浙西词派论词核心在于典雅，推尊姜夔、张炎的雅正词体。此等词派尊体的热情可谓赤诚，在它们的努力之下，"词坛风气为之改观"。[①]所以，立足这样的词学思想背景之下，《总目》的这种"卑体"观就略显保守了。究其根本在于，《总目》并没有全面顾及词体的发展变化和现实的状况，依然居高临下地审视着小词，坚持旧有的文体观。而《总目》具有的正统、正宗的学术观念亦由此可见一斑。

二是宗宋不分南北，且不分婉约与豪放。《总目》词类别集中正选著作共五十九部，其中仅宋代词籍就入选五十六部；存目著作二十五部，而宋代词籍也入选十四部。两厢相加，可见宋代词籍的数量和规模占据了《总目》词籍批评的大多数份额。由此表明，在四库馆臣的心目中，宋词才是词史上的极品，是真正的宗法对象。故《总目》宗宋之词风的取向，犹如诗歌史上宗唐之诗风一般。然而，清代词学史上的宗宋思潮有宗北宋和宗南宋的不同。宗北宋意味着宗法北宋词的情景交融、自然流畅、高澹浑厚的特色，尤以周邦彦、李清照为典范。如云间词派的领袖陈子龙就明确地主张崇尚南唐、北宋，而排斥南宋词风。宗南宋则意味着宗法南宋词的雅致、清远而颇有蕴藉的特色，尤以姜夔、张炎、吴文英为典范。如浙

---

① 孙克强：《清代词学》，中国社会科学出版社 2004 年版，第 28 页。

西词派的主张就是如此。同时，宗宋又有宗婉约与宗豪放的不同。如阳羡词派主流是宗法豪放词风，而云间词派则以婉约为本色。无论是宗宋分南北，还是宗宋分婉约豪放，词风必然有所限定而只会带来词体创作的局部繁荣。可是，《总目》却荡开纷争，主张兼容，力图突破各家观念的局限，正如《御定历代诗余》提要所言："凡柳、周婉丽之音，苏、辛奇恣之格，兼收两派，不主一隅。"更为人称道的是，《总目》对宋代词作名家诸如柳永、苏轼、秦观、周邦彦、李清照、辛弃疾、姜夔、张炎、吴文英等，评价之时皆一视同仁，褒贬有据，并无刻意阿谀之辞或攻讦之辞。显然，《总目》秉持的词学观是宗宋而不分南北、宗宋且不论婉约与豪放之别，也就是说，在《总目》看来，只要是宋代名家名作，都值得兼收并蓄而不强分沟壑。显然，这一观念迥异于前期和同时期的清代各词学流派的观点。例如：云间派崇南唐北宋，尚婉丽当行。阳羡派倡导豪放词风，主张效仿苏、辛。而浙西派则首倡尊崇南宋，推举姜、张雅音。这几家的词学思想可谓宗法不同，各有理论主旨。尽管各派之间在创造实践中也不无交融和渗透，但总体而言，各词派在宗宋的取舍方面还是独立树旗而各筑营垒的。因此，相比较而言，《总目》的这一词学观又具有通达的性质。

三是以雅为旨归。《总目》词类别集正选著作除宋代的五十六部之外，另有其他时期的三部著作被录入正选之列，分别是金白朴的《天籁集》、元张翥的《蜕岩集》和清朝曹贞吉的《珂雪词》。《总目》之所以录入这三部词集为正选之列而舍弃词史上众多的其他作品，是别有深意的。因为通过提要文字，我们可分明见出《总目》的批评旨趣。《天籁集》提要评论白朴说："朴词清隽婉逸，意惬韵谐。"《蜕岩集》提要评论张翥说："其词乃婉丽风流，有南宋旧格。"《珂雪词》提要评论曹贞吉说："其词大抵风华掩映，寄托遥深。古调之中，纬以新意。不必模周范柳，学步邯郸，而自不失为雅制。"仔细推敲这些批评话语的深刻含义，我们认为，尽管《总目》宗宋不分南北，且不分婉约豪放，但是，它的词学旨归却定格在一个"雅"字上。雅，意为清雅、高雅和雅正，即主张词作在内容上必须自存高格而言之有物，在语言上追求清词丽句而不可浅俗。

进而言之，以雅为宗的旨趣亦成为《总目》品评词作优劣的标准。例如：《淮海词》提要评秦观的词品是"情韵兼胜，在苏、黄之上"；《芦川词》提要评张元干的词品是"慷慨悲凉"、"清丽婉转"；《竹屋痴语》提要认为"词自鄱阳姜夔句琢字炼，始归雅醇"；评史达祖、高观国的词风为姜夔的羽翼。《总目》在此之所以称道秦观、张元干、姜夔、史达祖、高观国的词作，主要根源就在于他们的词风或雅致，或清雅，或雅正，从而符合《总目》的审美旨趣。相反，对那些"浅俗"、"鄙俚不文"的词作，《总目》则甚为不满，故评论多指摘之语。如《书舟词》提要评程垓的有些词作"语意浅俚"，并非佳作；《龙洲词》提要评刘过的某些词作是"刻画猥亵，颇乖大雅"；《芸窗词》提要评张榘的谀颂上官之作是"尘容俗状，开卷可憎"。这些指摘之语清楚地折射出四库馆臣"崇雅"的审美倾向。

崇雅旨趣的作用，使《总目》对浙西词派的词学主张持赞同态度。《词综》提要说道："盖彝尊本工于填词。平日尝以姜夔为词家正宗，而张辑、卢祖皋、史达祖、吴文英、蒋捷、王沂孙、张炎、周密为之羽翼。谓自此以后，得其门者或寡。又谓小令当法汴京以前，慢词则取诸南渡。又谓论词必出于雅正，故曾慥录《雅词》，鲷阳居士辑《复雅》。又盛称《绝妙好词》甄录之当。其立说，大抵精确。"乍看来，《总目》以雅为旨的词学观乃秉承浙西词派的主张而来，因为浙西词派的开山之主朱彝尊早在清代中前期就以"雅"为大纛，而标新立派。实际上，以雅论词和倡雅的旨趣，早在宋代已不乏其例，南宋尤具声势。正如有的学者所言："南宋初年曾慥的《乐府雅词》、鲷阳居士题序的《复雅歌词》，以及南宋末年张炎的《词源》、沈义父的《乐府指迷》皆明确提出从思想、音律、语言等方面雅的要求。浙西派的雅词论实为南宋的继续。"[①] 如果认同这一观点的话，则《总目》的雅趣远可承南宋"崇雅论"，近可说是吸收了浙西派的思想。换言之，《总目》以雅为旨归一方面有着深厚的词学渊源，另一方面也兼容并蓄了当下的理论菁华。

四是重视词的音律。《总目》词学批评五小类中词谱、词韵批评就占

---

① 孙克强：《清代词学》，中国社会科学出版社 2004 年版，第 212 页。

了两席，由此足以见出《总目》对词之音律要求的重视程度。词谱，以词的曲谱作为研究对象；词韵，以词的韵部作为研究对象。两者研究的共同点是将词体与倚声之学联系起来，以观照词体的音乐性质和协律性质。这样的视角，对于深入研究词体而言，无疑是非常有必要的。周知，词本名"曲子词"，生来即与音乐相结合。晚唐、五代之际，词皆可歌唱。北宋开始，即有不合音律的词出现。至南宋，难以歌唱的词作已逐渐增多。经元、明到清初，词体的发展有一种新趋势，即逐渐摆脱曲调而走向韵文形式。对于这种新趋势，清初的词学家普遍持谨慎的态度，认为还是以遵循词谱、词韵的要求为高格。所以，清初的李渔、万树、赖以邠等人，在继承前人成果的基础上，对词的曲谱和韵律作了极为系统的研究，并取得了相当高的成就。如李之《笠翁词韵》、万之《词律》、赖之《填词图谱》等著作，曾颇有影响。而康熙朝编纂的《钦定词谱》四十卷，内容齐备而周详，考证深契而精微，引领着词之音律学研究的指向。由此可知，在《总目》之前，重视词的音律已成为词学界探讨词学理论的重要内容之一。而且，这些著作在论词律时，并非仅仅着眼于四声、韵部等形式要素，而常常联系词体的内容要素和审美特性，因而对清代词坛的影响是颇为积极的。有了这样的词学背景，《总目》开展词谱、词韵研究，并自觉树立重视音律的词学思想，也就顺理成章了。

正因为如此，《总目》才将音律的谐和程度作为品评词作优劣的一个重要的尺度。如《白石道人歌曲》提要评姜夔的词是："精深华妙，尤善自度新腔。故音节文才，并冠绝一时"；《石屏词》提要评戴复古的词是"音韵天成，不费斧凿"；《竹山词》提要评蒋捷的词是"练字精深，调音谐畅，为倚声家之矩矱"；《蜕岩词》提要评张翥的词是"其于倚声之学讲之深矣"。这里的"音节文才"、"音韵天成"、"调音谐畅"、"倚声之学"等字句，就是典型的词谱、词律话语。运用这些话语，《总目》着力品评了姜夔等人的词风特征。由这些评判中我们发现，《总目》一方面重视词作内容要素的雅正和语言要素的清丽，同时也重视词作音律的自然和谐。也就是说，《总目》评价词作的标准应是雅正、清丽和谐律的统一。

综上可以看出，《总目》的词学思想，既有正统保守的一面，又有通达兼容的一面；既有平庸的一面，又有精审的一面。这就是它的复合性质的表露。毕竟，《总目》的词学思想不是一家一派的思想，而是代表着当时正统正宗的统治阶层的词学思想，与此前、此时、此后的各流派的词学思想相比，它的词学观念必然是平实有余而创新不足。

四

立足整个清代词学发展史的脉络可以看出，《四库全书总目》的词学批评是清代词学研究的一个不可缺少的环节。它批判地吸收了此前云间词派、阳羡词派和浙西词派的理论主张，对稍后形成的常州词派的词学理论也不无指导意义。因而，我们不妨这样概括《总目》的词学批评的价值：尽管《总目》并没有给词学史上留下什么深刻严密的理论体系，甚至连具有创新性的词学批评概念也没有。按照美国著名文论家雷内·韦勒克的观点，文学批评"最后必须以得到有关文学的系统知识和建立文学理论为目的"。[①] 依据这种界定，《总目》的词学批评还算不上现代意义上的文学批评，但是，这并不妨碍它在中国词学史上的影响力。它的影响更多地体现在对历代词家、词作的定位上，更多地体现在词学思想的导向上，并且定位和导向具有鲜明的权威性，这使它又不失为一种极有价值的清代词学研究资源的深层原因之所在。

（原刊于《内蒙古社会科学》2006 年第 6 期）

---

① ［美］雷内·韦勒克：《批评的概念》，张今言译，中国美术学院出版社 1999 年版，第 4 页。

《四库全书总目》的小说研究

《四库全书总目》（以下简称《总目》）的小说研究并非现代小说叙事学层面的学术研究，而是传统目录学视野下的学术研究。于是，它侧重于小说的版本、校刊、辨讹及功用价值等小说外部要素的考究，间或论及小说的内容、主旨等内部要素的层面却非常简约。因而，它的研究内容和视野，存在一定程度的局限性。但就其总体的研究成就而言，仍具有相当重要的学术史价值。今人治中国小说史、小说研究史，依然从中获得不少有益的启发。我们立足当时的文化语境，联系当时的小说创作，着重探究《总目》小说研究的得失、研究价值及学术意义。

一

在探究《总目》小说研究得失之前，我们先要探讨两个学理论题，以明《总目》小说研究的历史语境。第一个论题是：此"小说"而非彼"小说"。从现存的史料看，中国小说史上的小说观念一直是多元并存的，而《总目》认定的"小说"则又有独特之处。卷一百四十"小说类"小序最为明确地标明了它的选择：

> 迹其流别，凡有三派。其一叙述杂事，其一记录异闻，其一缀辑琐语也。唐宋而后，作者弥繁。中间诬谩失真，妖妄荧听者固为不少。然寓劝戒，广见闻，资考证者亦错出其中。班固称小说家流盖出于稗官。如淳注谓王者欲知闾巷风俗，故立稗官，使称说之。然则博采旁搜，是以古制，固不必以冗杂废矣。今甄录其近雅驯者，以广见

闻。惟猥鄙荒诞，徒乱耳目者则黜不载焉。①

　　显然，《总目》所指的"小说"是"九流十家"中的"小说"。卷九十一子部总序论小说家时曾说："稗官所述，其事末矣。用广见闻，愈于博弈。故次以小说家。"② 小序与总序的所指是相合的。由《总目》子部总序、小说类小序及所录小说的提要可以明确地看出，四库馆臣秉承的"小说"观念是传统目录学视野下的"小说"观念，与明清时期诸如李贽、毛宗岗、金圣叹等认定的以情节见长、以人物塑造见长、以叙事见长的"小说"观念迥异有别，更与现代意义上以人物、情节和环境为要素而界定的"小说"观念大相径庭。换言之，《总目》所认可的"小说"是汉魏时期的文言小说。此"小说"的特点是：在内容方面推崇记事以补史阙；在创作方法上通过采风的形式记录街谈巷议之言；在创作功用上强调寓劝诫，广见闻，资考证。也就是说，《总目》的小说研究站在遵从汉学的基础上，追踪汉魏六朝小说式的文言笔记小说，从而拒绝传奇体和白话体小说。对于这样的情形，如果以当今的"小说"观念为标准来评判它的话，《总目》的小说观确实是滞后的。但是，如果以传统目录学下的"小说"观为标准进行评判的话，则《总目》的"小说"界定和分类又具有精审和严格的特征。考虑到中国古代小说的内涵本就不纯粹，其构成内容杂糅了许多变动不居的模糊因素，因此，《总目》的选择也不无合理之处。

　　第二个论题与第一个论题紧密相关：认同"著书者之笔"而非"才子之笔"。《总目》子部小说家类正选著作一百二十三部，存目著作一百九十六部，共计三百一十九部。古代文言小说的重要文本都可从这些提要中搜寻出来。而且，通过这些提要的论述，古代文言小说的发展、演变以及版本传承等状况也大体上被勾勒出来。进一步说，通过这些提要的大旨，我们发现，《总目》所录的"小说"乃是以"著书者之笔"为根本，而摒弃了"才子之笔"。所谓"著书者之笔"指的是以彰显学识、注重事实、资

① 永瑢等：《四库全书总目》，中华书局 1965 年版，第 1182 页。
② 同上书，第 769 页。

于功用为本的笔记小说；所谓"才子之笔"指的是以炫耀才情、以情节取胜、以虚构藻饰为宗的传奇小说。关于两者的区别，有学者认为主要表现在三个方面：其一，"著书者之笔"反对虚构，主张小说应直述见闻，强调信而有征，不可随意装点，故记事简约叙事客观。而"才子之笔"则极尽想象之能事，详述故事始末，不仅情节曲折，而且细致入微地描绘人物。其二，"著书者之笔"长于议论，重在显示作者的才学和见解。而"才子之笔"则以塑造人物为主，追求情节的跌宕起伏。其三，"著书者之笔"代表学者之文的审美理想，推崇的是简约平实、博学儒雅、和顺从容。而"才子之笔"则充满浪漫的激情，追求凄婉欲绝的感染力。① 此见解颇为精到。事实上，《总目》选录"著书者之笔"非而"才子之笔"有着深厚的学术背景作支撑。这个学术背景即是乾嘉学派。《总目》成书之际，正值清代学术思潮全盛之时。发端于清初顾炎武，而大兴于惠栋、戴震等经学大师的乾嘉学派是以汉学为其学术渊源的学术流派，其学风特色是推重实证，不尚空谈，注重考据；复兴汉学，背离宋学，流露出对宋明理学空洞说教的强烈不满。如同皮锡瑞所言："乾隆以后，许郑之学大明，治宋学者已鲜。说经皆主实证，不空谈义理，是为专门汉学。"② 亦如同梁启超所言：以全盛期乾嘉学派为代表的"清代思潮"是"对于宋明理学之一大反动。"③ 因此，《总目》选择以尚质黜华为本的"著书者之笔"并认同和推崇汉魏小说观念，也就很好理解了。况且《总目》的总纂官纪昀，分纂提要的大学者如程晋芳、任大椿、邵晋涵、戴震等，原本就是乾嘉学术的代表人物。他们对于汉学的研究，可谓精深而通达，故清代江藩在《国朝汉学师承记》中曾屡加称赞他们的博通。④ 置身于此种学术氛围中，《总目》秉持真实可信而排斥虚构的小说观，也实在是四库馆臣的共识了。

通过解读以上这两个论题的含义，我们不难得出这样的认识：在传统观念和学术思想合力的作用下，便形成了《总目》小说研究和评判的语

---

① 宋莉华：《清代笔记小说与乾嘉学术》，《文学评论》2001 年第 4 期。
② 皮锡瑞：《经学历史》，中华书局 1959 年版，第 341 页。
③ 梁启超：《清代学术概论》，天津古籍出版社 2003 年版，第 10 页。
④ 江藩：《国朝汉学师承记》，中华书局 1983 年版，第 109 页。

境。这个语境是本文立论的基础，也是今人进行价值判断的基础。我们评价《总目》小说研究的成就，离不开这个语境；同样，我们指摘其不足，也离不开这个语境。如果单纯以现当代的小说理念为参照来裁定《总目》小说研究的规模，则失之公允。

二

就小说提要的文本而言，《总目》小说研究的内容却并不复杂。概而言之，主要涉及三个层面：关于小说的分类；关于小说的考证辨伪；关于小说内容的具体评论和裁断。

关于小说的分类，《总目》的见解是值得深究的。由于《总目》所认定的小说是传统目录学纲目下的子部"小说"，非今日所谓的以侧重刻画人物形象、叙述故事情节为主要抒写取向的"小说"。又由于《总目》秉承汉魏小说的观念而拒绝"才子之笔"。故它的分类是在既守旧又严整的学理下进行的。在这样的前提下，《总目》界定了三类小说——叙述杂事类、记录异闻类和缀辑琐语类，而将唐宋以来的传奇小说和白话小说排斥在外。

这种分类显然吸取了历代小说分类的研究成果而愈加具有整合性。自唐到清，对文言小说的分类主要有三次。第一次是唐代史学家刘知几的分类。《史通·杂述》有如下说：

> 爰及近古，斯道渐烦。史氏流别，殊途并鹜。榷而为论，其流有十焉：一曰偏记，二曰小录，三曰逸事，四曰琐言，五曰郡书，六曰家史，七曰别传，八曰杂记，九曰地理书，十曰郡邑簿。[①]

在这里，刘知几将文言小说分为十类。这种分法，是史学家视野下的结果。"刘知几从史学的角度，认为小说与史书同属记事体，因此抓住记事这一特征，将正史以外所有记事的作品都归入小说，从而第一次明确界

---

① 浦起龙：《史通通释》，上海古籍出版社 1978 年版，第 273 页。

定了小说的范畴。但正因为他以历史记事而非文学叙事作为分类标准，因此所收种类不免芜杂。"① 故刘知几的分类缺乏文学史的意义。

第二次是明代文学家胡应麟的分类。《少室山房笔丛·九流绪论》说："小说家一类，又自分数种。一曰志怪：《搜神》、《述异》、《宣室》、《酉阳》之类是也；一曰传奇：《飞燕》、《太真》、《崔莺》、《霍玉》之类是也；一曰杂录：《世说》、《语林》、《琐言》、《因话》之类是也；一曰丛谈：《容斋》、《梦溪》、《东谷》、《道山》之类是也；一曰辨订：《鼠璞》、《鸡肋》、《资暇》、《辨疑》之类是也；一曰箴规：《家训》、《世范》、《劝善》、《省心》之类是也。"② 这个分类，是文学家视野下的结果。"他基本上是从内容上加以区别的，但同时也考虑到主、客体的侧重不同，如志怪与传奇、杂录与丛谈的内容本来大致相近，但志怪与杂录偏于客观的描写，而传奇、丛谈则是主体出发的。"③ 显然，胡应麟的分类也不够精细。他虽然隐约察觉到小说与"经史"有别，但还是将"辨订"、"箴规"之类也归入小说中，正显示了他对小说的理解还有芜杂之处。

第三次分类则是《总目》的分类。从事学术研究，没有比较则无法看出研究成果的大小。只要我们将《总目》的分类与前两者的分类试作比较的话，就会发现，《总目》的分类具有精审的性质。它的精审表现在两个方面：一是剔除了"辨订"、"箴规"之类的史学性质的著作，愈发突出文言小说的"闾巷风俗"性质。二是剔除了以虚构为能事的传奇类小说，愈发突出了文言小说的雅驯征实的性质。就第一个方面而言，无论是放在当时的历史中还是放在现今的语境中，我们说都是值得肯定的。就第二个方面而言，以小说史的发展进程为参照而判断，则这个精审无疑是滞后观念的表现。而以当时的语境来判断，则这个精审也不无异趣的效果，从而推动了文言笔记小说的局部繁荣。何谓"异趣"？又何谓"文言笔记小说的局部繁荣"？容我们用例证加以说明。异趣主要是相对于当时传奇性质的文言小说的旨趣而言的。传奇性质的文言小说的旨趣是：追求虚构性；以

① 郭英德等：《中国古典文学研究史》，中华书局1995年版，第473页。
② 纪昀：《四库全书》（第八百八十六册），（台北）商务印书馆1983年影印本，第305页。
③ 黄霖：《中国小说研究史》，浙江古籍出版社2002年版，第60页。

人物情节取胜；以藻饰取胜。代表作是蒲松龄的《聊斋志异》。然而纪昀曾评论《聊斋志异》说：

> 《聊斋志异》盛行一时，然才子之笔，非著书者之笔。虞初以下，干宝以上，古书多佚矣。其可见完帙者，刘敬叔《异苑》、陶潜《续搜神记》，小说类也；《飞燕外传》、《会真记》，传记类也。《太平广记》，事以类聚，故可并收。今一书而兼二体，所未解也。小说既述见闻，既属叙事，不比戏场关目，随意装点。①

显然，纪昀的小说观念与今日之小说观念大为不同。他将"小说"与"传记"（传奇）分类而看，即"小说"与"传记"是两种不同的体式。所以，他指责《聊斋志异》是"一书而兼二体"。与此相一致，《总目》所要求的小说的旨趣当然也迥异于《聊斋志异》的创作旨趣。高度简约地说，可用三个词来概括《总目》的小说旨趣：信、雅、用。代表作是与《总目》前后问世的纪昀的《阅微草堂笔记》。信，指小说讲求真实性，反对虚构；雅，指小说的取材雅、立意雅和用语雅等；用，指小说必须追求功用，以有裨于风教，有资于考据。信、雅、用构成的旨趣可谓汉魏小说创作旨趣的一次复活，从而形成另一种样式的文学观念，展现了中国古代小说发展多样性的一面。

不唯如此，乾嘉时期的小说作者多认同四库馆臣的小说观念和分类之法，创作了数量可观且质量雅驯的笔记小说，如屠绅的《六合内外琐言》、杨复吉的《梦阑琐笔》、温汝适的《咫闻录》、阮元的《小沧浪笔谈》、梁章钜的《归田琐记》和《浪迹丛谈》、陈其元的《庸闲斋笔记》、俞樾的《右台仙馆笔记》，等等，不一枚举。这些笔记小说，广征博引，材料详尽，出入经史，搜刊幽秘，乃明显的"著书者之笔"，"并且在局部对小说艺术有所发展"，又得到当时主流文坛的认可，因此，我们称《总目》的分类对文言小说来说又带有"繁荣"的另一重迹象，是不足为过的。综上所

---

① 纪昀：《阅微草堂笔记·姑妄听之跋》，天津古籍书店 1980 年版。

述,《总目》的这个分类是别有一番考究的,也是别有深层文学史意义的。

关于小说的考证辨伪工作,《总目》取得了突出的成就,因此也成为今人认可《总目》小说研究成就的关键之所在。概而言之,考证辨伪成就主要表现在如下四个方面:第一是辨析文本的作者。我们知道,早期的小说作者归属是比较复杂的,因为有的作者是托名,有的是虚假的,有的是确有其人而难以定论的,一言以蔽之,著作权不明晰。所以,要给予这些小说以明确的作者归属,有时也是非常不易的。然而,《总目》本着求实的态度,对早期诸多小说的作者归属作了深入的考究,也取得了突出的成果。如《西京杂记》旧本题晋葛洪撰,《总目》认为不确。它一方面通过早期文献考证了葛洪的传世著作中并无《西京杂记》之名,葛洪撰《西京杂记》的说法仅仅始于唐代;另一方面从《西京杂记》的内容出发,考证出该书所记多与汉代的刘歆有关,且历史文献中也吐露出《西京杂记》与刘歆有密切的关系。所以它最后裁断葛洪撰此书自然属于舛误,并且在没有完全确证刘歆为著者的情况下,建议该书的著作权"兼题刘歆、葛洪姓名,以存其旧",这样的处理是比较通达的。再如《汉武帝内传》的作者旧本题汉代班固,《汉武洞冥记》的作者旧本题汉代的郭宪。《总目》认为两书乃是托名之作。因为前者之文"排偶华丽,与王嘉《拾遗记》、陶弘景《真诰》体格相同",后者之文"怪诞"且"词句缛艳,亦迥异东京"。于是它推断前者殆魏晋间文士所为,而后者或是六朝人依托之作。在此,《总目》依据文风和文体的实际状况而作出的此等结论是令人信服的。而且,今人治小说史研究也采用了这些结论。第二是考证成书时间。《总目》常常采用文本细读的方法,来考辨诸多小说的成书时间,颇有启发性。如关于《山海经》的成书时间《总目》分析道:"观书中载夏后启、周文王及秦汉长沙、象郡、余暨、下雋诸地名,断不作于三代以上。殆周、秦间人所述,而后来好异者又附益之欤?观《楚辞·天问》,多与相符,使古无是言,屈原何由杜撰?"[①] 这种考证把内证与旁证相结合,可谓难得。再如考辨《神异经》的成书时间时《总目》认为,该书虽旧本题汉代东方朔

---

① 永瑢等:《四库全书总目》,中华书局 1965 年版,第 1205 页。

撰，但书中所记皆荒外之事，怪诞不经，绝非汉代之书，又词华缛丽，格近齐、梁，最后断定该书则成于六朝之时，与《汉武洞冥记》、《拾遗记》先后并出也。这个结论也是大体符合实际的。第三是辨别小说的真伪。古代小说的辨伪工作很困难，因为在流传过程中，有时某部小说的部分是伪作，有时整部书是伪作；有时掺假是无意的，有时作伪是有意的。情形比较混杂。要鉴别出其中的真伪，必须花费相当的工夫。《总目》在继承前人辨伪成就的基础上，对多部小说的真伪问题作了考究，也取得一定的成就。兹举两例为证。如《后山谈丛》题为宋陈师道撰。然陆游在《老学庵笔记》中颇疑此书为伪，又以为或陈少时之作。《后山谈丛》提要辨说道："师道《后山集》前有其门人魏衍附记，称《谈丛》、《诗话》别自为卷，则是书实出师道手。又第四卷中记苏轼卒时太学诸生为饭僧，考轼卒于徽宗建中靖国元年六月，师道亦以是年十一月二十九日从祀南郊，感寒疾卒。则末年所作，非少年所作审矣。"① 这样的辨析是非常有力的。再如《东坡问答录》和《渔樵闲话》这两本书都题为是北宋苏轼撰，《总目》以为两书乃伪作。原因是前者词意鄙陋，出于委巷小人之所为；而后者议论皆极浅鄙，疑宋时流俗相传有是书，而明人重刻者复假借苏轼以刊行。因此，《总目》说两书是后人伪造的。这些论证立足文本内容和流传版本而言，故结论是精到的。第四是辨析某部小说版本的流布。古代小说由于编纂、抄印、装帧方式的不同，常常出现不同的版本，而且不同的版本学术价值也不同，因此，辨析版本流布的状态，对于古代小说的研究来说至关重要。《总目》熟稔这一切，故下大气力探究多部小说版本流变的形态，以求认清小说文本的真实面目。如在《世说新语》提要中作者指出，《唐·艺文志》称《世说》八卷，《崇文总目》称十卷，而目录学家晁公武谓有详略两种版本。惜这些版本皆不传世。唯陈振孙《书录解题》称有三卷本，与《总目》所见相合。考其后的流变是：陈振孙的三卷本为陆游所刊本所继承。至明以来，刊行本凡两种，一为王世贞所刊，但刘孝标注文多删节，殊乖其旧；一为袁褧所刊，盖即从陆游本翻刻而来，犹属完本。经过

---

① 永瑢等：《四库全书总目》，中华书局 1965 年版，第 1192 页。

这一番考述，后人对《世说新语》的版本状态已了然于心，为更深入地研究其版本流布打下了基础。又如在《江淮异人录》提要中，《总目》将宋代文士吴淑所撰的《江淮异人录》的版本流布状况作了详细的说明："《宋史》淑本传载是书三卷，而陈振孙《书录解题》作二卷，《宋·艺文志》亦同，则列传为二为三，由字误矣。其书久无传本。今从《永乐大典》中掇拾编次，适得二十五人之数，首尾全备，仍为完书。"① 经《总目》的这番解说，我们会欣喜地发现，被今人十分看重的这本宋代志怪小说依然保留着旧本的面貌。概而言之，诸如此类的考索，对于我们辨析古籍的特征、考证版本的真伪优劣等学术研究来说，无疑具有重要的参考价值。

而且，《总目》考证辨伪的方法也值得借鉴。黄霖先生曾在《中国小说研究史》中指出，《总目》有效的辨伪方法有三：（1）据前人征引确定成书时间以定真伪；（2）从思想观念的历程中考辨；（3）从文体、文风上考证。② 本文以为，黄先生的上述总结是公允得当的。当然，如果需要补充的话，另外两种方法也是非常独到的。第一是"穷源竟委"式的核实法。即通过历时性的角度，来梳理某部小说流传的历史，进而体认这部小说的真伪与内容变化。第二是"援据纷纶"式的归纳法。即通过援引大量的论据，从中归纳出一定的结论，以加强小说研究中论断的力度。总之，《总目》对其所录的三百一十九部古代文言小说，或辨其时代，或辨其伪托，或辨其所由成书，等等，都不乏真知灼见，既有详尽的考证，又有严格的辩证原则，使古代小说有了一次集大成式的辩证成果，所论价值颇大。进一步说，近人余嘉锡的《四库提要辨证》中小说家部分的考辨成绩，也是以此基础而获得的。

尽管《总目》对文言小说的考证辨伪成就很高，然仍存在一些乖错之处。正如余嘉锡先生所言："诚不能无误。"③ 他曾在《四库提要辨证》卷十七、卷十八、卷十九中对五十部小说作了辩证，内容涉及作者生平、著作真伪、成书时代、书名含义、版本流布等多方面的问题。言之确凿，审

---

① 永瑢等：《四库全书总目》，中华书局 1965 年版，第 1211—1212 页。
② 黄霖：《中国小说研究史》，浙江古籍出版社 2002 年版，第 29—30 页。
③ 余嘉锡：《四库提要辨证》（第一册），中华书局 1980 年版，第 48 页。

慎精细，足以补馆臣之缺失。如在《云仙杂记》提要中，馆臣们称《云仙杂记》这本书是伪书。但经余嘉锡先生的辨析发现，该书不仅不是伪书，并且认为是宋元人所为耳。再如在《投辖录》提要中，四库馆臣明言《投辖录》这本书是作者王明清晚年所作的。余嘉锡先生认为有误，并考证出此书乃作者早年时所作。而在《清波杂志》提要中馆臣称《清波杂志》的作者宋代文士周辉是周邦彦之子，余嘉锡先生认为这是"巨谬"。他经过辨析说道："(《提要》)不知宋时自有周邦，以为必是填词之周美成，遂毅然于'邦之子'句中增一'彦'字，致成巨谬。"[①] 本文以为，余先生的如上指摘是颇为有理的，也是正确的。

关于小说内容的具体评论与裁断，《总目》也作出了不少的贡献。这些研究贡献已经引起后来的文学研究者的关心，直至今日依然有影响。具体而言，《总目》在秉承汉魏小说观念的基础上，对诸多小说文本进行了属于价值评判式的研究。有些研究虽然简约了些，但诸多见解仍具有典范意义。撮其要者，约有以下三端：

一曰从信实的角度出发，勾勒出入选小说的内容大旨，凸显每部小说的内容特色。入选《总目》的这三百多部小说，可谓内容各异，面貌多样。同为杂事类小说，有的记述朝廷故事，有的则讲解里巷闲谈。同为异闻类小说，有的怪诞不经，有的则是新颖之语。同为琐语类小说，有的以记录逸闻轶事为主，有的则以劝诫明理为宗。因此要提纲挈领地告知如此多的内涵是非常不容易的事。幸而《总目》在叙述的时候，常常深入文本的肌理之中，将多部小说的特质揭示出来，从而为我们解读小说的内容指明了路径。如《博异记》提要指出，《博异记》虽然与其他志怪类小说有相同的旨趣，但是此书叙述雅赡，而所录诗歌颇工致，视他小说为胜。这就愈发突出了《博异记》内容的雅赡工致的性质。再如在《酉阳杂俎》提要中评《酉阳杂俎》这本书说道："其书多诡怪不经之谈，荒渺无稽之物。而遗文秘籍，亦往往错出其中。故论者虽病其浮夸，而不能不相征引。"[②]

---

① 余嘉锡：《四库提要辨证》（第三册），中华书局1980年版，第1094页。
② 永瑢等：《四库全书总目》，中华书局1965年版，第1214页。

这里就愈发强调了该书的秘籍性质。所以,经《总目》这些简明扼要地叙述,我们已经非常清楚地参悟了多部小说的内容。

二曰从雅正的角度出发,评述入选小说的文本价值并兼及文学价值。《总目》受正统学术观念的制约,常常大力褒扬历代作品中的"雅正"之作。或曰"雅正"成为《总目》衡量小说内容优劣的一个重要尺度。故四库馆臣对于那些雅致的作品常带有推崇的口吻,而对于那些平庸之作、鄙俗之作,又常带有讥讽的口吻。如在《桯史》提要中评南宋岳珂所撰的《桯史》是:"大旨主于寓褒刺,明是非,借物论以明时事,非他书所载,徒资嘲戏者比。"① 非常看重这本书的史料价值。在《菽园杂记》提要中称赞明人陆容所撰的这本书于明代朝野故实,叙述颇详,多可与史相考证,又说:"盖自唐宋以来说部之体如是也。"② 这样的评价自然是立足"雅正"标准而进行的。同时,《总目》对托名唐代陆龟蒙《笑海丛珠》、托名明代杨慎《广夷坚志》等作品持否定的态度,其评价标准也是以"雅正"为依据的。因此,《总目》雅正式的评价内容带有明显的时代印记,它们显示了以四库馆臣为代表的正统学者力图建构一种朴实敦厚之学风的愿望。这愿望也许于小说创作来说较少正面的意义,但于文化建构来说也不失为一种正面的表现形式。再者,《总目》也并非完全舍弃了文学式的价值评价,如在《何氏语林》、《飞燕外传》、《搜神记》等提要中,四库馆臣经常使用"简澹隽雅"、"古雅"、"雅赡"、"纤靡"等美学术语来评价这些作品的特色和文学意义,由此亦看出品评内容的丰富性。

三曰从功用的角度出发,探究入选小说的实用价值。《总目》接受的小说与我们今日所理解的小说有很大的不同,它更接近于今天的记事或者议论文体。这种丛杂的文体,尽管被给予一定的地位,似乎能够与经典文化相提并论,但事实上,这类文体依然处于九流十家的边缘位置。它能够获得《总目》的认可,其主要的缘由是:在有益于世道人心的教化作用方面并不逊色于经史典籍。因此,《总目》时时思考这些小说的实用因素,

① 永瑢等:《四库全书总目》,中华书局1965年版,第1200页。
② 同上书,第1204页。

如同小序所言"以广见闻"。在多部小说的提要中，四库馆臣屡屡称某小说的内容"有裨劝戒"、"足以资考证"、"足以广异闻"等，就是立足功用价值而做出的评判。这些评判是典型的"著书者"之言而非"才子"之言。由此可见，从宏观的角度看，四库馆臣的小说观只能强调小说的外部价值，而不会侧重小说的内部价值。这里既包含着重要的学术史意义，也包含着不可忽视的历史局限。

需要指明的是，与这三个方面的评论相配合，小说提要中时常出现一些评断性的新视点，它们有利于解决小说史上的一些疑难问题，值得后人重视。兹举几个新视点略加说明：（1）《总目》将原本不属于小说家的一些文本，诸如《大唐新语》、《教坊记》、《山海经》、《穆天子传》、《汉武故事》、《汉武帝内传》，等等，经馆臣们的品评，有时附加按语之后，最终归入小说家的行列。本文以为，这不失为一种颇有见识的举措。当今研究古代小说的著作，如杨义先生的《中国古典小说史论》、齐裕焜先生的《中国古代小说发展演变史》已普遍接受这一观点。（2）在评说小说价值的时候，《总目》采用不以人废言的做法，也颇有通达的气度。如《青箱杂记》的作者吴处厚，人品不佳，为人所讥。但《青箱杂记》提要说："其书皆记当代杂事，亦多诗话。……故其论诗往往可取，亦不必尽以人废也。"① 所言合乎情理。（3）对某些作品的性质给予判定。如在《山海经》提要中断定《山海经》的本旨非黄老之言，这本书是"小说之最古者。"又如在《穆天子传》提要中，四库馆臣认为《穆天子传》的内容较《山海经》、《淮南子》尤为近实。今日看来，这些评断大致是公允的。杨义先生《中国古典小说史论》纵论《山海经》、李剑国先生《唐前志怪小说史》称赞《穆天子传》，俱受到四库馆臣见解的影响。当然，有的评断也存在过失之处或商榷之处，值得今人辨析。如《东南纪闻》提要评断《东南纪闻》这本书"大旨记述近实，持论近正，在说部之中犹为善本"。② 实则此断是非常荒谬的，因为该书本是杂采众书而成，根本没有著作权。

① 永瑢等：《四库全书总目》，中华书局1965年版，第1191页。
② 同上书，第1202页。

对此余嘉锡先生辨之甚详，称该书"纯由各家说部内缀辑而成，殆无一条为其所自撰"。① 再如《总目》对《燕丹子》、《玄怪录》等小说的评论过于轻慢，有违事实。实际上，《燕丹子》、《玄怪录》这两部小说是古代小说史上不可忽视的著作，前者出于六朝以前，具有相当重要的版本价值；后者"时时示人以出于造作，不求见信"，② 具有相当程度的叙事效果。《总目》的这种处理，盖是由于这两部小说用语奇伟、想象丰富的缘故，以至于违背了《总目》的采录原则。

三

作为与乾嘉学术思想紧密相关的《总目》之小说研究，其研究价值和学术意义值得我们仔细探究。

首先，《总目》的小说研究具有史学的价值。虽然《总目》将古代传奇小说弃置不录，但是它却梳理了古代文言笔记小说大致的发展脉络，它对三百余篇笔记小说的分类、考辨和评断，勾连起来，其实便是一部简要的文言笔记小说史纲。尽管当时并没有所谓的小说史的概念和学科，可后人治小说史之际，大都离不开这个"史纲"的指引。如鲁迅先生的《中国小说史略》中就曾参阅《总目》小说研究的成果。其次，具有文学的价值。这个价值主要不是通过提要中那些美学式的评说来体现的，而是通过潜在的形式来体现的。这个"潜在的形式"是：在品评小说时，《总目》总是深入小说文本的肌理之中而做出评判，而不是浮在表面空谈。因而，它的批评以文本为本位，即一切回到文本中去寻绎意义。这个"潜在的形式"，对当代那些喜好天马行空的批评者和研究者来说，或许最具有教育意义。最后，具有科学的价值。尽管《总目》的小说观有保守的一面，功用色彩浓厚，带有滞后的性质，但我们也不能据此就忽略《总目》小说研究的客观性。大体来看，《总目》对所录小说的作者、版本、成书时间等基本问题，都尽量辨明，而且在辨明过程中，考辨较精微，评价也力求公

---

① 余嘉锡：《四库提要辨证》（第三册），中华书局1980年版，第1114页。
② 鲁迅：《中国小说史略》，人民文学出版社1973年版，第71页。

允，不作妄言。在评论内容时，《总目》也常常根据研究对象的不同，抓住其主要特征来立论，故评说得当。所以，它的诸多见解和判断多为后世的研究者所认同。

一般而言，学术研究的视野、成就与它所处的历史语境是紧密相关的，研究者不可能脱离自己的历史成见而具有永恒性。同样，《总目》的小说研究也受到它所处历史语境和历史成见的制约。而制约因素有时是多方面的。例如，由于清代前期统治者实行排斥和禁毁传奇小说的政策，《总目》中未列除文言笔记小说之外的小说目录提要，这是四库馆臣必须遵守的举措。因此，我们在探究《总目》小说研究的学术价值时，必须做到通盘考虑而不是拘泥于一个细节之中。

同样，我们在述及《总目》小说研究的学术意义的时候，也必须立足当时的语境而进行。就乾嘉学术对《总目》小说研究的影响而言，可以说是消极面与积极面并存的。消极面主要指小说观念的滞后与偏颇，积极面指的是与乾嘉学术朴学思想相契合，《总目》积极探寻古代文言小说的经世致用的价值，从而在客观上提高了小说的地位；而且对于当时的小说创作来说，也不无推动意义。同时，在严谨求实的学风之熏染下，对诸多的小说作品进行了客观细致的综合研究。两相比较，积极面当占领上风。在这个界面上，我们认为，《总目》的小说研究可以视为古代小说史研究的一个不可缺少的重要环节。从学术影响的程度看，《总目》的小说研究可以视为一种难得的文化资源。时至今日，这个文化资源依然有宝藏可寻。

（原刊于《宁夏大学学报》2007年第1期）

《四库全书总目》文学批评的话语分析

一　话语分析的介入

　　《四库全书总目》（以下简称《总目》，下文所引仅注明卷数和书目提要的篇章名）是一部目录学著作，同时也是一部广义的文学批评著作。《总目》中的文学批评成就是多方面的。就诗歌批评而言，主要包括如下几个方面的内容：一是勾勒历代诗歌的演变史，剖析不同时期诗歌的优长；二是评论历代诗人的创作成就、诗作风格，并予以评价；三是考辨诗句的含义、相关的诗歌史实以及作者的生平，等等。就小说批评而言，主要涉及三个层面：关于小说的三种分类；对某些小说的内容进行考证辨伪；品评和裁断小说的文学史价值。就词体批评而言，包含词体源流论、词谱词韵研究、词籍史实的考辨和词家词作的审美评判等多重内容。本文进一步思考的问题是：这些批评成就中隐藏着怎样的话语形式呢？相关的话语形式有怎样的话语结构和文化意义呢？

　　回答上述问题之前须明确两个学理问题。首先我们对"话语"一词做出界定。"话语"一词是英文 discourse 的翻译，含义颇多。本文以为，话语是指批评主体运用的具有深层文化意义的特定术语和言说行为。我们之所以强调"文化意义"这几个字眼，是因为在时下的语义场中，多数中西文论家认为"话语"本包含了诸多暗示和隐藏的文化内容。其次是立足文学批评史的语境，判断四库馆臣主要采用了哪几种批评话语形式。中国长达两千多年的文学批评发展史告诉我们，文学批评的内容是相当丰富的。在这个过程之中，渐渐形成具有中国特色的文学批评话语形式。话语形式没有一定的固定模式，可以从不同的角度进行分类。从思想史的视角看，批评话语可分为儒家文学批评话语、道家文学批评话语和佛禅文学批评话语。从美学史的角度看，批评话语可分为非功利性批评话语（即审美诗学批评话语）和功利性批评话语。从学术史的角度看，批评话语又可分为文学内部批评话语和文学外部批评话语。此外尚有其他分法，不一而足；更为复杂的是这些形式常常交错在一起，互有照应。因此，批评话语形式的分类不可绝对化。当然，不可绝对化并不意味着话语形式处于"众语喧哗"的局面，没有规律可循。实际上，在复杂的话语形式背后依然潜藏着某些规则。其中之一是不同时代的文学批评话语各有特色的问题。如果说魏晋南北朝是古代文学批评话语形成的奠定期，唐宋是古代文学批评话语形成的深入期，明代是古代文学批评话语应用的争论期，那么，清代则是古代文学批评话语应用的折中期和总结期。《总目》的文学批评话语同样表现出清代文学批评话语所具有的折中和总结的一般特征。它采用的话语形式呈现出历史继承与现实应用共融的态势。具体来说，《总目》遵循的批评话语形式有三种：儒家传统批评话语形式、审美批评话语形式和学术批评话语形式。明确这两个学理问题的内涵之后，我们才能比较明晰地把握《总目》文学批评话语的文化意义。

二 儒家传统批评话语的解析

清代的文学批评思想，自清初开始就表现出对儒家传统文学批评观念的向往和认同。黄宗羲"文之美恶，视道合离"的观点，顾炎武"文须有益于天下"的号召，王夫之对"兴观群怨"的重新阐释，钱谦益"返经本祖"的主张，以及他们对晚明文坛有悖儒家义理的批评观所作的强烈抨击，其深层意义都在于强调文学经世致用的目的和归返儒家经典的价值取向。时至清代中期，以沈德潜为代表的"格调"派批评家力倡"温柔敦厚"的诗教观，主张"微而婉、和而壮"，以"和性情、厚人伦、匡政治、感神明"为宗旨，要求诗歌为维护统治利益服务。这些正统的诗教思想成为当时颇具意识形态性质的主流批评思想。因此，重视文学的时代意义、社会作用，强调文学经世致用的意义和提倡"温柔敦厚"的中和美学精神，是《总目》此前、此际文学批评界最强的音符。

浸染于这样的文学语境中，《总目》运用儒家传统批评话语来品评文学作品、品第作家的优劣等级、标示雅正的旨趣，不仅成为必然之势，而且带有某种合理性。毕竟《总目》的批评观念，更具有官方意识形态的性质，代表着整个统治阶级集体的思想，代表着正统正宗的学术观念。为此，《总目》在文学批评话语中，对儒家传统的批评思想格外信奉。如卷一百九十《御选唐宋诗醇》提要中就曾明确指出："然诗三百篇，尼山所定，其论诗一则谓归于温柔敦厚，一则谓可以兴观群怨。"卷一百八十五《司业诗集》提要中也曾清楚地说道："文以载道，理不可移。而宋儒诸语录，言言诚敬，字字性天，卒不能兴韩、柳、欧、苏，争文坛尺寸之地，则文质相宜，亦必有道矣。"这里的"温柔敦厚"、"兴观群怨"和"文质相宜"，俱是儒家传统文学批评的核心范畴。《总目》中也常常以这些范畴和儒家批评术语来评诗、品人，如卷一百四十九《杜诗捃》提要论杜甫诗歌的特征时说："夫忠君爱国，君子之心；感事忧时，风人之旨。杜诗所以高于诸家者，固在于是。""君子之心"、"风人之旨"是评说的关键术语，显露出四库馆臣对杜诗道德因素的关注和热衷。

我们注意到，《总目》中屡屡出现的那些富有韵味的关键词最能体现儒家传统文学批评思想的要旨。这些关键词很多，但最有代表意义的是：

1. 兴寄。自汉代《毛诗序》的"六义说"，至唐代陈子昂的《修竹篇序》"兴寄说"，兴寄一词的含义逐渐定性，即托物起兴的表现手法和寄托高远的文学内容的合一。《总目》卷一百五十六《横塘集》提要指出："诗本性情，义存比兴。"并常常以"兴寄"来评说文学作品的价值，以寄托高远来称赞某些作品的卓越。如卷一百五十六《简斋集》提要评价陈与义的诗歌内容"感时抚事，慷慨激越，寄托遥深，乃往往突过古人"，卷一百六十五《须溪集》提要颂扬刘辰翁的诗歌"眷怀麦秀，寄托遥深，忠爱之忧，往往形诸笔墨"，充分吐露出《总目》对于兴寄之作的褒扬程度。

2. 中和。自孔门倡导中和之美的境界之后，经汉儒文学批评话语的建构，温柔敦厚、文质彬彬等包含儒家文学观念的主题语就成为历代信奉古典艺术精神的代名词。而"中和"的内涵就在于温柔敦厚和中和之美的合一。这个关键词中渗透着四库馆臣对"中和"之美学境界的崇敬之情。《总目》卷一百五十《李文公集》提要称赞李翱"温柔和平，俯仰中度"，卷一百六十八《丁鹤年集》提要表彰丁鹤年的近体诗"沉郁顿挫，逼近古人，无元季纤靡之习"，卷一百七十二《海壑吟稿》提要赞扬赵完璧诗歌"吐属天然，绝无叫嚣怒张之态"，就在于三人的作品符合"中和之美"的要求。有研究者指出："纵观《总目》文学论，'和平雅正'、'冲澹闲远'、'冲和淡雅'、'温雅清丽'、'正笏垂绅气象'等等审美评判一再在《总目》中出现，它们如风向标般指示着《总目》的文学观念和趣味。"①所言合乎情理。而且，"和平"等术语的背后正流露出《总目》难以割舍的儒家传统文学思想的情怀。

3. 风雅。本指《诗经》中的《国风》和《大雅》、《小雅》。儒家诗论把"风雅"列为"六义"中的两类，故也将"风雅"联为一词，即要求文学作品有益于教化、有雅正的内容。《总目》常常以"风雅"为标准来论说作品的优劣。如卷一百四十九《曲江集》提要论张九龄的诗歌时说："今观其《感遇》诸作，神味超轶，可与陈子昂方驾。文笔宏博典实，有垂绅正笏气象，亦具见大雅之遗。"卷一百六十五《存雅堂遗稿》提要评方风诗歌内容时说："幽忧悲思，缠绵悱恻，虽亡国之音，固犹不失风人之义也。"卷一百六十八《吾吾类稿》提要评吴皋诗作时说："虽其骨格未坚，尚不能抗行古作者，而缠绵悱恻，要不失变雅之遗意焉。"诗歌的作者张九龄、方风和吴皋分别是唐宋元三朝的一般诗人，但是《总目》却格外看重这三人的作品，究其原因就在于诸如此类的诗歌承载的是厚重的现实性内容，表现的是与政教相连的人生态度和风雅美刺的传统。显然，"大雅之遗"、"风人之义"、"变雅之遗意"是评论话语中的关键词。语境告诉我们，这三个词的深意是极其清楚的，即特别强调诗歌的社会功用和诗人的雅正品格。

4. 诗品与人品。儒家传统文学批评尤其认同品格高尚的作品，同时也特别关注作家的高尚情操和人格精神。认为文品是人品的体现，二者是统

---

① 周积明：《文化视野下的四库全书总目》，中国青年出版社 2001 年版，第 182 页。

一的。文中思想内容格调低下必须摒弃，而人格低下的作品更不足取。所以，自汉代儒家文论话语建构以来，儒家文论中对文品与人品的关系也非常重视。《总目》深悉这一点，卷一百六十五《佩韦斋文集》提要明确指明："盖文章一道，关乎学术性情，诗品、文品之高下，往往多随其人品。"杨万里、陆游同为南渡中兴两大诗人，且陆游诗歌的成就乃凌轹于杨万里之上，但《总目》却对陆氏颇有微词，卷一百六十《诚斋集》提要指出："以诗品论，万里不及游之锻炼工细；以人品论，则万里倜乎远矣。"其原因就在于陆游晚年曾依附权相韩侂胄，为其作《南园记》，得以为官。这样的行为，以儒家传统文学思想的标准来看是有违诗人之职的。所以，即使是一般的三流诗人，他的品格高尚，也会赢得四库馆臣的高度赞扬。如南宋诗人刘黻，诗坛地位本不高。然而，卷一百六十四《蒙川遗稿》提要却评论说："其诗亦淳古淡泊，虽限于风会，格律为纯，而人品既高，神思自别。下视方回诸人，如凤凰之翔千仞矣。"意思是说，他的人品极高，故诗格自然高于宋末元初诸如方回等著名诗人之上。这样的评价确有过于褒扬之嫌。再如清初的潘天成，本是一位穷书生，无甚诗名。然而他的作品被《总目》纳入正选目录之中，原因就如卷一百七十三《铁庐集》提要所说："其诗文皆抒所欲言，不甚入格。然行谊者文章之本，纲常者风教之源。天成出自寒门，终身贫贱，而天性真挚，人品高洁，类古所谓独行者。"也就是说，他的品质成就了他的诗文之名，而并非他的诗作多么有名。在此，诗品人品的统一成为评论作家作品时所遵循的规范，而"诗品"、"人品"的深层意义也与儒家的政教要求和思想标准密切地相连了。所以，由这两个词语的自觉运用可以发现，四库馆臣的文学批评主张时时皈依于儒家传统文学批评思想之中。

5. 性情。卷一百六十五《横塘集》提要说："盖诗本性情，义存比兴，固不必定为濂洛风雅之派，而后谓之正人也。"卷一百六十八《青村遗稿》提要说："诗道关乎性情。"《御选唐宋诗醇》提要说杜甫诗歌源出于《国风》、《二雅》，而性情真挚。说宋代文彦博的诗歌"风格秀逸，情文相生"。称宋代王之道的作品"抒写性情，具有真朴之致"。也就是说把性情视为诗歌的本体属性之一。故《总目》多肯定抒写性情之作。不过这里的

"情"是偏义词，它指向的是"止乎礼义"中的"情"，而不是任意泛滥的个体之"情"。由此看出，《总目》遵循的还是"发乎情，止乎礼义"的儒家诗教说。当然，从批评话语中，我们也看出，尽管《总目》提倡儒家所倡导的"性情"观，但并不赞同理学家排斥性情的极端做法，如同卷一百八十七《文章正宗》提要所说："盖道学之儒，与文章之士各明一义，固不可得而强同也。"因而，《总目》也反对一味宣扬政教功能、质木无文的诗作。

而《总目》中的这些儒家文学批评的话语蕴藉更值得探究。一般说来，就文学话语而言，话语蕴藉是指文学活动中含蕴深厚而又意味深长的语言与意义状况。也就是说话语结构之中隐藏着复杂的意义和重要的符码。那么，《总目》中的这些儒家传统批评话语有怎样的意义符码呢？我们先从批评语言的结构说起。因为正视语言结构恰恰是话语理论的最基本问题。参照西方罗兰·巴尔特和米歇尔·福柯的话语理论可以发现，《总目》使用的儒家传统批评话语结构从本质上说是意识形态下的产物。或更确切地说，是一群掌握正统正宗思想的批评者所发出的批评声音。福柯在阐述话语陈述方式的形成时曾首先发问："谁在说话？在所有说话个体的总体中，谁有充分理由使用这种类型的语言？谁是这种语言的拥有者？"[1]这些发问暗示人们"说话人"的口吻很重要。显而易见，《总目》所秉持的这些儒家批评话语带有一种强势话语的结构。卷一百九十《御选唐宋诗醇》提要中的一段评论最为典型，它说："宋人惟不解温柔敦厚之义，故意言并尽，流而为钝根。士祯又不究兴观群怨之原，故光景流连，变而为虚响。各明一义，遂各倚一偏。论甘忌辛，是丹非素，其斯之谓欤？"在此，《总目》以"温柔敦厚"和"兴观群怨"为尺度，批评宋诗理趣化倾向，指责宋诗背离了温柔敦厚的大旨；又批评王士祯诗歌范水模山，批风抹月，纯以"神韵"为宗，而游离于兴观群怨之外。并总结说宋人诗作和王氏诗作是"各明一义"、"各倚一偏"，偏离了正轨诗学的航道。只要我们联系文学史的历史真实就自然发现，这些批评和指责明显带有强权的成

---

① ［法］米歇尔·福柯：《知识考古学》，谢强、马月译，生活·读书·新知三联书店 1998年版，第 63 页。

分。因为宋诗中不乏温柔敦厚之作，而王士禛的诗歌中也不乏兴观群怨的声响。《总目》的这番批评告诉我们：此时的诗歌美学理想须以儒家美学思想为正轨，审美需要已由清初吟咏风花雪月的自然之美转而指向清代中期所向往的"温柔中和"之美了。因此，这些强势话语所构成的断言就愈发显现出居高临下的优越感和力量感了。简言之，儒家传统批评话语的语言结构中渗透着一种权力结构，或者说语言结构中发出一种毋庸置疑颇有归属权的批评声音。

我们认为，《总目》儒家传统批评话语中还蕴含着浓厚的经典意识。经典意识意味着对先秦两汉儒家典籍中出现的文学批评话语的秉承诉求。也就是说，先秦时期两汉形成的儒家传统文学观念在《总目》看来都是颇具神圣的东西，是评论作品的有效话语源泉。众所周知，在先秦儒家典籍中已经出现诗歌批评话语，如在《尚书》、《诗经》、《左传》、《论语》、《孟子》之中就出现了诸如诗言志、观乐知盛衰、兴观群怨、文质彬彬、以意逆志等诗学批评观念。至两汉之际，儒家诗论思想在继承先秦诗论思想的基础上渐渐成熟，形成了一系列的文学批评观念和美学原则。如教化、美刺、发乎情止乎礼义、主文谲谏、诗无达诂、温柔敦厚等。这些批评观念和美学原则进入批评领域时，逐步建构成一整套的符合儒家文学规范的话语方式。在这样的话语方式的运行中，人们品评诗歌、文学就找到了有效的言说武器。《总目》在言说品评之中，实际上是对于这些批评思想的再次运用和再次整合。尽管新的批评术语难以发明，但是，从各种批评语境中我们不难看出四库馆臣的宗经思想，也不难体会出他们的崇圣心理。

进一步说，儒家文学批评话语所承载的文化意义也值得人关注。一方面，这些批评话语将文学承载的深沉的历史意蕴揭示出来。如文学反映现实生活，文学与世情紧密关联，文学在诉说诗人的志向，文学将名利功利昭示出来等内容，与这些话语的运用是分不开的。显然，文学的价值之一必须昭示社会历史层面的重大问题，包括重大的政治问题。由此可以确认，文学与功利性的目的相联姻是无可厚非的。所以我们不必过于指摘文学的功利主义的倾向。另一方面，话语过于注重文学的社会功利性价值，或者说过于强调文学的外部价值，势必会造成实用文学观念的极端化倾向。故在《总目》的文学评论中，文学自身的独立价值和其审美特性有时的确是有意无意地被忽视了。

三　审美批评话语的解析

审美价值"有意无意地被忽视了"，指的是《总目》文学批评的某些现象。如果我们就此认为《总目》不重视审美价值判断，则是一个天大的错觉。实际上，《总目》的诗歌批评中、词体批评中和小说批评中，审美批评话语运用自如，而且与儒家传统批评话语相互补充，成为《总目》文学批评话语存在的主流结构方式。

《总目》中的审美批评话语丰富而多样。诗歌批评中的风骨、雄博、超逸、清远、神韵、慷慨、沉郁、奇气、落落、高迈等术语，词体批评中的婉丽、清韵、清丽、旖旎、潇疏、婉转、慷慨、醇雅、谐畅等术语，小说批评中的简澹、隽雅、纤靡、雅赡等术语，都是审美批评话语中的核心范畴。而且有的术语从属于一个审美风格，如风骨、沉郁、悲壮、磊落、雄奇等诗歌批评中常用的美学术语，就属于"遒劲"这个美学风格下的子范畴。

基于以上认识，并联系《总目》诸多审美批评的细节，综而论之，《总目》审美批评话语中具有代表性的关键词有：

1. 气象。气象一词较早由严羽提出。《沧浪诗话·诗辨》里说："诗之法有五：曰体制，曰格力，曰气象，曰兴趣，曰音节。"[①] 显然气象与诗歌风格相关联，指诗歌具有独特的气格和风貌。《总目》以气象评说历代诗人的诗风特征。如称唐代诗人张九龄的诗歌有"垂绅正笏气象"，称宋代诗人范成大的诗歌"气象之阔"，称王安石的诗歌"气象自殊"，称元代诗人袁桷的诗歌"气象光昌"。有时，《总目》也以兴象、气格、气骨等审美术语来评价诗人的诗歌风貌，因而在很多语境中，这些术语都被视为气象的同义词。

2. 风骨。风骨一词源于六朝。钟嵘《诗品》、刘勰《文心雕龙》颇喜

---

① 郭绍虞：《沧浪诗话校释》，人民文学出版社 1983 年版，第 7 页。

用风骨来评价汉魏时期风清骨俊的诗歌。《总目》以风骨论诗,意在褒扬历代诗歌中那些内容上刚健有力、艺术上慷慨磊落的诗歌风格。如《樊川文集》提要称赞唐代杜牧的诗歌"风骨则实出元、白之上"(按:元指元稹;白指白居易);称赞宋代陈师道诗歌"风骨磊落"。对元代诗人袁易、刘鹗、马臻的诗风颇为赞许,说他们"风骨遒上"、"风骨清遒"和"神骨秀寒,风力遒上"。俱以风骨来鄙薄那些纤丽和绮靡的诗歌,表现出《总目》对汉魏风骨的积极推崇和大力继承。

3. 慷慨。慷慨是《总目》评论文学作品美学风格时所用的一个术语。曹操《短歌行》有"慨当以慷"之句,司空图《二十四诗品》有"悲慨"一品,可谓慷慨的源头。指文气深沉有力、情感激越的一种美学风格。《总目》运用这一术语的目的在于突出作品雄健豪放的力度;在于揭示作家心中难以释怀的激烈情绪。如评唐代诗人韩偓的作品"慷慨激昂,迥异当时靡靡之响";称赞宋代辛弃疾的词作"慷慨纵横,有不可一世之概,于倚声家为变调";评元代诗人戴良的诗歌"眷怀宗国,慷慨激烈,发为吟咏,多磊落抑塞之音";又评本朝诗人范承谟的诗文"直抒胸臆,慷慨激昂"。从这四处的话语语境中可以看出,《总目》一方面褒扬文学作品中的这种"慷慨"风格,另一方面也明确了时代变异与慷慨风格的关系,隐含着评论者对雄健作品的肯定和认可。

4. 清。清是《总目》评论文学作品美学风格时所用的一个术语。指文学作品中清新隽秀的一种美学风格,这种风格在诗词之中表现尤为突出。如卷一百五十五《溪堂集》提要论宋代谢逸的诗歌"风格隽拔,时露清新。上方黄、陈则不足,下比江湖诗派则泬泬乎雅音矣";卷一百六十七《西岩集》提要称元代张之翰的诗歌"清新宕逸,有苏轼、黄庭坚之遗";卷一百九十九《梅溪词》提要称赞宋代史达祖的词作有"清词丽句,在宋季颇属铮铮",同卷《天籁集》提要称金代白朴的词作"清隽婉逸,意惬韵谐",与张炎词风相匹敌。以此见出《总目》对于婉约作品的承认。如果说"慷慨"是豪放类关键词的话,则"清"就是婉约类关键词,从而形成不同结构但又有代表性的两种美学境界术语。

5. 高韵。高韵又是一种美学风格术语。主要指诗歌中所具有的那种意趣高远、韵味无穷的风貌。如卷一百五十八《拙斋文集》提要称赞宋代林之奇的诗歌有高韵，可与苏、黄高韵诗风相混淆；而卷一百六十五《月洞吟》提要则指责宋末诗人的诗风"往往有佳句，而乏高韵"。可见，在四库馆臣的眼中，诗歌有"高韵"，便负载了高雅、高秀的品质，既具有了别样的审美感受，又具有一种与儒家传统审美理想不相背离的诗歌境界。总之，由这些审美批评话语中我们深深地体悟到：这些品评者对各种审美风格的存在是持倾心态度的，同时也显露出他们鉴赏水平和评论水平的高妙程度，因为这些关键词的使用背后寄托着评论者文学观念的开放程度，隐含着他们对历代作家定位水平的准确程度。

　　审美批评话语要求的是重视文学作品的审美质素。这实际上表明在《总目》这里，审美批评话语与儒家传统批评话语是同等重要的，或者说，审美批评话语是对传统批评话语的有效补充和合理兼容；同时，审美批评话语中也带有一定程度的情感诉求。这个情感不仅仅是群体性的符合儒家传统观念的性情，也包括抒发作家不同遭遇的个体情感。因此，审美批评话语中蕴含着批评者对文学本体属性的观照。尽管四库馆臣在评论中辩解群体情感的正统性质和社会功能，但是，在"慷慨"、"清丽"和"高韵"之中，分明也镶嵌着他们对于个体情感的维护，由此也足以说明，《总目》对性灵派的某些主张也并非完全抹杀。

　　审美批评话语中同样隐含着一定的文学意义。首先，虽然四库馆臣并没有脱离儒家传统文学观的藩篱，儒家文学批评思想的基本精神、观念和情感指向并没有动摇，但是，他们又确乎显示出文学审美价值的由衷关怀。于是，在批评实践活动中有的批评话语明显表现出对传统批评思想的某种背离。例如，他们有时公开提倡和追求颇具个体色彩的"性灵"、"豪气"和"情韵"，便与"温柔敦厚"的传统诗教说和"美教化"的功利准则，有些距离了。其次，审美批评话语的充斥表明，审美批评早已深深地锚入人们的意识结构之中，影响着评论者的思维方式，虽信奉儒家传统文学思想的批评者也不例外；尤其是在分析文学作品的美学结构时，审美批评话语成为最有效的言说武器，从而显现了文学之所以为文学的本体力量，而儒家传统批评话语则显示出一定的局限性。所以，《总目》里的这些批评家在这时充当的批评角色已经不是正统正宗的上层统治阶级的一个御用批评家，而是颇有才气的文学批评家的角色了，故他们发出的批评声音与钟嵘、司空图、严羽等格外看重审美要素的批评声音非常吻合。何况馆臣中本有纪昀、姚鼐、翁方纲等文学家的介入，他们对审美话语是并不陌生的。最后，审美批评话语和儒家传统批评话语的并存更符合文学批评史的实际状态。我们知道，自南北朝开始两种批评话语就并存了，《文心雕龙》就是一个典型的例证。延至唐代，这种状态愈加鲜明。唐代诗歌批评界主要有两派。其一重视诗歌的现实内容和社会意义，由陈子昂发展到白居易、元稹，一直到皮日休；其二则比较重视诗歌的艺术和审美价值。由王昌龄的《诗格》到皎然的《诗式》，再发展到司空图的《二十四诗品》。大体说来，前者多采用传统批评话语，即重视诗歌的现实功用；而后者多采用审美批评话语，即看重诗歌的审美意蕴。两种批评话语并驾齐驱至清代而仍然充满力量。所以，《总目》的审美批评话语也与传统文化有密切的关联。

四 学术批评话语的解析

学术批评话语即运用古代学术原理凝结而成的文学批评话语。就《总目》而言，它的学术批评话语与两个学术背景的影响分不开。一是传统目录学学理的影响。自汉代刘向、刘歆以来，中国目录学对学术史的研究，包括文学史的研究起了正本求源、考镜流向的巨大作用。因此，历史上有的目录学著作也间或抒写着文学批评文字。如宋代陈振孙《直斋书录解题》中就充斥着丰富的文学批评话语，"自可成一篇《陈直斋文学琐语》"①。从这个意义上讲，《总目》的文学批评文字是有源头可寻的。二是与清代中前期的朴学思想紧密相关。《总目》成书之际正值朴学风靡讲坛的全盛期，即后人所谓的乾嘉学术的形成期。关于朴学学风的特色，清代皮锡瑞《经学历史》说："乾隆以后，许郑之学大明，治宋学者已鲜。说经皆主实证，不空谈义理，是为专门汉学。"② 清代江藩《国

---

① 潘树广：《中国文学史料学》（上册），黄山书社 1992 年版，第 235 页。

② 皮锡瑞：《经学历史》，中华书局 1959 年版，第 341 页。

朝汉学师承记》论乾隆之际的学术风气是："崇尚实学，不务空谈，游心六义之圃，驰鹜仁义之塗矣。"[①] 梁启超《清代学术概论》中论乾嘉朴学全盛期的治学根本方法在于"实事求是"、"无征不信"。[②] 由此可见朴学学风客观与实事求是的价值取向。一方面朴学的治学理念会影响《总目》秉持不薄古今的批评态度，对历代文学的历史存在价值一视同仁。另一方面文学批评的雅正文风也影响着朴学文风。梁启超说朴学文风"其为文也朴实说理，言无枝叶，而旨壹归于雅正"，[③] 与文学批评的雅正思想是统一的。总之，这两个学术背景对于《总目》学术批评话语的构成而言是具有导向作用的。

学术批评话语最令人肯定的是它的话语结构。这种结构形式体现在：以朴素辩证的思维方式，评断所论对象的优长与缺陷，并合理地作出价值判断以明确优长与缺陷的比重。诗歌批评话语、小说批评话语最能体现这一结构特点。如卷一百五十八《太仓稊米集》提要论南宋诗人周紫芝时认为，周人品低劣，喜与秦桧交媾，"老而无耻，贻玷汗青"。但是，"其诗在南宋之初，特为杰出。无豫章生硬之弊，亦无江湖末派酸诡之习"。对周的文学才华又持以肯定的态度。于此可见，《总目》并没有采用因人而废文的偏颇手段将周紫芝弃置不取，而是采用朴素辩证的方式将周的文学才能加以彰显。在极其重视人品与文品统一的那个时代，《总目》的批评话语竟如此的通达和开明，应该说与古代学术公正客观的理念是断然不可分的。再如《青箱杂记》的作者吴处厚，人品不佳，为人所讥。但《青箱杂记》提要说："其书皆记当代杂事，亦多诗话。……故其论诗往往可取，亦不必尽以人废也。"所言不诡于理而颇为畅达。

这种结构形式尽管没有多么深刻的逻辑关系，但是隐含在其中的深刻思理却格外引人注目。即虽然在操作过程中依然存在不公允、不客观的言说空间，可就总体而言，《总目》尽量以开阔的眼界和公允的口吻评价所论对象而不带着门户之见。所以，这种结构形式是对前期批评话语方式

---

① 江藩：《国朝汉学师承记》，中华书局1983年版，第5页。
② 梁启超：《清代学术概论》，天津古籍出版社2003年版，第12页。
③ 同上书，第58页。

的一种反思性结果。只要我们反观明末文学批评界和清初文学批评界依然存在的门户之见、应酬习气的流弊现象就可以发现，这一结构形式是有积极意义的，它的学术品格也是值得肯定的。

学术批评话语不等于学术用语，它应是对学术用语的一种借鉴。大体说来，《总目》学术批评话语有两大类型：

1. 考辨的话语。《总目》本以考辨见长，因而，那些考论辨析文学史上一些疑点和公案的话语就成为《总目》批评话语的重要组成部分。其中的关键术语有考证、考核、考、考订等。如在解读唐代诗人李商隐的诗句时，《总目》认为李诗尽管辞藻华丽，但也颇得风人之旨，不可轻视。卷一百五十一《李义山诗集》提要指出，历代解读者对《无题》诸篇穿凿尤甚，"一概以美人香草解之，殊乖本旨"，既而考辨出《无题》诗有的诗句有寄托，有的则属狎邪之作，不必刻意推求。其评论是比较准确的。再如《汉武帝内传》的作者旧本题汉代班固，《汉武洞冥记》的作者旧本题汉代的郭宪。《总目》认为两书乃是托名之作。因为前者之文"排偶华丽，与王嘉《拾遗记》、陶弘景《真诰》体格相同"，后者之文"怪诞"且"词句缛艳，亦迥异东京"。于是它推断前者殆魏晋间文士所为，而后者或是六朝人依托之作。《总目》依据文风和文体的实际状况而作出的此等结论是令人信服的；而且，今人治小说史研究也采用了这些结论。概而言之，诸如此类的考辨话语，对于我们读解文句的含义、辨析文学古籍的特征、考证版本的真伪优劣等学术研究来说，无疑具有重要的参考价值。

2. 平心而论的话语。这类话语主要指那些出于公心、表现学术公正的批评话语，它们显现的是四库馆臣的卓越见识和品鉴眼光。如评唐代诗人杜牧时，《总目》特别看重杜诗的内蕴，不单纯以绮丽的文字来指摘他。卷一百五十一《樊川文集》提要说："平心而论，牧诗冶荡甚于元、白，其风骨则实出元、白上。"将杜牧的诗歌风采置于元稹、白居易之上，所论不可不谓慧眼之识。再如评金代诗人元好问时，《总目》特别看重元好问诗歌的创新气息，认为其诗独有风姿。再如评明代诗人李梦阳、何景明的优劣时，《总目》剖析原委，定位适当。正如卷一百七十一《大复集》提要所说："平心而论，摹拟蹊径，二人之短略同。至梦阳雄迈之气与景明谐雅之音亦各有所长。正不妨离之双美，不必更分左右祖也。"对"前七子"中的两位代表人物评说得当：既不满意两人的模拟习气，又不遮盖两人的创作优长，论析颇为公允。由以上的话语可以看出，《总目》的批评总是将诗歌史的必然发展规律与个体诗人的创作成就紧密结合起来，宏观的观照与微观的评论紧密结合起来，从而站在一个辩证的立场上，作出一番理性的判断。所以，《总目》对历代诗人的批评可谓视野开阔、定位有序，大体符合诗歌史的本真面目。

总体而言，学术批评话语承载的是学术的力量和学者的勇气，表达的是对作品和作家的认同感和尊重感，以此见出《总目》实事求是的学术理念。故余嘉锡先生在《四库提要辨证·序》中称赞《总目》"剖析条流，斟酌古今，辨章学术，高挹群言"。[①] 正是在这种高远的学术批评中，《总目》以精辟的学术批评话语修正了传统批评话语的缺失之处和审美话语的不足之处。因此，这一批评话语形式既是儒家传统批评话语和审美批评话语的有效补充形式，也是独有价值和富有时代气息的文学批评话语形式，它所彰显的研究价值和学术意义值得我们历史地、逻辑地加以探究。

五 结语：话语共融

上述三种文学批评话语尽管各有各的运行空间和言说方式，但是，在四库馆臣的操作下，这三套话语却浑然融合于《总目》的文学批评中，而成为相互补充、相互辉映的话语组合。

话语共融当与中和气象的批评风格密不可分。中和气象源于儒家中和的哲学思想，它追求的是开明、和谐而大清明的境界。进一步说，有了和谐、亲切与春天般温柔敦厚的儒家哲学思想，也便有了话语共融的存在空间。有学者指出，《总目》的学术批评风格具有儒者气象，它是关切与理解、雍容与和平的色彩，"代表着中国古代学术批评的最高水平"。[②] 这种见解或许不是过誉之言。而就文学批评话语来说，的确流溢出圆融通达的

---

① 余嘉锡：《四库提要辨证》（第一册），中华书局 1980 年版，第 9 页。
② 周积明：《文化视野下的四库全书总目》，中国青年出版社 2001 年版，第 253 页。

总体价值取向，与那些同时代以个体面目出现的文学批评家的批评话语，如沈德潜的批评话语、袁枚的批评话语、翁方纲的批评话语是有所不同的。这些个体批评家的批评话语比较单一，与中和气象的要求还有距离。

话语共融当与著述者的复合身份密不可分。关于《总目》著作权的归属问题，学术界大体有两种不同的观点。其一归于总纂官纪昀的名下，即认为纪昀一人是《总目》的著述者。其二归于群体作者的名下，即认为从事撰写工作的诸多四库馆臣都是《总目》的著述者。本文以为，《总目》的著述者应是一个群体。最有力的证据是：根据《总目》卷首的说明和职名的记载，当时从事撰写任务的人员多达几十人，除总纂官纪昀之外，还有程晋芳、任大春、余集、邵晋涵、周永年、戴震、姚鼐、翁方纲等著名人士，他们或任协勘官，或任纂修兼分校官，或任遗书纂修官，他们共同参与了《总目》的撰写工作。因此，比较客观的观点是，《总目》成于众人之手，总纂官纪昀对他们的分纂稿进行了改定和补充，然后贯一全文和定稿。简言之，纪昀的编撰功劳是毋庸置疑的，同时也不可忽视群体撰写者的作用。无论是纪昀，还是其他四库馆臣，他们的身份都是相同的。具体地说，他们是集封建官员、文人、学者于一身的著述者。他们在集体从事《总目》撰写中所掌握的话语形式最终的合理构成便是意识形态话语、文学审美话语和学术理性话语的组合。厘清这样的复合身份就为我们观照三套批评话语的共融提供了一个可视的平台。

（原刊于《江西社会科学》2007 年第 7 期）

附录一 中国文学史新"变"的三个视点

毫无疑问，文学史的写作当然属于一种文学活动，西方文论家艾布拉姆斯在《镜与灯》中把文学活动的构成划为四要素：世界、作品、艺术家、欣赏者。因此，我们也可以把文学史的建构过程定为四要素的合一：世界，即文学史所接近的那个历史真实存在；作品，即文学史文本；艺术家，即文学史作者；欣赏者，即接受者。艾氏把四要素关系用图表示：

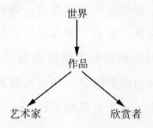

以作品为中心的每两个要素的关系是双向互动的。参照此图，我们亦可把文学史写作的流程用图表示：

表述为：文学史接近的那个历史存在（世界）由作者叙述出来，成为文本，而文本由读者去接受，接受者又能动地体认把握那个文学史的认识

世界。其间，每两个要素的关系亦是双向互动的，所以，我们在检讨新时期中国文学史得失时，不可仅仅囿于文学史本身，而应着眼于文学史活动的整个流程。不论世界与其他三要素的关系是反映与被反映的关系（镜），还是表现与被表现的关系（灯），它的变化只能由这三个要素去体现，因而，我们着重从这三个要素去寻找变因，即作者的变、文本的变、接受者的变。

作者方法论上的更新

作者的变，因素很多，如知识结构的变，唐代刘知几与清代章学诚所言述的良史应有才、学、识、德的变（文学史家亦然）等。但文本认为，突破口是方法论上的更新。中国文学史写作经历了从五四前后对舶来品的借鉴到 20 世纪二三十年代再到新中国成立后至今的三个时期。尤其是新中国成立以后，游国恩、刘大杰以及科学院文学所编写的几部著名文学史著作的问世，基本构建了文学史写作的模式。学者们认为其成果主要有三方面的表现：（1）用历时性的方法，为文学史清理了一条明朗的发展线索；（2）用个案法解剖了文学史上的一个个著名的作家及其作品；（3）用马列主义的一些理论和观点分析文学史发生的诸多文学现象。写作不足也显而易见，是按照学术界不少人所评的时代背景、作者生平、思想内容、艺术特色的四段式来安排的。这种写法仅仅是一种单向的描述或勾勒，缺乏一种整体性的、多视角的透视和把握，因而大多有就史论文之功，而无理论的深度和深阔的力度；而且"对作家和作品的剖析常常从先验的概念出发，以所谓的'人民性'划线，因而论述中不可避免地带有以偏概全的现象，以致客观上使得后来的读者对这一些作家及作品都造成了片面接受和认识的结果"。①

伴随着新的文学史的不断出现，学界对作者方法使用的探讨也日益凸显。述及这个问题，首先应当提到的是 1993 年由苏州大学出版社出版的王钟陵先生的《文学史新方法论》。王先生是较早运用新方法"新"写文学史

---

① 徐宗文：《评王钟陵著〈中国中古诗歌史〉》，《江海学刊》1989 年第 1 期。

的一个学者，著有《中国中古诗歌史》，也是较早探讨文学史方法论的一个人。他向人表述治文学史的二个原则：一是"史的研究就是理论的创造"；二是"整体性原则"。(《文学史新方法论》，第4页)所谓"理论的创造"，按王先生的说法，即文学史写作从历史真实的两重存在原理出发(客观性、主观性)，在史与论的凝结中，进行思维思辨的创造性文学研究工作。"一部文学史，应该是历史的真实和个人才华的合璧"(同上书，第11页)。所谓的"整体性"，有三个层次：一是应对诗人、作家的全部作品作客观而全面的把握；二是对一个时代要作纵横两个方面的完整理解；三是要将文学同哲学、美学、社会风俗等各方面综合起来考察。这样，一层深入一层地构成了一个完整的、上升的体系。由此，他指出："从民族文化—心理动态的建构上把握文学史的进程。"(同上书，第331页)他的《中国中古诗歌史》正是以民族心理、民族思维的发展为主线和切入点而展开论述的。贯之以"四百年民族心灵的展示"这一副标题，清楚地揭示了这位学者写作文学史主体的方法论的自觉。西方有卓识的文学史家勃兰兑斯有句名言："文学史，就其最深刻的意义来说，是一种心理学，研究人的灵魂，是灵魂的历史。"(《十九世纪文学主流》第一分册《引言》)从这个意义上说，这部文学史也在印证这句名言。正是建立在这样一种学思的基础之上，本书抓住了文学史所承载的一种本质东西：作家的心灵史。这也表明，文学史的写作须以跨学科的"客观正确"为参照物，韦勒克、沃伦的《文学理论》曾说："如果没有一个适当的参照系统作依据是不能写出真正的文学史来的。"① 我们也可说，如果没有一个适当的参照系统作依据，是不能写出真正的文学史来的。该书以心理历程为参照系，将文本所承载的人的本质东西还原于文学，让文化心理的积淀与心理情感的沟通异质同构，这种关系最易互动共生。因此，这种研究法可以说是一种跨学科的研究方法。自该书问世之后，一系列重视作家心态研究的著作相继而出，就笔者视界所见，有罗宗强先生的《玄学与魏晋士人心态》(1991)、幺书仪先生的《元代文人心态》(1993)、许明先生主编的《中

---

① 韦勒克、沃伦：《文学理论》，刘象愚等译，生活·读书·新知三联书店1984年版，第299—300页。

国知识分子》丛书和陈桐生先生主编的《中国文人心态》丛书，这些著作力图发皇古代作家细腻、幽微的心灵史，让读者透过历史的奥妙纱窗去窥视古代文人的心灵之潮起潮落。这些新著虽不尽受王先生新方法论的影响，却无疑开拓了文学史家、文学研究者的写作空间。当然，正像有些学者所说的那样："心态史的研究只是文学研究的一部分，它不可能代替一切文学与历史的研究。"① 显然，选择这一领域作为文学史写作主体求变的突破口，已引起学界极大的关注，并由此引起方法论的兴趣。

其次要提到的是 2000 年由北京大学出版社出版的林继中先生的《文学史新视野》，这是一本熔文学史与文学史方法论于一炉的前瞻性著作。林先生在第一章以开放的视野说："然而，从各个不同的角度切入文学史，无论是用社会学方法、文化人类学方法、接受美学方法，还是原型批评方法，等等，都只能说是盲人摸象而各得一端——当然所得有大小之辨。然而盲人摸象虽不能认识其整体，毕竟是对其局部有所认识。……也因其如此，从不同角度切入文学史的各种模式都有其存在的意义。"（该书第 26 页）林先生的态度表明他宽容和睿智的治学观点。相对于有些文学史家与批评史家的纷争而言，他更加平和，这大约源于他既有写作文学史的甘苦经历，② 又有自觉的方法论运思。《文学史新视野》概括中国文学史写作和既存的主流模式有两种，一为"知人论世"式，二为"以诗为诗"式，并分析其变异的状态。实际上，"知人论世"式不唯在中国存在，是一种基本方法，而且也是国外文学理论家认同的方法，韦勒克、沃伦的《文学理论》中就曾说："作为文学史家，我们首先得注意作家本人的思想、概念、纲领以及命名等。"（第 305 页）这当然是"知人论世"的海外版。"以诗论诗"式的核心是文化学方法论。林先生比较认同闻一多先生在文化视角下研究文学的路子，他认为如下图式给人以方法上的启示：

文化视野中文学环境的复原→审美意识的沟通、把握→文学内部机

---

① 宁宗一：《关注古代作家的心态研究》，《文学遗产》1997 年第 5 期。
② 林继中：《文化建构文学史纲（中唐—北宋）》，三秦出版社 1994 年版。

制（内容、形式之变化）

"在这一探索的基础上，再去发现、总结文学史发展的规律。"① 这种方法显然更有研究力度，他想表明在文化与文学的互动关系中写作文学史。他的《文化构建文学史纲（中唐—北宋）》已是一部变化的断代文学史。关于"文化构建"及由此术语导出的"文学构建"之关系，《文学史新视野》的第三章进一步解释说，前者制约、驱动后者，而后者又以其自身的变革参与前者；二者虽是系统与子系统的关系，但"整个运动过程中，文化整合作用是关键"。② 基于这种看法，林先生把文化史与文学史的同构运动结合起来，研究情志、意象在这一运动中的嬗变；研究个体（作家）以丰富性、多向性如何参与文学的文化构建；研究文学史的生命秩序及影响因素：传统、外来、时尚；历时、共时、间歇。并不断追问文学演变的蔓状生长流程，梳理文学史的生态结构。他的方法论立足于不断变化着的文学外部条件与幽微杳渺的文学内部，参照系是开放的，视野是前沿的。之所以不厌其烦地评述两位学者的两本书，乃是体悟新的方法论给叙述者带来的求变契机。最近学界对陈大康先生的《明代小说史》写作新模式颇感兴趣，因为他构建了一个明清小说在作者、书坊主、评论者、读者，以及统治者的文化政策这五者共同作用下发展的研究新模型。此是方法论上的变例。齐裕焜教授称此书是"建构小说史研究五种合力的新模式"③ 加之此书采用统计学的方法分析小说的演变规律，"使他的小说史研究能够有所突破"。④ 这些个案足以表明只有作者方法论的更新，才能写出更加逼近文学史"真相"的文本。

文学本位的回归

文本求变，因素亦很多。如行文之变、结构之变、体例之变等，这些都是形式之变。内容之变也很多，如增添新的章节，补充作家、作品等。

---

① 林继中：《文学史新视野》，北京大学出版社 2000 年版，第 16 页。
② 同上书，第 145 页。
③ 刘秦（齐裕焜笔名）：《小说史研究的新突破》，《明清小说研究》2001 年第 2 期。
④ 同上。

但文本认为，文本之变的关键在于回归到文学的本体性上。

何谓"文学的本体性"？即文学之所以为文学的性质，突出的特点是：文学是语言的艺术、文学是审美的艺术、文学是描绘情感的艺术。总之，它的性质是有别于其他学科的性质的。新时期的著述者已渐渐注意到以往文学史文本多侧重历史性而忽略了文学性的不足现象，已试图改变这种定位的困惑。当章培恒、骆玉明先生主编的《中国文学史》刚问世时，几乎所有的读者群体对文本所宣扬的、从人性的角度探讨文学的发展规律的言语为之一振；对绪论所作的总结——"文学发展过程实在是与人性发展的过程同步"也颇感一新。尽管写作结晶与这些写作目标存在距离，却对文学史找回文学性开了渠道。同样，读者对近期袁行霈先生主编的《中国文学史》注重文学本位的研究和写作也称赞有加。傅璇琮先生说："相当部分写得很有文采，确能体现文学研究本身的艺术思维和审美意趣。"① 的确，阅读全册会使人置身于文学研究所特有的艺术氛围中，感受到文学史文本同样具有审美力量和情感力量，如第二册论析盛唐诗时，不从取材之异来分类，而是从作品的美学效应来分类，将此时的诗区分为"静远明秀之美"、"清刚劲健之美"、"慷慨奇伟之美"三派。这种研究成果是与以往文学史的写法迥异的，它致力于突出意向类型和美学风格，符合文学本位的宗旨。再如第三册论析辛弃疾词作的独特艺术个性和主导风格时，概说辛词是"以密集的军事意象群，连接成雄豪壮阔的审美境界……"此等话语应属文学本位的研究之言。何谓"文学本位"？该书的总绪论言："文学创作是文学的主体，文学理论、文学批评、文学鉴赏是文学史的一翼，文学传媒是文学史的另一翼。所谓文学本位就是强调文学创作这个主体及其两翼。"所以"文学的本体性"是"文学本位"的前提和基础。"文学本位"的内涵更丰富、更宽泛。此书的编写者无疑对这些理论有清醒的认识，有意突破过去文学史那种单纯以历史本位将一个个作家作品排列组合的模式，充分考虑共时性因素和文学性，融合历时性为序，来构建文学史的文本大厦。实际上，这种以文学本位作为基石的学理思想渐渐为许多文

---

① 傅璇琮：《袁行霈主编〈中国文学史〉研究会综述》，《文学遗产》2001 年第 1 期。

学史家所共识。新近出版的由赵义山、李修生先生主编的《中国分体文学史》的前言就宣称，过去的文学史是"没有立足文学本位，而是有意无意地站在历史本位，是历史本位主义而不是文学本位主义"。[①] 新的文学史文本应"努力突破历史本位而回归文学本位"。[②] 因而，就文本而言，应是立足于文学本位来研究社会历史文化中的文学文本，是着眼于文学本身的特点和规律而不是着眼于跟文学有关的其他社会文化现象的文本。就读者而言，需要的是突出文学性的文学史文本，是与文学本位相关联的开放性、理论性、前瞻性的文学史文本。如袁行霈先生主编的《中国文学史》在每一章之后，以注的方式补充说明论点的来源和依据，并汇集与此相关的各种研究成果，既提供学术信息，又展示学术发展新的方向，确增文学史的色彩。最新版的《中国分体文学史》，章后亦列出参考资料的出处，此举也添文本的学术气氛。相反，一味沿袭旧文学史的写作模式，未能摆脱传统藩篱的文本，阅读效果并非令人满意。《文学遗产》1998年第6期刊登的《宋代文学与〈宋代文学史〉研讨会纪要》显示，由人民文学出版社新近出版的作为中国文学通史系列之一的《宋代文学史》并没有引起接受者的轰动。流通传播亦不十分理想。究其原因，文本的文学本位不明显，当是内因。

　　文学本位的回归，实际上也是学理变化的结果，又反过来引起学界的深思。在认同新的价值判断给文学史求变带来的机缘时，许多文学史著述者以文本的写作而不是仅以学思的探讨，以创作实践而不是仅以争论而体验着文学本位给文学史带来的收获。值得提及的是20世纪末21世纪初出版的两套丛书，一套是由广西师范大学出版社出版的乔力先生主编的"中国古代文学主流"丛书15本，另一套是由江苏教育出版社出版的齐裕焜先生、欧阳健先生主编的"中国小说通史"系列丛书5本。两套丛书的共同点都是立足于文体而论，参照相应的时代文化环境，充分显示各种文体在中国文学史上的审美特征与文学意义，给文学史研究增添了气象。前者考察诗歌、赋、散文、戏曲文学、小说五种文体的文学史价值，迥异于以往

---

① 赵义山、李修生：《中国分体文学史》，上海古籍出版社2001年版。
② 同上。

文学史那种根据时间顺序，全盘罗列一切文学样式的各种创作现象，而代之以共时性的审美判断和历时性的有关断面的文本分析。正如主编乔力先生在总序中所言："本书系立足缜密开阔的理论观照和精微细致的审美感受，就'本体论'——'流变论'的上下编二元组合的双向审视中，注重时间概念与时代概念在历史起点与逻辑起点上的一致，由之确认于大文化视野里，重新对中国古老的文学传统作出现代阐释。"（第3页）显然，他们的创作意图是筛选最能标志文学价值与特征的特定文体为言述对象，来阐释贯穿其中的艺术精神。后者则考察小说的五种主要类型（神怪小说、历史小说、社会小说、人情小说、英雄侠义小说）的文学史价值，这套书将类型学引入小说史领域，对五种题材的小说作了分门别类的研究，重新审视、评价所涉及的小说作家作品，有许多是一般小说史和小说论著中从不谈起的作品，此丛书也提到并予以适当评价。而且这套丛书贯穿古今，从古代写到当代，这是一种尝试，目的是"将一种小说类型从古至今的演变发展展现给读者"。[①] 这种尝试当视作历时性下的文学本位凸显的创作活动，带着著述者深刻的反思背景而流入笔端。

时至今日，越来越多的人认识到，推动文学史的发展不可能是一种力量，而是诸种力量的综合，这也称得上是"合力"的作用。"合力论"成为共识，有助于克服"一元论"的偏颇，但是"合力"中究竟有哪些力量可称本质力量，至今也有争议。但如果说文学本位力量是一个本质力量，是文学史发展的动力因素，这个论断该不算是一种机械的进化论吧？

读者接受的纳入

既然文学史的写作是一种文学活动，就必须重视读者这一要素。虽然文学史文本的价值大小、品质优劣不可一味听信读者的摆布——毕竟读者的接受要受到个体接受度的制约，但是，如果个体接受上升为群体接受，那么，文本的存在价值理应顾及接受者的评判。这是新时期文学史较少注目的视点，我们应把接受因素纳入文学史求变的视线中。

---

① 齐裕焜：《中国历史小说通史》，江苏教育出版社2000年版。

就目前的读者接受群而言，大致可分为三个群体：首先是高等学校的文科学生，他（她）们是接受的主体，所以我们出版的文学史大都贯之以"高等学校文科教材"、"面向 21 世纪课程教材"等字样。其次是从事与此相关工作的教学人员和科研人员，包括国外的同类人员。可以说，他们是评价文学史得失的发言人和权威者。最后是普通的文学史爱好者和社会读者，他们是游离于前二者之间的文化消费者和建设者。未来的文学史，不能不虑及这三个群体不同文化心理和不同的审美需要。读者群是大学生，文学史就具有教材性质；读者群是教学科研人员，文学史就具有研究性质；读者群是普通接受者，文学史就具有普及性质，这就说明他们有不同的价值取向。我们试研究和分析这三个群体的接受程度是什么，期待视野又是什么，借以窥视读者接受这一要素的重要性和必要性。

高等学校的文科生，特别是中文学科类的学生，对文学史的接受是通过自身阅读和教师讲授实现的。由于"中国文学史"是一般中文类重要的科目，在教学中一度被一统化和模式化，所以，大学生接受的主动性和被动性是并存的。他们的阅读兴趣受到功利性的限制，关于教学和中国文学史的关系，已有学者进行检讨。[①] 本文不作深究，我们关注的是大学生的接受程度与期待视野。

笔者作为一名从事过"中国文学史"教学工作的老师，对这个问题的思考虽不全面却有体悟。笔者发觉许多大学生进入大学中文系学习之后，会突然发现所谓的《中国文学史》的面目跟他们心中的概念是不同的，他们心目中的文学史，好像不是这块园地。是什么？他们不清楚，只好先阅读课本，渐渐地，作为双重地位接受者的学生（被动性、主动性）对《中国文学史》的兴趣不浓，他们多把它当作一门学科来学，而不是当作一门艺术来学，并没有把它当作文学魅力的承载者来看待。这其中的原因需作实际调查，以量化为充分和必要条件来作出解答。此问题留待他文详述。但可以设想因时间、空间、文化积淀等因素的不同，即便量化也会存在差异，由于接受程度是一个变量，不能由此直接推理出结论。期待视野也可

---

① 戴燕：《文科教学与中国文学史》，《文学遗产》2000 年第 2 期。

由调查中得出，不妨先从以下问题开始：（1）这个群体如何看《中国文学史》？（2）学《中国文学史》主要接受到什么？（3）如何评价当作课本的那本文学史？（4）心目中的《中国文学史》该怎样？所以，这个读者群看似熟悉，实际陌生，我们不可忽视他们的接受状态和状况。

从事与文学史相关的教学人员和科研人员是中国文学史发展的直接见证人和导向人，他们既是作者，也是读者，最有评价文学史文本得失的权利。就这一群体来说，他们的期待视野虽是变量的，但易从心态上把握，即对已存的文学史不满意的多，对文学史的前景充满信心。尽管在理论背景、学术观念、价值取向等方面存在诸多分歧，可这些接受者对未来文学史的发展态势呈"多元化"的走向已达成共识，他们的接受程度如何会直接影响到这门学科的生命力。

普通的文学史的爱好者和社会读者，我们同样应重视。他们是"旁观者"，又是"真正的买主"。说是"旁观者"，乃是因为他们不直接介入文学史阅读的主、被动之中，是自由的感受者，有时倒颇有"旁观者清"的味道。他们对文学史的评价没有旧套可循，没有功利驱使，点滴见识就可现出他们的性情。说是"真正的买主"，乃是因为他们是真正意义上的文化品消费者。你的文学史好看，对他们有接受意义，给他们的人生旅途带来色彩，他们就收藏，就传承，就买。

文学史和接受者的协调统一，使得文本的写作和阅读成为一种和谐自然状态，达到了最佳阅读效果，文学史的存在意义才可实现。所以，我们在检讨新时期文学史时，不应把文学史的写作当作一个孤立的现象，还必须考察文学史背后隐含着人与人类文明遗产的关系，读者作为人类文明的直接传承者和发扬者，他（她）作出的情感与理智的判断，势必影响到文学史的价值存在，对这二者的客观认识和评价绝不是单纯的谁先谁后的问题。重要的是，在二者的互动关系中，我们才把握了文学发展的历史场景及其魅力。如果缺乏了这种互动关系，文学将失去它的这种光彩，文学史亦然。如此，谈何人类文明遗产的传承与发扬呢？

（原刊于《福建师范大学学报》2003 年第 1 期）

附录二 中国文学理论发展的三个新趋向

20 世纪 90 年代以来，在全球化浪潮的激荡之下，西方后现代社会文化思潮对我国当代文化和文学产生了极大的正负面影响。图像文化、大众文化、消费文化的兴盛日益成为我们身边的现实存在，由此带来文学与文学理论的进一步边缘化。与此同时，西方"后理论"时代发出的"文学之死"、"理论之死"的惊呼之声不绝于耳。"多元化、个性化、蔑视权威、众声喧哗、自言自语、反对任何总体性话语、不再有普遍的、一体化的身份认同意识、失去了共同标举的价值取向、缺乏人文关怀等，成为当今知识阶层精神领域的基本状况。"① 这一切都让人们感到中国文学理论面临着前所未有的困惑与危机。

中国文学理论的出路在何方？这是文学理论界共同关注的问题。要解决问题首先要进行自我反思。在反思中国文学理论遭遇危机的原因时，理论家们都提出各自深刻的见解。或认为中国文学理论产生的生存危机是由于过于追随西方文论话语造成的，或认为中国文学理论产生的生存危机是由于我们没有好好地继承中国传统文论的精髓所造成的，或认为中国文学理论产生的生存危机是由于我们没有建构马克思主义文学理论的当代形态所造成的。因而，中国文学理论依然处于动荡期、调整期和转型期。这些判断是很有眼界的。李春青在《论文学理论发展趋势》中曾论及中国文学理论遭遇危机的五个方面原因。一是文学理论失去了对文学实践的号召力，丧失了话语霸权的言说。二是由于缺乏统一的理论支撑，文学理论失

---

① 李春青：《论文学理论发展趋势》，《东方论丛》2006 年第 1 期。

去了得到普遍认可的研究范式。三是随着大众文化的蓬勃发展，文学被边缘化了，而文学理论阵营也呈现出混乱局面，阵脚已然松动。四是由于失去了元理论的依托，文学理论不再存在被普遍承认的基本问题或核心话题，理论建设也只能徘徊不前。五是文学理论遭遇新兴研究范式的挑战。他的总结是很有见地的。简言之，文学理论无法承担理论应有的阐释和运行的重任，于是它的价值就被大打折扣了。

当然，反思之后的文学理论界并没有对中国文学理论失去建构的信心，并没有如同西方文论界那样发出"文学理论之死"的悲叹，而是多方寻找应对的策略探究文学理论发展的趋势问题。如陶东风提出重建"文艺社会学"，它是对文本中心主义的反拨，力图重建文学与社会的联系，但同时强调语言和文化活动是具有物质性的基本社会实践。他认为，当代形态的文艺社会学，应该在吸收语言论转向的基础上建构一种超越自律与他律、内在与外在的新的文艺——社会研究范式。如金元浦倡导"文化研究"，以之带动文学理论的发展。文化研究在西方早已兴起，它如同詹姆逊所言的是一种"后学科"，是一种开放性、高度社会性、参与性和跨学科的研究方式。如曹卫东认为在"跨文化维度"上重建文艺学。他指出，在全球化时代，要建立起一种世界性的市民社会和全球性的"文学公共空间"，当代中国文化在全球化格局中要通过话语的力量参与并获得国际文化领导权，以便批判和抵制资产阶级文化的单向全球化。如陈晓明的观点是"理论无国界"。他认为，要突破"民族国家的身份障碍"，壮着胆子与国际接轨，在共享的知识平台上，来建构理论和批评。如李春青的选择是放下理论的架子，走向阐释。文学理论的言说者要自觉调整言说立场——从立法者变为阐释者。如杜书瀛的想法是在"拿来主义"的前提下，发展多形态的文艺学——哲学的、政治的、社会学的、心理学的、美学的、文本的、形式的、历史的、文化的，并且要对文学现象作出新解说，甚至不断建立新理论。如董学文的见解是要以马克思主义文学理论为核心构建文学理论的当代形态。如南帆的理论是在历史语境下通过话语分析进行理论自反与体系重构；在本土与开放的"视界融合"中进入现代性话语的有效阐释平台。无论提出怎样的方案，学者们的基本认识是：其一，文学理论的发展要反对本质主义和普遍主义。其二，文学理论的发展离不开历史语境和当下语境。其三，中国文学理论的发展离不开马克思主义文艺理论思想的指导。其四，要正确认识西方文论、马列文论、中国古代文论的关系，中国文学理论的发展必须不断吸收传统文化和异质文化的营养。其五，文学理论的发展必须与时代文学精神相符合。其六，文学理论的发展离不开人文精神的弘扬。这些理论思想和学术观点为我们进一步思考中国文学理论发展的新趋向指明了可以参照的路径。

倘若我们以历史的和逻辑的眼光观察当前中国文学理论发展的新趋向时，那么，以下三种情形是最为显明的。

第一，中国文学理论的发展呈现出多元格局的态势。不论是主张文学理论的纯学理化，还是主张文学理论的文化研究；不论是倡导文学理论的日常生活审美化，还是倡导文学理论的现实性和人民性；不论是关注文学理论的语言学转型，还是关注文学理论的后情感主义色彩；不论是赞同文学理论之古代文论的现代转化，还是赞同文学理论之新理性精神的张扬……理论家们的探究当下中国文学作出的判断是：当下中国文学理论的发展已经进入多元对话的时代。而探究的问题也是发散式的，诸如生态批评、文化诗学、文学经典的身份特征、新美学倾向、现实精神论、中国式后现代的冲击波等话题，都可以进入文学理论探讨的场域。同时，启发人们思考的问题既不乏广度，也不乏深度：从唯物史观到文艺的本质、从文学研究到文化批评、从意识形态到群落意象、从现实主义到文学的人民性、从消费文化到视觉文化、从情感主义到后情感主义、从西方话语霸权到无国界理论等，也都可以进入文学理论话语争论的讲堂。因而，中国文学理论的发展显示出多元对话和创新推进的学术景观。

中国文学理论的发展所呈现出的多元格局的态势是具有历史传承意义的。中国文学理论发展经历了两次多元化时期。第一次是 19 世纪末到 20 世纪 20 年代。这一次是伴随着西方各种学术思想的大开放而进行的，中国的文学理论试图通过中西文论的置换，达到提高国力、发展经济、开发民智的目的。此时人们以救国救世的强烈责任感，包容了多种文学理论在同一时期并存的局面。第二次是从 20 世纪 80 年代开始的，直到现在还在时隐时现地进行着。尤其是第二次多元化理论局面的形成以来，单一化的文学理论受到学界的普遍的质疑。当然，这两次多元化理论时期虽然都存在巨大的包容性，但又有明显的差异。一位学者的分析颇有道理，兹引证为据：“在第一次多元化中，人们带着时代的焦虑情绪，幻想着通过文化乃至文学理论的中西置换实现中国走上强国之路的理想，在对待中国古典文学理论时多采取批判、否定的形式；在第二次多元化中，文学理论起着转换人们思想观念、恢复文学在社会中应有地位的作用。这次人们表现出理智的态度，站在历史发展的高度，正确对待中国古典文学理论、西方文学理论以及马克思主义文学理论，并努力寻找结合点，为21世纪文学理论的发展提供理论帮助。”① 所以，多元化文学理论的发展离不开特定历史语境的支撑。

并且，随着21世纪文学理论前沿问题反思程度的不断深入，未来多元化的格局中可能显露出两个鲜明的特点。一是自主性。文学理论的研究空间本身是丰富的、广阔的，文学理论的研究者也更执着于按照自己的学术背景和学术积累进行研究，故研究的自主性是多元化理论研究态势的常态机制。因此，在文学理论领域，海纳百川，百花齐放，在争论中发展，在争论中进步，从而推动中国文学理论的发展步伐是再好不过的学术盛事。当然，没有放之四海而皆准的文学理论，我们应保持宽容的学术态度对待各种文学理论问题，从而使中国文学理论多元化的发展态势更具有新鲜的气息和竞争的活力。正如学者所言：“文学社会学也好，文化研究也好，‘无国界’也好，‘有国界’也好，‘古典’也好，现代、后现代也好，主张古代文论可以现代转换也好，不主张现代转换也好……都可以按自己的设想进行文学研究，但是，请尊重不同意见而不要剪除不同意见，不同意可以互相商榷、论辩，但不要互相仇视。”② 二是对话情结。对话情结是渴望寻找对话对象情绪凝结的一种强烈之体现。孤独的理论声音往往是缺乏建设性的无病呻吟，绝少理论家喜欢唱无人理睬的理论专场独角戏。正常

---

①　韩德信：《否定之否定：中国文学理论发展的历史过程》，《理论学刊》2006年第8期。
②　杜书瀛：《文艺学向何处去》，《文艺争鸣》2004年第6期。

的学术心态是，大多数充满理论热情和积极探究精神的学者都希望寻找到可以对话的对象，从而在相对有效的对话时空中找到知音，哪怕这个知音是强有力的竞争对手，就像布鲁姆在《影响的焦虑》中所说的那样，诗歌史上的对话需要的是诗学强者的对话。

于此，我们必须探究马克思主义文学理论在多元化格局中的定位问题。许多学者指出，中国文学理论的发展的确呈现出"多元"的态势，不过，就整体发展而言，马克思主义文学理论是最有建构品质的。或如董学文所言，近三十年中国文学理论"艰难地但又是不以人的意志为转移地朝着马克思主义文学理论的当代形态迈进"。① 或如马龙潜所言："新时期文学理论是在人类现代化的历史进程与马克思主义中国化的历史进程中，不断建构的一个以其所处历史时代的基本精神为灵魂，以当代形态的马克思主义文艺理论为主导的当代中国文学理论的整体结构形态。"② 而童庆炳主编的《文学理论教程》可谓最好的教材证明。所以，我们的学理判断是：尽管中国文学理论的发展呈现出多元格局的态势，然而，马克思主义文学理论是多元化格局中的领导者和最强有力的话语资源，它本身就具有开放性和包容性的结构特征，它的理论思想基础具有实践性的品格。同时，它也赞同多元化文学理论的形势，并力图建立以中国化的当代马克思主义文学理论为主导的文学理论体系。这就昭示着中国文学理论的发展态势是富有创造性的和时代性的。

第二，中国文学理论的发展渐渐趋向理论与批评的一体化。文学理论与文学批评本是文艺学的两个分支，或者说是两个层次。文学理论重在进行文学一般理论与具体理论的研究；文学批评重在进行文学的实际批评研究与批评实践。前者重在构建理论，后者重在具体文学的评价，两者统一在文学事实的价值评判之中。有学者在考察 20 世纪文学理论的构成主潮时提出，20 世纪文学理论的特点是"理论与批评的一体化"，理论是主结构，批评是次结构。③ 这个判断对于我们思考中国文学理论的发展趋向有一定

---

① 董学文：《近三十年中国文学理论的趋势》，《文艺争鸣》2007 年第 7 期。
② 马龙潜：《论新时期文学理论发展进程回顾和反思的思想理论基础》，《甘肃社会科学》2007 年第 4 期。
③ 王达敏：《理论与批评一体化》，安徽教育出版社 2003 年版，第 57 页。

启发作用。就全球化语境看，"理论与批评的一体化"符合当下和未来中国文学理论发展形势的要求。

中国文学理论的发展渐渐趋向理论与批评的一体化，包含两个层面的内容，一是在文学理论本体研究层面趋向理论与批评的一体化，二是在文学理论对文学事实的理解与阐释层面趋向理论与批评的一体化。这两个层面的学理意义在于：避免在片面中构建理论；避免在理论的光环下片面地解释文学现象。

理论与批评的一体化有中国文学批评史的学理基础。就古代文学批评史而言，从孔子的"兴、观、群、怨"说到王夫之的"兴、观、群、怨"新说；从曹丕的《典论·论文》到许学夷的《诗源辨体》，论说的话题都是在理论与批评的一体化中进行的。即使如《文心雕龙》、《沧浪诗话》这样的理论性质比较自觉的著作中，理论与批评的一体化也颇为鲜明。刘勰在论文叙笔时，与批评前代和当代文学是紧密相连的。严羽一方面在"诗辨"中阐说"以禅喻诗"的理论，另一方面在"诗体"、"诗评"中紧密结合文学批评而立言。刘若愚在研究中国古代文学理论的存在方式时感到很困难，困难尤其在于：其一，中国文学理论的同一词可能表示不同的概念，而不同的词又可能表示相同的概念。其二，中国古代文学理论的表述方式常常是诗化语言，有时的确很难理解个中的真切内涵。其实，如果结合古代文论的话语形式多是由理论与批评的一体化组成的，那么，诸多的文学理论难题就会作出比较明晰的解答。就现代文学批评史而言，理论与批评的一体化同样是理论家左右逢源的本领。王国维的境界说、周作人的"人的文学"、成仿吾的实用批评、茅盾的社会—历史批评、李健吾的印象主义批评、周扬的人道主义与异化问题、胡风的体验现实主义批评、朱光潜的直觉论美学理论、梁宗岱的"纯诗"理论，都是理论与批评互融的。正是在互融的合力下，不断进行着对文学事实、文学发展、文学创作的阐释和关切。

从更广阔的学术背景看，西方文论史上也不乏理论与批评的一体化的倾向。艾布拉姆斯在《镜与灯》中提出文学四要素的理论，但却是以 19 世纪开头的四十年间英国浪漫主义诗歌理论与诗歌批评为学理基础的。还可以说，19 世纪前四十年间，西方文论已形成一定的学术规范和理论框架，冲破了以往的诸多文学理论研究的藩篱，使文学理论与文学批评之间紧密结合起来。许多文学家一身兼两职，既是理论家，又是批评家。再如罗兰·巴特的《S/Z》是一本解释阅读学理论的名著，而通篇却是在批评和解读巴尔扎克的《萨拉辛》中写作的。因而，与其称《S/Z》是一本理论书，不如称之为理论批评下的文本。质言之，西方文论的体系中并非完全是从理论到理论的置换，也存在理论与批评结合的诸多空间。

回到中国文论的当下语境，理论与批评的一体化也有深刻的学术思想作为支撑。周宪指出，20 世纪文学理论的发展过程中，历经文学理论、理论和后理论三个阶段。"后理论的特征之一就是告别'大理论'，不再雄心勃勃地创造某种解释一切的大叙事，转而进入了各种可能的'小理论'探索。这种后理论更强调多元性和具体性"。① 当下文学理论的发展趋势自然是秉承后理论而来。弱化宏大叙事，强调深刻理解具体文学理论问题和追求文学理论的实效意识，就成为当下许多学者的共识。为此，文学理论的研究必须从构建宏大体系的空泛中走出来，而立足于文学实际和文学创作的需求进行研究。由此可见，中国文学理论的发展渐渐趋向理论与批评的一体化，既有历史的学术根源，也有现实的学理支撑。而且，经过文学理论危机的反思之后，当下中国文学理论界的选择颇有益于通向理论与批评一体化之路。

第三，中国文学理论的发展更加关注"中国问题"。长期以来，我们对国外文学理论的热情是非常浓烈的，而对本土文学理论的发展状况并没有作出合理的解释。尤其是关于文学理论之"中国问题"的研究更是较为肤浅。因而，更加关注"中国问题"不失为文学理论园囿内学术增长点的一个体现。

例如英美有新批评理论，在文本细读方面确有非常精深的话语系统。然而，中国古代文论中同样不乏文本细读理论的潜在体系。从孟子的"以意逆志"到朱熹的《诗经》解读，都有本文解析的理论内涵。而清初杜诗

---

① 周宪：《文学理论、理论和后理论》，《文学评论》2008 年第 5 期。

学出现的对杜甫诗歌之文字、构成、意象的细致分析，更不乏"文本批评"的雏形。尤其以金圣叹和王嗣奭的文本解读为代表。金圣叹在《杜诗解》中多注意解释杜诗的构思、做法、语句承接照应关系，且分肌析理、细微透彻。特别是他提出的唐诗"分解"之说，更具有文本批评的意趣。"分解"，就是把诗歌分句分段加以解说，而尤其重视解说诗歌的文字、章法和结构。金圣叹在《杜诗解》中惯用的批评方法是：每首诗先于题目后解题，次就全诗以四句为一段分段解说。他以为："唐人诗，多以四句为一解，故虽律诗，亦必作二解。若长篇，则或至作数十解。"又以为通过"分解"，"文字便有起有转，有承有结，从此虽多至万言，无不如线贯花，一串固佳，逐朵又妙，自非然者，便更无处用其手法也"。① 此等分段解诗之法，和当代文本批评主张到文本里面去找寻作品的内涵颇有几分相似，虽然过于机械，但亦不乏精辟之论，因而，金圣叹以分解法批解杜诗，亦有可取之处。王嗣奭在《杜臆》中也有创见。他在《杜臆原始》中曾说："臆者，意也。'以意逆志'，孟子读诗法也。诵其诗，论其世，而逆以意，向来积疑，多所披豁，前人谬迷，多所驳正，恨不起少陵于九京而问之。"② 也就是说，王嗣奭的杜诗学研究颇符合现代"新批评派"文学批评原理的要求，既重视文本的外部研究，又重视文本的内部研究。因此，一方面他采用知人论世、以意逆志的方法，对杜诗产生的时代背景、杜诗的思想感情作了深入的探索；另一方面，他很欣赏杜诗的壮语和新奇语，很欣赏杜诗中那些不假于物的诗句，并评说杜诗文句笔力雄健的奥妙之处。并且王嗣奭的论析，与金圣叹的评说亦有意趣相同之处，即非常重视杜诗艺术技巧的阐发，自有前人未见眼光之所在。所以，中国也有文本细读的初步理论和具体实践，问题的关键在于，需要我们厘清本土的理论优长乃至缺失何在？特点是什么？这样的理论有怎样的阐释效应？

　　关注"中国问题"意味着某些研究取向会发生变化。诸如由中西文论比较研究走向中中文论比较研究、重新思考中国文论话语资源的共时性因

---

① 金圣叹著，钟来因整理：《杜诗解》，上海古籍出版社 1984 年版，第 7 页。
② 王嗣奭：《杜臆》，上海古籍出版社 1983 年版，第 1—2 页。

素、理论的失语是共性问题还是民族意识狭隘问题、中国古代文论的阐释
效应具有历史性特征等，都会因研究视角的变化而作出全新的解释。所
以，关注"中国问题"应关注"中国问题"阐释的有效性和现代性。有效
性，意味着研究"中国问题"必须有益于构建属于我们自己的文学理论话
语系统；现代性，意味着研究"中国问题"必须有益于我们在现代性话语
对话中保持独立的立场。由此看来，"中国问题"的转向并不仅仅是文学
理论问题，其中也包含经济、政治问题，也包含意识形态问题，在今后的
发展过程中需要我们拥有一些"天行健，君子以自强不息"的文学精神。

当然，在关注"中国问题"时，要处理好与不同文化领域中的各种文
学理论之间的关系。我们一方面要研究本土文学理论问题，并投入更大的
热情；另一方面，也要注意全球化之后国外文学理论的发展。南帆曾提问
并暗示说：怎样维持本土与开放这两者之间的张力？两者之间怎么平衡？
没有一个公式。怎么掌握这两者之间的辩证关系是对任何一个理论家智慧
的考验。① 所以，中国文学理论的发展更加关注"中国问题"，同样是一个
开放的课题，需要我们站在现代性的话语平台上，作出符合历史的、符合
逻辑的较为公允的判断。

进一步说，这三种情形的关系是互相支撑的关系。在历时性和共时性
互容的语境中，中国文学理论发展呈现出的多元格局态势，为理论与批评
的一体化创造了更具包容性的理论创新、实践创新的可能平台；为关注
"中国问题"提供了更宽阔、更自由的言说空间。中国文学理论发展渐渐
趋向理论与批评的一体化的状况，为文学理论发展呈现出的多元格局态势
提供了一个行之有效的阐释空间，也颠覆了理论研究与文学本体研究分离
空洞的现象；为关注"中国问题"开辟了新的路径，启示理论家不一定完
全沉溺于纯观念的理论迷宫中，也可以在此岸世界建造起属于我们自己的
一座通往文学彼岸的"象牙之塔"。而中国文学理论的发展更加关注"中
国问题"的转向，为中国文学理论发展呈现出的多元格局态势奠定了全球
化之后理论旅行的自返化和自主化；为文学理论发展渐渐趋向理论与批评

① 南帆：《文学理论：本土与开放》，《福建论坛》2009年第3期。

的一体化寻找到中国文学发展轨迹、中国文学理论发展轨迹的有效佐证。因此，这三种情形包含着文学"关系主义"的理论要素。

当然，这三种可能的发展前景带给我们的是冷静的沉思，因为，中国文学理论的发展毕竟离不开国际文学理论发展的大平台，需要我们在学科意识觉醒、选择思路复杂的情况下保持清醒的头脑，需要我们在与各种话语的碰撞、交融中丰富我们的理论体系，需要我们重新思考文学与文化的关系，需要我们客观地评价中国文学理论建构的优势资源与消极因素。于此，有的学者的观点是值得借鉴的。如董学文通过梳理中国文学理论近三十年的发展历程后认为，三十年来，中国文学理论发生了许多变化，取得了很大成绩。其形式、方法、观念、内容的多元状态，也使它呈现出多次"转型"和相当"繁荣"的局面。但若从全局看，中国文学理论仍旧处于自我调整、自我补充、自我改造、自我更新的阶段。[①] 立足当下中国文学理论的现实情况来看，他的这些学理判断是令人认可的。再如南帆在考究文学理论的本土与外来话语资源时认为，面对一种文学理论，我们必须知道，这种理论、这种知识的有效的程度如何。文学理论要在现代性的语境之中加以考验，考察它们在这个语境之中的解释问题的能力究竟有多大。[②] 他的这些学术观点是不乏理论建设意义和理论自省意义的。总之，我们在思考中国文学理论发展的新趋向时，应在客观现实、内外结合、开放互补的视阈中不断寻求新的路径。

（原刊于《宁夏社会科学》2011 年第 3 期；人大复印资料《文艺理论》2011 年第 11 期全文转载）

---

① 董学文：《近三十年中国文学理论的趋势》，《文艺争鸣》2007 年第 7 期。
② 南帆：《文学理论：本土与开放》，《福建论坛》2009 年第 3 期。

后　记

　　论及我与清代文学研究的因缘，离不开两位老师的指引和提携。一位是业师郭丹先生。在我跟随郭先生攻读博士学位期间，恰巧参加了郭先生主持的国家社科基金项目《四库全书总目中的文学批评》的研究工作，并认真聆听了郭先生关于清代文学研究方法论的课程，为此后开展相关课题的研究开阔了眼界。2004 年我获得博士学位到宁夏大学工作，同时着力开展《四库全书总目中的文学批评》相关论题的研究。在郭先生的指导下，我又沉浸于清代文学研究的乐趣中，并陆陆续续写出几篇论文，很多想法实乃郭师启发的结果。另一位是我的博士后合作导师赵逵夫先生。2006 年春，我有幸进入西北师范大学博士后流动站，跟从赵先生开展诗学文献的整理与研究工作。在赵先生指导下，我最终选择清代诗论家王士禛的诗学文献为研究对象，写出《王士禛诗学文献研究》的出站报告提请专家鉴定并获得好评。在此期间，赵先生悉心指导，我获益良多。本书中收录的几篇有关王士禛诗学研究的论文，即是那时求教于赵先生的结果。因而，我从事清代文学的研究工作，与两位先生的倾力指导是分不开的。

　　在从事《四库全书总目》中的文学批评研究和王士禛诗学文献研究的基础上，我又拓展思路，开展了清代其他作家作品的研究，并发表了诸如《袁枚"性灵说"的文化意蕴》、《〈清诗别裁集〉为何不选王士禛的名篇〈秋柳〉诗》、《沈德潜论杜诗之美》等论文。附录中所收的两篇论文《中国文学史新"变"的三个视点》和《中国文学理论发展的三个新趋向》与清代文学的研究融会贯通，故选录在册。于是，前后汇集遂成为今日之《清代文学探赜集》一书。

于此出版之际，需要特别说明的是：

第一，有的论文是合作完成的结晶。合作者包括郭丹先生；我的研究生尹丹、马燕、姚雪洁、李铮和葛亚敏。所以，本书的出版也包含着郭先生和这几位同学的心血。

第二，2013年夏，我调入西南民族大学文学与新闻传播学院工作，得到诸多同仁的关心和鼓励，尤其是学院院长徐希平教授对我帮助有加。在他的鼎力支持下，利用博士点建设基金才使本书顺利印行。赵逵夫先生和郭丹先生也格外惦念我在成都的生活和工作情况，并且，郭先生又在百忙之中写下本书的序言以示提携之心，可谓师意深长矣！

第三，本书收录的20余篇论文都曾在各学术刊物上发表。这次汇集出版时，目次大体按照研究对象在清代文学发展史上的先后涌现为序；所收论文除了统一格式外，还对某些论文的个别内容进行了删补，以益于文脉的顺畅。当然，学术研究离不开学术交流和传播的平台，在此特别感谢《古代文学理论研究》、《内蒙古社会科学》、《江西社会科学》、《宁夏社会科学》、《西北师大学报》、《山西师大学报》、《福建师范大学学报》、《宁夏大学学报》、《甘肃高师学报》、《厦门教育学院学报》、《宁夏师范学院学报》、《四川文理学院学报》、《古典文学知识》、《杜甫研究学刊》等学术刊物的支持。正是得益于诸多刊物的认可，才使这些论文得以发表，因而，我特别想对许多未曾谋面的编辑老师说一声：谢谢！同时，非常感谢中国社会科学出版社郭晓鸿编审所给予的帮助和建议。

学术研究的成果是研究者某一历史时期和某一特定场域的产物。由于研究者研究水平的局限，也囿于时间和空间的局限，本书的研究内容中肯定存在不足之处，祈求方家指正。

书不尽言，言不尽意，思来者焉。

是为后记。

孙纪文
2014年于西南民族大学